안씨가훈

顔氏家訓

下

顔之推(안지추) 原著
陳起煥(진기환) 譯註

明文堂

‖ 머리글 ‖

水深河寬行大船,

강물이 깊고 넓으니 大船이 다니고,

學多智廣成大業.

학식과 지혜가 많아 大業을 이룬다.

顔之推(안지추)의 학문은 넓고 깊었기에 여러 난관 속에 지혜롭게 살면서 《顔氏家訓(안씨가훈)》이라는 명저를 우리에게 남겨주었다. 이 책에는 극심한 혼란 상황을 이겨내면서 성실하게 살아온 한 지식인의 모습이 생생하게 담겨있다.

공자의 첫째 가는 제자 顔回(안회, 顔淵)의 후손이라는 자부심을 바탕으로, 비른 가정교육을 받고 성장한 안지추는 명석한 두뇌의 소유자이면서 열심히 독서하고 성실하게 탐구하는 학자이었다. 안지추가 얼마나 博識(박식)했는가는《顔氏家訓》속에 저절로 드러난다.

안지추는 南朝 梁(양)의 명문 귀족이나 西魏(서위)의 포로가 되었다. 기회를 틈타 北齊(북제)로 망명하였고, 존경받는 학자이며 관리였지만, 나라가 北周(북주)에 망하자 북주에서 벼슬을 살았다. 그러다가 隋(수)가 건국된 뒤에 그 관리가 되었다가 隋나라의 중국 통일(589년) 이후에 죽었다.

그야말로 파란만장한 60평생을 살아온 안지추의 이 책이 중국과 우리나라에서 왜 그토록 오래－1400여 년이 넘도록 읽혀졌는가?

돈 많은 부자가 되기보다는(不願金玉富) 다만 자손이 현명하기를 바란다(但願子孫賢)고 했다. 나무를 심고 가꾸지 않으면 숲이 되질 않고(裁樹不管不成林), 아들을 낳아 가르치지 않으면 사람이 되질 않는다(生兒不教不成人). 궤짝에 가득 찬 황금은 자식에게 경전 한 권을 가르치는 것만 못하다(黃金滿匱 不如教子一經).

잘난 자식이 바로 家寶이니 자식을 키우면서 가르치지 않는다면 그 家門에 희망이 없다. 집안에 오동나무가 있으면 봉황을 부른다는 말도 있으니, 이는 근본 바탕이 좋아야 현량한 사람과 교제할 수 있다는 뜻일 것이다.

부모의 교육이 엄격하고 교훈이 바르고 좋아도, 자식을 때려서 가르치는 棒教(봉교)는 말로 타이르는 言教(언교)만 못하고, 언교보다는 몸소 본보기로 가르치는 身教(신교)가 보다 더 효과적이다.

그러나 자식 가르칠 때를 놓치면 어떻게 보충하거나 바로잡기가 쉽지 않다. 아버지가 많이 배워서 가정교육을 잘 했다 말할 수도 없고, 가정 교육은 이러해야 한다는 어떤 표준도 없지만, 하여튼 가정 교육이 실패했다면 이는 가장의 허물이다.

자녀가 열심히 배우고 익히며 바른길을 걷는데, 거기에 가정이 화목하다면?－이 모두가 가풍이며 가훈의 결과가 아니겠는가!

세상의 어느 부모가 자식을 잘 키우려 애쓰지 않겠는가?

어느 가정, 어느 가문인들 가훈이 없고, 가풍이 없겠는가!

아버지가 원하든 원하지 않던, 직접적이든 간접적이든 아들에게 가르침을 주어야 한다. '學問에 王道가 없듯' 자식 교육에도 왕도는 없다. 다만 아버지가 알고 있으면 언젠가는 아들에게 들려 줄 수 있다. 그래서 아버지는 자식을 위해서라도 공부를 해야 하며, 성실한 생활 모습을 보여줘야 한다.

안지추는 바로 그런 아버지이었다.

《안씨가훈》은 家長인 나에게 절실하게 다가왔다. 때문에 나는 번역에 최선을 다했고, 내 가슴은 여전히 설레며 떨린다.

《안씨가훈》은 베스트셀러이면서 꾸준히 읽히기에 그동안 국내에 여러 번역과 주석이 나왔다. 나의 번역은 다른 책보다 늦었다. 그러나 늦었기에 가장 정확하고 상세하면서도 내용이 충실해야 한다.

역자는 독자가 알고 싶을 것 같은 내용을 주석에서 모두 설명하였다. 인물이나 역사적 사실, 故事(고사)나 그와 관련한 깊은 뜻을! 그리고 독자에게 새롭게 보여주고 제시하는 교훈과 보통 사람의 인정과 생활의 모습까지!

이에 독자가 함께 공감하리라 믿는다.

2022. 2. 8

陶硯(도연) **陳起煥**(진기환)

일러두기

1. 顔之推가 지은《顔氏家訓》 역주의 기본 텍스트는《顔氏家訓集解》(增補本), 王利器 撰, 中華書局, 2007년 간행본이다.
   이는 標點(표점)이 찍혔고, 諸家의 註釋(주석)을 병기하였다. 본《顔氏家訓》은 原文에 주석을 달고 국역하였다.

2. **| 原文 |** 의 문단 구분과 구두점은 모두 기본 텍스트《顔氏家訓集解》를 준용하였다. 안지추의 原書는 7권 20개 편인데 문단과 내용에 따라 역자가 소제목을 달았다.

3. 경전이나 書冊, 저서는《 》, 경전과 서책의 편명이나 제목을 붙일 수 있는 문장, 樂曲 등은〈 〉로 구분하였다. 경전의 인용구, 詔書, 上奏文, 書冊이나 文書의 내용은「 」로 표시하였다. 개인 열전에 수록된 문학작품이나 유명한 글의 제목은〈 〉로 표시하였다.

4. 【註釋】은 아래와 같이 구성되었다.
   ㅇ글자 뜻을 정확하게 설명하였고, 읽기 어려운 한자의 독음을 첨가했으며, 구절 풀이와 함께 필요한 문법적 설명을 첨가하였다.
   ㅇ본서에 표시된 년도는 서기이고, 연호는 황제와 사용 기간, 그리고 서기로 환산한 년도를 기록하였다. 또한 인용된 經典(경전)의 출처와 내용을 밝혔다.

ㅇ인물에 대한 주석으로 立傳(입전)된 자료의 소재를 밝혔다. 그래서 독자가 보다 상세하거나 필요한 내용을 직접 찾아볼 수 있게 했다.

ㅇ관직명이나 제도, 역사적 인물, 도량형에 대한 상세한 주석을 달아 본문 내용에 대한 이해도를 높였다.

ㅇ역자는 본서의 주석에 심혈을 기울였다. 저자 안지추의 博識(박식)한 내용은 주석이 없으면 이해하기가 쉽지 않다. 본서의 주석은 原文이나 국역 내용보다 분량이 훨씬 많다. 역사적 인물이나 사건, 문학과 철학 관련 典故(전고)에 상세한 주석을 달았다. 그리하여 독자의 확실한 이해와 知的 탐구, 그리고 보다 심오한 지식을 폭넓게 습득할 수 있도록 文, 史, 哲 전반에 걸친 주석을 보충하여 국내 타 번역서와 차별화를 시도하였다. 본서의 주석은 독자를 위한 백과사전이다.

5. **| 국역 |** 의 문단은 원문을 준용하였지만, 우리말 번역이 너무 길어 주제 파악이 어려운 경우 필요에 의거 마침표를 찍어 문장을 나누었다. 또 경우에 따라서 줄 바꾸기를 하였다.

참고 자료

《顔氏家訓 集解》: 增補本 - 王利器 撰, 中華書局, 2007.

《顔氏家訓 集解》: 顔之推 撰, 王利器 集解, 明文書局, 民國 73.

《顔氏家訓 全譯》: 顔之推 著, 程小銘 譯注, 貴州人民出版社, 1993.

《顔氏家訓》: 檀作文 譯注, 中華書局, 2007.

《顔氏家訓》: 顔之推 撰, 顔光敏 著, 山東友誼書社, 1989.

《顔氏家訓 彙注》: 周法高 撰輯, 中央研究院歷史語言研究所, 1993.

《顔氏家訓》 蘭瑞平 編著, 華夏出版社, 2013.

《안씨가훈》(상, 하) : 안지추 찬, 임동석 역주, 동서문화사, 2009.

《顔氏家訓》(1, 2) : 鄭在書, 盧暻熙 역주, 傳統文化研究會, 2012.

차례

● 머리글 3
● 일러두기 6
● 참고 자료 8

顔氏家訓 〈제4권〉

10. 名實(명실) 19
135 名分과 實質 19
136 마음의 여유 23
137 드러나는 거짓 27
138 돈으로 산 有識 31
139 자식의 문장 고쳐주기 34
140 眞情이 아니라면? 35
141 진정한 명성 37

11. 涉務(섭무) 41
142 國用의 인재 41

143 士大夫의 무능 45

144 士大夫의 허약 49

145 농사를 모르는 士大夫 51

顔氏家訓 〈제5권〉

12. **省事(생사)** 56

146 無多言, 無多事 56

147 國事에 대한 上書 61

148 諫諍(간쟁)하기 전에 66

149 관직의 運 69

150 청탁 그리고 榮華(영화) 71

151 義理 지키기 74

152 명성만을 추구하다 보니 81

13. **止足(지족)** 85

153 先祖의 유훈 85

154 살림의 규모 88

155 벼슬살이는? 91

14. **誡兵(계병)** 94

156 有名 武人은 없었다 94

157 어설픈 智略(지략) 101

158 밥통이며 술독 103

15. 養生(양생) 104

159 神仙術과 養生 104

160 石崇(석숭)의 몰락 112

161 당당한 죽음 115

16. 歸心(귀심) 119

162 佛教 信心 119

163 儒佛의 같은 宗旨(종지) 121

164 불교 비판의 요점 124

165 인간 세상만이 근거인가? 126

166 보고 들어야만 믿는가? 132

167 神通力을 못 믿는가? 136

168 인과응보 138

169 행실 나쁜 士人이나 승려 141

170 佛家와 국력 소모 143

171 불교의 來世 146

172 함부로 살생하지 말라 150

173 계란도 생명? 152

174 羊이 살려 달라 했는데 153

175 불당 앞, 소가 절을 했는데! 155

176 백성 손을 잘랐더니 157

177 소, 물고기에게 죽은 사람 158

178 며느리를 구박하면? 160

顏氏家訓 〈제6권〉

17. 書證(서증) 164

179「參差荇菜(참치행채)」 164
180「誰謂荼苦?」 167
181「有杕之杜(유체지두)」 171
182「駉駉牡馬(경경모마)」 173
183「茘挺出(여정출)」 176
184「將其來施施」 179
185「興雲祁祁(홍운기기)」 180
186「定猶豫(정유예)」 182
187「齊侯痎, 遂痁.」 185
188「惟影響」 187
189 軍陳의 陳 190
190「集於灌木」 194
191 語助辭 '也' 196
192 '蜀才'란 저자 200
193「羸股肱(나고굉)」 203
194「田肯賀上」 204
195《漢書 王莽傳》贊 206
196 簡策의 策 208
197 '虙, 今伏羲氏也' 210
198「寧爲雞口, 無爲牛後.」 213
199 伎癢(기양) 215
200 妒媚(투미) 218

201 隗林(외림. 人名) 222
202「中外禔福」 225
203 禁中이 省中 226
204 四姓小侯 228
205「鸛雀銜三鱔魚(관작함삼선어)」 231
206 虎穴(호혈) 235
207「風吹削肺(풍취삭폐)」 239
208 鹽豉蒜果(염시산과) 242
209 弊㔷(폐기) 245
210 䑙伯(답백) 247
211 丈人(장인) 249
212 吹扊扅(취염이) 252
213《通俗文》의 저자? 254
214 고전에 추가된 후대의 事實 257
215 鴟尾(치미) 262
216 罽緦(계외) 265
217 巏嵍山(권무산) 267
218 一夜 五更(오경) 270
219 朮(출)은 山薊(산계) 273
220 傀儡子(괴뢰자) 274
221 長流 276
222《說文解字》 278
223 俗字의 사용 283
224 破字(파자) 288
225 日中必彗(일중필위) 292

18. **音辭(음사)** 296

226 言語不同 296

227 發音의 차이 305

228 口開而不閉 310

229 好惡(호오)의 발음 312

230 甫(보) — 男子의 美稱 314

231 焉(언)의 音訓 315

232 의문사 — 邪(야) 318

233 敗-自, 他動詞 320

234 발음은 정확해야 322

235 이름은 정확하게 325

19. **雜藝(잡예)** 326

236 書法 326

237 道不同, 不相爲謀 331

238 王羲之의 영향력 334

239 남북 書法의 퇴폐 336

240 〈晝書賦(획서부)〉 339

241 繪畫(회화) 340

242 弓射(궁사) 344

243 卜筮(복서) 346

244 算術(산술) 351

245 醫學(의학) 352

246 악기 연주 354

247 바둑 356

248 投壺(투호) 361

20. 終制(종제) 363

249 죽음을 기다리며 363

250 나는 불효자 366

251 장례는 검소 간략하게 369

252 揚名(양명) 374

● 부록

1. 〈顔之推傳〉 378

2. 顔之推 年譜(연보) 396

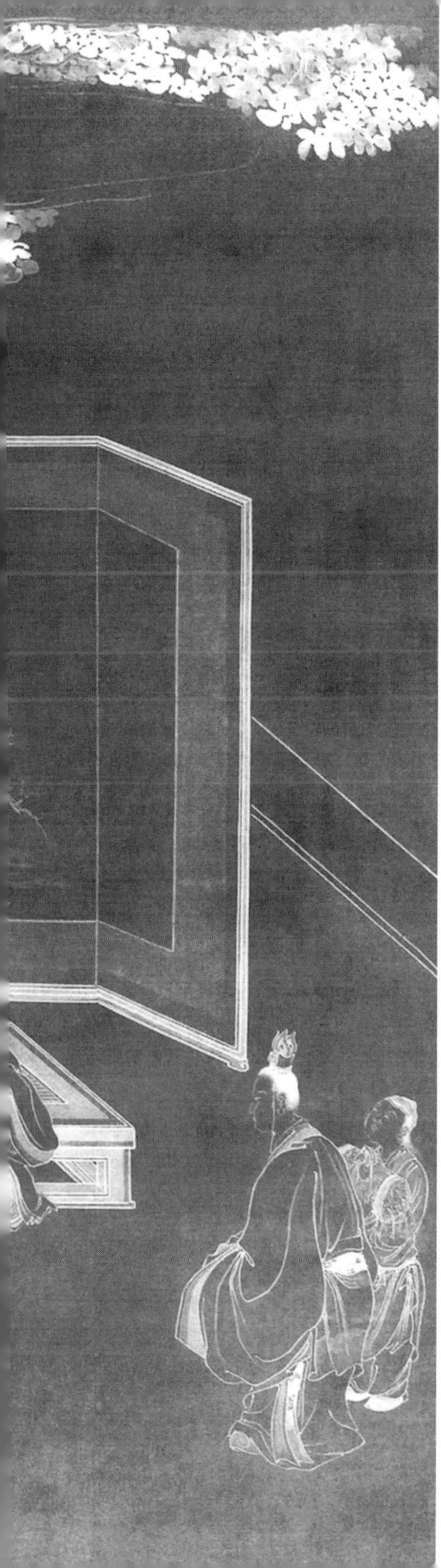

顏氏家訓
제4권

10. 名實(명실)[958]

135/ 名分과 實質

|原文| 名之與實, 猶形之與影也.

958 孔子의 여러 사상 중에는 이름과 관련하여 正名 사상이 있다. 개인의 지위 또는 관계에서 생기는 여러 가지 이름이 있으며 그 이름으로 내세우는 名分이 있다. 이름은(名) 한 인간의 여러 모습을 가장 단적으로 표현해 주는데, 이름을 통해 그 사람을 알리고, 그 사람의 언행은 名分을 통해 정당한가를 평가받을 수 있다. 공자의 正名은 '바른 이름' 이고 '올바른 이유나 까닭' 이라고 할 수 있으며, 또 名分을 '바르게 한다(正)' 는 뜻도 있다. 공자는 正名을 爲政의 출발로 인식했다.
본《顏氏家訓》의 名實篇은 우리 생활 속에서 名分과 實質(실질)의 문제를 다루었다. 名은 정당한 名分, 합리적 이유, 또는 행위의 결과로 얻을 수 있는 名聲이나 名譽(명예)를 뜻한다.
實은 實質(실질)이고 實際(실제)이며, 나아가 實踐(실천)이고 實利(실리)이다. 이 名과 實에서 어느 것에 더 비중을 두느냐에 따라

德藝周厚, 則名必善焉, 容色姝麗, 則影必美焉. 今不修身而求令名於世者, 猶貌甚惡而責姸影於鏡也.

上士忘名, 中士立名, 下士竊名. 忘名者, 體道合德, 享鬼神之福佑, 非所以求名也. 立名者, 修身愼行, 懼榮觀之不顯, 非所以讓名也. 竊名者, 厚貌深奸, 干浮華之虛稱, 非所以得名也.

| 국역 | 名聲(명성)과 實質(실질)의 관계는 형체와 그 그림자와 같다.[959]

큰 차이가 난다.

바른 名分 아래 實質을 숭상하는 崇實求名(숭실구명)은 實에 따른 부수적인 명성일 것이다. 그러나 명성, 명예를 더 우선하다 보면 僞善(위선)에 빠지게 된다. 名實은 言行一致이고 그 바탕은 至誠(지성)과 至潔(지결)이어야 한다. 親喪을 당하여 일부러 얼굴에 부스럼을 나게 하여 몹시 애통했고, 그래서 수척한 것처럼 보여 효자라는 명성을 얻으려 했다면 그것은 虛僞(허위)이다.

인간이기에 사람의 행동에는 그의 욕망이 드러난다. 실제와 實質이 뒷받침되지 않는데 명예를 구한다면 어떻게 되는가?

안지추는 후손에게 立名을 희망했다. 이는 명예를 세우라! 곧 칭송을 받을 만큼 실력을 바탕으로 명예를 얻으라는 매우 현실적이며 진솔한 가르침이었다.

959 원문 名之與實, 猶形之與影也. - 名은 名分, 名聲, 名譽(명예) 등으로 구체화 시킬 수 있다. 이는 外形이다. 다른 사람에게 내보이는 것, 다른 사람에 의해 평가되고, 얻는 것이다. 사람의 본바

덕행과 才藝(재예)를 두루 갖추었다면 곧 훌륭한 명성을 누린다. 용모와 顔色(안색)이 아름답다면 거울의 모습도〔影(영)〕 아름다울 것이다.[960] 지금 修身(수신)하지 않고 世人(세인)의 좋은 명성을 얻으려 한다면 마치 추한 외모이면서 거울에는 고운 모습으로 나타나기를 바라는 것과 같다.

上等(상등)의 士人(上士)은 명성을 망각하고, 中士는 명성으로 立身(입신)하고, 하등의 士人(下士)은 명예를 도둑질한다〔竊名(절명)〕. (上士의) 忘名(망명 : 명성을 잊고 사는 자)이란 道와 德을 실천하고 베풀어[961] 鬼神이 내리는 福과 도움을 누리기에 명성을 얻으려

탕이(實質) 착하다면 착한 사람이라는 명성이 뒤따른다. 사람에게 이름은(人的名兒) 나무의 그림자와 같다(樹的影兒). 나무가 곧으면 그림자도 곧다. 좋은 절 안에 있지만 소리는 밖에까지 들린다(鐘在寺院聲在外). 곧 명성은 저절로 멀리 퍼진다.

960 원문 容色姝麗, 則影必美焉. - 姝는 예쁠 주. 麗는 고울 려(여). 사람의 美는 외모에 있지 않고(人美不在貌), 美는 착한 마음씨에 있다(美在心意好).

961 원문 體道合德 - 《論語 顔淵》에 子曰, "君子는 成人之美하고, 不成人之惡하나 小人反是이라." 고 하였다. 이를 간략히 '成人之美' 라 하여, 남을 도와 어떤 좋은 결과를 얻은 경우에, 관용어처럼 널리 쓰이는 말이다. 군자는 남을 도와 좋은 일을 완성케 하고 남의 나쁜 일을 돕지 않는다. 소인은 이와 반대이다. 남을 장점을 찾아내고 그를 도와주는 일, 다른 사람의 선행을 도와 완성케 하는 일 역시 선행이다. 남의 악행을 방관하거나 남의 악행에 동참하지 않는 것은 군자의 당연한 의무이다. 眞僞(진위), 善惡(선악), 美醜(미추)는 사실 주관적이고 어떤 표준이 없다. 사실 무엇

하지 않는다. (中士의) 立名(명성을 세우다)이란 修身하고 신중하게 행동하면서(愼行) 자신의 영예가 드러나지 않을까 걱정하며,[962] 명성을 사양하지는 않는다. 명성을 훔치려는 下士는 후덕한 외모나 간사한 心計로[963] 浮華(부화)한 헛 칭송을 얻으려 하더라도 좋은 명성을 얻지는 못한다.[964]

이 선이고 악인가는 철학적인 개념이기에 한 마디로 설명할 수 없다. 그러나 사회생활에서 약자를 돕는다든지, 어려운 처지에서 벗어나게 해주는 등의 선행은 어려운 일이 아니다.

962 원문 懼榮觀之不顯 – 懼는 두려워할 구. 榮觀은 화려한 궁궐. 觀은 큰 건물이란 뜻이 있다. 道敎의 사원을 道觀이라 한다. 큰 건물이란 뜻에서 발전하여 '영광스런 평판'. 顯은 나타날 현.

963 君子의 度量에 대장부의 마음을(君子量丈夫心) 가진 사람은 많지 않다. 준수한 외모는 모든 결점을 가려준다 하지만(一俊遮百醜), 군자다운 외모이나 소인의 마음을(君子貌小人心) 가진 사람은 주변에 흔히 볼 수 있다. 외모로만 한 몫할 뿐, 얼굴 값이나 허우대 값도 못하는 사람은 우리 주변에 意外로 많다.

964 《後漢書 逸民列傳》에 法眞(법진)이라는 隱逸(은일)에 대하여 다음과 같은 칭송이 있다. 友人 郭正(곽정)이 法眞을 칭송하였다. "法眞의 이름은 들을 수 있지만(法眞名可得聞), 그 몸은 볼 수 없습니다(身難得而見). 명성을 피하려 하나 명성이 저절로 따르고(逃名而名我隨), 이름을 피하려하나 이름이 그냥 따라오니(避名而名我追), 가히 百世의 스승이라 할 수 있습니다(可謂百世之師者矣)."

136/ 마음의 여유

|原文| 人足所履, 不過數寸, 然而咫尺之途, 必顚蹶於崖岸, 拱把之梁, 每沈溺於川谷者, 何哉? 爲其旁無餘地故也.

君子之立己, 抑亦如之. 至誠之言, 人未能信, 至潔之行, 物或致疑, 皆由言行聲名, 無餘地也.

吾每爲人所毁, 常以此自責. 若能開方軌之路, 廣造舟之航, 則仲由之言信, 重於登壇之盟, 趙熹之降城, 賢於折衝之將矣.

|국역| 사람의 발이 딛는 곳은 불과 몇 寸이지만[965] 그러나 咫尺(지척)이나 되는 길에서[966] 굴러서 벼랑에 넘어지거나,[967] 한 아름되는 외나무다리에서[968] 냇물이나 계곡에 떨어져 빠지는 것

---

965 원문 不過數寸 – 불과 몇 촌의 공간만 있어도 밟고 설 수가 있다.

966 원문 然而咫尺之途 – 1尺은 10寸. 咫는 길이 지. 8尺. 1척의 8/10. 途는 길 도.

967 원문 必顚蹶於崖岸 – 顚은 엎어질 전. 넘어지다. 蹶은 넘어질 궐. 崖는 벼랑 애. 岸은 언덕 안. 강가. 길가.

968 원문 拱把之梁 – 拱은 두 손 맞잡을 공, 껴안을 공. 把는 잡을 파. 손으로 쥐다. 梁은 樑. 들보 량. 橋梁. 拱把之梁은 외나무다리.

은[969] 어째서인가? (길이나 외나무다리의) 가장자리인 餘地(여지)가 없는 곳을 딛기 때문이다.

君子 자신의 立地 또한 이러하다.[970]

사람들이 至誠(지성)의 말을 믿지 못하고[971] 아주 결백한 행실도 남에게 의혹을 사는 것은[972] 그 언행과 聲名에 餘地가 없기 때문일 것이다.

남이 나를 헐뜯을 때마다[973] 나는 자책했다. (후손인) 너희들

獨梁(독량).

969 원문 每沈溺於川谷者 – 每는 늘 매. 언제나. 沈은 빠질 침. 溺은 물에 빠질 익. 川谷은 계곡. 냇물.

970 원문 君子之立己, 抑亦如之. – 立己는 立身, 공자가 말한 三十而立. 공자가 자신의 일생을 언급한 '三十而立'의 立은 자립이고 자신의 주관과 원칙을 확립했다는 뜻이다. 공자는 "興於詩, 立於禮, 成於樂"이라고 하였으니 禮를 지켜 立身했다는 뜻이다. 또 공자의 "예를 모르면 입신할 수 없다(不知禮, 無以立也)."는 말도 같은 뜻이다. 抑은 누를 억. 혹은. 그렇지 않으면. 亦은 ~도 역시. 抑亦(억역)은 어쩌면. 如之는 이와 같다.

971 至誠之言, 人未能信 – 말이(입이) 빠르면 신뢰를 잃을 수 있고(嘴快會失信, 嘴는 주둥이 취. 부리), 걸음이 빠르다 보면 실족할 수 있다(腿快會失足).

972 物或致疑 – 여기서 物은 타인. 타인이 의심한다면. 가벼히 말하지 말라(不要輕言). 말했으면 꼭 지켜야 한다(言則必信). 군자는 신의를 잃어서는 안 되나니(君子不失信), 신의를 잃었다면 군자가 아니다(失信不君子).

973 원문 吾每爲人所毁 – 내가 남에게 헐뜯음을 당하다. 피동형 문장

은 반듯한 큰 길을 따라 걸어야 하고, 강을 건널 수 있는 배다리를 만들어야 하며,[974] 곧 仲由(子路)의 말만큼 신의를 믿을 수 있고,[975] 會盟의 약속보다 더 믿을 수 있으며,[976] 적의 투항을 받아낸 趙熹(조희)만큼,[977] 또 적의 예봉을 꺾는 장군보다 현명하여야

이다. 피동형 문장은 우리말에서 자연스럽지 않다.

974 원문 若能開方軌之路, 廣造舟之航 – 方軌之路(방궤지로)는 수레 2대가 나란히 갈 수 있는 길. 큰 길. 正道를 의미. 造舟之航(조주지항)은 배 2대를 나란히 매어 통행하다. 강을 건널 수 있는 舟橋(주교)는 남에게 혜택을 베풀어야 한다는 뜻. 떳떳한 길을 가다.

975 원문 則仲由之言信 – 仲由(중유)는 공자의 제자인 子路이다. 季路(계로)로도 표기. 공자보다 9세 연하. 과감하고 용기 있었기에 《論語》에는 여러 기록이 많다. 솔직하고 직선적인 사람으로 공자를 잘 섬기며 공자와 많은 대화를 나누었다. 孔門十哲 중 政事에 뛰어났다. 공자보다 1년 먼저 죽었는데 공자가 매우 비통해하였다.

《左傳》 哀公 14년, 小邾(소주)의 射(역)이란 사람이 자신의 마을을 가지고 魯에 투항하면서 子路에게 투항하겠다고 말했다. 당시 집권자 季康子가 자로에게 말하자, 자로는 射(역)이란 사람이 믿을 수 없는 사람이기에 그런 사람의 투항을 보증하지 못하겠다고 거부하였다.

976 원문 重於登壇之盟 – 제후와 제후, 나라와 나라의 맹약은 단을 쌓고 거기서 올라가(登壇) 서약한다. 그러한 나라와 나라 사이의 맹약보다 더 중하게 당신의 말을 신임한다. 그러니 子路 당신이 나아가 射(역)의 투항을 받아달라는 뜻.

977 원문 趙熹之降城 – 趙熹(조희, 前 4년 – 서기 80년, 熹는 성할 희, 아름다울 희)는 更始帝(경시제)가 즉위한 뒤, 南陽郡 舞陰縣의 大姓인

한다.[978]

李氏가 城에 웅거하며 투항하지 않으면서 "내가 알기로 宛縣(완현) 趙氏 가문의 趙憙(조희)가 信義가 있다고 유명하던데 그 사람이라면 투항하겠다."고 말했다. 결국 조희가 투항을 권하자, 곧바로 투항하였다. 《後漢書》 26권, 〈伏侯宋蔡馮趙牟韋列傳〉에 입전. 後漢 건국 초기의 인물이다.

978 원문 賢於折衝之將矣 - 折衝(절충)은 적병의 수레를 부수다. 적의 예봉을 꺾다.

137/ 드러나는 거짓

|原文| 吾見世人, 淸名登而金貝入, 信譽顯而然諾虧, 不知後之矛戟, 毁前之干櫓也. 虙子賤云, "誠於此者形於彼."

人之虛實眞僞在乎心, 無不見乎跡, 但察之未熟耳. 一爲察之所鑒, 巧僞不如拙誠, 承之以羞大矣.

伯石讓卿, 王莽辭政, 當於爾時, 自以巧密, 後人書之, 留傳萬代, 可爲骨寒毛豎也. 近有大貴, 以孝着聲, 前後居喪, 哀毁踰制, 亦足以高於人矣.

而嘗於苫塊之中, 以巴豆塗臉, 遂使成瘡, 表哭泣之過. 左右童豎, 不能掩之, 益使外人謂其居處飮食, 皆爲不信. 以一僞喪百誠者, 乃貪名不已故也.

|국역| 내가 볼 때, 세상 사람들은 청렴으로 명성이 높으나 돈〔金貝(금패)〕을 밝히고,[979] 信義로 칭송받지만 약속을 어기니, 이는 뒤에 말한 창〔矛戟(모극) : 쌍지창(雙枝槍), 날카로운 창〕이 앞서 말한 방패〔干櫓(간로)〕를 훼손하는 줄을 모르는 것과 같다.[980]

---

979 원문 淸名登而金貝入 – 登은 소문이 나다. 金貝(금패)는 금전. 貝는 조개 패. 조개껍질이 화폐로 쓰이던 때가 있었다.

(공자가) 虙子賤(복자천)[981]에게 말한 대로 "이런 일에 성실한 사람은 저런 일에서도 드러난다."[982]

---

980 矛戟, 干櫓 – 矛는 창 모. 찌르기 전용의 창. 戟은 창극. 날이 두 개인 창, 干은 방패 간, 櫓는 큰 방패〔大盾(대순)〕로, 《韓非子 難勢》에 나오는 矛盾(모순)의 원문은 아래와 같다. 「客曰, 人有鬻矛與楯者, 譽其楯之堅, "物莫能陷也." 俄而又譽其矛曰. "吾矛之利, 物無不陷也." 人應之曰, "以子之矛, 陷子之楯, 何如?" 其人弗能應也. 以爲不可陷之楯, 與無不陷之矛, 爲名不可兩立也. 夫賢之爲道不可禁, 而勢之爲道也無不禁, 以不可禁之賢與無不禁之勢, 此矛楯之說也. 夫賢勢之不相容亦明矣.」

981 虙子賤(복자천) – 虙은 위엄스런 복. 성씨. 虙不齊(복부제, 宓不齊)의 字는 子賤(자천)이다. 孔子보다 30세 아래이었다. 孔子는 "子賤은 君子로다! 魯에 君子가 없었다면 子賤이 어디서 배웠겠는가?"라고 말했다.《論語 公冶長》/ 자천이 單父(선보)의 읍재였는데 돌아와 공자에게 복명하면서 말했다. "저의 임지에 저보다 현명한 사람이 다섯 분이나 있어 제가 잘 다스리도록 가르쳐 줍니다." 이에 공자께서 말했다. "애석하도다! 복부제가 다스리는 곳이 작은 곳이나, 큰 지역을 다스려도 아주 잘할 것이다."《史記 仲尼弟子列傳》/ 漢代에 濟南의 伏生(복생)이 《尙書》를 후세에 전했는데, 伏生은 虙不齊(宓不齊)의 후손이며 虙(宓)과 伏은 고대에 통용되었다.

982 원문 "誠於此者形於彼." – 孔子가 衛(위)에 있을 때, 巫馬期(무마기)를 시켜 宓子賤(복자천)의 정사가 어떠한 지 알아보게 하였다. 무마기가 (복자천이 다스리는) 單父(선보) 지역에 들어가니, 밤에 물고기를 잡는 사람이 작은 물고기는 놔 주고 큰 고기만 건져갔다. 무마기가 그 까닭을 묻자, 어부가 말했다. "우리 大夫(복자천)께서는 물고기가 더 크기를 바랍니다." 무마기가 돌아와 공자

사람의 虛實과 眞僞(진위)는 마음에 있지만 그 흔적이 나타나지 않는 것이 없으니, 다만 잘 보이지 않을 뿐이다.[983] 일단 살펴서 드러나면 교묘한 거짓이 서투른 진실만 못하고[984] 그 부끄러움은 참으로 크다.[985]

伯石(백석)이 벼슬을 사양하고,[986] (전한 哀帝 때) 王莽(왕망)이 관직을 사양하였는데, 그 당시에 자신은 교묘하고 또 비밀인 줄 생각하였지만, 後人이 이를 기록하여 후대에 전했기에 萬代에 이르도록 모두가 알았으니 가히 뼈가 시리고 머리카락이 곤두설 것

에게 말했다. "복자천의 덕행은 아주 훌륭합니다. 백성들은 어두운 밤에도 엄격한 형벌이 곁에 있는 것처럼 생각합니다." 이에 공자가 말했다. "전에 내가 복자천에게 '이런 일에 성실하면 저런 일에도 본받을 만하다(誠於此者形於彼).' 고 말해 주었다."
※ 진기환 역.《孔子聖蹟圖》의 〈放鱖知德〉 참고.(2020년, 明文堂)

983 사람은 떠나면서 이름을 남기고(人過留名), 기러기는 지나가면서 소리를 남긴다(雁過留聲). 기러기가 있던 곳에 털이 있고(雁過留毛), 뱀이 지나간 곳에 껍질이 있다(蛇走留皮). 머리카락이 가늘다지만 그래도 그림자가 있다(頭髮雖細 也有影子). 작은 벌레가 날아가도 그림자는 있다(小蟲飛過還有影).

984 원문 巧僞不如拙誠 - 巧(교)가 없다면 拙(졸)도 없다(無巧不成拙). 교묘한 말은 바른 말만 못하다(巧言不如直道).

985 하늘 아래 羞恥(수치)라는 두 글자가 있는 줄을 아직도 모른다(不知天底下 還有羞恥二字). (잘못에 대하여) 부끄러워하는 마음은 사람이라면 누구에게나 있다(羞惡之心人皆有之).

986 원문 伯石讓卿 - 伯石(백석)은 춘추시대 鄭나라 신하. 관직을 받고 싶으면서도 3번 사양하는 척 하였으니, 이는 분명 거짓이다.

이다.[987]

근래에 어떤 고귀한 귀족이 효행으로 명성이 나자, 이를 전후로 친상을 치루면서 지나치게 슬퍼하여 몸을 훼손하였으니, 이는 남보다 한 수 위이었다. 그러자 이제는 親喪 중에[988] 巴豆(파두)를 얼굴에 발라서 부스럼을 만들어[989] 지나치게 서럽게 통곡했다고 티를 내었다. 집안의 어린 하인들이〔童豎(동수)〕 이런 일을 숨기지 못하였기에, 남들로 하여금 그 사람의 거처와 음식까지도 믿지 못하게 만들었다. 이는 한 번의 거짓으로 다른 모든 진실을 상실한 것이니,[990] 이는 명성에 대한 탐욕을 멈추지 못했기 때문이다.[991]

---

987 원문 可爲骨寒毛豎也 – 뼈가 시리고(骨寒) 머리카락이 곤두서다. 豎는 더벅머리 수. 곧다. 바르다.

988 而嘗於苫塊之中 – 而嘗於苫은 이엉 점. 거적. 거적자리. 塊는 흙덩어리 괴. 苫塊(점괴)는 喪中에 거적자리 위에서 흙덩어리를 베고 잔다는〔寢苫枕塊(침점침괴)〕 뜻.

989 원문 巴豆塗臉, 遂使成瘡 – 巴豆(파두)는 식물 이름. 그 열매를 그늘에서 말려 약재로 쓴다. 이를 얼굴에 발라 부스럼을 나게 한다. 塗는 바를 도. 臉은 뺨 검. 瘡은 부스럼 창.

990 원문 以一僞喪百誠者 – 僞는 거짓 위. 喪은 죽을 상. 잃다. 상실.

991 젊어 게으르면 늙어 탐욕뿐이다(小時懶 大時貪). 욕심이 생기면 지혜는 혼미해진다(貪心生則智昏). 만족을 안다면 군자이고(知足是君子), 탐욕을 부린다면 소인이다〔貪婪是小人 / 貪婪(탐람)〕.

138/ 돈으로 산 有識

| 原文 | 有一士族, 讀書不過二三百卷, 天才鈍拙, 而家世殷厚, 雅自矜持, 多以酒犢珍玩, 交諸名士, 甘其餌者, 遞共吹噓.

朝廷以爲文華, 亦嘗出境聘. 東萊王韓晉明篤好文學, 疑彼製作, 多非機杼, 遂設燕言, 面相討試. 竟日歡諧, 辭人滿席, 屬音賦韻, 命筆爲詩, 彼造次卽成, 了非向韻. 衆客各自沈吟, 遂無覺者.

韓退嘆曰, "果如所量!" 韓又嘗問曰, "玉珽杼上終葵首, 當作何形?" 乃答云, "珽頭曲圜, 勢如葵葉耳." 韓旣有學, 忍笑爲吾說之.

| 국역 | 어떤 士族은 讀書가 2, 3백 권에 불과하였고 천부의 재능도 鈍拙(둔졸)하였지만, 그 집안(家世)이 부유해서(殷厚), 평소에(雅) 뽐내면서〔矜持(긍지)〕, 많은 술과 고기와 진기한 물건(노리개)을 주며[992] 여러 名士와 교류하였는데, 그 먹이를 달게 먹은

---

992 원문 多以酒犢珍玩 – 酒는 술 주. 犢은 송아지 독. 소고기. 酒犢은 酒肉. 珍玩(진완)은 신기한 玩物(완물, 노리개). 술과 고기로 사귄 친구는 오래 가지 않는다(酒肉朋友一世無). 술과 고기로 사귄 친구는 곧 끝나고(酒肉朋友短), 환난을 이긴 부부는 오래간다(患

자들이 모두 그 사람을 허풍으로 칭송하였다.[993]

朝廷(조정)에서는 문재가 뛰어났다고 여겨, 일찍이 타국에 交聘(교빙) 차 보낸 적도 있었다.

東萊王(동래왕)인 韓晉明(한진명)은 文學(문학)을 몹시 좋아하였는데〔篤好(독호)〕, 그 士人의 작품 중 직접 짓지 않은 것이 많다고 의심하여,[994] 잔치를 베풀어 직접 만나 시험하기로 했다. 종일토록〔竟日(경일)〕 담소하며 즐겼고, 문인들이 자리를 메웠고, 음운을 받아 직접 시를 지었는데, 그 사람도 즉석에서 시를 지었지만 이전에 볼 수 있었던 그런 운치가 없었다. 많은 사람들은 각자 시를 짓느라고 이를 눈치 챈 사람이 없었다. 한진명은 자리를 파한 뒤 탄식하며 말했다. "내가 생각했던 그대로이다!"

한진명이 한 번은 그에게 "옥홀〔玉笏, 玉珽(옥정)〕 윗부분의 終葵

難夫妻長). 술과 고기로 맺은 친구가 천 명이라도(酒肉兄弟千個有), 위급할 때 도와주는 친구는 한 명도 없다(急難之時一個無).

993 원문 甘其餌者, 遞共吹噓 - 甘은 달 감. 달게 받아먹다. 여기서는 동사로 쓰이었다. 餌는 먹이 이. 遞는 갈마들 체. 교대로. 吹噓(취허)는 바람을 불어넣다. 허풍으로 칭송하다. 크게 허풍을 떠는 것을 吹喇叭(취나팔) 또는 吹大牛(취대우)라 한다. 허풍은 치는 것이 아니니(牛皮不是吹的), 코끼리 궁둥이를 밀었다고 움직이지 않고(大象屁股推不動), 기차를 민다고 가지 않는다(火車不是推進的).

994 원문 多非機杼 - 機는 베틀 기. 杼는 북 저. 소리 나는 북(鼓)이 아니라 벼를 짤 때 가로로 실을 넣어주는 목제 도구. 機杼(기저)는 작품을 구상하다.

(종규) 머리 부분은 무슨 모양인가요?" 라고[995] 물은 적이 있었다.

그 사람은 "옥정의 끝부분은 구부러진 둥근 모양인데, 그 생김새는 아욱의 잎〔葵葉(규엽)〕과 같습니다." 라고 대답하였다.

한진명은 이미 배워 알고 있던 것이라서, 웃음을 참으면서〔忍笑(인소)〕 내게 말해주었다.

995 원문 玉珽杼上終葵首 – 玉珽(옥정, 珽은 옥홀 정)은 天子가 조회 때 손에 쥐고 있는 홀이다. 杼는 북 저. 동시에 두껍지 아니하다는 뜻이 있다. 杼 上은 '엷게 깎아 올리다' 란 뜻이다. 終葵(종규)는 '네모난 방망이 모양' 이라는 주석이 있다. 학식이 부족한 이 사람은 葵(푸성귀 규, 아욱 규)라는 글자만 생각하여 '아욱의 잎 모양' 이라고 대답했다. 결국《考工記》같은 책을 안 읽었다는, 그래서 확대하여 학식이 부족하다는 뉘앙스로 말했다. 사실 이런 경우는 "본 적이 없어 그 생김새를 모르겠습니다." 라고 말했다면 그냥 끝이다. 그런데 아는 척했다는 것이 문제일 뿐이다.

139/ 자식의 문장 고쳐주기

|原文| 治點子弟文章, 以爲聲價, 大弊事也. 一則不可常繼, 終露其情, 二則學者有憑, 益不精勵.

|국역| 子弟(자제)의 文章(문장)을 고쳐주어〔治點(치점)〕[996] 聲價〔성가, 名聲(명성)과 價値(가치)〕를 높인다면, 이는 큰 폐단이다. 첫째, 계속 고쳐줄 수 없으니 결국은 그 실정이 드러나고, 둘째, 배우는 사람이 믿고 기대는 곳이 있으면 세월이 가더라도 힘써 노력하지 않게 된다.[997]

---

996 원문 治點子弟文章 – 治點은 글자를 고쳐주다. 點은 점을 찍어 글자를 없애다.

997 바닷물은 퍼낸다고 마르지 않고(海水舀不乾 / 舀는 퍼낼 요), 학문에는 끝이 없다(學問無止境). 소년 시절의 독서는 돌에 글자를 새기는 것 같아서(少年讀書 石板刻字), 읽으면 오래 남는다. 중년의 독서는 분필로 쓴 글씨와 같아(中年讀書 粉筆寫字) 쉽게 지워진다. 노년의 독서는 물위에 쓴 글자라서(老年讀書 河裏劃水) 남는 것이 없고 금방 잊혀진다. 그러니 공부는 젊어서 해야 한다. 그러나 살다보면 늙어가고(活到老), 배우면서 늙는다(學到老). 늙어 죽을 때까지도(老到死) 배움은 끝나지 않으며(學不了), 배울수록 지식이 적다는 것을 깨닫는다(越學越覺知識少). 그러니 어찌해야 하는가? 그래도 배우면서 늙으면(學到老), 늙는 줄도 모른다(不會到老).

140/ 眞情이 아니라면?

| 原文 | 鄴下有一少年, 出爲襄國令, 頗自勉篤. 公事經懷, 每加撫恤, 以求聲譽.

凡遣兵役, 握手送離, 或齎梨棗餠餌, 人人贈別, 云, "上命相煩, 情所不忍, 道路飢渴, 以此見思." 民庶稱之, 不容於口. 及遷爲泗州別駕, 此費日廣, 不可常周, 一有僞情, 觸塗難繼, 功績遂損敗矣.

| 국역 | 〔北齊(북제) 도읍〕 鄴縣(업현) 지역의 젊은 사람이 襄國(양국) 縣令(현령)으로 발령을 받아 자못 힘써 篤行(독행 : 돈독한 행실)하였다.[998] 공무를 염두에 두면서도 늘 백성을 慰撫〔위무, 撫恤(무휼)〕하며 칭송과 명예를 얻으려 했다.

무릇 兵役(병역)으로 백성을 징발하면 그들 손을 잡고 전송했으며, 혹 배나〔梨(리)〕 대추〔棗(대추 조)〕, 떡이나 먹을 것을〔餠餌(병이)〕 사람마다 싸주면서 말했다.

---

998 鄴縣(업현)은, 今 河北省 남부 邯鄲市(한단시) 臨漳縣(임장현)에 해당. 후한 말 曹操(조조)의 세력 근거지. 이후 남북조 시대에 北朝의 後趙, 冉魏(염위), 前燕(전연)의 都城, 또 東魏와 北齊의 도성이었다. 襄國縣은, 今 河北省 남부 邢台市.

"나라의 命으로 고생을 하게 되었으니 차마 어쩔 수 없지만, 길을 가며 배고프거나 갈증이 나면 이것으로 나를 생각하오."

많은 백성이 현령을 칭송하여 입에 다 담질 못할 정도이었다. 그러다가 나중에 泗州(사주)의 別駕(별가)[999]로 승진하였는데, 이 때도 그렇게 하였다. 그 비용이 날마다 늘어났으며, 한때 거짓 情誼(정의)로 시작한 일이 닥칠 때마다 계속하기가 어려웠기에,[1000] 결국 그간의 공적은 모두 없어졌다.

---

999 泗州(사주) 別駕(별가) - 泗州(사주)는, 今 江蘇省 북부 宿遷市에 해당. 別駕(별가)는 刺史(자사)의 屬官.

1000 원문 觸塗難繼 - 觸塗(촉도)는 處處. 곳곳에. 때에 따라. 경우에 따라. 觸은 닿을 촉. 塗는 길 도. 진흙.

141/ 진정한 명성

| 原文 | 或問曰, "夫神滅形消, 遺聲余價, 亦猶蟬殼蛇皮, 獸迒鳥跡耳, 何預於死者, 而聖人以爲名教乎?"

對曰, "勸也, 勸其立名, 則獲其實. 且勸一伯夷, 而千萬人立仁風矣. 勸一季札, 而千萬人立仁風矣. 勸一柳下惠, 而千萬人立貞風矣. 勸一史魚, 而千萬人立直風矣. 故聖人欲其魚鱗鳳翼, 雜沓參差, 不絶於世, 豈不弘哉? 四海悠悠, 皆慕名者, 蓋因其情而致其善耳. 抑又論之, 祖考之嘉名美譽, 亦子孫之冕服牆宇也, 自古及今, 獲其庇蔭者亦衆矣. 夫修善立名者, 亦猶築室樹果, 生則獲其利, 死則遺其澤. 世之汲汲者, 不達此意, 若其與魂爽俱升, 松柏偕茂者, 惑矣哉!"

| 국역 | 어떤 사람이 물었다.[1001]

"(사람이 죽어) 정신과 육신이 사라진 뒤 남은 명성이나 聲價는, 마치 매미의 껍질이나 뱀의 허물이며 짐승과 새의 발자국과

1001 원문 或文曰 – 가상의 질문과 답변으로 저자의 뜻을 밝힌 문장이다.

같은데,[1002] 死者(사자)에게 무슨 일이 있을 것이라 생각하여, 聖人(성인)은 명성을 중시하라고 가르치셨습니까?"[1003]

이에 대답하였다.

"이는 권장하는 뜻이니, 立名(입명 : 이름을 세우다)을 권장하면 그 실질을 얻을 수 있습니다. 곧 (성인께서) 伯夷(백이)의 명성을 한 번 권장하면, 千萬人(천만인)이 청렴한 기풍을 실천하려 노력합니다. 季札(계찰)[1004]을 한 번 권장하면 천만인이 인자한 기풍을 실천하려

1002 원문 亦猶蟬殼蛇皮, 獸迒鳥跡耳 – 蟬은 매미 선. 殼은 껍질 각. 蛇皮(사피)는 뱀의 허물. 이는 성장을 위한 과정이다. 獸는 짐승 수. 迒은 발자국 항. 跡은 자취 적.

1003 名敎 – 以名爲敎. 禮敎, 禮儀敎化. 禮樂文化. 명분을 중시하는 가르침.

1004 季札(계찰) – 姬는 姓, 名은 札(찰), 季는 막내라는 뜻. 吳王 壽夢(수몽)의 4子. 延陵에 봉해졌기에 延陵季子(연릉계자)로 통칭. 吳王인 壽夢(수몽)은 현명한 막내아들 계찰에게 전위하고 싶었고, 수왕의 장자 諸樊(제번)은 부친의 뜻을 알고 숨어버렸다. 수왕이 죽은 뒤에 제번은 계찰에게 양위하려 했지만 계찰이 끝내 거부하여 제번이 즉위했다. 제번은 자신이 죽으면 계찰이 즉위한다고 미리 공표까지 했지만 계찰은 끝내 사양하였다. 계찰은 장수하여 前 485년에 죽었다(哀公 8년, 공자 68세). 魯 昭公 27년, 吳는 계찰을 齊(제)에 보내 聘禮(빙례)를 수행했다. (계찰이 돌아가는 길에) 그의 아들이 죽었다. 여행 중이라서 嬴博(영박)이란 곳에 장례했다. 孔子가 가보고서는 계찰이 여행 중의 장례로 幽明(유명, 生死)에 따른 예절을 잘 알고 있다고 칭찬하며 말했다. "延陵季子는 예법에 맞게 장례했다."

합니다. 柳下惠(유하혜)[1005]를 한 번 권장하면 千萬人이 貞風(정풍: 마음이 곧은 풍조)을 건립하려고 합니다. 史魚(사어)[1006]를 권장하면 千萬人이 곧은 기풍을 실천하려 합니다. 그래서 聖人께서는 물고기 비늘처럼〔魚鱗(어린)〕 많은 사람이 봉황의 날개에〔鳳翼(봉익)〕 매달리려 하듯,[1007] 여러 가지 형상으로 출현하여[1008] 세상에 끊어

1005 柳下惠(유하혜) – 魯의 대부로 본명은 展獲(전획)이고, 柳下를 식읍으로 받았고, 惠는 시호이다. 공자는 유하혜의 탁월한 재능을 칭찬하였다. 유하혜는 典獄官(전옥관)으로 현명하고 유능하였지만 관직에서 3번이나 쫓겨났다. 어떤 사람이 유하혜에게 "당신은 아직도 떠나지 않을 겁니까?"라고 물었다. 이에 유하혜가 말했다. "正道로 주군을 섬긴다면 어디를 가더라도 3번쯤은 쫓겨나지 않겠습니까? 정도를 굽힌 枉道(왕도)로 섬길 것이라면 하필 부모님이 살던 나라를 떠나겠습니까?"라고 말했다. 이처럼 유하혜는 사리에 맞는 말을 사려 깊은 행동으로 정도를 지켰지만 3번이나 면직되는 치욕을 겪었다(降志辱身). 《論語 微子》 柳下惠爲士師, 三黜. 人曰, "子未可以去乎?" 曰, "直道而事人, 焉往而不三黜? 枉道而事人, 何必去父母之邦?"

1006 史魚(사어) – 史魚〔史鰌(사추), 생졸년 미상. 字는 子魚〕는 春秋時期 衛國 大 夫. 《論語 · 衛靈公》「子曰, "直哉史魚! 邦有道, 如矢, 邦无道, 如矢. 君子哉蘧伯玉! 邦有道, 則仕. 邦无道, 則可卷而怀之."」

1007 원문 魚鱗鳳翼 – 魚鱗은 龍鱗(용린). 《後漢書 光武帝紀》에게 耿純(경순)이 나서서 말했다. "천하 사대부들이 친척을 버리고 고향을 떠나 대왕을 따라 戰場을 누비는 것은, 용의 비늘이나 봉황의 날개를 잡아 평소의 소원을 이루려는 뜻입니다."라면서 後漢 光武帝의 즉위를 적극 진언하였다.

지지 않고 이어가게 하였으니 그 뜻이 어찌 크지 않겠습니까? 四海의 많은 사람들[1009] 모두가 명성을 흠모한다면 아마 그들의 정황에 따라 최선을 다하려 할 것입니다. 또 다른 일면을 논한다면, 조상의(祖考) 훌륭하고 아름다운 명성과 稱譽(칭예, 칭찬)는 자손에게 지위가 되고〔冕服(면복)〕 지켜주는 담과 집이 되니〔牆宇(장우)〕, 예로부터 지금까지 그 음덕〔庇蔭 (비음)〕을 입은 자 또한 많았습니다. 대체로 훌륭한 명성을 세웠다면, 이는 집을 짓고 과일나무를 심은 것과 같으니[1010] 살아있는 그 후손에게 이롭고 죽어서라도 그 은택을 입을 것입니다. 그러나 세상의 명성을 얻기에만 汲汲(급급)한 자들은 이런 뜻을 깨닫지 못하고 (명성이 죽은 자의) 혼백을 따라 함께 승천한다거나, (그 시신이 밑거름이 되어 봉분 위에 심은) 소나무나 측백나무만 무성해진다고 말하니, (이는) 참으로 迷惑(미혹)한 말일 것입니다!"

1008 원문 雜沓參差 – 雜沓(잡답)은 많은 것이 뒤섞인 모양. 參差(참치. 참차가 아님)는 들쑥날쑥한 모양. 마구 섞인 모양.

1009 원문 四海悠悠 – 四海는 천하. 悠悠(유유)는 아주 많은 모양. 널리 퍼진 모양. 매우 한가한 모양.

1010 앞사람이 베푼 덕행을 뒷사람이 거둔다(前人種德後人收). 곧 조상의 덕행으로 후손이 복받는다. 앞사람이 판 우물이 있어 뒷사람이 물을 마시고(前人掘井後人吃), 젊은이가 먹는 과일은 앞서간 사람이 심은 것이다(後生吃果前人栽).

11. 涉務(섭무)[1011]

142/ 國用의 인재

|原文| 士君子之處世, 貴能有益於物耳, 不徒高談虛論,

1011 涉務(섭무)는 업무를 처리하다. 涉은 歷의 뜻. 거치다. 실무처리. 본편은 나라에 이바지할 수 있고 백성에 도움이 될 수 있는 人材로 키우려는 가정교육의 실제를 다루고 있다. 이는 고담준론이 아니고 책만 읽은 학자의 理論이 아닌, 저자 안지추가 목격하고 생각한 실제이었다.

南朝의 사대부들은 하나 같이 軟弱(연약)했다. 남의 부축을 받아야 수레에 오를 수 있는 그런 육체적 虛弱은 말할 것도 없었고, 강한 생활의 의지도 없었다. 안지추가 가족과 함께 南朝에서 北朝로, 거기서 다시 北齊로 망명했고, 北齊와 北周의 멸망을 겪었다.

그런 소용돌이에서 관직을 유지하며 가족을 지킬 수 있던 힘은 무엇이겠는가? 이론의 힘이 아닌 實務 能力이었고, 時運에 맡기고 흘러가는 소극적 피동이 아닌 자신의 命運을 개척하려는

左琴右書, 以費人君祿位也.

國之用材, 大較不過六事. 一則朝廷之臣, 取其鑒達治體, 經綸博雅, 二則文史之臣, 取其著述憲章, 不忘前古. 三則軍旅之臣, 取其斷決有謀, 强幹習事, 四則藩屛之臣, 取其明練風俗, 淸白愛民. 五則使命之臣, 取其識變從宜, 不辱君命, 六則興造之臣, 取其程功節費, 開略有術, 此則皆勤學守行者所能辨也.

人性有長短, 豈責具美於六塗哉? 但當皆曉指趣, 能守一職, 便無媿耳.

| 국역 | 士人 君子의 處世(처세)에는 실무에서 유익한 능력을 귀하게 여길 뿐이니, 高談(고담)에 虛論(허론)을 말하며 좌우에 琴書(금서 : 거문고나 책)를 벌여놓고 人君이 내리는 祿位(녹위)나 소모하는 그런 무리가 아니다.

나라에서 쓸만한 인재는 대략 6가지 업무를 넘어서지 않는다.[1012]

적극성이었다.

아버지이며 家長이기에 책임감을 절감하고 실천하였으니, 그것이 가정교육의 본보기가 아니겠는가?

1012 원문 大較不過六事 – 大較(대교)는 大略. 六事는 6가지 업무. 職群.

첫째는, 조정의 大臣이니 국가의 統治大綱(통치대강)에 얼마나 달통했으며 경륜의 廣博(광박)과 高雅(고아)를 보아 등용하고,

둘째는, 文史(문사)를 담당하는 신하이니 그 저술과 문장 능력,[1013] 옛 제도에 관한 지식으로 등용한다.

셋째는, 軍事〔군사 : 軍旅(군여)〕를 담당할 武臣(무신)이니 결단력과 策謀(책모), 무예의 숙련에 따라 등용하며,

넷째로는, 나라의 울타리인 지방관으로[1014] 지역의 풍속에 밝고 청렴결백한 성품과 愛民(애민)의 품성을 보아 선발한다.

다섯째는, 使命(사명)을 수행하는 신하이니(외교 담당) 상황의 변화를 알고 대처하여 主君(주군)의 뜻을 욕되게 하지 않는 능력으로 고르며,

여섯째는, 工事(공사)와 물건 제조를 담당하는 신하이니 그 과정을 헤아려 비용을 절약하고 기술 능력으로 선발하니, 이들은 근면히 익히고 맡은 일을 능숙하게 처리할 사람들이다.

인간의 성품에도 장단이 있으니, 어찌 이 여섯 가지 영역을 고루 다 갖추고 훌륭할 수 있기를 요구하겠는가?[1015] 다만 그 본래

1013 원문 取其著述憲章 – 著述憲章은 法文을 저술하다. 여기서 법은 국가 실무의 여러 규정, 행정 문서. 《中庸》 29장, 「仲尼祖述堯舜, 憲章文武, 上律天時, 下襲水土.」 憲은 法. 章은 明也.

1014 원문 藩屛之臣 – 지방관을 말함. 藩은 울타리 번. 屛은 가릴 병. 막다. 지방의 행정관이나 변방 주둔 지휘관이며 치안 담당관을 지칭.

의 요점을 깨달아서 한 가지 직분이라도 담당할 수 있다면[1016] 부끄럽지 않을 것이다.[1017]

1015 원문 豈責具美於六塗哉? - 豈는 어찌 기. 責具는 책무. 책임을 다하다. 美는 뛰어나다. 六塗(육도)는 위에서 언급한 6가지 업무 영역. 哉는 의문어기사.

1016 벌이하는 방법이야 각자 다르지만(道路各別), 가족 부양은 마찬가지이다(養家一般). 근면은 재산 이외의 또 다른 재산이며(勤是財外財), 자기 일은 자기가 책임지고(各人做事各人當), 자신이 하는 장사에 정통해야 하나니(幹一行 專一行), 곧 그 방면 전문가가 되어야 한다.

1017 원문 便無媿耳 - 便은 곧. 媿는 부끄러울 괴. 창피를 주다.

143/ 士大夫의 무능

|原文| 吾見世中文學之士, 品藻古今, 若指諸掌, 及有試用, 多無所堪. 居承平之世, 不知有喪亂之禍, 處廟堂之下, 不知有戰陳之急. 保俸祿之資, 不知有耕稼之苦, 肆吏民之上, 不知有勞役之勤, 故難可以應世經務也.

晉朝南渡, 優借士族, 故江南冠帶, 有才幹者, 擢爲令,僕已下尙書郎中書舍人已上, 典掌機要. 其餘文義之士, 多迂誕浮華, 不涉世務, 纖微過失, 又惜行捶楚, 所以處於淸高, 蓋護其短也.

至於臺閣令史, 主書監帥, 諸王籤省, 並曉習吏用, 濟辦時須, 縱有小人之態, 皆可鞭杖肅督, 故多見委使, 蓋用其長也. 人每不自量, 擧世怨梁武帝父子愛小人而疏士大夫, 此亦眼不能見其睫耳.

|국역| 내가 볼 때, 세상의 文學을 담당하는 사인들을 고금의 인물에 대한 품평은[1018] 마치 손가락으로 손바닥을 가리키듯 쉽

1018 원문 品藻古今 – 品은 등급. 품질. 품평하다. 藻는 마름 조. 水草 이름. 문채 있는 문장. 아름다운 표현. 품평하다. 鑑識(감식)하다. 品藻(품조)는 등급을 매겨 품평하다. 古今은 고금의 인물.

게 하지만,[1019] 실제 업무를 맡겨보면 감당하지 못하는 사람이 많았다.[1020]

(南朝의 사대부들은) 承平한 시대에 살았기에 喪亂(상란)의 禍(화)를 알지 못하고, 廟堂(묘당, 朝廷)에서만 근무했기에 戰陳(전진, 戰陣)의 급박한 상황을 모른다.[1021] 봉록을 바탕으로 생활하기에 힘든 농사일을 알지 못하고 관리나 백성 위에 군림했기에 힘든 勞役(노역)을 알지 못하기에 시대 상황에 대처하기가 어렵다.[1022]

晉朝가 南渡(남도)하면서,[1023] 士族을 우대하였기에, 江南의 관

인물평론은 결국 그 능력이나 자질에 대한 평가이다.

1019 원문 若指諸掌 - 그 손바닥을 가리키다. 곧 쉬운 일이다.《中庸》12장에 '治國이 손바닥 위에 놓고 보는 것 같겠는가?(治國其如示諸掌乎?)' 라고 하였다.《論語 八佾》「或問禘之說. 子曰, "不知也, ~ 其如示諸斯乎!" 指其掌(손바닥을 가리켰다)」 모두 쉽다는 뜻.

1020 원문 多無所堪 - 堪은 견딜 감. 수행하다.

1021 고생과 쾌락을 겪어보지 않으면(不經一苦一樂), 고락의 차이를 알지 못한다(不知苦樂之別).

1022 원문 故難可以應世經務也. - 應世는 시대 상황에 대응하다. 經務는 일을 처리하다. 풍우를 겪지 않으면(不經風雨) 세상 물정을 모른다(不見世面).

1023 원문 晉朝南渡 - 西晉의 멸망과 동진의 건국을 말함. 311년에 西晉 懷帝(회제)가 '永嘉(영가)의 亂' 때 포로로 흉노의 漢에 잡혀가서 313년에 죽자, 愍帝(민제, 재위 313 - 316)가 즉위한다. 愍帝는 司馬睿(사마예)를 丞相 겸 大都督으로 임명한다. 민제가 포

리로[1024] 才幹(재간, 能力)이 있는 者는 尙書令이나 僕射(복야) 이하 尙書郞(상서랑)이나 中書舍人(중서사인) 이상의 직위에 발탁되어 나라의 機務(機要)를 관장하였다. 그 밖의 文義之士들은 거의 허황되고 부화하며,[1025] 업무를 처리하지도 못하고, 그렇다고 아랫사람 잘못에 회초리를 들지도 못하면서[1026] 淸高한 자리에 앉아 있는 것으로 그 단점을 덮으려 했다.

臺閣令史(대각영사)나 主書, 監, 帥(수)들이나, 諸王의 하급 속관〔簽事(첨사), 省事〕들은 관리의 업무 처리에 밝아 그때그때 필요한 업무를 처리하는데, 만약 하급 관리들이 小人의 짓거리나 행동을 하면,[1027] 채찍이나 몽둥이로 때려 감독하면서 하급 관리에

로로 잡혀가고 서진이 멸망하자(316), 사마예는 晉朝의 貴族과 江東 大族의 支持를 받아 317年에(建武) 즉위한다(이후 東晋으로 구분). 이때 사마예는 44살이었다. 이어 다음 해(서기 318년) 정식 皇帝로 즉위하면서 연호를 大興(318 - 321년)으로 바꾼다.

1024 冠帶 - 戴冠束帶(대관속대)한 사람. 관리를 지칭.

1025 원문 多迂誕浮華 - 多는 많은. 대부분이. 迂誕(우탄)은 큰소리치고 남을 속이다. 迂는 멀 우. 삐뚤어지다. 浮華(부화)는 경박하고 겉만 번지르하며 실속이 없는 모양.

1026 원문 又惜行捶楚 - 又는 또 우. 惜은 아낄 석. 捶는 매 추. 회초리로 때리다. 楚는 가시나무 초. 회초리. 楚撻(초달). 捶楚(추초)는 잘못에 대하여 몽둥이나 회초리로 때리다.

1027 《論語 里仁》「君子喩於義, 小人喩於利.(군자는 의리를 알고, 소인은 이익에 눈을 뜬다.)」

실무를 맡겨 놓고 그 장기(장점)를 부려먹을 수 있다.

그러나 南朝(남조)의 士人(사인)들은 자신의 능력을 헤아리지 못하면서, 梁 武帝 父子(양 무제 부자)[1028]가 小人(소인)을 편애하며 사대부를 소홀히 대한다고 온 나라 신하들이 원망하였지만, 이는 눈으로 자기 속눈썹을 보지 못하는 이치와 같다.[1029]

1028 梁武帝父子 - 武帝 蕭衍(소연), 簡文帝 蕭綱(소강), 元帝 蕭繹(소역).

1029 원문 此亦眼不能見其睫耳. - 睫은 속눈썹 첩. 눈은 백보 밖 작은 것을 볼 수 있지만, 가까운 눈썹을 보지 못한다. 자신의 잘못을 알지 못하다.

144/ 士大夫의 허약

| 原文 | 梁世士大夫, 皆尙褒衣博帶, 大冠高履, 出則車輿, 入則扶侍, 郊郭之內, 無乘馬者.

周弘正爲宣城王所愛, 給一果下馬, 常服御之, 擧朝以爲放達. 至乃尙書郎乘馬, 則糾劾之. 及侯景之亂, 膚脆骨柔, 不堪行步, 體羸氣弱, 不耐寒暑, 坐死倉猝者, 往往而然.

建康令王復性旣儒雅, 未嘗乘騎, 見馬嘶歕陸梁, 莫不震慴, 乃謂人曰, "正是虎, 何故名爲馬乎?" 其風俗至此.

| 국역 | 梁代(양대)의 士大夫(사대부)들은 모두 헐렁하게 큰 옷〔褒衣(포의)〕과 넓은 의대〔博帶(박대)〕, 大冠(대관)과 굽 높은 신발〔高履(고리)〕을 좋아하였고, 외출할 때는 수레나 가마〔車輿(거여)〕를 타고 집에 와서는 부축을 받았으며〔入則扶侍(입즉부시)〕, 교외에 가더라도 말을 타는 자가 없었다.[1030]

周弘正(주홍정)은 宣城王(선성왕, 간문제의 장남)이 총애하며 그에게 果下馬(과하마)[1031]를 한 마리 주어 주홍정은 늘 타고 다녔는

1030 郊郭之內, 無乘馬者 – 남쪽 사람들은 배를 잘 몰고(南人駕船), 북쪽 사람들은 말을 잘 탄다(北人乘馬). 곧 南船北馬. 남방 사람들은 물에 익숙하고(南方善水), 북방 사람들은 말을 잘 탄다(北方善騎).

데, 온 조정 사람이 버릇없는 사람이라고 생각했다.[1032] 심지어 尙書郞이 乘馬(승마)했다고 상서랑을 탄핵한 적도 있었다.

侯景(후경)의 亂이 일어나자, (남조의 사대부들은) 피부가 무르고 골격은 유약하여 걷지도 못했으며,[1033] 수척해진 몸에 氣도 허약하고, 추위와 더위도 견디지 못하여 갑자기 앉은 채로 죽는 자도 가끔 있었다.

建康(건강, 도읍지 南京) 縣令이었던 王復(왕복)은 성품이 점잖으나 말을 타 본 적이 없었는데, 말이 부르짖고 거친 숨을 내뿜으며 마구 날뛰면[1034] 두려워 떨지 않은 적이 없었는데, 그가 옆사람에게 말했다.

"꼭 호랑이와 같거늘 왜 말(馬)이라고 이름을 붙였는가?"

남조의 풍속이 이와 같았다.

1031 果下馬 - 樂浪의 檀弓(단궁)이 東濊(동예)의 땅에서 생산되었다. 동예의 바닷가에서는 班魚皮(반어피)가 나왔으며, 토지는 비옥했고 무늬 있는 표범이 있었다. 果下馬가 있었는데, 漢 桓帝 때 이를 헌상했었다. 陳壽의 正史《三國志 魏書》30권, 〈烏丸鮮卑東夷傳〉.

1032 원문 擧朝以爲放達. - 放達은 마음대로, 멋대로 행동하다.

1033 원문 膚脆骨柔, 不堪行步 - 膚는 살갗 부. 피부. 脆는 무를 취. 물렁하다. 흐물거리다. 柔는 유약하다. 堪은 견딜 감.

1034 원문 見馬嘶歕陸梁, 莫不震慴 - 嘶는 짐승이 울 시. 歕은 (숨을) 뿜어낼 분. 陸梁(육량)은 뛰어오르다〔跳躍(도약)〕. 震은 벼락 진. 慴은 두려울 섭. 震慴(진섭)은 놀라서 겁을 먹고 떨다.

145/ 농사를 모르는 士大夫

| 原文 | 古人欲知稼穡之艱難, 斯蓋貴穀務本之道也.

夫食爲民天, 民非食不生矣, 三日不粒, 父子不能相存. 耕種之, 茠鉏之, 刈穫之, 載積之, 打拂之, 簸揚之, 凡幾涉手, 而入倉廩, 安可輕農事而貴末業哉?

江南朝士, 因晉中興, 南渡江, 卒爲羈旅, 至今八九世, 未有力田, 悉資俸祿而食耳. 假令有者, 皆信僮僕爲之, 未嘗目觀起一墢土, 耘一株苗, 不知幾月當下, 幾月當收, 安識世間餘務乎?

故治官則不了, 營家則不辦, 皆優閒之過也.

| 국역 | 古人이 농사의 어려움을 알고자 한 뜻은,[1035] 이것이 곡식을 귀하게 여기고 根本(農事)에 힘써야 할 도리이기 때문이다.[1036]

1035 원문 稼穡之艱難 - 稼는 심을 가. 穡은 거둘 색. 稼穡(가색)은 심고 거두기. 농사. 艱難(간난)은 힘들다. 어려움. 가난.

1036 농사는 사람을 기다려주지 않고(庄稼不等人), 절기가 사람을 먹여주지는 않는다(節氣不饒人). 곧 농사의 때를 놓칠 수 없다. 소인은 끝가지를 따라가나(小人逐末), 군자는 근본을 추구한다(君子務本).

糧食(양식)은 백성에게 하늘과 같고, 백성은 양식이 없으면 살 수가 없으며, 3일간 먹지 못하면 父子간이라도 안부를 묻지 못한다.[1037]

밭 갈고 씨를 뿌리고, 김을 매며 거둬들이고,[1038] 운반하여 쌓아두었다가 타작하고 검불을 날려버리기 등[1039] 모두 얼마나 손이 가야만 창고에 들어갈 수 있는데, 어찌 농사를 천시하고 末業〔말업 : 商業(상업)〕을 귀하게 여길 수 있는가?

江南(강남) 조정의 士人들은 晉(진)의 中興〔중흥 : 東晋(동진)의 건국〕에 따라 南(남)으로 渡江(도강)하였으니, 결국 나그네이지만[1040] 지금까지 8, 9세대에 이르도록 농사를 지은 적도 없이, 봉록에 전적으로 의지하여 먹고 살았다.

설령 농사를 짓는다 하여도 모든 것을 僮僕(동복, 머슴)이 다하

1037 원문 三日不粒, 父子不能相存. - 3일 굶었는데 무슨 사람 노릇을 하겠는가? 3일 동안 밥을 못 먹으면 눈에 헛것이 보인다(三日沒吃飯眼前花). 아무리 사내대장부라도 사흘을 굶을 수 없다(好漢餓不得三日).

1038 원문 茠鉏之, 刈獲之 - 茠는 덮을 휴. 김맬 호. 鉏는 호미 서. 김을 매다. 刈는 벨 애. 獲은 거둘 획.

1039 원문 打拂之, 簸揚之 - 打拂(타불)은 이삭을 털다. 곡식을 털어 내다. 簸는 까부를 파. 키로 잡티나 검불을 날려버리다.

1040 원문 卒爲羈旅 - 卒은 마침내, 결국. 羈旅(기여)는 나그네. 羈는 굴레 기. 旅는 갈 려. 南朝의 귀족은 북쪽에서 온 나그네인데, 그 나그네가 주인 노릇을 했다.

도록 맡겨놓고서는 밭갈이나 곡식 한 포기 김을 매어본 적이 없으며,[1041] 몇 월에 씨앗을 뿌리고, 몇 월에 수확을 하는 줄도 모르니 世間(세간)의 다른 일인들 어찌 알 수 있겠는가?

그러니 관직을 제대로 해내지도 못하고, 집안 살림 해결도 못하니, 이 모두가 너무 편하게 살아온 탓이다.

1041 원문 未嘗目觀起一墢土 – 墢은 밭을 갈 발.

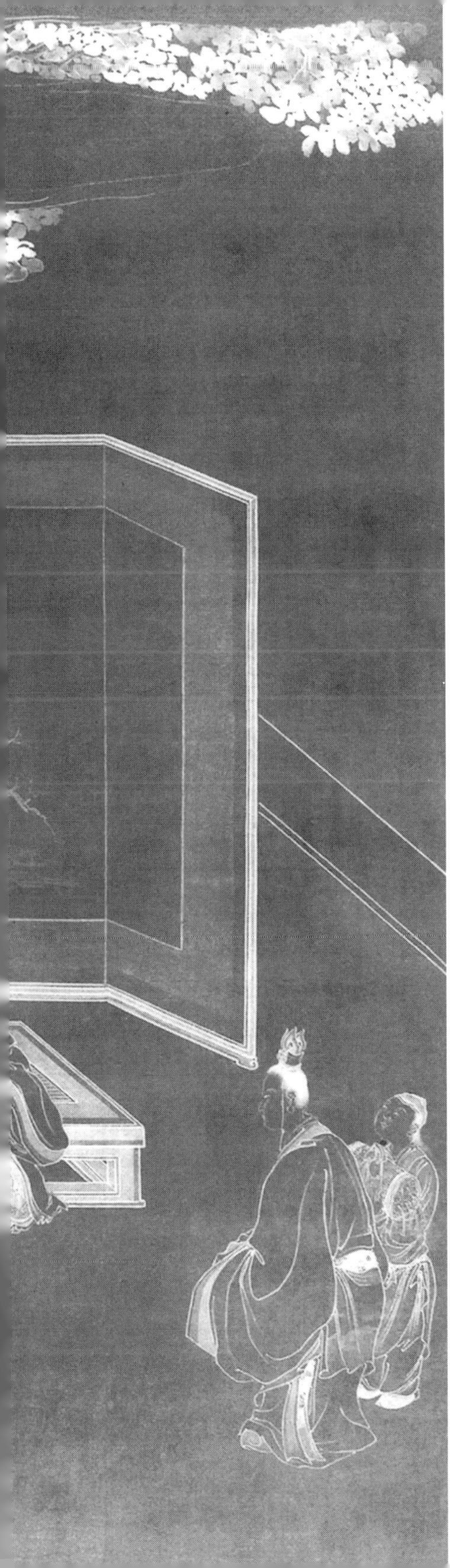

顏氏家訓
제5권

12. 省事(생사)[1042]

146/ 無多言, 無多事

|原文| 銘金人云, '無多言, 多言多敗, 無多事, 多事多

1042 省事(생사) – 省은 덜어낼 생. 줄이다. 省略(생략). 省事(생사)는 일을 줄이다. 살필 성. 官衙(관아) 이름 성. 중국 속담에 '이 일 저 일 많은 것이 독서의 첫째 병(多事爲讀書第一病)이라.' 고 했다. 정말 공부를 하려면 남의 일이나 외부에 무관심해야 한다.
어느 나라든 검소와 절약을 생활의 미덕으로 생각한다. '쌀이 많아도 아끼지 않을 수 없고(米多不可不省), 많은 복을 받았어도 아껴야 한다(福多不可不惜).' 고 하였으니, 이는 복을 누릴수록 겸손해하라는 뜻이다.
장사를 하는 사람도 '새로운 이득을 얻는 것은 폐단을 하나 없애주는 것만 못하고(興一利不如除一害), 새로운 일을 시작하는 것은 일을 하나 줄여주는 것만 못하며(生一事不如省一事), 많이 버는 것은 비용을 줄이는 것만 못하다(多求不如省費).' 고 하였다.
이런 생활의 절약이 바로 省事(생사)이다. '일에 일이 생기고(事

患.' 至哉斯戒也!

能走者奪其翼, 善飛者減其指, 有角者無上齒, 豐後者無前足, 蓋天道不使物有兼焉也. 古人云, '多爲少善, 不如執一. 鼫鼠五能, 不成伎術.'

近世有兩人, 朗悟士也, 性多營綜, 略無成名. 經不足以待問, 史不足以討論, 文章無可傳於集錄, 書跡未堪以留愛翫. 卜筮射六得三, 醫藥治十差五, 音樂在數十人下, 弓矢在千百人中, 天文,畫繪,棋博,鮮卑語,胡書, 煎胡桃油, 煉錫爲銀, 如此之類, 略得梗概, 皆不通熟. 惜乎, 以彼神明, 若省其異端, 當精妙也.

| 국역 | 金人에 새겨진 글에서 말했다.[1043]

有事), 일을 줄이면 일이 없다(省事無事).' 고 하였다. 이는 생활의 방편이면서 治家의 근본이고, 處世(처세)의 지혜이다. 나의 일도 줄이는데, 그렇다면 남의 일에 관여하겠는가? 省事(생사)에는 무조건이 아니라 어느 정도의 규범을 정하고 넘지 않도록 처신할 필요가 있다고 하였다.
안치추는 관직을 얻는 것도 어쩌면 命運(명운)이라고 했다. 時運이 있으면 억지로 구하지 않아도 누릴 수 있다고 했다. 그러면서 그런 관직을 얻었다면 仁義를 적극 베풀고 실천하라고 권했다.

1043 원문 銘金人 - 청동으로 만든 사람의 등에 새겨진(銘) 글. 孔子가 (周의 시조) 后稷廟(후직의 묘당)에 갔는데, 우측 계단에 청

'말을 많이 하지 말라, 多言(다언)이면 多敗(다패)한다. 일을 많이 벌이지 말 것이니, 일이 많으면 걱정거리도 많다.'

이 훈계는 꼭 맞는 말이다![1044]

달리기를 잘하는 자에게는 그 날개를 빼앗았고(잘 달리는 동물은 날개가 없고), 잘 날면 발이 없으며〔指(지)는 趾(발 지)〕, 뿔이 있는 동물은 윗 이빨이 없고, 뒷발이 튼튼하면 앞발이 없으니, 아마도〔蓋(아마 개)〕 天道(천도)는 한 生物(생물)이 모두를 갖도록 하지 않았다. 옛사람은 '많으면서 뛰어난 것이 없는 것보다는 한 가지만 집중하는 것만 못하다.[1045] 날다람쥐가 5가지 재주가 있지

동으로 만든 인물이 있고 그 입은 세 번 꿰매졌으며, 등(背)에는 銘文(명문)이 있었다. 그 명문에 쓰여 있기를 '옛날 말조심을 한 사람이니〔愼言人(신언인)〕, 이를 통해 훈계하노라. 말을 많이 하지 말라. 多言이면 그만큼 실언도 많다. 말을 정말 신중히 한다면 복을 받는 근본이다. 그런데 왜 (입 때문에) 상처를 받는가? 입이 禍를 불러들이는 門이기 때문이다.'
이를 읽은 공자가 제자들을 둘러보며 말했다. "이 말은 사실이며 꼭 맞는 말이다. 몸으로 실천하기를 이 같이 한다면, 어찌 입 때문에 입는 화(口禍)가 있겠는가?" 이는 《孔子家語 官廚(관주)》의 내용을 요약한 것이다.

1044 원문 至哉斯戒也 - 至哉는 至言이로다. 斯戒(사계)는 이 訓戒(훈계). 戒는 誡也!

1045 원문 多爲少善, 不如執一 - 여기서 多는 多技(다기, 여러 가지 재주). 善은 잘하다. 뛰어나다. 執一(집일)은 한 가지 일에 집중하다(專一). 사람이 한 가지 재주에도 정통하지 못하면(一藝不精), 인생을 그르치거나 죽을 수 밖에 없다(誤人終生). 그렇다

만, 제대로 된 재주는 없다' 고[1046] 하였다.

近世(근세)에 두 사람이 있었는데,[1047] 英敏(영민)한 士人(사인)으로 여러 가지 일을 잘 하지만 이름을 날린 만한 것은 없었다.

(그 두 사람의) 經學(경학)은 남의 질문을 받기에는 부족하고, 史學(사학)에서는 남과 토론할 정도에 이르지 못했으며, 文章(문장)으로는 集錄(집록)에 실려 이름을 전할 정도는 아니었고, 서예 실력도 남이 즐겨 감상할 정도에 이르지 못했다.

점치기에는 여섯 번이면 3번 정도 맞추었고,[1048] 醫藥(의약) 분야에서는 열 사람 중 5명 정도는 고칠 수 있었으며,[1049] 音樂(음

하여 '이것저것 백 가지 재주는 하나의 정통한 재능만 못하다(百藝不如一藝精).' 그러면서도 '재주가 뛰어나면 틀림없이 狂氣가 있고(才高必狂), 기예가 높으면 틀림없이 거만한 데가 있다(藝高必傲).' 고 하였다.

1046 원문 鼫鼠五能, 不成伎術. - 鼫은 날다람쥐 석. 鼠는 쥐 서. 鼫鼠(석서)는 날다람쥐. 五能은 날다람쥐가 하늘을 날아도 집을 넘어 날지 못하고, 나무를 잘 타도 나뭇가지 끝까지 나아가지 못하며, 헤엄을 칠 줄 알지만 계곡을 건너가지 못하고, 구멍을 팔 줄 알지만 제 몸뚱이를 숨기지 못하며, 잘 달린다지만 먼 거리를 달리지는 못한다. 伎는 재주 기. 伎術(기술)은 技術.

1047 원문 近世有兩人 - 그 두 사람의 이름을 지명한 주석도 있다. 그렇다고 구체적으로 擧名하며 '略無成名' 이라 할 수는 없을 것이다.

1048 원문 卜筮射六得三 - 卜은 점 복. 龜甲(귀갑)을 이용한 점치기. 筮는 점대 서. 蓍草(시초)를 뽑아 점치기. 卜筮(복서)는 길흉의 판단. 射六得三은 맞출 확률이 50%. 射는 쏠 사.

악)은 수십 명 중 하급이었고, 弓矢(궁시, 활쏘기)는 백 명이나 천 명에서 중간 정도였으며, 그 밖에 天文(천문), 畫繪(화회, 회화), 棋博(기박, 장기나 바둑), 鮮卑語(선비족의 말), 胡書(호서, 선비족의 문자 습득), 胡桃油(호도유) 만들기, 朱錫(주석)을 단련하여 銀(은)으로 만들기 등 이런저런 일에 그 대략을 터득하였지만, 하나도 숙달하지는 못했다.[1050]

안타깝도다! 그의 神明(신명 : 신통명석)으로 만약 다른 한쪽을 살폈더라면 틀림없이 精妙(정묘)한 경지에 이르렀을 것이다.[1051]

1049 원문 治十差五 – 治는 치료. 差는 快差(쾌차). 병이 낫다.

1050 원문 略得梗概 皆不通熟. – 略은 대략. 梗은 대개 경. 梗概(경개)는 槪略(개략). 熟은 익을 숙. 熟練(숙련).

1051 백 가지 일에 두루 통하는 것은 한 가지에 정통한 것만 못하다(百樣通 不如一樣精).
한 가지에 정통하게 되면 (그 분야의) 백 개의 일에 정통하고(一事精百事精), 하나를 이루지 못하면 백 가지를 성공 못한다(一無成百無成).
어떤 일에 정통하고 싶다면 듣고 또 들어야 한다(若要精 聽一聽). 이는 남의 말을 잘 경청하라는 뜻이다.

147/ 國事에 대한 上書

|原文| 上書陳事, 起自戰國, 逮於兩漢, 風流彌廣.

原其體度, 攻人主之長短, 諫諍之徒也, 訐群臣之得失, 訟訴之類也. 陳國家之利害, 對策之伍也, 帶私情之與奪, 遊說之儔也. 總此四塗, 賈誠以求位, 鬻言以干祿.

或無絲毫之益, 而有不省之困, 幸而感悟人主, 爲時所納, 初獲不貲之賞, 終陷不測之誅. 則嚴助,朱買臣,吾丘壽王,主父偃之類甚衆. 良史所書, 蓋取其狂狷一介, 論政得失耳, 非士君子守法度者所爲也.

|국역| 上書(상서 : 글을 올리다)하여 國事(국사)를 진술하기는 戰國(전국)시대부터 시작되어 兩漢(양한) 시대에 이르러 그런 풍조는 더욱 넓게 퍼졌다.

상서하는 體制(체제)와 태도의 근원을 따져보면, 人主(主君)의 長短點(장단점)을 공격하며 諫諍(간쟁)하는 사람이 있고,[1052] 여러 신하의 得失(득실)을 들춰내는 것은[1053] 소송하는 부류이다. 국가의 利害(이해)를 진술하는 것은 對策(대책)을 마련하려는 사

1052 원문 諫諍之徒也 – 諫諍(간쟁)은 직언으로 잘못을 고치게 하다.

1053 원문 訐群臣之得失 – 訐은 들춰낼 알. 得失은 잘잘못.

람들이고, 개인의 이득이나 손실을 논의하는 것은 遊說(유세)하는 무리들이다.[1054] 총체적으로 이 4가지 방법은 그 진정(誠)을 팔아서 지위를 얻거나 언변(言)을 자랑하여 국록을 얻으려는 것이다.[1055]

때로는 (上書가) 털끝만한 이익도 없고, 거들떠보지도 않는 곤혹을 치루지만, 다행이 人主의 마음을 움직여서 가끔 받아들여지더라도, 처음에는 아주 많은 포상을 받기도 하지만,[1056] 결국 예상하지 못한 형벌을 당할 수도 있다.[1057] 곧 (前漢의) 嚴助(엄조), 朱買臣(주매신), 吾丘壽王(오구수왕), 主父偃(주보언)[1058]과 같은 그

1054 원문 遊說之儔也 – 遊說(유세)는 상대방을 설득하다. 儔는 짝 주.

1055 원문 賈誠以求位, 鬻言以干祿 – 賈는 장사 고, 鬻은 팔 죽. 돈을 받고 물건을 주다. 誠과 言이 賈와 鬻의 대상. 求位와 干祿(간록)이 목표가 된다. 干은 방패 간. 범하다. 구하다. 요구하다. 참여하다.

1056 원문 初獲不貲之賞 – 初는 부사로 쓰이었다. 처음에. 獲은 얻을 획. 貲는 재물 자. 不貲之賞은 비교할만한 재물이 없을 정도의 많은 副賞. 비교할만한 양이 없는 상금.

1057 원문 終陷不測之誅 – 終은 부사. 끝에는. 陷은 빠질 함. 不測은 예상하지 못한. 誅는 벨 주.

1058 嚴助(엄조), 朱買臣(주매신), 吾丘壽王(오구수왕, 吾丘는 複姓), 主父偃(주보언, 主父는 복성) 등 4인은 모두《漢書》64권, 〈嚴朱吾丘主父徐嚴終王賈傳〉에 입전되었다. 嚴助(엄조)는 嚴忌(엄기, 嚴夫子)의 아들. 本姓은 莊,《漢書》에서는 後漢 明帝(劉莊)를 피휘하여

런 부류가 아주 많았다. 良吏에 기록된 바는 대개 특별히 강개한 언행으로[1059] 정사의 득실에 대하여 논의한 것이지만 이런 일은 士人의 君子로서 법도를 지키는 사람이 할 일은 아니었다.

嚴으로 개칭. 嚴助는 辭賦의 작가로도 유명하였다. 前漢 武帝는 뒷날 朱買臣(주매신), 吾丘壽王(오구수왕), 司馬相如, 主父偃(주보언), 徐樂, 嚴安, 東方朔(동방삭), 枚皐(매고), 終軍(종군) 등을 발탁하여 측근으로 삼았다. 이 시기에는 사방의 이민족을 정벌하고 변방의 군을 설치하느라고 군사를 자주 일으켰으며, 안으로 제도를 개혁하는 등 조정에 國事가 많았으며 누차에 걸쳐 賢良文學之士를 선발하였다.

1059 원문 蓋取其狂狷一介 - 蓋는 덮을 개, 대개 개. 狂狷(광견)은 뜻이 과격하거나 고집이 센 사람. 一介는 지조가 굳고 마음이 변치 않은 사람. 介士(개사).
공자가 말했다. "중용을 따르는 사람을 만나지 못해 사귄다면 틀림없이 지나치거나 고집 센 사람일 것이다. 뜻이 너무 큰 사람은(狂者) 너부 진취적이고, 고집 센 사람(狷者)은 고집이 있어 아무것도 하지 않는다."
中行은 중용을 따라 실천한다는 뜻으로, 지나치거나(過) 미치지 못하는(不及) 것이 없는 中正之道를 지킨다는 뜻이다. 중용을 따르는 사람과 만나질 못해 그 다음 사람을 찾아 교제한다면, 틀림없이 뜻이 너무 크고 원대하며 용감하게 실천하려는 狂者(광자, 志高勇進하는 者)이거나 자신의 결백만을 지켜 다른 아무 일도 하지 않으려는 狷者(견자, 潔身自好하며 守之하는 者, 狷은 고집할 견)를 만나게 된다. 狂者나 狷者는 모두 중용에서 벗어난 사람들이다. 《論語 子路》 子曰, "不得中行而與之, 必也狂狷乎! 狂者進取, 狷者有所不爲也." 참고.

| 原文 | 今世所睹, 懷瑾瑜而握蘭桂者, 悉恥爲之. 守門詣闕, 獻書言計, 率多空薄, 高自矜誇, 無經略之大體, 咸秕糠之微事, 十條之中, 一不足采.

縱合時務, 已漏先覺, 非謂不知, 但患知而不行耳. 或被發奸私, 面相酬證, 事途回穴, 翻懼愆尤. 人主外護聲?, 脫加含養, 此乃僥幸之徒, 不足與比肩也.

| 국역 | 今世에 볼 수 있는〔所睹(소도) 睹(볼 도)〕, 아름다운 옥〔瑾瑜(근유)〕을 품고 蘭香(난향)의 기둥을 붙잡고 있는 사람은[1060] 모두가 그런 일을 부끄럽게 생각한다.[1061] 궁궐문 앞에서 기다리고〔守門(수문)〕 궁궐에 들어가〔詣闕(예궐)〕, 獻書(헌서)하고 계책을 진언하나〔言計(언계)〕, 대부분이〔率多(솔다)〕 공허한 이야기로〔空薄(공박)〕 자신을 높이거나〔高自(고자)〕 자랑하며〔矜誇(긍과)〕, 經略(경략)의 大體(대체)도 없는, 모두가 쭉정이나 왕겨 같은 미미한 일로,[1062] (내용) 10개 중 하나도 채용하기에 부족하다.

1060 원문 懷瑾瑜而握蘭桂者 – 아름다운 옥〔瑾瑜(근유)〕을 품고〔懷는(품을 회)〕 蘭香의 기둥을(蘭桂) 잡고〔握(손에 쥘 악)〕 있는 자, 곧 재능과 지조를 가진 자, 瑾은 아름다운 옥 근. 瑜는 아름다운 옥 유.

1061 원문 悉恥爲之 – 悉은 다 실. 모두. 恥는 부끄러울 치. 爲는 ~을 하다. 之는 중용에서 벗어난 狂狷(광견)한 행동.

1062 원문 咸秕糠之微事 – 咸은 다 함. 모두. 秕는 쭉정이 비. 여물지

설령〔縱(종)〕 時務(시무)에 적합하더라도 이미 알려졌기에, 不知(부지 : 남이 모르고 있던 것)라 말할 것이 아니라, 단지 알면서도 행하지 못하는 것이 걱정인 것뿐이다.[1063] 혹시 간악하고 사특한 뜻이 드러나, 직접 대면하여 따지다 보면, 일이 어디로 가게 될지 몰라, 도리어 자신의 허물을 두려워하게 된다.[1064] 人主(인주)가 〔上書(상서)한 사람을〕 외부의 명성과 교화의 방법으로[1065] 혹시 옹호할는지 모르지만,[1066] 이들은 역시 僥幸(요행)을 바라는 무리이니, 그들은 어깨를 나란히 하기에는〔比肩(비견), 함께 일하기에〕 부족한 사람들이다.

않은 낱알. 糠은 겨 강. 곡식 속껍질. 秕糠(비강)은 보잘 것 없는, 미미한 것. 煩碎(번쇄). 微事(미사)는 미미한 일.

1063 원문 但患知而不行耳 - 但은 다만. 患은 근심 환. 걱정하다. 知而不行일 뿐이다(耳).

1064 원문 事途回穴, 翻懼愆尤. - 事途는 일의 경로. 일이 어떻게 굴러갈지. 回穴(회혈)은 기울거나 편벽되다. 禍福이 서로 뒤바뀌다. 변화가 일정하지 않다. 翻은 뒤집을 번. 懼는 두려워할 구. 愆은 허물 건. 尤는 허물 우. 愆尤(건우)는 罪過(죄과).

1065 원문 外護聲教 - (人主의) 教化를 밖에서(外, 宮外, 또는 지방) 유지하려는 뜻으로(護). 聲教는 名聲과 教化. 德治의 방편.

1066 원문 脫加含養 - 脫은 벗다. 제외하다. 그럴듯할 탈(或然之辭). 혹시나. 요행히. 含養(함양)은 키워주다. 包容養育의 뜻.

148/ 諫諍(간쟁)하기 전에

| 原文 | 諫諍之徒, 以正人君之失爾, 必在得言之地, 當盡匡贊之規, 不容苟免偸安, 垂頭塞耳. 至於就養有方, 思不出位, 干非其任, 斯則罪人. 故〈表記〉云, 「事君, 遠而諫, 則諂也, 近而不諫, 則尸利也.」《論語》曰, 「未信而諫, 人以爲謗己也.」

| 국역 | 諫諍(간쟁)하는 신하는 人君의 실수를 바로잡으려는 뜻이니 반드시 간쟁을 할 수 있는 위치에서,[1067] 응당 바로잡는 忠

1067 원문 必在得言之地 - 말을 할 수 있는 위치(지위). 《論語 泰伯》 子曰, "不在其位, 不謀其政." 《論語 憲問》 子曰, "不在其位, 不謀其政." 曾子曰, "君子思不出其位." 공자는 "그 자리가 아니라면 그 자리의 정사를 논하지 말라."고 하였다. 이는 쉬운 말로 "장관이 아니라면 장관이 담당하는 업무에 관하여 언급하지 말라."는 뜻이니, 현대인으로서는 수긍할 수 없는 말이고, 민주와 평등의 시대조류와는 상반되는 말이다. 그러나 공자의 말을 입장을 바꿔 논할 수 있다. 전문가와 비전문가, 숙련공과 비숙련공의 차이는 그만두고서라도, 그 자리에서 업무를 주관하는 사람과 그 자리에 있지 않은 사람과는 얻을 수 있는 정보나 자료, 그리고 상황인식과 업무경험 등에서 차이가 날 것이다. 공자의 뜻은 우선 자신의 관련 직무에 충실할 것과 전공이 아닌 분야에 대한 어설픈 관심이나 지식으로 화를 자초하지 말라는 뜻이 들어있다.

言을 다해야 하며,[1068] 구차하게 모면하거나 안일을 얻으려 말고,[1069] 고개를 숙이거나 귀를 막아서도 안 된다. (윗사람을) 받들어 모시는 데에도 방도가 있는 것이니,[1070] 그 생각이 지위를 넘어서도 안 되며 임무 외의 범위를 바란다면[1071] 그럴 경우에 죄인이 된다.

그러하기에《禮記 表記》에서 말했다.

「事君(임금을 섬기다)하되, 먼 자리에서 간쟁하면 아첨이고, 가까운 자리에서 간쟁하지 않는다면 하는 일 없이 국록을 먹는 것이다.」[1072] 《論語 子張》에서는「신뢰 없이 간언을 하면 윗사람에 대한 비방이라 생각한다.」고 하였다.[1073]

1068 원문 當盡匡贊之規－盡은 다할 진. 匡贊(광찬)은 바로잡아주고(匡) 도와주다(贊). 規는 간쟁의 내용. 간쟁이 人君에게 도움이 되는 내용이어야 한다.

1069 원문 不容苟免偸安－苟免(구면)은 구차하게 모면하다. 偸安(투안)은 안일이나 얻으려 하다.

1070 원문 至於就養有方－就養(취양)은 侍奉國君.《禮記 檀弓 上》「事君有犯而無隱, 左右就養有方.」

1071 원문 思不出位, 干非其任－간쟁하는 사람의 지위와 업무를 벗어날 수 없다는 뜻. 干은 요구하다. 침범하다.

1072 원문 近而不諫, 則尸利也－尸는 주검 시. 尸童(시동). 尸利는 하는 일도 없이 이득을 취하다. 尸祿(시록). 尸位素餐(시위소찬).

1073 군자는 믿음을 얻은 뒤에 백성을 부릴 수 있으니, 그렇지 않으면 백성은 괴롭힌다고 생각할 것이다. 군자는 믿음을 얻은 뒤에 諫言(간언)을 올릴 수 있으니, 그렇지 않으면 (윗사람은) 헐

뜯는다고 여길 것이다."《論語 子張》子夏曰, "君子信而後勞其民, 未信, 則以爲厲己也. 信而後諫, 未信, 則以爲謗己也."

149/ 관직의 運

| 原文 | 君子當守道崇德, 蓄價待時, 爵祿不登, 信由天命.

須求趨競, 不顧羞慚, 比較材能, 斟量功伐, 厲色揚聲, 東怨西怒. 或有劫持宰相瑕疵, 而獲酬謝, 或有諠聒時人視聽, 求見發遣.

以此得官, 謂爲才力, 何異盜食致飽, 竊衣取溫哉!

世見躁競得官者, 便謂 '弗索何獲', 不知時運之來, 不求亦至也. 見靜退未遇者, 便謂 '弗爲胡成', 不知風雲不與, 徒求無益也. 凡不求而自得, 求而不得者, 焉可勝算乎!

| 국역 | 君子(군자)는 응당 도덕을 지키고 숭상하며, (자신의) 가치를 높여 때를 기다려야 하니,[1074] 작위와 녹봉이 오르지 않는다면 정말 天命(천명) 때문일 수도 있다.

오로지 앞서기만 바라면서 부끄러움도 생각하지 않으며,[1075] 재능만을 비교하고 공적을 헤아리며,[1076] 얼굴을 붉히고 큰 소리

1074 원문 蓄價待時 – 蓄은 쌓을 축. 價는 聲價. 聲望.

1075 원문 不顧羞慚 – 顧는 돌아볼 고. 羞는 부끄러울 수. 수치. 慚은 부끄러울 참.

1076 원문 斟量功伐 – 斟은 술 따를 짐. 헤아리다. 功伐(공벌)은 功績(공적).

로 이쪽저쪽을 원망하며 분노한다. 어떤 자는 宰相(재상)의 약점을 찾아 협박하여[1077] 보답이나 사례를 받아내며, 또 혹자는 사람들이 보고 들으라는 듯 떠들어서 발령을 받기도 한다.[1078]

이렇게 하여 관직을 얻고서는 재주와 능력이라고 말한다면 훔쳐서 배불리 먹고, 옷을 훔쳐 따스하게 입은 것과 무엇이 다르겠는가!

세상 사람들은 조급하게 다투어 관직을 얻은 자에게 '구하지 않았다면 무엇을 얻었겠니?' 라고 말하지만, 時運이 언제 왔는지도 모르고, 또 구하지 않았어도 찾아왔는지도 모른다.

조용히 물러나 아직 때(등용)를 만나지 못한 사람에게 그냥 '벼슬을 구하려 하지 않으니 어찌 이루겠나?' 라고[1079] 말하지만 風雲이 언제 일어날지도 모르며, 또 (풍운이 일어나지 않으면) 구하더라도 무익할 것이다. 구하지 않아도 저절로 얻어지는 것과 구하더라도 얻지 못하는 것, 모두를 어찌 다 헤아릴 수 있겠는가![1080]

1077 원문 或有劫持宰相瑕疵 – 或은 혹자. 劫은 위협할 겁. 瑕는 티하. 疵는 흠 자. 瑕疵는 결점. 재상의 약점을 겁박하다.

1078 원문 或有諠聒時人視聽 – 諠은 떠들어 댈 훤. 聒은 떠들썩할 괄.

1079 원문 弗爲胡成 – 弗은 아닐 불. 弗爲는 아니 하다. 벼슬을 구하려 하지 않다. 胡는 어찌 호. 아래턱에 붙은 살 호.

1080 원문 焉可勝算乎! – 焉은 어찌 언. 勝算은 다 계산하다. 헤아리다. 乎는 어조사 호. 의문, 영탄, 반어의 뜻을 표현하는 어조사. ~보다.

150/ 청탁 그리고 榮華(영화)

| 原文 | 齊之季世, 多以財貨託附外家, 諠動女謁. 拜守宰者, 印組光華, 車騎輝赫, 榮兼九族, 取貴一時. 而爲執政所患, 隨而伺察, 旣以利得, 必以利殆. 微染風塵, 便乖肅正, 坑阱殊深, 瘡痏未復. 縱得免死, 莫不破家, 然後噬臍, 亦復何及.

吾自南及北, 未嘗一言與時人論身分也, 不能通達, 亦無尤焉.

| 국역 | 北齊(북제)의 말기에(季世), 많은 재물로 황실 외척(外戚, 外家)에 부탁하거나 (황제의 총애를 받는) 여인의 알선을 통하여[1081] 지방관에 임명된 자는[1082] 번쩍거리는 인수와 휘황찬란한 수레나 말을 타고,[1083] 그 영광이 九族까지 이르러 한때 영화를 누렸다.

1081 원문 諠動女謁 – 諠은 떠들썩할 훤, 속일 훤. 女謁(여알)은 여인을 통한 謁見(알현). 여인의 청탁.

1082 원문 拜守宰者 – 拜는 拜受. 임용되다. 守宰(수재)는 守令. 지방관.

1083 원문 印組光華, 車騎輝赫 – 印組(인조)는 印綬(인수). 光華(광화)는 빛이 나다. 輝赫(휘혁)은 번쩍거리다. 輝는 빛날 휘. 赫은 붉은 빛으로 빛날 혁.

그러나 위정자의 걱정거리가 되어 수시로 사찰을 받거나,[1084] 이득을 차지하게 되면 그 이득 때문에 위태롭게 된다. 세상의 미세한 風塵(풍진)에 물들거나 바른 도덕을 벗어나면[1085] 깊은 수렁에 빠지거나 회복할 수 없는 상처를 입게 된다.[1086]

(그리하여) 설령 죽음을 면하더라도 破家(파가)되지 않는 이가 없으니,[1087] 그런 다음 크게 後悔(후회)한들 어찌하겠는가?[1088]

1084 원문 隨而伺察 – 隨(따를 수)는 수시로. 伺察(사찰)은 査察(사찰). 伺는 엿볼 사.

1085 원문 微染風塵, 便乖肅正 – 微染(미염)은 약간 오염되다. 風塵(풍진)은 세속의 不淨. 便은 곧바로. 乖는 어그러질 괴. 肅正(숙정)은 엄정하고 바름. 俗世의 여러 일에 이리저리 고생하다(風塵僕僕).

1086 원문 坑阱殊深, 瘡痏未復. – 坑阱(갱정)은 구렁텅이. 陷穽(함정). 殊深(수심)은 아주 깊다. 특별하게 깊다. 瘡은 부스럼 창. 痏는 멍 유. 타박상.

1087 榮華는 풀잎 위의 이슬이고(榮華是草上露), 부귀란 기와에 내린 서리이며(富貴是瓦頭霜), 부귀와 공명이란 풀끝에 맺힌 이슬이다(富貴功名草頭露). 마치 불교 설화에 나오는 삼천 년에 한 번, 잠깐 피었다가 지는 꽃인 優曇華(우담화, Udambara)와 같은 것이다. 부귀는 귓가에 스치는 가을바람과 같으니(富貴如秋風過耳), 또 부귀가 뜬구름 같다고 간파한다면, 얻었다 하여 기쁘지 않고(得亦不喜), 잃었다 하여도 걱정하지 않을 것이다(失亦不?).

1088 원문 然後噬臍, 亦復何及 – 噬는 씹을 서. 臍는 배꼽 제. 과일 꼭지의 반대쪽. 噬臍는 자기 배꼽을 깨물다 → 크게 후회하다. 何

나는 南朝에서 北朝까지 당시 여러 사람과 내 身分(地位)을 상의한 일도 없어(청탁하지 않다) 크게 出世하지는 못했지만 그렇다고 허물도 없었다.[1089]

及(히급)은 어찌하겠는가?

1089 원문 不能通達, 亦無尤焉 - 通達은 榮達(영달). 出世. 尤는 허물우. 더욱.

151/ 義理 지키기

| 原文 | 王子晉云, "佐饔得嘗, 佐鬪得傷."

此言爲善則預, 爲惡則去, 不欲黨人非義之事也. 凡損於物, 皆無與焉. 然而窮鳥入懷, 仁人所憫, 況死士歸我, 當棄之乎?

伍員之託漁舟, 季布之入廣柳, 孔融之藏張儉, 孫嵩之匿趙岐, 前代之所貴. 而吾之所行也, 以此得罪, 甘心瞑目.

| 국역 | 王子晉(왕자진)[1090]이 말했다.

"밥 짓기를 도와주면 먹을 것이 있지만, 싸움을 도와주면 부상당한다."[1091]

1090 王子晉〔太子晉, 생졸년 미상. 名은 晉, 字는 子喬, 王子喬(왕자교)로 통칭〕- 周 靈王(영왕, 재위 前 571-545년)의 太子, 不幸하여 早逝(조서, 요절). 道敎의 전설에서는 학을 타고 登仙(등선)하여 長生不老했다.

1091 원문 佐饔得嘗, 佐鬪得傷 - 佐는 도울 좌. 饔은 아침밥 옹. 요리하다. 嘗은 맛볼 상. 음식을 먹다. 鬪는 싸울 투. 傷은 다칠 상. 누굴 따라다니느냐에 따라 그 사람을 따라 배우게 된다(跟誰跟學 / 跟은 발꿈치 근. 따라가다). 착한 사람을 따라다니면 착한 일을 배우고(跟着好人學好事), 무당을 따라다니면 굿하는 것을 배운다(跟着巫婆學跳神). 용왕을 따라다니면 기우제 차린 음식을 먹고(跟着龍王吃賀雨), 족제비를 따라다니면 닭 훔치는 법을

이 말은 착한 일이라면 같이 하고 나쁜 일이라면 떠나가야 한다는 뜻이니, (이는) 같은 무리가 되는 것이 아닐 뿐, 의리에 관한 일은 아니다.[1092] 남에게 손해를 준다면 함께 따르지 않는 것이다.[1093] 그러나 궁지에 몰린 새〔窮鳥(궁조)〕가 품 안에 파고들어도, 仁人(인인)은 불쌍히 여기거늘, 하물며 죽음에 몰린 士人(사인)이 나에게 歸附(귀부 : 스스로 와서 복종함)한다면 그런 사람을 버려야 하겠는가?[1094]

배운다(跟着黃鼠學偸鷄). 좋은 사람을 따라다니면 바른길을 걷고(跟上好人走正路), 똑똑한 사람을 따라다니면 모든 일이 잘 풀린다(跟上智者百事通). 난새나 봉황을 따라서 날면 멀리 날고(鳥隨鸞鳳飛騰遠), 사람이 어진 사람과 사귀면 품격이 좋아진다(人伴賢良品格高).

1092 원문 不欲黨人非義之事也. – 不欲은 하지 않다. 黨人은 옳고 그른 것을 따지지 않고 함께 휩쓸리는 패거리를 뜻한다(朋黨, 私利를 꾀하는 무리). 非義之事也는 의리에 관한 일이 아니다.
처세와 사람 노릇에는 신의가 근본이니(處世爲人 信義爲本), 仁者는 성쇠에 따라 절조를 바꾸지 않고(仁者不以盛衰改節), 의로운 자는 존망에 따라 마음을 바꾸지 않는다(義者不以存亡易心).

1093 원문 凡損於物, 皆無與焉 – 物은 사람. 타인. 皆는 모두. 無與는 함께하지 않는다.

1094 원문 窮鳥入懷, 仁人所憫, 況死士歸我, 當棄之乎? – 窮鳥(궁조)와 死士는 죽음의 위기에 쫓긴다는 공통점이 있다. 그럴 경우 일단은 보호해야 한다. 곧 仁心의 발로일 것이다.
가난한 사람이 가난뱅이를 보면 마음이 아프다(窮見窮 心裏

伍員〔오원, 伍子胥(오자서)〕은 어부의 배에 의탁했고,[1095] 季布(계포)[1096]는 (죄수를 운송하는) 廣柳車(광류거)에 숨어 들어갔고, (後漢의) 孔融(공융)은 張儉(장검)을 숨겨주었으며,[1097] 孫嵩(손숭)이

痛). 궁하면 변하고, 변하면 통한다(窮卽變 變卽通).《周易 繫辭下》

1095 원문 伍員之託漁舟 - 伍員〔오원, 伍子胥(오자서)〕 - 伍子胥〔오자서, 伍員(오원, ? - 前 484년)〕는 春秋 시대 吳나라 장군. 본래 楚의 公族. 박해를 피해 吳에 망명. 吳王 闔閭(합려)에 의해 重用되어 楚國大破를 했다. 吳王 夫差(부차)가 繼位(계위)한 뒤에 참소를 받아 죽었다. 오자서가 초에서 망명할 때, 어부가 오자서를 건네주어 위기에서 벗어났다.

1096 季布(계포, 생졸년 미상) - 項羽와 동향의 部將으로 漢王(高祖)을 여러 번 궁지에 몰았다. 항우가 죽은 뒤 高祖는 천금을 내걸고 계포를 잡으려 하면서 숨겨주는 자는 삼족을 벌하겠다고 하였다. 계포는 濮陽(복양)의 周氏 집에 숨어들었는데, 周氏는 계포의 머리를 깎고 칼을 씌우고 죄수의 옷을 입혀 버들가지를 꽂은 운구 수레에 싣고(廣柳車), 그 집 노비 10여 명과 함께 魯의 朱씨의 집에 가서 팔아버렸다. 朱씨는 마음속으로 그가 계포임을 알고도 노비로 사서 농장의 집에 두었다가, 汝陰侯 滕公(등공, 하후영)을 만나 설득하여 나중에 漢王의 사면을 받았다. 의리를 중히 여겨 '得黃金百金, 不如得季布一諾' 이라는 成語가 있다. '一諾千金(일락천금)' 成語의 주인공이다. 惠帝 때 중랑장 역임. 文帝 때 河東 郡守.《漢書》37권, 〈季布欒布田叔傳〉에 입전.《史記 季布欒布列傳》도 있다.

1097 孔融 - 孔融(공융, 153 - 208) - '建安七子' 의 한 사람. 北海相을 역임하여 '孔北海' 로 불림. 공융은 7兄弟 중 6째였는데, 나이 4세에 형제들과 함께 배(梨)를 먹는데 먼저 가장 작은 배를 집었

趙岐(조기)를 숨겨준 일 등은[1098] 前代에 있었던 고귀한 일이었

다. 어른이 까닭을 묻자, "나는 어리니까 응당 작은 것을 먹어야 한다."고 대답하였다(孔融讓梨). 《三字經》에도 '融四歲, 能讓梨'라는 구절이 있다.
山陽郡의 張儉(장검)이란 사람은 中常侍 侯覽(후람)의 미움을 받아 쫓기다가 장검은 공융의 형인 孔褒(공포)와 예부터 알고 지냈는데 도망쳐 공포를 찾아왔으나 만나지 못했다. 그때 공융은 16세였는데 장검은 공융을 어리다 생각하여 사실을 말하지 않았다. 공융은 장검의 쫓기는 기색을 보고 장검에게 말했다.
"형님이 출타중이지만 제가 주인으로서 접대하면 안 되겠습니까?" 그러면서 장검을 유숙케 하였다. 뒷날 행적이 드러나서 (魯의) 國相 이하 사람이 몰래 체포하려 했지만
장검은 도망쳤고 결국 공포와 공융을 잡아 옥에 보냈다. 건안 13년, 조조는 50만 대군을 동원해 강남 원정에 나선다. 이때 공자의 20代孫인 태중대부 공융은 이번 원정이 부당하다고 반대했고, 결국 조조의 명을 받은 廷尉(정위)에게 끌려가 죽음을 당한다. 나이가 어린 공융의 두 아들은 바둑을 두다가 참변 소식을 듣는다. 빨리 피신하라는 말에 두 형제는 전혀 놀라지 않고 말한다. "부서지는 둥지에 알인들 온전하겠는가!(破巢之下 安有完卵!)" 공융 일가는 모두 죽음을 당했다. 《後漢書》 70권, 〈鄭孔荀列傳〉에 입전.

1098 원문 孫嵩之匿趙岐 - 孫嵩(손숭)이 趙岐(조기)를 숨겨주다(匿은 숨을 익. 숨겨주다). (後漢 桓帝) 延熹(연희) 원년(서기 158)에 唐玹(당현)이 京兆尹이 되자, 조기는 화가 미칠 것이 두려워 조카인 趙戩(조전)을 데리고 도피하였다. 당현은 예상했던 대로 조기의 친속과 종친을 잡아가두고 중형으로 처리하여 모두 주살하였다. 조기는 사방으로 도망 다녔는데, 長江, 淮水, 동해 바

다. 내가 이런 행동으로 어떤 죄를 받게 된다면 나는 기꺼이 죽을 수 있을 것이다.[1099]

| 原文 | 至如郭解之代人報讎, 灌夫之橫怒求地, 遊俠之徒, 非君子之所爲也. 如有逆亂之行, 得罪於君親者, 又不足恤焉.

닷가, 岱山(대산, 泰山) 등 거치지 않은 곳이 없었다.
조기는 성명을 숨기고 北海郡의 시중에서 떡 장사를 하였다. 그때 安丘縣의 孫嵩(손숭)은 나이 20여 세였는데, 길을 가다가 조기를 보고 비상한 사람이라 생각하여 불러 수레에 태웠다. 조기가 실색하자, 손숭은 휘장을 치며 馭車(어거)에게 사람 접근을 막게 하였다. 그리고 조용히 조기에게 말했다.
"내가 볼 때 당신은 떡 장사를 할 분이 아닌데다가, 제가 묻자 안색이 변하였으니 무슨 원한이 있어 망명한 분이 아니십니까? 저는 北海郡의 孫賓石(손빈석)인데, 1백여 명의 식솔을 거느리니 당신을 도와줄 수 있습니다."
조기도 평소에 손숭의 이름을 들어 알고 있었기에 사실대로 말했고 손숭의 집에 숨어 목숨을 건졌다. 趙岐(조기, 108－201)는 經學者로 유명. 조기는 30대에 7년간이나 병석에 누워있으며 유언까지 남겼지만, 90여 세를 살아 天壽를 누렸다. 조기는 《孟子章句(孟子註疏)》를 저술했는데, 〈孟子題辭〉에서 孟子를 亞聖(아성)이라고 최초로 칭송하였고, 이후 맹자는 亞聖으로 통했다. 《後漢書》 64권, 〈吳延史盧趙列傳〉에 立傳.

1099 甘心瞑目 － 甘心은 기꺼운 마음으로. 즐거이. 瞑은 눈 감을 명. 瞑目은 눈을 감다. 죽다.

親友之迫危難也, 家財己力, 當無所吝, 若橫生圖計, 無理請謁, 非吾教也. 墨翟之徒, 世謂熱腹, 楊朱之侶, 世謂冷腸. 腸不可冷, 腹不可熱, 當以仁義爲節文爾.

| 국역 | (前漢의) 郭解(곽해)가 남을 위해 원수를 갚아준 일이나[1100] (전한의) 灌夫(관부)가 땅을 요구한다고 화를 낸 일 등은 遊俠(유협, 俠客) 무리의 일이지 군자가 취할 행위는 아니다. 만약 逆亂(역란, 반역)의 행위로 주군이나 부모에게 죄를 지은 자라면 이 역시 긍휼(불쌍히 여기다)히 여길 바가 아니다.

親友가 급박한 危難(위난)을 당했다면 家財나 힘을 써서 돕는데 아끼지 말아야 하나, 만약 멋대로 계략을 꾸미고 무리한 부탁을 해올 경우라면 내가 어찌하라고 할 수 없다.[1101]

墨翟(묵적)의 무리를 세상 사람들은 '뜨거운 배(熱腹)' 라 하고,[1102] 楊朱(양주)의 무리를 '자가운 창자(冷腸)' 라 하지만,[1103]

1100 원문 郭解之代人報讎 – 報讎(보수)는 원수를 갚아주다. 郭解(곽해, 생졸년 미상. 전한 무제 시, 字는 翁伯)는 前漢의 遊俠(유협). 《史記 遊俠列傳》에 등장.

1101 원문 無理請謁, 非吾教也 – 無理한 請謁(청알), 요청이나 청탁. 非吾教也는 내가 무어라 지시할 일이 아니다. 구체적 사건을 모르니 부모가 무어라 지시할 수 없다는 뜻.

1102 원문 墨翟之徒, 世謂熱腹 – 墨翟(묵적, 묵자)은 非儒, 兼愛(겸애), 非攻, 尙賢, 尙同, 明鬼, 非命, 天志(天도 人格과 같은 의지의 소

창자를 차갑게, 또는 우리 몸의 배를 뜨겁게 할 수 없으니 응당 仁義에 의거하여 적당히 조절해야 할 것이다.[1104]

유 주체). 非樂(비악), 節葬(절장), 節用(절용), 交相利 등 儒家와 상반되는 주장을 내세웠고, 당시 영향력이 매우 커서 '儒墨' 이란 말이 통했다.

熱腹(열복)은 兼愛(겸애)를 강조한 묵자의 약자와 천민에 대한 애정을 의미한다.

1103 원문 楊朱之侶, 世謂冷腸 – 楊朱(양주, ?前 440 – 前 360년 ?)는 或作 陽朱(양주). 戰國 초기 道家의 급진 思想家. 천하를 이롭게 한다 하더라도 자신의 터럭 하나를 내주지 않는 극도의 이기주의를(爲我思想) 강조. 冷腸(냉장)은 차가운 가슴(마음).

1104 원문 當以仁義爲節文爾 – 묵자의 겸애를 유가의 仁이 아니고 楊朱의 爲我는 義가 아니다. 儒家의 仁義에 의거 매사에 적당히 조절해야 한다는 뜻.

152/ 명성만을 추구하다 보니

| 原文 | 前在修文令曹, 有山東學士與關中太史競歷, 凡十餘人, 紛紜累歲, 內史牒付議官平之.

吾執論曰, "大抵諸儒所爭, 四分幷減分兩家爾. 歷象之要, 可以晷景測之, 今驗其分至薄蝕, 則四分疏而減分密. 疏者則稱政令有寬猛, 運行致盈縮, 非算之失也. 密者則云日月有遲速, 以術求之, 預知其度, 無災祥也. 用疏則藏奸而不信, 用密則任數而違經. 且議官所知, 不能精於訟者, 以淺裁深, 安有肯服? 既非格令所司, 幸勿當也."

擧曹貴賤, 咸以爲然. 有一禮官, 恥爲此讓, 苦欲留連, 强加考核. 機杼既薄, 無以測量, 還復采訪訟人, 窺望長短, 朝夕聚議, 寒暑煩勞, 背春涉冬, 竟無予奪, 怨誚滋生, 赧然而退, 終爲內史所迫, 此好名之辱也.

| 국역 | 그전에 (안지추가) (北齊의) 修文令曹(수문영조)로 재직할 때,[1105] 山東 출신의 學士와 關中 출신의 太史가 曆法(역법)을

1105 修文令曹(수문영조) – 관직명. 北齊의 文林館. 여러 주석을 종합하면, 이때는 북제의 後主 武平(570 – 576) 3년(572년)이라고 한다. 문림관은 황제의 조서를 작성하는 등 文筆을 담당하는 부서이다.

놓고[1106] 10여 명이 여러 해 동안 논쟁하자[1107] 內史가 공문을 보내 議官(修文令曹)이 결론이 짓게 하였다.[1108] 이에 내가 의견을 보내 말했다.

"대체로 여러 유생의 爭論(쟁론)은 四分曆(사분력)과 減分曆(감분력) 두 曆法의 차이입니다. 천체 운행의 요체는(歷象之要)는 日晷(일귀)의 그림자로(景) 측정할 수 있는데, 지금 春, 秋分과 冬, 夏至와 日, 月蝕〔薄蝕(박식)〕을[1109] 검증한다면, 四分曆은 소략하고 減分曆은 周密(주밀 : 세밀)합니다. 소략하다는 뜻은 政令의 너그러움과 엄격함에 따라(寬猛), (천체의) 運行이 남거나(盈) 모자란다는(縮) 뜻이지 계산의 차이는 아닙니다. 周密하다는 뜻은 日月의 운행에 느리거나 빨라지는 것에〔遲速(지속)〕 따라 算術로 계산하여 그 운행을 미리 알아 재해의 발생을 막을 수 있습니다. 소략한 역법을 적용하면(用疏) 간사한 요언을 막을 수 있으나 不信

또 다른 주석에 의하면, 이는 隋 開皇 4년(584, 안지추 54세)에 張賓(장빈) 등이 新曆을 건의하자, 文帝가 반포하여 시행케 했으나 쟁론이 계속되었고 이런 논쟁에 안지추도 참여했다는 설명이 있다.

1106 太史 – 역법을 담당하는 태사령. 歷은 曆과 通.

1107 원문 紛紜累歲 – 紛紜(분운)은 논쟁하다. 紛은 어지러울 운. 紜은 어지러울 분. 累歲는 여러 해.

1108 원문 內史牒付議官平之 – 內史는 관직명. 民政을 담당. 牒은 公文. 서판 첩. 平之는 논쟁을 評議하다. 시비곡직을 가리다.

1109 薄蝕(박식) – 日, 月蝕. 해와 달이 서로 가리다.

이 일어나고, 주밀한 역법을 채용한다면 天數에 순응하나(任數) 經典의 本義에 어긋납니다(違經). 그래서 議官이 아는 바는(所知) 논쟁의 당사자보다(訟者) 더 정밀할 수 없으니, 淺薄(천박)한 지식으로 깊은 전문 지식을 재단한다면(以淺裁深) (당사자들이) 어찌 수긍하고 복속하겠습니까?(安有肯服?) (이런 전문지식은) 법령(格令)으로 판결할 일이 아니니, 판결을 요구하지 마시기 바랍니다.[1110]

이에 높거나 낮은 온 부서 사람이 모두 옳다고 생각하였다.[1111] 그런데 禮官 한 사람은 이러한 판단 보류를 수치라 여기면서(恥爲此讓), 굳이 이 문제에 집착하면서(苦欲留連) 억지로 문제를 해결하려고 하였다(强加考核).

그러나 관련 지식이 부족하여 문제를 제대로 파악할 수가 없자,[1112] 거듭하여 논쟁 당사자를 찾아가 그들의 장단점을 엿보면서 아침저녁으로 논쟁을 계속하고, 추위나 더위 속에서도 고생하며 봄에서 겨울까지 논쟁하였지만 결국 더 이상 주거나 뺏을 것

1110 원문 幸勿當也. - 幸은 바랄 행. 희망하다. 勿은 말 물. 하지 않다. 當은 판결하다. 斷罪하다.

1111 원문 咸以爲然 - 咸은 다 함. 모두. 以爲는 생각하다. 然은 그러할 연.

1112 원문 機杼旣薄, 無以測量 - 機杼(기저)는 베틀과 북. 궁리하다. 문장을 짓기 위한 구상. 機杼旣薄은 유관한 지식이나 능력이 부족하다. 測量(측량)은 헤아리다.

도 없게 되었고, 이에 따른 원망과 비난이 일어나자[1113] 결국 부끄러워하며 물러섰고,[1114] 끝내 內史의 추궁을 받았다. 이는 명성을 얻으려다가 불러온 치욕이었다.

1113 竟無予奪 怨誚滋生 – 竟은 마칠 경. 끝내. 予奪(여탈)은 주거나 뺏다. 시빗거리. 怨은 원망할 원. 誚는 꾸짖을 초. 滋는 불어날 자. 滋生은 새로 생겨나다.

1114 원문 赧然而退 – 赧은 얼굴 붉힐 난.

13. 止足(지족)[1115]

153/ 先祖의 유훈

|原文| 《禮》云,「欲不可縱, 志不可滿.」宇宙可臻其極,

1115 止足(지족) - 知足과 같은 뜻이다. '安分守己(자기 분수를 알아 자신을 지키기), 安常處順(평온한 일상을 순리대로 살아가기), 安身立命(신상 편하게, 天命에 순응하기)' - 이런 말은 우리가 흔히 사용한다. 이 모두는 그 욕심을 자제해야만 가능하다. 그런데 凡人이 그 욕망을 自制하기가 쉬운 일인가?
욕심이 생기면 지혜는 혼미해진다(貪心生則智昏). 사람 마음은 만족을 모르니(人心不知足) 銀을 얻었으면 金을 생각한다(得銀思金).
만족을 안다면 군자이고(知足是君子), 탐욕을 부린다면 소인이다(貪婪是小人). 만족을 아는 사람은 빈천하더라도 즐겁지만(知足者 貧賤亦樂), 만족을 모르는 사람에게는 부귀하더라도 걱정만 한다(不知足者 富貴亦憂). 지족이면 치욕이 없고(知足不辱), 멈출 곳을 알면 위태롭지 않다(知止不殆).

情性不知其窮, 唯在少欲知足, 爲立涯限爾. 先祖靖侯戒子侄曰, "汝家書生門戶, 世無富貴, 自今仕宦不可過二千石, 婚姻勿貪勢家."

吾終身服膺, 以爲名言也.

| 국역 | 《禮記 曲禮 上(예기 곡례 상)》에 말했다.

「욕심은 마음껏 부릴 수 없고, 뜻대로 채울 수 없다.」[1116]

宇宙(우주)는 그 끝에 이를 수 있지만,[1117] (인간의) 情性(성정)은 그 끝에 이를 수 없으니, 오직 少欲(소욕 : 욕심을 줄이다)과 知足(지족 : 만족을 알다)으로 그 한계를 정해야 한다.[1118] 先祖(선조)이

이런 말들을 지금 사람은 그냥 도덕교과서라고 생각한다. 교과서는 교과서이고 현실은 현실이라고 생각하며 행동한다.
본 편에 나타난 안지추의 경제적 희망은 문벌 귀족이라는 신분에서 높지는 않다. 후손에게 바라는 관직도 그저 중간 정도의 관직이다. 그러나 「평소 부귀하다면 부귀로운 사람처럼 행동하고(素富貴行乎富貴), 빈천한 처지라면 빈천하게 살아야 한다(素貧賤行乎貧賤).」(《中庸 7장》) – 이 또한 知足이 아니겠는가?

1116 원문 欲不可縱, 志不可滿 – 欲은 慾望. 縱은 放縱(방종). 마음껏. 작은 새이건 큰 새이건, 사람마다 각자 뜻이 있고(燕雀鴻鵠 人各有志), 품은 뜻은 언젠가는 이루어진다(有志者 事竟成). 대장부는 각자 자기 뜻을 실행하지만(大丈夫各行其志), 군자의 뜻은 클 수도 작을 수도 있다(君子之志可大可小).

1117 원문 可臻其極 – 臻은 이를 진. 도달하다. 極은 우주의 끝. 우주를 물질로 보았고 物은 끝이 있다고 생각했다.

신 靖侯(정후)[1119]께서 후손을 훈계하시었다.

"너희 가문은 書生(서생)의 門戶(문호)이나 대대로 富貴(부귀)를 누리지 못했으니, 오늘 이후로 出仕(출사 : 벼슬을 하다)하더라도 질록 二千石[1120]을 넘지 말 것이며, 婚姻(혼인)에 勢家〔세가 : 世家(권세있는 가문)〕를 탐하지 말라."[1121]

나는 終身(종신)토록 이를 마음에 새기었고 名言(명언)이라 생각하였다.

1118 원문 爲立涯限爾 - 涯는 물가 애. 강 언덕. 물은 강 언덕에 막힌다. 限은 한계.

1119 靖侯(정후) - 顔之推의 9世 祖인 顔含(안함)의 諡號(시호). 唐 房玄齡(방현령) 등이 편찬한 《晉書》 88권, 〈孝友傳〉에 입전된 바에 의하면, 顔含(안함)의 字는 弘都(홍도)이며 琅邪郡(낭야군) 莘縣(신현) 사람이다. 안함은 젊어서 품행이 바르고, 효자로도 이름이 알려졌다.

1120 二千石 - 漢代 郡의 태수, 제후국의 相, 중앙 부서의 고급 관원의 질록. 漢代 郡의 태수를 지칭하는 말. 中二千石, 二千石, 比二千石의 3등급이 있음. 장관급이라 할 수 있는 漢代의 9卿은 중이천석, 승상의 질록은 1만석이었다.

1121 원문 婚姻勿貪勢家 - 勢家는 권세가. 안지추의 학문과 식견으로 勢家라 쓰지 않았을 것이다. 世家(名文家)를 후인이 개작했을 것이리는 주석이 있다.
'가난한 사람은 혼인으로 부자가 되기 어렵고(貧難婚富), 부자는 혼인으로 고귀해지지 않는다(富難婚貴).' 는 속담도 있다.

154/ 살림의 규모

|原文| 天地鬼神之道, 皆惡滿盈, 謙虛沖損, 可以免害.

人生衣趣以覆寒露, 食趣以塞饑乏耳. 形骸之內, 尙不得奢靡, 己身之外, 而欲窮驕泰邪? 周穆王,秦始皇,漢武帝, 富有四海, 貴爲天子, 不知紀極, 猶自敗累, 況士庶乎?

常以二十口家, 奴婢盛多, 不可出二十人, 良田十頃, 堂室纔蔽風雨, 車馬僅代杖策, 蓄財數萬, 以擬吉凶急速. 不啻此者, 以義散之. 不至此者, 勿非道求之.

|국역| 天地 간에 鬼神의 道는 모두 가득찬 것을〔滿盈(만영)〕 증오하니,[1122] 겸허로 비우고 덜어낸다면[1123] 해악을 면할 수 있을 것이다.

1122 원문 皆惡滿盈 – 皆는 모두 개. 惡는 미워할 오. 滿盈(만영)은 가득 차다. 《易》의 地山謙(지산겸, ☷☶), 겸괘의 彖辭(단사)에 「天道는 虧盈而益謙하고, 地道는 變盈而流謙하며, 鬼神은 害盈而福謙하고, 人道는 惡盈而好謙한다.」고 하였다.

1123 원문 謙虛沖損 – 謙는 겸손. 虛는 虛心. 沖損(충손)은 마음을 비우고 겸허하게 사양하다. 가득 차면 덜어내려 하고(滿招損), 물러나 양보하면 더 많이 받는다(謙受益). 곧 교만하면 손해를 보고, 겸손하면 얻는 것이 있다. 大智는 若愚(약우)하니 마치 빈 것처럼 깊이 감춰라(深藏若虛).

사람이 살면서 옷은 추위를 막을 수 있으면 족하고,[1124] 음식은 굶주림을 면할 수 있으면 족하다. 우리 몸의 내부에도(衣와 食) 사치해서는 안 되거늘 신체 외부에 사치를 다하고 교만해야 하는가?[1125]

周 穆王(목왕),[1126] 秦 始皇帝,[1127] 漢武帝(무제)[1128]는 부유하기로는 四海를 차지했고 고귀한 천자였지만,[1129] 그 끝을 알지 못하

1124 원문 人生衣趣以覆寒露 – 趣은 재촉할 촉. ~에 미치다. ~하면 족하다. 覆은 덮을 복. 막다. 寒露는 차가운 이슬. 추위.

1125 배부르고 등 따시면 음욕이 생기고(飽暖生淫慾), 배고프고 추우면 盜心이 생긴다(飢寒生盜心).
부자는 사치를 배우지 않아도 사치하고(富者不學奢而奢), 빈자는 검소를 배우지 않아도 검소하다(貧者不學儉而儉).

1126 周 穆王(목왕, 재위 前 10세기, ? – 前 922년) – 姓은 姬, 名은 滿. 周 昭王의 子. 西周 5代 王. 《穆天子傳》의 주인공. 遊歷(유력)을 좋아하여 8필의 준마가 끄는 수레를 타고, 9만 리를 유람했고, 崑崙(곤륜)의 丘에서 黃帝之宮을 관람했다. 또 瑤池(요지)에서 잔치를 즐기며 西王母와 함께 노래를 불렀다고 한다.

1127 秦始皇(진시황) – 嬴(영)은 姓. 趙氏, 名은 政(정). 秦 莊襄王의 子. 嬴政(영정)으로 통칭. 前 259年 출생. 前 247年(13세) 즉위. 前 221(39세) 황제 즉위. 前 210年(50세) 사망, 재위 37년.

1128 孝武皇帝 – 名은 徹. 재위 前 140 – 87년. 16세 즉위, 54년 재위. 漢代 최장 재위(清朝 康熙帝 이전에 最長 재위). 사치, 대규모 토목공사, 순행, 祭天, 대규모 원정 등으로 국력 소진, 인명 경시, 잔인포악한 군주로 '秦皇漢武'로 병칭. 동시에 제도 개혁과 새로운 정책으로 황제권 강화 등 후세에 큰 영향을 남겼다.

여[1130] 스스로 패망하였으니, 하물며 士人이나 庶民(서민)이라면 더 말할 수 있겠나?

평상시에 20명 정도의 家口(가구)라면 노비는 많더라도 20명을 넘지 않고 良田(양전 : 좋은 농토지) 10頃(경)에, 집은〔堂室(당실)〕 風雨(풍우)를 가릴 만하고, 車馬(거마)는 겨우 지팡이를 대신할 수 있으면 되며, 여분의 재물 수만 전으로 길흉사의 急用(급용)에 대비할 수 있으면 된다.[1131] 이보다 많다면 大義(대의)로 나누어 주어라〔仗義散財(장의산재)〕. 이에 미치지 못한다 하여 〔正道(정도)가 아닌〕 非道(비도)로 얻으려 하지 말라.

1129 ~富는 人之所欲이나 富有天下라도 而不足以解憂라. 貴는 人之所欲이나 貴爲天子라도 而不足以解憂이니라.《孟子 萬章 章句 上》.

1130 원문 不知紀極 – 紀極은 終極. 限度.

1131 원문 以擬吉凶急速 – 擬는 헤아릴 의. 미리 헤아려 대비하다.

155/ 벼슬살이는?

| 原文 | 仕宦稱泰, 不過處在中品, 前望五十人, 後顧五十人, 足以免恥辱, 無傾危也.

高此者, 便當罷謝, 偃仰私庭. 吾近爲黃門郎, 已可收退. 當時羈旅, 懼罹謗讟, 思爲此計, 僅未暇爾.

自喪亂已來, 見因托風雲, 僥幸富貴, 旦執機權, 夜塡坑谷, 朔歡卓,鄭, 晦泣顏,原者, 非十人五人也. 愼之哉! 愼之哉!

| 국역 | 벼슬살이가 편하려면[1132] 中品(중품) 이상에 오르지 말지니 위에 50명, 뒤에 50명이 있을 정도면 (하급자의) 치욕을 면할 만하고[1133] 기울어져 위태롭지도 않을 것이다.

이보다 높으면 곧바로 그만두고 집에서 편히 지내야 한다.[1134]

1132 원문 仕宦稱泰 – 仕宦(사환)은 宦路(환로). 벼슬살이. 稱泰는 적당히 편하다. 泰는 편안할 태. 고생이 끝나면 좋은 날이 오고〔苦盡甘來(고진감래)〕, 불운이 다하면 태평한 날이 온다〔否極還泰(비극환태)〕.

1133 知足이면 치욕이 없고(知足不辱), 멈출 곳을 알면 위태롭지 않다(知止不殆).

1134 원문 便當罷謝, 偃仰私庭 – 罷는 그만둘 파. 謝는 사양하다. 辭職(사직). 偃은 쓰러질 언. 눕다. 仰은 올려볼 앙. 偃仰(언앙)은

내가 근래에 黃門郎(황문랑)이 되었는데, 이미 물러났어야 했다. 그 당시에 객지에 사는 몸이라서[1135] 비방을 당할까 두려웠기에[1136] 그만둘 생각이 있었어도 그럴 여유가 없었다.

전란을 겪은 이래로, 풍운에 의탁하다 보니 僥幸(요행)히 부귀를 누리게 된 자들이 아침에 권력을 잡았다가 밤에는 구렁텅이에 빠졌으며,[1137] 초하루에는(朔) (蜀)의 卓氏(탁씨)나 程鄭(정정)처럼 부유했다가,[1138] 그믐께는(晦) 顔淵(안연)과 原思(원사)처럼 가난에 울었으니,[1139] 이런 사람들이 다섯이나 열이 아니었다.[1140]

편안하게 즐기며 쉬다. 私庭은 私邸.

1135 원문 當時羈旅 – 羈는 재갈 기. 羈旅(기여)는 객지를 떠돌다.

1136 원문 懼罹謗讟 – 懼는 두려울 구. 罹는 근심 리. 당하다. 謗은 헐뜯을 방. 誹謗(비방). 讟은 원망할 독.

1137 원문 旦執機權, 夜塡坑谷 – 旦은 아침 단. 새벽, 해 뜰 무렵. 機權은 권력. 塡은 메울 전. 坑谷(갱곡)은 구렁텅이.

1138 朔歡卓,鄭 – 朔은 초하루 삭. 蜀郡 卓氏(탁씨)는 秦이 趙를 멸망시킨 뒤 탁씨를 蜀 땅으로 이주시켰다. 卓氏는 蜀 땅 臨邛縣(임공현)에 정착한 뒤, 鐵山에 들어가 쇠를 제련, 거래하여 하인을 8백 명이나 거느렸으며, 산천에서 사냥을 하며 즐기기를 人君과 같이 하였다.

司馬相如와 결혼한 卓文君(탁문군)의 친정이다. 程鄭(정정)은 山東에서 이주한 죄인이었는데, 철을 제련하여 西南夷에게 팔아 卓氏와 비슷한 부자가 되었다.

1139 晦泣顔,原者 – 晦는 그믐 회. 顔은 안연. 안연이 가난했음은 천하가 다 알았다. 原은 공자의 제자인 原憲(원헌, 字는 子思). 原思

신중할 지어다. 조심할 지어다!

(원사)는 字로 부른 호칭. 《論語 憲問》은 '원헌이 恥에 대하여 물었다'로 시작한다. 원헌은 공자가 魯의 사구가 되었을 때 공자의 가신이 되었다.

1140 원문 非十人五人也. – 열 명이나 다섯 명이 아니었다. 한둘이 아니었다.

14. 誡兵(계병)[1141]

156/ 有名 武人은 없었다

|原文| 顏氏之先, 本乎鄒,魯, 或分入齊, 世以儒雅爲業,

1141 誡兵(계병) – 兵事(武事)에 대한 훈계. 文士와 武士, 文臣과 武臣은 나라에 없어서는 안 되는 관계, 곧 상호 보완적이면서도 상대적이다.
역대 왕조의 개창자는 거의 다 武人이었다. 그러나 馬上에서 治國할 수 없기에 문신에게 절대적으로 의존했다. 때문에 개국한 지 오래면 崇文輕武의 폐단에 빠졌다. 일반적으로 중국인의 兵卒에 대한 이미지는 좋지 않았다.
'좋은 사내는 병졸이 되지 않고(好男不當兵), 좋은 쇠는 못이 되지 않는다(好鐵不打釘).' 고 하였다. 그러나 兵亂을 겪으며 살아온 안지추는 武事에 관하여 후손에게 충고할 필요성을 느꼈을 것이다. 士人이 본업인 독서를 저버리고 요행히 戰功을 구하지 말라고 하였다. 자신의 죽음뿐만 아니라 滅門之禍(멸문지화)를 당할 수 있기 때문이다. 그리고 文士도 경륜과 지략을 갖춰야

遍在書記.

仲尼門徒, 升堂者七十有二, 顔氏居八人焉. 秦,漢,魏,晉, 下逮齊,梁, 未有用兵以取達者.

春秋世, 顔高,顔鳴,顔息,顔羽之徒, 皆一鬪夫耳. 齊有顔涿聚, 趙有顔最, 漢末有顔良, 宋有顔延之, 並處將軍之任, 郎顔駟, 自稱好武, 更無事跡. 顔忠以黨楚王受誅, 顔俊以據武威見殺, 得姓已來, 無淸操者, 唯此二人, 皆罹禍敗.

頃世亂離, 衣冠之士, 雖無身手, 或聚徒衆, 違棄素業, 僥幸戰功. 吾旣羸薄, 仰惟前代, 故寘心於此, 子孫志之. 孔子力翹門關, 不以力聞, 此聖證也. 吾見今世士大夫, 纔有氣幹, 便倚賴之, 不能被甲執兵, 以衛社稷. 但微行險服, 逞弄拳腕, 大則陷危亡, 小則貽恥辱, 遂無免者.

| 국역 | 顔氏(안씨)의 선조는 본래 鄒國(추국)[1142]이나 魯國[1143]에

한다는 점을 강조하였다.

1142 鄒國(추국) – 邾國(주국)으로도 표기, 西周에서 春秋 戰國時代의 제후국. 그 위치는, 今 山東省 서남부의 鄒城市(추성시)와 滕州市(등주시) 일대로 魯나라의 남부에 위치. 뒷날 楚國에 병합되어 멸망했다.

1143 魯國(노국) – 今 山東省 중앙부 濟寧市 관할 曲阜市(곡부시) 일원. 孔子의 故鄕, 孟子의 고향 鄒城市(추성시)와 함께 '鄒魯' '孔

살았는데, 혹 일부가 齊(제) 지역으로 이주하였으며, 대대로 文雅(문아)를 바탕으로 살았다는 사실이[1144] 여러 기록에 실려 있다.

仲尼(중니, 孔子)의 門徒(문도) 중 升堂(승당 : 경지에 오르다)한 자가 72人인데,[1145] 顔氏(안씨)가 그중 8명이었다.[1146] 秦(진), 漢(한),

---

孟桑梓之邦' 이라 일컬어진다.

1144 원문 世以儒雅爲業 – 世는 世世로. 代代로. 儒雅(유아)는 儒學. 유학이 본업이다.

1145 원문 升堂者七十有二 –《論語 先進》子曰, ~. 子曰, "由也升堂矣, 未入於室也." 그런 제자들을 보고 공자가 다시 말했다. "子路는 마루까지(堂, 正廳) 올라왔지만 아직 방에 들어온 것은 아니다."
마당에서 섬돌을 딛고 올라와야 마루에 올라선다(升은 登의 뜻). 마루에 올라온 뒤 입실한다. 마루까지 왔다면 상당한 경지에 올랐다는 비유이다. 入室은 학문이나 기예가 최고의 심오한 경지에 도달했다는 뜻이다. '登堂入室' 도 같은 말이다.
《史記 孔子世家》에는「공자의 제자가 대략 3천 명인데, 그중에 六藝에 통달한 자가 72인이었다.(弟子盖三千焉, 身通六藝者七十有二人.)」라고 하였다. 여기서 '三千弟子 七十二賢' 이라는 말이 나왔다.

1146 원문 顔氏居八人焉 –《史記 仲尼弟子列傳》에 顔回, 顔无繇(안무요, 顔回의 父親인 顔路), 顔幸, 顔高, 顔祖, 顔之僕, 顔噲(안쾌), 顔何 등 8인이 기록되었다.
공자의 부친은 叔梁紇(숙량흘)이다. 叔梁은 字이고 紇(명주실 흘)이 이름이다. 당시에는 字 다음에 名을 쓰는 표기가 통용되었다. 숙량흘의 첫째 부인 施氏(시씨)는 無子했고, 둘째 부인은 아들〔孟皮(맹피)〕을 낳았지만 足病으로 불구이었다.

魏(위), 晉(진)을 거쳐 아래로 (남조의) 齊(제)와 梁朝(양조)에 이르기까지 用兵〔용병, 兵法(병법)〕으로 榮達(영달)한 선조는 없었다.

春秋(춘추) 시대에 들어와서, 顔高(안고), 顔鳴(안명), 顔息(안식), 顔羽(안우) 같은 분들은 모두 그냥 싸움이나 하는 武夫(무부)였을 뿐이다. (전국시대) 齊(제)나라에 顔涿聚(안탁취), 趙(조)나라에 顔最(안최), 後漢(후한) 말기에 顔良(안량),[1147] 〔南朝(남조)〕 宋(송)나라

숙량흘이 顔氏 집에 구혼했다. 숙량흘과 顔徵在(안징재)의 결혼을 〈孔子世家〉에서는 野合(야합)이라고 기록했다.(紇與顔氏女野合而生孔子, 禱於尼丘得孔子.) 野合은 부부의 나이차가 많은 비정상적인 결혼이라 해석할 수 있다. 안씨가 尼丘山에 기도하여 아들을 얻으니, 바로 공자이다.
공자의 제자 중 첫째는 顔回(顔淵, 字는 子淵)이다. 《論語》에서는 공자가 '回(회)야!' 라고 이름을 자주 불렀는데, 이는 안회에 대한 각별한 애정의 표시이었다. 공자의 어머니 쪽, 곧 공자 外家의 일족이라고 주장하는 사람도 있다. 안회는 공자보다 30세 연하였다. 孔門十哲의 德行 분야에 뛰어났다. 공자의 수제자로 공자는 안회의 好學을 극구 칭찬했으며, 남에게 화를 내지도 않고 같은 잘못을 두 번 저지르지 않는다고 칭찬하였다. 곤궁 속에서도 배움과 인을 실천하는 즐거움을 바꾸지 않았고, 안빈낙도의 경지에 이르렀으나 영양실조로 29세에 백발이 되었다가 40여 세에 죽었다. 안연이 죽자, 공자는 "하늘이 나를 버렸다" 통곡했다.

1147 顔良(안량, ? – 200년)은 원소의 武將. 원소는 대장군 顔良(안량)을 보내 (東郡) 白馬縣(백마현)에서 東郡 태수 劉延(유연)을 공격했는데, 조조는 張遼(장료)와 關羽를 선봉으로 삼아 안량을 공격하였다.

顔延之(안연지)[1148]는 모두 장군의 직책에 있었지만 결국 敗亡〔패망, 顚覆(전복)〕하였다. 前漢代(전한대)의 郎將(낭장)이었던 顔駟(안사)는 好武(호무)한다고 자칭하였지만 별다른 사적이 없다. 〔後漢(후한)의〕 顔忠(안충)은 楚王(초왕)의 黨人(당인)이라서 처형되었고, 顔俊(안준)은 武威郡(무위군)을 근거로 반역하였다가 피살되었으니,[1149] 顔氏가 得姓(득성)한 이후로 청결한 지조가 없었던 사람은 이 두 사람으로 모두 화를 당해 패망하였다.

근래에 亂離(난리) 속에 士人〔衣冠之士(의관지사)〕이 武藝〔무예,

관우는 안량의 깃발과 수레 덮개가 보이자, 말을 달려 나가 만인의 군사가 보는 앞에서 안량을 찌르고 그 머리를 잘라 돌아오자, 원소의 장군 그 누구도 감히 맞서려는 자가 없었다. 陳壽 正史《三國志 蜀書. 關張馬黃趙傳》.

1148 顔延之(안연지, 384 - 456년, 字는 延年) - 琅邪 臨沂(임기)人. 東晉 및 南朝 宋 文學家, 謝靈運(사령운)과 함께 '顔謝'로 합칭. 生前의 벗 陶淵明이 서거한 뒤에 顔延年(안연년)이 도연명을 추모하는 〈陶徵士誄(도징사뢰)〉를 지었는데, 거기서 도연명을 靖節先生(정절선생)이라 불렀다. 안연지는 武臣이 아니고 군사를 지휘한 적도 없다.

'宋有~'는 '晋有'이어야 하며, 東晋의 顔延(안연)이고, 안연은 동진 말기에 王恭(왕공)의 部將이었다. 之는 쓸데없이 들어간 글자라는 주석이 있다.

1149 陳壽 正史《三國志 魏書 15권 劉司馬梁張溫賈傳》에 의하면, 武威郡(무위군)의 顔俊(안준), 張掖郡(장액군)의 和鸞(화란), 酒泉郡(주천군)의 黃華(황화), 西平郡의 麴演(국연) 등이 모두 자기 郡에서 반란을 일으켰고, 장군을 자칭하며 서로 공격하였다.

身手(신수)]도 없으면서 무리들을 모은 뒤, 평소의 본업을 버리고 요행으로 전공을 세우려 한다. 나는 평소에 (몸이) 마르고 수척하며, 선대의 전례를 생각하여[1150] 武事(무사)에는 뜻을 접었으니 자손들은 이를 기억하기 바란다.[1151]

孔子(공자)는 (부친 숙량흘은) 그 힘이 성문 빗장을 들어 올릴 정도였지만,[1152] 힘쓰는 것으로 알려지지 않은 것은 그분이 聖人(성인)이라는 증거이다.

내가 볼 때, 오늘날의 士大夫(사대부)들은 겨우 약간의 힘만 쓸 줄 알면[1153] 그런 힘을 믿고 행동하지만 갑옷에 무장을 갖추고 사

1150 원문 仰惟前代 – 仰惟(앙유)는 우러러 생각하다. 惟는 생각하다.

1151 원문 故寘心於此, 子孫志之 – 寘는 둘 치. 받아들이다. 다하다. 여기서는 마음이 없다. 此는 武事. 子孫志之의 志는 기록하다. 마음에 기억하다.

1152 원문 力翹門關 – 翹는 꼬리의 깃털 교. 날개. 들어 올리다. 공자의 부친 숙량흘은 키가 크고 강한 힘을 가진 무사이었다. 魯나라 숙량흘이 적의 偪陽城(핍양성)을 공격했는데, 우군이 적의 성문 안에 갇히자, 숙량흘이 성문을 들어 올려 우군을 탈출케 했다. (《春秋左傳》 襄公 10년의 기록). 그런데 이런 일을 공자의 일로 기록되어 내려온 것으로 보인다. / 공자는 부친을 닮았는지 9척이 넘는 장신(당시 1척을 23cm로 환산하면 2m 이상)으로 별명이 '長人(꺽다리)' 이었으며, 큰 얼굴의 소유자이었다고 한다. 그러면서도 공자는 그 제자들과 유쾌한 농담을 즐길 수 있는 사람이었다.

1153 원문 纔有氣幹 – 纔는 겨우 재. 才와 通. 氣幹(기간)은 기운과 재간. 무예.

직을 보위하지는 못한다. 겨우 신분을 드러내지 않고 武士(무사)처럼 꾸며 입고서[1154] 주먹을 쓰며 팔을 휘두르는데,[1155] 크게는 위험에 빠져 죽거나, 작게는 치욕을 겪는 경우를 벗어나지 못할 것이다.

1154 但微行險服 - 微行(미행)은 신분을 숨기고 다니다. 險服(험복)은 武士나 劍客의 上衣.

1155 원문 逞弄拳腕 - 逞은 굳셀 영. 즐겁다. 逞弄은 마음껏 장난치듯. 拳腕(권완)은 주먹과 팔뚝.

157/ 어설픈 智略(지략)

| 原文 | 國之興亡, 兵之勝敗, 博學所至, 幸討論之.

入帷幄之中, 參廟堂之上, 不能爲主盡規以謀社稷, 君子所恥也. 然而每見文士, 頗讀兵書, 微有經略. 若居承平之世, 睥睨宮闈, 幸災樂禍, 首爲逆亂, 詿誤善良. 如在兵革之時, 構扇反復, 縱橫說誘, 不識存亡, 强相扶戴.

此皆陷身滅族之本也. 誡之哉! 誡之哉!

| 국역 | 국가의 흥망이나 전쟁의 勝敗(승패)에 대하여는 많은 학문이 있어야만 토론할 수 있다.

장군의 帷幄(유악, 지휘소)이나 조정의 논의에 참여하여[1156] 主君(주군)의 사직을 위한 지략을 낼 수 없다면 군자로서는 부끄러운 일이다. 그러나 文士(문사)를 볼 때마다 병법서를 거의 읽지 않아[1157] 아무런 經略(경략)을 제시하지 못하는 경우가 많다.

(그런 사람이) 만약 承平(승평 : 태평)한 시대에 살면서, 평소 궁궐을 흘겨보거나[1158] 나라의 재앙을 기뻐하다가, 반역의 우두머리가

1156 원문 入帷幄之中, 參廟堂之上 – 帷는 휘장 유. 幄은 휘장 악. 천자나 출병한 장군의 지휘소. 廟堂(묘당)은 국가 정책을 의론 결정하는 곳.

1157 원문 頗讀兵書 – 頗는 자못 파. 조금. 略微(약미, 아주 조금).

되어 선량한 사람을 속여 그르칠 수도 있다.[1159] 만약 병란이나 전쟁의 시기에는 도발, 선동을 반복하여[1160] 제멋대로 꾀어[1161] 나라의 존망도 모르면서 우두머리로 강제 추대될 수도 있을 것이다.[1162]

이 모두가 몸을 망치고 멸족을 당하는 근본이 될 수도 있다. 조심 또 조심해야 한다.

1158 원문 睥睨宮閫 – 睥는 흘겨볼 비. 睨는 흘겨볼 예. 睥睨(비예)는 흘겨보다. 멸시하다. 閫은 문지방 곤. 宮閫(궁곤)은 제왕의 궁궐.

1159 원문 詿誤善良 – 詿는 그르칠 괘. 詿誤는 連累(연루)하다.

1160 원문 構扇反復 – 構扇(구선)은 도발 선동하다.

1161 원문 縱橫說誘 – 縱橫(종횡)은 합종과 연횡설로 유세하다.

1162 원문 强相扶戴 – 扶戴(부대)는 推戴(추대).

158/ 밥통이며 술독

|原文| 習五兵, 便乘騎, 正可稱武夫爾. 今世士大夫, 但不讀書, 卽稱武夫兒, 乃飯囊酒甕也.

|국역| (고대의) 다섯 가지 무기에 익숙하고 기마(말 타기)를 잘 해야만[1163] 정식으로 武夫라 할 수 있다. 그러나 지금 세상에서는 독서하지 않는 사람을 武夫라 지칭하는데, (독서하지 않는 武夫는) 그냥 밥통이고 술독일 뿐이다.[1164]

1163 원문 習五兵, 便乘騎 - 習은 익숙하다. 五兵은 5가지 병기. 戈(과, 갈고리 창). 殳(창 수. 날이 없는 창), 戟(극, 갈래창). 酋矛(유모, 長槍의 일종), 夷矛(이모, 자루가 아주 긴 창). 便乘騎의 便은 잘하다. 뛰어나다.

1164 원문 飯囊酒甕 - 飯은 밥 반. 囊은 주머니 낭. 밥주머니. 飯囊(반낭)은 밥통. 甕은 독 옹. 항아리. 酒甕(주옹)은 술독. 밥통과 차 항아리(飯桶茶罐子). - 먹는 것 외에는 아무것도 못하는 사람.

15. 養生(양생)[1165]

159/ 神仙術과 養生

|原文| 神仙之事, 未可全誣. 但性命在天, 或難鐘值.

人生居世, 觸途牽縶, 幼少之日, 旣有供養之勤, 成立之

1165 養生(양생) – 攝生(섭생)과 같다. 신체를 保養(보양)하고 생명을 扶養(부양)하다. 건강한 몸은 생활의 밑천이다(身體是本錢). '마음이 넓으면 몸이 건강하고(心廣體胖), 도량이 크면 장수한다(量大長壽).' 고 하였다.
본편에서 저자는 道家의 修道하여 신선이 될 수 있다는 주장에서 출발하여 양생을 다루었다. 안지추는 그런 주장을 확실하게 부정하지는 않았지만, 養生術의 긍정적 측면을 강조하였다. 긍정적인 사고와 호흡조절, 건실한 생활 습관, 음식이나 약물의 조절 등을 통해 全身保性(전신보성)을 강조하였다. 안지추는 죽림칠현의 嵇康(혜강)과 부자인 石崇(석숭)을 保生의 측면에서 그들의 죽음을 언급하였다. 인간의 생명을 아끼지 않을 수 없지만 그렇다고 구차하게 지켜나갈 수는 없을 것이다.

年, 便增妻孥之累. 衣食資須, 公私驅役, 而望遁跡山林, 超然塵滓, 千萬不遇一爾. 加以金玉之費, 爐器所須, 益非貧士所辦.

學如牛毛, 成如麟角. 華山之下, 白骨如莽, 何有可遂之理? 考之內教, 縱使得仙, 終當有死, 不能出世, 不願汝曹專精於此.

若其愛養神明, 調護氣息, 愼節起臥, 均適寒暄, 禁忌食飮, 將餌藥物, 遂其所稟, 不爲夭折者, 吾無間然.

| 국역 | 神仙(신선)에 관한 일은 그 전부를 부정할 수는 없다.[1166] 다만 인간의 性命(성명 : 생명)은 하늘에 달렸기에, 우리가 적절할 때 신선을 만나기는 어려울 것이다.[1167]

1166 원문 神仙之事, 未可全誣 – 神仙은 道를 체득하여 不老長生을 실현한 사람이다. 《莊子 逍遙遊》에는 藐姑射(막고야)라는 神人이 있고, 《莊子 齊物論》에는 至人(지인)이, 《莊子 大宗師》에는 眞人이 나오는데, 이들은 모두 신선의 또 다른 이름이었다. 신선은 굶주리지도 않고 죽지 않으며, 그 모습을 마음대로 숨기고 변형할 수 있으며, 고상한 인품을 바탕으로 그 가슴에는 정의와 자애를 가진 아름답고도 완전한 인격체이었다. 未可全誣는 전부가 다 거짓일 수는 없다. 誣는 무고할 무. 시실을 굽혀 말하다. 거짓. 터무니없는 말.

1167 원문 但性命在天, 或難鐘値 – 但은 다만 단. 性은 하늘이 수여

人生이 한세상을 살면서 곳곳에서 여러 속박을 당할 수 있으니,[1168] 어리고 젊은 날에는 부모님 공양에 부지런해야 하고, 성년이 되는 나이에는 처자식에게 얽매일 일이 많아진다. 衣食이나 필요한 비용, 公私의 여러 일도 많기에[1169] 산림에 몸을 숨겨 세상 티끌에서 초연히 벗어나기를[1170] 바라지만 천만 번에 한 번을 이룰 수가 없다. 거기다가 (신선의 煉丹에 필요한) 金玉의 비용이나 화로나 필요한 機器도[1171] 가난한 士人이 마련하기는 더더욱

한 품성. 정신적인 것. 命은 하늘로부터 받은, 예를 들면 貴와 賤, 長壽나 요절, 건강과 허약 등등. 鐘值(종치)는 만나다. 鐘은 적절한 상봉. 值는 우연한 만남.

1168 원문 觸途牽縶 – 觸途(촉도)는 處處에, 곳곳에서. 牽縶(견집)은 얽매이다. 붙들어 매다. 牽은 끌 견. 견인된다. 縶은 맬 집. 붙들려 매어지다. 묶이다.

1169 원문 衣食資須, 公私驅役 – 資須(자수)는 꼭 필요한 비용. 驅役(구역)은 일에 내몰리다. 바삐 돌아다니며 일하다.

1170 원문 超然塵滓 – 超然(초연)은 超脫(초탈)하다. 塵滓(진재)는 티끌이나 찌꺼기. 세속의 온갖 일. 塵은 티끌 진. 滓는 찌꺼기 재. 앙금.

1171 爐器所須 – (연단에) 필요한 화로와 器機. 고대의 方術(방술)에서 시작된 도교의 수련 방법 중 한 가지가 煉丹術(연단술)이다. 단사(丹砂), 납(鉛), 유황 등 광물질을 혼합 가열한 仙丹(선단)을 얻어서 그를 복용하여 不老長生하는 것을 外丹(외단)이라 한다. 宋代 이후 우리 몸을 하나의 화로와 같다 생각하여 신체 내의 精氣를 강화하거나, 약물을 복용하거나, 정신을 수양하는 것을 內丹(내단)이라 하는데, 이 내단과 외단을 포함한 일체의 수련

아니다.

(신선술을) 배우는 사람은 쇠털처럼(牛毛) 많지만, 성공하는 사람은 기린의 뿔처럼〔麟角(인각)〕 드물다. (今, 陜西省) 華山(화산) 기슭에는[1172] (신선이 되려다가 죽어간) 白骨이 풀처럼 수북하게 쌓였으니〔如莽, 莽(우거질 망)〕 그 성공할 이치가 어디에 있겠는가? 불교의 이치를 생각하면[1173] 설령 신선이 되어도(得仙) 결국에는 죽을 것이며 이 속세를 벗어날 수 없나니, 너희들은 이 신선술에 빠지는 것을 나는 원치 않는다.

만약 神明(사람의 精神, 心思)을 愛養(애양)하고 호흡을(氣息) 조절하며(調護), 일상생활에〔起臥(기와)〕 신중히 절제하고(愼節) 추위와 더위에 잘 적응하며,[1174] 음식을 마구 먹지 않고〔禁忌(금

을 연단술이라 한다.

1172 華山(화산) – 今 陝西省 華陰市 소재, 해발 2,200m. 중국 五嶽 중 西嶽. 崎險天下第一山(기험천하제일산). 중국 道敎 역사상 중요한 名山. 賢人이 은거하고 신선이 숨어살며 道를 전할 명산이라고 알려졌다.

1173 원문 考之內敎 – 內敎는 佛敎. 남북조 시대에 불교는 內敎, 유학은 外敎라 하였다.

1174 원문 均適寒暄 – 均適(균적)은 고르게 맞추다. 잘 적응하다. 寒은 추울 한. 暄은 따뜻할 훤. 온난하다. 그리고 일상 생활 습관과 관련하여 중국인에게는 여러 가지 속담이 있다.
화 내지 말라(不要氣), 걱정하지 말라(不要腦). 화내고 걱정하면 쉽게 늙는다(氣氣腦腦人易老). 이른 아침 차 한 잔은(早時一杯茶), 가난한 집에 강도가 든 것보다 더 나쁘다(勝似强盜入窮

기)〕藥物(약물)을 잘 복용하여,[1175] 타고난 수명을 누려 요절하지 않는다면[1176] 나는 아무 할 말이 없다.[1177]

|原文| 諸藥餌法, 不廢世務也. 庾肩吾常服槐實, 年七十餘, 目看細字, 鬚髮猶黑. 鄴中朝士, 有單服杏仁,枸杞,黃精,朮,車前得益者甚多, 不能一一說爾.

吾嘗患齒, 搖動欲落, 飮食熱冷, 皆苦疼痛. 見《抱樸子/抱朴子》牢齒之法, 早朝叩齒三百下爲良, 行之數日, 卽便平愈, 今恒持之. 此輩小術, 無損於事, 亦可修也.

凡欲餌藥, 陶隱居《太淸方》中總錄甚備, 但須精審, 不可輕脫. 近有王愛州在鄴學服松脂, 不得節度, 腸塞而死, 爲藥所誤者甚多.

家)고 하였으니, 공복에 마시는 차는 건강에 아주 해롭다. 날마다 일만 보씩 걷는다면(日日萬步走), 99세까지 살 수 있다(能活九十九). 배부를 때는 이발하지 않고(飽了不剪頭), 배고플 때는 목욕을 하지 않는다(餓了不洗沐).

1175 원문 將餌藥物 – 여기 將은 보양한다는 의미. 餌는 먹을 이. 먹이.

1176 원문 遂其所稟, 不爲夭折者 – 稟은 줄 품. 하늘이 준 것. 주다(賜與). 하늘에서 받은 수명. 不爲는 ~하지 않다. 夭折(요절)은 젊은 나이에 죽다. 夭死. 夭는 어릴 요.

1177 원문 吾無間然 – 間然은 틈을 찾다. 비평하다. 나무라다.

| 국역 | 여러 가지 약의 복용 때문에 해야 할 일을 그만두지 말라〔不廢世務也(불폐세무야)〕. 〔梁朝(양조)의〕 庾肩吾(유견오)는 홰나무〔槐(괴)〕 열매를 장복하였는데,[1178] 나이가 70에도 작은 글자를 읽을 수 있고, 수염과 두발이 여전히 검었다. 〔北齊(북제)〕 鄴縣(업현)의 어떤 관리는〔朝士(조사)〕 杏仁(행인, 살구씨), 枸杞子(구기자), 黃精(황정, 둥굴레의 일종), 朮(삽주, 차조 출), 車前(차전, 질경이) 등 몸에 이롭다는 것을 매우 많이 열거하였는데, 하나하나 다 설명할 수가 없다.[1179]

1178 원문 庾肩吾常服槐實 – 庾肩吾(유견오)는 梁朝 度支尚書(탁지상서)와 江州 刺史 역임. 庾는 곳집 유. 창고. 肩은 어깨 견. 槐는 홰나무 괴. 槐實은 시고 짠맛이 나는데, 장복하면 눈이 밝아지고 기운이 나며, 머리가 세지 않고 수명이 늘어난다는 주석이 있다.

1179 건강과 관련한 아래와 같은 중국인의 속담을 우리도 생각할 필요가 있다.
「곧 아침 식사는 적당히(朝餐好), 점심은 배부르게(午餐飽), 저녁 식사는 조금 먹어야 좋다(晚餐少). 배추와 두부는 건강을 보장한다(白菜豆腐保平安). 배추와 뭇국은(白菜蘿卜湯) 장수와 건강을 보장해 준다(益壽保健康). 고기는 조금, 채소는 많이(少肉多菜), 술은 조금, 과일을 많이 먹어야 한다(少酒多果). 영양제를 먹는 것은 고른 식사만 못하고(藥補不如食補), 좋은 식사는 마음 편한 것만 못하다(食補不如精神補). 배부를 때는 무를 먹고(飽吃蘿卜), 굶었을 때는 파를 먹는다(餓吃葱). 오곡밥에 대추를 보태면(五穀加小棗) 영지초보다 낫다(勝似靈芝草). 오월의 잉어는 좋은 인삼 못지않다(五月鯉賽如活人參). 소금은 나는 전부터 치아가 아파서 흔들리고 빠질 것 같았으며, 뜨겁거나 차가운 음식을 먹을 때마다 매우 아팠다.[1180] 《抱朴子 應難(포박자 응난)》을 읽었더니 치아를 건강하게 하는 방법으로〔牢齒(뇌치)〕, 이른 아침에 치아를 3백 번 두드리면(叩齒三百) 좋아진다 하였기에, 며칠 동안 해봤더니 곧바로 나아져서 지금도 늘 계속하고 있다. 이런 방법은 별것 아니지만 생활에 손해가 없으니 이 또한 따를 만하다.

건강을 위해 약을 복용하려면, 陶隱居(도은거, 陶弘景)[1181]의 《太淸方》의 總錄(총록)에 아주 상세한 처방이 있으니 상세히 숙고하여 복용하나 경솔해서는 안 된다.[1182]

적게, 식초는 많이(少鹽多醮), 적게 먹고 많이 씹기(少食多嚼), 개고기를 삶으면(狗肉滾三滾) 신선도 가만히 있지 못한다(神仙站不穩). 그러나 살코기는 닭고기만 못하고(肉不如鷄), 닭은 생선만 못하다(鷄不如魚).」

1180 원문 皆苦疼痛 - 苦는 쓸 고. 쓰디쓰다. 매우. 疼은 아플 통. 痛은 아플 통.

1181 陶隱居 - 陶弘景(도홍경, 456 - 536)은 自號 華陽隱居. 華陽眞人. 諡號(시호) 貞白先生. 南朝 齊, 梁의 道士, 道敎 思想家. 다재다능했던 명필에 文學家. 의학자. 《本草經集注》 7卷, 《效驗方》 5卷 및 《補闕肘後百一方》 3卷을 저술했다.

1182 중국인의 속담에, 병에는 440종류의 병이 있고(病有四百四病), 약에는 880가지 처방이 있다(藥有八百八方) 하였으니, 病보다는 처방이 더 많다.
의원에게 묻는다면 고칠 약이 있다 하고(問着醫生便有藥), 무근래 王愛州(왕애주)란 사람은 鄴縣(업현)에 살면서 松脂(송지, 송진)를 長服(장복)하는 것을 배웠지만 적당히 조절하지 않아 腸(장)이 막혀 죽었는데, 약을 잘못 복용하는 경우가 매우 많다.

당에게 물으면 귀신이 있다고 한다(問着師娘便有鬼).
병을 고치는 것이 어렵지 않으나 병을 알아내는 것이 어렵다(治病不難 識病難). 병의 치료는 불을 끄는 것과 같으니(治病如救火) 즉시 치료해야 한다.
약을 먹을 때 의사에게 거짓말을 하지 말라(吃藥不瞞郎中). 질병 치료에서, 3할은 복약이고 7할은 보양이다(三分吃藥七分養). 곧 의약에 의한 치료 못지않게 영양과 휴식도 중요하다.
의원은 나이가 들수록 돈값을 한다(醫生越老越值錢). 이는 의술에 경험이 중요하다는 뜻이다. 무능한 의원은 사람을 죽일 때 칼을 쓰지 않는다(庸醫殺人不用刀). 약을 잘못 쓰는 자체가 살인이다.

160/ 石崇(석숭)의 몰락

|原文| 夫養生者先須慮禍, 全身保性, 有此生然後養之, 勿徒養其無生也.

單豹養於內而喪外, 張毅養於外而喪內, 前賢所戒也. 嵇康著養生之論, 而以傲物受刑, 石崇冀服餌之徵, 而以貪溺取禍, 往世之所迷也.

|국역| 養生(양생)은 (자신에 닥칠) 禍(화)를 걱정하며 온몸과 심성을 살핀 다음에 보양해야 하니, 생명이 있는 연후에야 이를 양생할 수 있는 것이니 죽은 다음에는 양생을 할 수도 없을 것이다.[1183]

〔魯(노)나라〕 單豹(선표)는 안의 몸을 잘 양생했지만 바깥 일로 죽었고,[1184] 張毅(장의)란 사람은 외형을 잘 양생했지만 신체 내부의 병으로 죽었으니,[1185] 이 모두가 앞선 사람들의 훈계이다. 〔竹

1183 원문 勿徒養其無生也 - 徒는 무리 도. 헛것. 없다. 徒手는 맨손. 無生은 이 세상에 생명이 없다. 죽음.

1184 원문 單豹養於內而喪外 - 單豹(선표, 姓일 때는 音은 선)는 바위굴에서 물만 마시고 살면서 남과 이득을 다투지 않으면서 어린아이 모양으로 70을 넘게 살았지만 호랑이에게 물려 죽었다. 자신을(內) 잘 양생했지만 外物의 침범은 생각 못한 것이다. 《莊子 達生》

1185 원문 養於外而喪內 - 張毅(장의)는 귀족으로 顯達(현달)하여 잘

林七賢(죽림칠현)의〕 嵇康(혜강)은 養生(양생)의 理論(이론)도 저술했지만 다른 사람에게 오만하여 형벌을 받아 죽었고,[1186] 〔西晉(서진)의〕 石崇(석숭)은 丹藥(단약)을 복용하며 효능을 기대했지만 재물에 탐닉하여 화를 당했으니,[1187] 흘러간 옛날의 迷惑(미혹)이

먹고 살았지만 나이 40에 열병으로 죽었다. 곧 身外를 잘 양생했지만 病이 안을 침범한 것이다.《莊子 達生》.

1186 원문 而以傲物受刑 – 혜강은 자신의 재능을 믿고 오만했다. 그러니 누가 좋아하겠나? 傲는 거만할 오. 物은 타인.
아랫사람에게 교만한 사람은(臨下驕者) 윗사람을 섬길 때는 틀림없이 아첨한다(事上必諂). 부자로 태어난 사람은 교만하고(生而富者驕), 높은 집안에서 태어난 사람은 오만하다(生而貴者傲). 교만한 자는 틀림없이 어리석고(驕者必愚), 어리석은 자가 더 교만하다(愚者更驕).

1187 石崇(석숭, 249 – 300년) – 西晉의 유명한 관리이면서 도적이었고 큰 부호이었다. 石崇은 총명하고 용기와 策謀(책모)도 있었다. 그의 父親 石苞(석포)는 석숭이 자신보다 더 큰 富者가 될 것이라면서 재산을 석숭에게는 물려주지 않았다.
석숭은 여러 관직을 거쳐 侍中의 자리에 올랐고, 晉 武帝의 인정을 받았다. 晉 惠帝가 卽位한 뒤에 형주자사로 지방에 전출되어 오히려 큰 부자가 되었고, 西晉 賈(가)황후의 모친에게 철저하게 아부하면서 세력을 넓히기도 했다.
석숭과 또 다른 부호 王愷(왕개)는 서로 사치 경쟁을 했었다. 석숭이 잔치를 할 때 시중드는 미녀가 권하는 술을 손님이 다 마시지 않으면 미인을 그 자리에서 죽여버렸다. 司馬倫(사마륜)이 권력을 잡은 뒤 사마륜의 총애를 받던 孫秀(손수)가 석숭의 애첩 綠珠(녹주)를 요구했으나 주지 않았다.

아니겠는가?

손수는 석숭을 모함했고, 석숭을 체포하려고 사람이 왔을 때, 석숭은 녹주와 함께 누각에서 술을 마시고 있었다. 그런 사연을 안 녹주는 "당신 눈앞에서 죽겠다." 면서 높은 누각에서 뛰어내려 죽었다. 중국인들이 부호의 몰락을 얘기할 때 꼭 등장하는 사람이 바로 석숭이다.

161/ 당당한 죽음

| 原文 | 夫生不可不惜, 不可苟惜.

涉險畏之途, 幹禍難之事, 貪欲以傷生, 讒慝而致死, 此君子之所惜哉. 行誠孝而見賊, 履仁義而得罪, 喪身以全家, 泯軀而濟國, 君子不咎也.

自亂離已來, 吾見名臣賢士, 臨難求生, 終爲不救, 徒取窘辱, 令人憤懣.

侯景之亂, 王公將相, 多被戮辱, 妃主姬妾, 略無全者. 唯吳郡太守張嵊, 建義不捷, 爲賊所害, 辭色不撓. 及鄱陽王世子謝夫人, 登屋詬怒, 見射而斃. 夫人, 謝遵女也. 何賢智操行若此之難? 婢妾引決若此之易? 悲夫!

| 국역 | 생명은 아끼지 않을 수 없지만, 구차하게 아낄 수는 없다.[1188]

험난하고 두려운 길을 걷고 재난 당할 일을 하거나,[1189] 貪欲

1188 원문 不可苟惜 – 苟는 진실로 구, 구차할 구. 惜은 아낄 석.

1189 원문 涉險畏之途, 幹禍難之事 – 涉은 물을 건널 섭. 사람이 직접 건너가다.(渡는 배나 나무토막을 타고 건너가는 일) 險畏(험외)는 험난. 途는 길 도(道와 通). 幹은 줄기 간. 처리하다.

(탐욕)으로 육신을 다치고 사특한 일을 꾸며 죽음에 이른다면,[1190] 이는 군자에게 애석한 일이다. 정성과 효행을 실천하다가 죽음을 당하고, 인의를 실천하다가 죄를 받게 되어 자신을 상실하면서 집안을 온전히 하며 한몸을 버려 나라를 건질 수 있다면, 이는 君子(군자)에게 허물이 아니니다.[1191]

나는 亂(난)을 당한 이후로 名臣(명신)이나 賢士(현사)가 난리 속에서 목숨을 건지려다가 끝내 구하지도 못하고, 헛되이 궁색한 치욕을 당하며, 다른 사람을 분노케 하는 것을 보아왔다.[1192]

侯景(후경)의 난(서기 548～552년)에 많은 王公(왕공)과 將相(장상)이 죽거나 치욕을 당했고, 왕비나 공주, 姬妾(희첩) 중에 살아남은 자가 거의 없었다.[1193]

1190 원문 讒慝而致死 - 讒은 참소할 참. 慝은 사특할 특. 讒慝(참특)은 사악한 일을 꾸며 남을 참소하다. 致死(치사)는 죽음에 이르다.

1191 원문 泯軀而濟國, 君子不咎也. - 泯은 망할 민. 軀는 몸 구. 신체. 濟國은 나라를 건져내다. 구제하다. 咎는 허물 구.

1192 원문 徒取窘辱, 令人憤懣 - 徒는 무리 도. 헛되이. 窘은 막힐 군. 窘塞(군색). 辱은 恥辱(치욕). 憤은 화를 낼 분. 분노. 懣은 화나게 할 만.

1193 서기 552년에, 侯景(후경)은 남조 陳 개국자 陳霸先(진패선)과 王僧辯(왕승변)에게 패했고, 도망치려다 부하에게 피살되면서 후경의 난은 끝났다. 후경의 난 기간에 長江 하류 지역은 철저히 파괴되었다. 천 리 길을 가도록 민가에서 밥을 짓는 연기를 볼 수 없고 인적이 끊겼으며, 백골을 모으면 어디든 산더미가 만들

오직 吳郡 太守(오군 태수)인 張嵊(장승)[1194]만이 의병을 일으켰으나 이기지 못하고 살해당했지만 그 언사와 안색은 꺾이지 않았다. 또 鄱陽王〔파양왕, 蕭嗣(소사)〕 世子(세자)의 부인 謝氏(사씨)는 지붕에 올라 〔賊徒(적도)를〕 꾸짖다가 화살에 맞아 죽었다. 부인은 謝遵(사준)의 딸이었다. 賢人(현인)이나 智者(지자)의 操行(조행 : 행동을 지키다)이 어찌 이리 어려운 것인가? 아녀자의〔婢妾(비첩)〕 이런 결단은〔引決(인결). 自殺(자살)〕 쉬운 일이겠는가? 그저 슬플 뿐이다.[1195]

어졌다는 역사 기록을 보면 그 폐해를 짐작할 수 있다. 후경은 처음에 梁 武帝와 협상을 진행하면서 자신에게 琅邪(낭야) 王氏나 陳郡 謝氏와 통혼할 수 있게 해달라고 요청했다. 그러나 이는 梁 武帝가 허락할 수 있는 것이 아니었다. 그러자 후경은 "가문이 도대체 뭐란 말인가? 나는 그들을 노비로 만들 수 있다."라면서 왕씨와 사씨를 철저하게 파멸시켰다.

1194 張嵊(장승, 490－549년, 字는 四山. 嵊은 산 이름 승) － 吳郡人. 南朝 梁 官員.

1195 삼국 曹魏의 曹氏 일족이 司馬氏에게 권력을 빼앗길 때, 曹爽(조상)의 사촌동생 曹文叔(조문숙)의 아내는 夏侯寧(하후령)의 딸인데, 일찍 과부가 되고 자식도 없었다.
그녀를 친정에서 개가시키려 하자 문숙의 처는 이를 거부하며 자신의 코를 잘라버렸다. 주위 사람들이 그녀에게 물었다. "인생살이가 약한 풀잎 위에 얹힌 가벼운 먼지 같거늘, 어찌 이런 고생을 스스로 겪어야 하는가? 더군다나 曹氏 일가가 司馬氏에게 몰살당하여 아무도 남은 사람이 없거늘 누구를 위해 수절하려는가?"

이에 문숙의 처 하후씨가 말했다.
"어진 자는 성쇠에 따라 절개를 고치지 아니하고(仁者不以盛衰改節), 의로운 사람은 존망에 따라 마음을 바꾸지 않는다(義者不以存亡易心)라고 들었습니다. 조씨들이 융성할 때에도 일생을 바치려 했거늘, 하물며 지금 이 가문을 어찌 버릴 수 있겠습니까? 제가 어찌 금수와 같은 짓을 하겠습니까?"
이 말을 전해들은 司馬懿(사마의)는 문숙의 아내에게 조씨의 제사를 지내도록 허용했다. - 皇甫謐(황보밀) 《列女傳》. 《三國演義》 107회 〈魏主歸政司馬氏 姜維兵敗牛頭山〉 참고.

16. 歸心(귀심)[1196]

162/ 佛教 信心

|原文| 三世之事, 信而有徵, 家世歸心, 勿輕慢也. 其間

1196 歸心은 佛心에 귀의한다는 뜻이다. 後漢 明帝는 永平 10년(서기 67)에 西域에 사람을 보내 佛僧을 초빙했고 이들이 불경과 불상을 싣고 와서 洛陽 白馬寺에 안치하였다. 단 〈明帝本紀〉에는 이런 기록이 없다.
前秦(전진)의 왕 苻堅(부견)은 군사 7만으로 龜茲國(구자국)을 공격하였는데, 그 목적은 승려 鳩摩羅什(구마라즙, 중국명, 童壽)을 데려다가 불경을 번역하기 위해서였다. 구마라즙은 불경 35부 290여 권을 번역하여 중국 불교 발전에 기여하였다. 선비족의 北魏에서는 불교가 장려되고 또 탄압도 받았다.
東晋의 法顯(법현 337~422년)은 60세 고령에도 399년에 중국을 출발하여 돈황을 거쳐 파미르 고원을 넘어 인도의 굽타왕국에 유학하며, 지금의 스리랑카까지 여행을 하였고, 불경을 구해서 海路로 귀국하여 여행기인 《佛國記》를 남겼다.

妙旨, 具諸經論, 不復於此, 少能贊述, 但懼汝曹猶未牢固, 略重勸誘爾.

| 국역 | (人生) 三世의(前世, 現世, 來世) 일은 믿을 수 있고 징험도 있으니[1197] 집안 대대로 귀의하되 경시하거나 만만히 보지 말라. 불교의 오묘한 뜻은 여러 佛經(經藏)이나 論藏(논장)에 들어 있기에,[1198] 여기서는 자세히 撰述(찬술)하지 않겠지만, 너희가 믿음에 대한 신념이 견고하지 않을까 걱정이 되어 거듭 권유한다.

南朝 梁 무제는 經學과 史學에도 조예가 깊었고 많은 저술을 하면서 佛家에 귀의하였다. 불교는 남조에서 크게 융성하였다. 저자 안지추는 박식한 학자였기에 불교 사상에 대하여 학문적 호기심이 信心으로 이어지면서 불교의 여러 측면을 논리적으로 설명하였다. 특히 儒家에서 생각하는 불교에 대한 비판 5가지를 요약한 뒤, 그 비판에 대한 해명으로 불교 사상을 옹호하였다. 그러면서 후손에게 출가할 수는 없지만 계율을 지키면서 생활하기를 당부하였다.

1197 원문 信而有徵 – 徵은 부를 징. 효험. 증거.

1198 三藏(삼장)은 불교 관련 모든 저술을 지칭한다.
釋迦牟尼(석가모니, 佛陀)의 설법을 經(경)이라 하고, 불경 전체를 經藏(경장)이라 한다. 부처님 말씀을 그 제자나 고승이 해설한 내용을 論이라 하고, 論의 전체를 論藏(논장)이라 한다. 불교의 계율을 律이라 하고, 율과 관련된 모든 저술을 律藏(율장)이라 한다.

163/ 儒佛의 같은 宗旨(종지)

| 原文 | 原夫四塵五蔭, 剖析形有, 六舟三駕, 運載群生. 萬行歸空, 千門入善. 辯才智惠, 豈徒七經, 百氏之博哉? 明非堯,舜,周,孔所及也.

內外兩教, 本爲一體, 漸積爲異, 深淺不同. 內典初門, 設五種禁, 外典仁義禮智信, 皆與之符. 仁者, 不殺之禁也, 義者, 不盜之禁也, 禮者, 不邪之禁也, 智者, 不酒之禁也, 信者, 不妄之禁也.

至如畋狩軍旅, 燕享刑罰, 因民之性, 不可卒除, 就爲之節, 使不淫濫爾. 歸周,孔而背釋宗, 何其迷也!

| 국역 | 원래 四塵(사진)과 五蔭(오음)은 世間 만물의 형체를 분석한 것이고,[1199] 六舟(육주)와 三駕(삼가)[1200]는 중생을 彼岸(피안)으

1199 원문 四塵五蔭 剖析形有 – 楞嚴經(능엄경)에 四塵(사진)은 色, 香, 味, 觸(촉)을 지칭하는데, 곧 만물을 인식할 수 있는 객관적 요소를 의미한다.

五蔭(오음)은 五蘊(오온, 蘊은 쌓을 온). 곧 色(形相), 受(情慾), 想(意念), 行(行爲), 識(心靈)의 5가지는 인식의 주요 요소이다. 唐 玄奘(현장)이 번역한 〈般若波羅蜜多心經(반야바라밀다심경)〉에 「照見五蘊皆空(조견오온개공) 度一切苦厄(도일체고액)」이라 하였다. 剖析(부석)은 갈라 나누다. 形有(형유)는 일체의 객관적 사물. 形

로 濟度(제도)하는 것이다. 중생은 여러 가지 戒行(계행)을 통과하여 '空(공)' 에 歸依(귀의)하게 되고, 여러 가지의 法門(법문)을 통하여 점차 善(선)에 이르게 된다.[1201] 그 辯說(변설)의 재주와 智惠(지혜)[1202]가 어찌 〔儒家(유가)의〕《七經(칠경)》[1203]이나 諸子百家(제자백가)의 博識(박식)보다 못하겠는가? 분명히 堯(요), 舜(순), 周公(주공), 孔子(공자)가 미칠 바가 아니다.

佛〔불 : 內敎(내교)〕과 儒〔유 : 外敎(외교)〕는 본래 一體(일체)이었으나 오랜 세월에 걸쳐 차이가 나고, 그 깊음과 얕음이〔深淺(심천)〕不同(다르다)하였다. 內典〔내전 : 佛典(불전)〕의 초급 단계(初門)에서는 五種(오종)의 禁戒(금계)가 있는데,[1204] 이는 外典(유가 경전)

은 눈으로 보아 형체가 있는 것. 有는 형제는 보이지 않으나 분명히 존재하는 것을 의미한다.

1200 六舟三駕, 運載群生 - 六舟(육주)는 六度. 度는 波羅蜜多(바라밀다)의 音譯. 死生이 진행되는 此岸(차안)에서 涅槃〔열반, 寂滅(적멸)〕의 彼岸(피안)에 이르는 6가지 방법. 六波羅蜜(육바라밀), 곧 布施(보시), 持戒(지계), 忍辱(인욕), 精進, 精慮(정려, 禪定), 智慧〔지혜, 般若(반야)〕를 지칭한다. 三駕(삼가)는 三乘(삼승) -《法華經》에 보이는 羊車(양거, 聲聞乘), 鹿車〔녹거, 緣覺乘(연각승)〕, 牛車〔菩薩乘(보살승)〕을 의미. 運載(운재)는 실어 나르다. 群生은 衆生(중생).

1201 원문 千門入善 - 千門은 여러 가지 수행의 法門.《仁王經》에 「修千法名門하여 說十善道하고 化一切衆生이라.」 하였다.

1202 智惠(지혜) - 智慧(지혜).

1203 《七經》- 儒家의《六經》과《論語》를 포함한다.

1204 五禁(오금) - 五戒, 곧 去殺(살생을 금함). 去盜(거도), 去淫(거음),

의 仁(인), 義(의), 禮(예), 智(지), 信(신)과 모두가 부합한다. (유가의) 仁은 (佛家의) 不殺(불살)의 禁戒(금계)이고, 義(의)는 不盜(불도)의 禁戒(금계)이며, 禮(례)는 不邪〔불사, 去淫(거음) : 사악하지 말라〕이고, 智(지)는 不飮酒(불음주)의 禁戒(금계)이며, 信(신)은 不妄言(불망언)의 禁戒(금계)와 같다.

사냥이나〔畋狩(전수), 狩獵(수렵)〕 軍旅(군려, 전쟁), 燕享(연향, 잔치), 刑罰(형벌) 등은 백성의 본성에 의한 것이라서 갑자기 금지할 수 없으니 절제를 통하여 지나치거나 넘치지 않아야 한다.

周公(주공)과 孔子(공자)의 가르침을 따른다 하여 釋迦(석가)의 宗旨(종지)를 버린다면 그 얼마나 迷惑(미혹)한 일이겠는가!

去妄言(거망언), 去飮酒(거음주), 去食肉(거식육).

164/ 불교 비판의 요점

| 原文 | 俗之謗者, 大抵有五.

其一, 以世界外事及神化無方爲迂誕也, 其二, 以吉凶禍福或未報應爲欺誑也, 其三, 以僧尼行業多不精純爲奸慝也, 其四, 以糜費金寶減耗課役爲損國也, 其五, 以縱有因緣如報善惡, 安能辛苦今日之甲, 利益後世之乙乎? 爲異人也. 今並釋之於下云.

| 국역 | 세상 사람들의 (불교에 대한) 비판은 대체로 5가지가 있다.

첫째, (불교에서 말하는) 현실 세계 外(외)의 일이나 이상하고 신비로운 변화는〔神化無方(신화무방)〕 실증할 수 없는 허황된 것이고,[1205]

둘째, 吉凶禍福(길흉화복)이 그에 따른 報應〔보응 : 應報(응보)〕이 나타나지 않으니 거짓이고 헛소리이며,

1205 원문 以世界外事及神化無方爲迂誕也 – 以世界外事는 지금 현실 세계 외의 일. 예를 들면, 極樂(극락)이나 여러 층층의 지옥. 神化는 신비한 변화. 예를 들면, 부처의 변신. 無方은 종잡을 수 없다. 일정한 원칙이 없다는 뜻. 迂誕(우탄)은 그럴듯하게 말하여 남을 속이다. 迂는 멀 우. 실제와 맞지 않다. 비뚤어지다. 거짓. 誕은 태어날 탄. 속이다. 거짓으로 남을 현혹하다. 방종하다.

셋째, 중은〔僧尼(승니)〕 불도 수련에〔行業(행업)〕 순수하게 정진하지 않고 奸慝(간특)[1206]하며,

넷째, 금은보화를 함부로 쓰고 賦稅(부세) 부역을 빠져 나가 나라에 손실을 끼치고,

다섯째, 설령 인연이 있어 선악에 따른 응보가 있다고 하여도 오늘 甲(갑)의 고생이 후세에 乙(을)에게 무슨 이득이 되는가?[1207] 그저 남일 뿐이다. 이제 이를 아래에 풀어 설명하겠다.

1206 원문 行業多不精純爲奸慝也 – 行業은 불도를 닦다. 多는 대부분. 精純은 순수하게 정진하다. 奸慝(간특)은 간악하고 사특하다. 奸은 姦也. 慝은 사특할 특. 숨길 익.

1207 원문 安能辛苦今日之甲, 利益後世之乙乎? – 今日之甲의 辛苦(신고, 쓰디쓴 고생)가 後世의 乙에게 어찌 능히(安能) 利益이 되겠는가?(乎).

165/ 인간 세상만이 근거인가?

| 原文 | 釋一曰, 夫遙大之物, 寧可度量?

今人所知, 莫若天地. 天爲積氣, 地爲積塊, 日爲陽精, 月爲陰精, 星爲萬物之精, 儒家所安也. 星有墜落, 乃爲石矣, 精若是石, 不得有光, 性又質重, 何所系屬? 一星之徑, 大者百里, 一宿首尾, 相去數萬, 百里之物, 數萬相連, 闊狹從斜, 常不盈縮.

又星與日月, 形色同爾, 但以大小爲其等差, 然而日月又當石也? 石旣牢密, 烏兎焉容? 石在氣中, 豈能獨運? 日月星辰, 若皆是氣, 氣體輕浮, 當與天合, 往來環轉, 不得錯違, 其間遲疾, 理宜一等. 何故日月五星二十八宿, 各有度數, 移動不均? 寧當氣墜, 忽變爲石?

| 국역 | 첫 번째 비판에 대한 해명. 먼 곳의 큰 물체를 어떻게 헤아리나?[1208]

今人이 알고 있는 바로는 天地만한 것이 없다.[1209] 天(하늘)은

1208 원문 夫遙大之物, 寧可度量? - 遙는 멀 요. 遙大之物은 宇宙(우주). 寧은 부사로 쓰이었다. 어찌, 어찌하여, 어찌 ~하랴? 차라리(선택을 표시). 度量(도량)은 헤아리다.

1209 원문 莫若天地 - 천지와 같은 것은 아무것도 없다. 천지만큼 큰

氣가 축적된 것이고, 地(땅)는 흙덩어리가 모여 이뤄졌으며, 日(해)은 陽의 精, 月(달)은 陰의 精이고, 星(별)은 萬物의 精이라 하는데, (이것이) 儒家에서도 인정하고 있는 견해이다.[1210]

(그러나) 추락하는 별이 있어 돌이 되니 (별의) 精은 石이고, (石이기에) 빛을 낼 수 없고(不得有光), 그 특성과 바탕이 무거운데 어떻게 하늘에 매여 있는가? 그리고 별의 지름이 큰 것은 1백 리이고 별자리 처음에서(首 : 머리) 끝까지(尾 : 꼬리) (이동거리가) 수만 리를 가는데, (지름이) 백리 되는 별이 수만 리를 이어지니, 그 넓고 좁음, 수직과 기울기가 늘 가득 차거나〔盈(찰 영)〕 줄어들지도〔縮(오그라들 축)〕 않는다.[1211]

또 星과 日月은 形色이 같으나, 다만 크기가 다를 뿐이니, 그렇다면 日月도 마찬가지로 石인가? 石이라서 빽빽한(密) 덩어리라면, 까마귀(烏)나 토끼(兔)는 어떻게 품고 있는가?[1212] 石은 氣中에서 어떻게 혼자 운행할 수 있는가? 日月과 星辰(성신)이 만약 모두 氣이고 氣體이기에, 가볍게 떠서 하늘에 부합한다면 往來(왕

것은 없다. 莫은 아무것도 ~하지 않다. 莫若은 莫如.

1210 원문 儒家所安也 – 儒家가 安住하다. 유가의 일반적 견해이다.

1211 아마 이 정도의 상식이 당시 지식인들의 일반적인 우주관이었을 것이다.

1212 원문 烏兔焉容? – 고대의 신화 전설 중, 日에는 까마귀가(三足烏) 있고, 달에는 두꺼비〔蟾(두꺼비 섬)〕와 토끼〔兎, 兔(토끼 토)〕가 산다고 하였다.

래)와 회전이 어긋나지도 않고 그 운행이 늦거나 빨라지지도 않아야 하며 이치상 같아야 한다. 무엇 때문에 日月과 五星과 28宿(수)[1213]는 각각 度數(도수)가 있고 그 이동이 같지 않은가? 그 氣가 추락한다면 갑자기 石이 될 것인가?

| 原文 | 地既滓濁, 法應沈厚, 鑿土得泉, 乃浮水上, 積水之下, 復有何物? 江河百谷, 從何處生? 東流到海, 何爲不溢? 歸塘尾閭, 渫何所到? 沃焦之石, 何氣所然? 潮汐去還, 誰所節度? 天漢懸指, 那不散落? 水性就下, 何故上騰?

天地初開, 便有星宿, 九州未劃, 列國未分, 翦疆區野, 若爲躔次? 封建已來, 誰所制割? 國有增減, 星無進退, 災

1213 五星二十八宿 – 五星은 歲星(木星), 熒惑星(형혹성, 火星), 太白(金星) 辰星(水星), 塡星(전성, 土星).
二十八宿(xiù, 音은 수, '숙' 이 아님) – 天球上의 黃道와 하늘의 赤道 부근에 둘러있는 28개 星座(或稱 星官). 28수의 이름은 東宮(東官) – 角, 亢(항), 氐(저), 房, 心, 尾(미), 箕(기).
北宮(北官) – 斗, 牛, 女, 虛(허), 危(위), 室, 壁(벽).
西宮(西官) – 奎(규), 婁(루), 胃(위), 昴(묘), 畢(필), 觜(자), 參(삼).
南宮(南官) – 井, 鬼(귀), 柳, 星, 張, 翼(익), 軫(진)이다. 이 28수는 각 1개의 항성을 기준으로 정한 천문 座標(좌표)이며, 태양과 달, 5대 행성, 彗星(혜성) 등의 운행 위치 및 항성을 관측하는 기초가 된다. 二十八舍, 二十八星, 二十八次 등으로도 표기한다.

祥禍福, 就中不差.

乾象之大, 列星之夥, 何爲分野, 止系中國? 昴爲旄頭, 匈奴之次. 西胡,東越, 雕題,交址, 獨棄之乎? 以此而求, 迄無了者, 豈得以人事尋常, 抑必宇宙外也?

| 국역 | 地가 이미 濁氣가 가라앉아 이뤄진 것이라면, 이치상 응당 밑으로 가라앉고 두터워야 하는데 흙을 파내면 샘이 솟는데,[1214] 이는 흙이 물 위에 떠 있는 것이니, 물 아래에는 다시 무엇이 있는가? 모든 江河(河川)와 골짜기는 어디에서 생겨난 것인가? 東流하여 바다에 이르는데 왜 넘치지 않는가? 歸塘(귀당)과 尾閭(미려)에서 빠져나가는 물은 어디로 새어 나가는가?[1215] (동해 바다 어딘가에 있다는) 沃焦山(옥초산)의 돌은 무슨 氣가 있어 그렇게 뜨겁게 타는가?[1216] 潮汐(조석, 조수와 석수)이 나가고 돌아

1214 원문 鑿土得泉 – 鑿은 뚫을 착.

1215 원문 歸塘尾閭, 渫何所到? – 《列子 湯問》에는 중국 동쪽 바다 渤海(발해)의 동쪽 몇억만 리 되는 곳에 바닷물이 빨려 들어가는 歸塘(귀당, 歸墟)이 있기에 바닷물을 넘치지 않는다고 하였다. 또 《莊子 秋水》편에는 바닷물이 새어나가는 尾閭(미려)가 있다고 하였다. 渫은 칠 설. 내다. 새나가다(泄과 同).

1216 원문 沃焦之石, 何氣所然? – 沃焦(옥초)는 산 이름인데, 그곳의 바위는 뜨거워서 아무리 물을 퍼부어도 바로 증발해 버린다. 何氣所然?의 然은 불탈 연. 燃과 通.

오는 것은 무엇이 조절하는가? 天漢〔천한, 銀河水(은하수)〕은 하늘에 걸렸는데 왜 흩어져 떨어지지 않는가? 물은 아래로 흐르는데 (銀河水는) 어째서 하늘로 치솟았는가?

天地(천지)가 처음 개벽할 때 그때부터 星宿(성수)는 있었겠지만, 九州(구주)는 아직 나누어지지 않았고 列國(열국)의 疆域(강역)과 山野(산야)는 구분되지 않았는데, 그때 하늘의 성수는 어떻게 운행되었는가?[1217] 封建(봉건) 이래로 누가 그렇게 분할하고 제어하는가? 나라는 增減(증감)이 있으나, 星宿(성수)에는 進退(진퇴)가 없으며, 災異(재이)와 吉祥(길상)과 禍福(화복)도 거기서 달라지지 않는다.

1217 원문 若爲躔次? - 躔은 궤도 전. 일월성수의 운행. 躔次(전차)는 天空의 分野. 하늘의 星宿(성수)는 모두 지상의 어느 지역이나 특정한 인물과(예; 황제, 황후, 재상) 연관되었으며, 그런 연관은(分野之地) 변할 수 있다고 생각하였다. 分野는 十二次라고도 하는데, 中國 古代 天文學者의 星辰 구분의 한 방법이다. 이는 서양의 黃道 12宮과 비슷하다. 《漢書 律曆志》의 十二次의 성좌 운행을 요약하면 다음 표와 같다.

方位	東 青龍			北 玄武		
二十八宿	角, 亢	氐,房,心	尾, 箕	斗, 牛	女, 虛	危,室,壁
十二次	壽星	大火	析木(절목)	星紀	玄枵(현효)	娵訾(추자)
十二辰	辰	卯	寅	丑	子	亥

方位	西 白虎			南 朱雀		
二十八宿	奎, 婁	胃, 昴	畢,觜,參	井,鬼	柳,星,張	翼,軫
十二次	降婁(강루)	大梁	實沈(실침)	鶉首(순수)	鶉火	鶉尾
十二辰	戌	酉	申	未	午	巳

乾象〔건상, 天體(천체)〕의 廣大(광대)함과 무수하게 많은 별들이 어떻게 分野(분야)를 나누어 중국에만 연계되었는가? 〔二十八宿(이십팔수)의〕 昴宿(묘수)는 旄頭(모두)라고 하는데, 匈奴(흉노)의 분야이다. 그렇다면 西胡〔서호, 주로 羌族(강족)을 지칭〕나 東越(동월 지금의 중국 본토의 동남부), 雕題(조제 : 이마에 문신을 한 남방의 종족)와 交阯(교지 : 지금의 월남 지역)는 그냥 빼버렸는가? 이런 식으로 따져본다면 그 끝이 없을 것이니,[1218] 어찌 인간세계의 보통 일을 가지고 우주 바깥의 세계까지 맞춰 판단하려 하는가![1219]

1218 원문 迄無了者 – 迄은 이를 흘. ~까지. 無了는 마칠 수 없다. 끝이 없다.

1219 원문 豈得以人事尋常, 抑必宇宙外也? – 人事는 인간 세상의 일. 尋常(심상)은 보통 일. 抑은 누를 억. 발어사. 그런데. 그런데도. 곧. 이에.
인간 세상에서 볼 수 없다고 우주 밖에도 없다고 믿을 수 있느냐?
극락과 지옥도 직접 경험을 못하지만 충분히 있을 수 있다는 주장이다.

166/ 보고 들어야만 믿는가?

| 原文 | 凡人之信, 唯耳與目, 耳目之外, 咸致疑焉.

儒家說天, 自有數義, 或渾或蓋, 乍宣乍安. 斗極所周, 管維所屬, 若所親見, 不容不同, 若所測量, 寧足依據? 何故信凡人之臆說, 迷大聖之妙旨, 而欲必無恒沙世界, 微塵數劫也? 而鄒衍亦有九州之談.

山中人不信有魚大如木, 海上人不信有木大如魚. 漢武不信弦膠, 魏文不信火布, 胡人見錦, 不信有蟲食樹吐絲所成. 昔在江南, 不信有千人氈帳, 及來河北, 不信有二萬斛船, 皆實驗也.

| 국역 | 모든 사람은 오직 귀와 눈만 신뢰하기에 듣고 보는 것 이외는 모두 의심한다.[1220]

儒家에서 말하는 하늘에 관한 주장은 渾天說(혼천설)이나 蓋天說(개천설), 혹은 宣夜說(선야설)이나 또는 安天說이 있으며,[1221]

1220 원문 咸致疑焉 – 咸은 다 함. 모두. 致疑(치의)는 의심하다.

1221 或渾或蓋, 乍宣乍安 – 천지 더 나아가 우주의 기원이나 생김새에 관한 여러 주장이다. 어떤 근거에 의한 주장이 아니라 상상에 따른 주장이니, 오늘날 우리가 알고 있는 상식으로는 이해되지 않기에 그런 주장에 관한 자세한 내용은 설명하지 않는다.

북두칠성이 북극성을 회전할 때 북두의 자루가 매어져 있는 것을[1222] 만약 직접 보았다면 여러 주장이 달라질 수 없고, 만약 실제로 측량할 수 있다면 근거가 되기에 어찌 충분하지 않겠는가? 어찌하여(何故) 凡人의 臆說(억설)은 믿으면서(信), 大聖(佛陀)의 신묘한 가르침을 의심하며, 恒沙(항사)만큼의 세계나,[1223] 미세한 먼지만큼의 영원한 시간이 있다는[1224] 것을 믿지 않으려 하는가? 鄒衍(추연)도 九州에 대한 이야기를 하였다.[1225]

그 요체는 하늘은 우산을 씌운 것이고 땅은 바둑판과 같은데, 어디에 매었느냐 안 매었느냐, 또는 계란 속의 노른자와 같다는 등의 주장이다. 渾은 흐를 혼. 渾天說(혼천설 / 천지가 탄환과 같고 땅은 계란 노른자처럼 하늘 속에 있다). 蓋는 덮을 개. 蓋天說(개천설). 乍는 잠깐 사. 或과 通. 宣은 펼 선. 宣夜說(선야설, 日月星宿, 모두가 그냥 허공 속을 떠돈다는 주장)이나 또는 安天說(안천설, 선야설과 비슷)이다.

1222 원문 管維所屬 – 管維(관유)는 斡維(알유). 회전하는 축, 곧 斗樞(두추). 所屬(소속)은 매어져 있다.

1223 원문 恒沙世界 – 恒河沙(항하사) 또는 恒河砂(The Ganges River Sand)는 불교에서 많은 수를 지칭하는 말. 恒河沙 이외에 阿僧祇(아승기), 那由他(나유타), 不可思議(불가사의), 無量大數(무량대수) 같은 말이 있다.

1224 원문 微塵數劫也? – 미세한 먼지의 數(수)만큼 많은 수인 劫(겁). 劫(겁)은 대단히 긴 시간. 刹那(찰나)의 상대적인 말.

1225 鄒衍亦有九州之談 – 鄒衍(추연, ? 前 305 – 240년)은 齊人. 燕 昭王의 사부. 稷下(직하)의 학궁에서 硏學. 號는 談天衍(담천연). 戰國시대 陰陽家의 創始者이고 대표적 인물이다.

山中 사람은 나무만큼 큰 물고기가 있다는 것을 믿지 않고, 海上人은 큰 고기(고래)만큼 큰 나무가 있다고 믿지 않는다. 漢 武帝는 弦膠(현교)를 믿지 않았고,[1226] 魏 文帝는 불에 타지 않는 옷감인 火布(火浣布)를 믿지 않았으며,[1227] 胡人(匈奴)은 비단(錦)을 보고서도 벌레가 나뭇잎을 먹고 토해낸 실로 만들었다는 것을 믿지 못한다. 옛날에 내가 江南에 있을 적에는 (河北에) 1천 명이

추연의 주요 學說은 '五德終始說' 인데, 이는 후대에 정말 큰 영향을 끼쳤고 논쟁거리를 제공하였다. 五德終始(오덕종시)의 歷史觀, 곧 모든 물질은 金, 木. 水, 火, 土로 구성되었고 사물의 변화 발전과정에서 5행이 相剋(상극)하고 相生하며 순환 발전하는데, 이는 必然이며 自然이라고 주장하였다.

《史記 孟子荀卿列傳》에서는 추연의 저서가 《終始》, 《大聖》 등 10여 만 자라고 했다. 鄒는 나라 이름 추. 衍은 넘칠 연. 九州之談은 이 지상에는 중국의 9주와 같이 작은 바다로 둘러싸인 9주가 있다고 주장하였다.

1226 원문 漢武不信弦膠 – 漢 武帝. 弦膠(현교)는 끊어진 활시위를 이을 수 있는 아교. 쇠붙이도 붙일 수 있는 만능 아교.

1227 曹魏의 文帝(曹丕, 조조의 아들)는 그의 저서 《典論》에서 玉을 자를 수 없는 칼은 없고, 불에 타지 않는 옷감은 없다는 말을 했다. 文帝(曹丕), 明帝 다음 曹魏 少帝(齊王) 曹芳(조방, 재위 239 – 254년) 재위 중, 西域(서역)에서 2중 통역을 거쳐 火浣布(화완포)를 헌상하였는데, 大將軍과 太尉가 직접 여러 신하들 앞에서 실험해 보라고 명령하였다. 서역의 남쪽 바다에 있는 섬나라에서 만든다고 하는 火浣布(화완포)는 '불로 세탁하는 옷감' 이란 뜻인데, 흰색의 옷이 더러워지면 불 속에 집어넣어 깨끗하게 세탁한다는 주석이 있다.

들어가 앉을 수 있는 천막〔氈帳(전장)〕이 있다는 것을 믿지 못했고, 河北에 온 뒤로는 2萬 斛(곡)[1228]의 곡식을 싣는 배가 있다는 것을 믿지 못했으나, 모두 사실이었다.

1228 斛(곡)은 용량 단위. 10斗가 1斛. 20리터에 해당.

167/ 神通力을 못 믿는가?

|原文| 世有祝師及諸幻術, 猶能履火蹈刃, 種瓜移井, 倏忽之間, 十變五化.

人力所爲, 尙能如此,何況神通感應, 不可思量, 千里寶幢, 百由旬座, 化成淨土, 踊出妙塔乎?

|국역| 세상에는 祝師(축사, 무당)나 마술〔幻術(환술)〕을 하는 사람도 불덩이 위를 걷고〔履火(이화)〕 칼을 밟으며, 오이를 심어 열게 하고(種瓜) 우물을 옮기는 등 짧은 시간에 여러 가지 변화를 다 부린다(十變五化 / 千變萬化).

人力이 하는 일도(所爲) 오히려 이러하거늘, 하물며 神通하여 感應한 부처의 헤아릴 수 없는 역량으로(不可思量) 천길 높이의 寶幢(보당)이나 1백 由旬(유순)의 법좌를 만들고[1229] 인간 세상을

1229 원문 千里寶幢, 百由旬座 – 寶幢(보당)은 幢. 法幢. 天幢 – 佛教道場(도량)의 여러 莊嚴之具의 하나. 깃발의 한 종류. 漢代 군사에서 사용하는 牙旗(아기) 또는 衙旗(아기)를 불교에서 수용하여 개조한 깃발. 불경을 기록한 깃발이 많으며 불타 法王의 지위를 상징. 도교에도 비슷한 것이 있다. 百由旬座 – 由旬(유순)은 소달구지가 하루에 갈 수 있는 거리. 路程의 단위. 80리 대유순, 60리 중유순, 40리 소유순이 있다. 座는 불법을 들을 수 있는 법좌.

極樂淨土(극락정토)하거나 妙塔(묘탑)을 만드는 일을 못하겠는가?[1230]

1230 원문 化成淨土, 踴出妙塔乎? - 淨土(정토. 淨界)는 번뇌에서 해탈한 깨끗한 땅, 極樂, 서방 阿彌陀如來佛(아미타여래불)의 소관 세계. 踴은 뛸 용. 뛰어 나오다. 妙塔(묘탑)은 신묘한 탑. 浮圖塔(부도, 浮屠, 佛陀 Buddha. 깨달은 자), 塔은 stūpa의 음역. 佛陀의 舍利를 보관한 건물.

168/ 인과응보

|原文| 釋二曰, 夫信謗之徵, 有如影響.

耳聞目見, 其事已多, 或乃精誠不深, 業緣未感, 時儻差闌, 終當獲報耳. 善惡之行, 禍福所歸. 九流百氏, 皆同此論, 豈獨釋典爲虛妄乎?

項橐,顔回之短折, 伯夷,原憲之凍餒, 盜跖,莊蹻之福壽, 齊景,桓魋之富强, 若引之先業, 冀以後生, 更爲通耳.

如以行善而偶鐘禍報, 爲惡而儻値福徵, 便生怨尤, 卽爲欺詭. 則亦堯,舜之云虛, 周,孔之不實也, 又欲安所依信而立身乎?

|국역| 두 번째 비판에 대한 해명, (인과응보에 대한) 신뢰와 비방의 증거는 마치 그림자〔影(영)〕와 메아리〔響(향)〕처럼 분명하다.

귀로 듣거나 눈으로 볼 수 있는 증거는 이미 많이 있으며, 혹은 정성이 깊지 못하기에 業(업)의 인연이 감발(감응)하지 못하거나 시간의 차이로 막힐 수는 있어도[1231] 끝내 그 보답을 받는다. 善行(선행)과 惡行(악행)에 따라 禍(화)와 福(복)이 따라온다. 九流(구류)

1231 원문 業緣未感, 時儻差闌 – 業은 업보. 緣은 연유할 연. 말미암다. 곁장식. 마음이 움직여 따르다. 業緣은 업보의 인연. 儻은 빼어날 당. 만약. 혹시. 差闌(차란)은 막히다.

諸子百家(제자백가)[1232]도 모두 이런 논의를 말하는데, 어찌 유독 佛經〔불경 : 釋典(석전)〕만 虛妄(허망)하다고 하는가?

項橐(항탁)[1233]과 顏回(안회)는 일찍 죽었고〔短折(단절), 夭折(요절)〕,[1234] 伯夷(백이)와 原憲(원헌)은 추위 속에 굶주렸으며〔凍餒(동뇌)〕, 盜跖(도척)과 莊蹻(장교)는 福(복)과 長壽(장수)를 누렸고,[1235]

1232 원문 九流百氏 – 班固가 《漢書 藝文志 諸子略》에서 분류한 아홉 개의 학파를 九流라 한다. 곧 儒家, 道家, 陰陽家, 法家, 名家, 墨家, 縱橫家, 雜家, 農家이다. 여기에 小說家를 보태어 九流十家로 분류하였다. 百氏는 百家.

1233 項橐(항탁, 項托. 橐은 전대 탁. 전대는 물건을 담는 자루) – 겨우 일곱 살에 孔子의 스승이 되었다고 한다. 이 전설 같은 이야기는 《戰國策 秦策》에 秦 文信侯(呂不韋)와 甘羅(감라, 장군 甘茂의 손자)의 대화 속에 처음 보인다. 항탁에 관한 기록은 《淮南子》에도 있다.
魏·晋 무렵에 공자와 두 어린아이가 太陽이 얼마나 멀고 가까이에 있는가에 대한 논쟁 내용이 유포되었다. 이는 《列子 湯問》에도 실려 있는데, 두 아이의 지혜는 빛나고 공자의 無知가 폭소를 자아낸다. 아마 이런 글은 어느 재담가가 지어낸 이야기겠지만 이런 글에 계발되어 수·당 시기에 아주 재치 있고 재미있는 《孔子項托相問書》가 널리 알려졌다. 천재소년인 항탁은 열 살에 죽었다고 한다.

1234 원문 顏回短折 – 短折(단절)은 夭折(요절). 공자의 수제자 顏回(안회)는 가난하여 영양실조로 스물아홉에 머리가 하얗게 되었고, 41세에 공자보다 먼저 죽었다.

1235 원문 盜跖,莊蹻 – 盜跖(도척, 생졸년 미상)은 春秋 시대 人物로, 展氏(전씨)에 名은 蹠(발바닥 척, 蹠), 傳說 속의 大盜, 魯國大夫 柳下

(무도한) 齊의 景公과 (宋 景公의 寵臣인) 司馬桓魋(사마환퇴)는 富强했는데,[1236] 이는 전생 業報(업보)의 결과이며,[1237] 그 후손이 어떠했는가를 생각한다면 쉽게 이해할 수 있다.

만약 行善(선을 행하다)했는데도 우연히 禍를 당했고, 악행을 했는데도 어쩌다가 복을 받았다면, 바로 원망과 비난이 생길 것이며, 이는 (인과응보가) 속임수이고 거짓이 되는 것이다. 이는 곧 堯舜(요순)의 말도 거짓이 되며 周公과 孔子가 不實한 사람이 되는 것이니, (우리가) 무엇에 의지하며 立身하겠는가?

惠(유하혜)의 동생, 도적 무리 수천 명을 거느렸다. 楚國 威王(위왕)의 장군이면서 大盜인 莊蹻(장교)와 나란히 이름이 알려졌다. 《莊子 盜蹠》篇에는 온갖 나쁜 짓을 다했다는 기록과 공자와 나눈 대화 기록이 있다. 천수를 누리고 죽었다. 華北 일부 지역에서는 盜跖을 娼妓(창기)의 守護神 또는 '白眉神(백미신)'으로 추앙한다고 한다.

《莊子 胠篋(지협)》에서는 도적에게도 5가지 道가 있다는 궤변이 실려 있다. 곧 훔쳐다 놓은 물건은 잊어버리니 聖이고, 먼저 들어가는 勇, 나중에 나오는 義, 可否를 미리 아는 知(智), 均分하는 仁의 道를 갖춰야 大盜가 될 수 있다고 하였다.

1236 원문 齊景,桓魋之富强 – 齊 景公은 폭군이지만 말 4천 필을 가진 부호였었다. (宋의) 桓魋(환퇴, 向魋, 상퇴)는 大夫였다.

1237 若引之先業 – 그 선조들의 업보의 결과라는 뜻.
業은 3가지로 구분할 수 있으니, 행위의 결과인 身業, 언행의 결과인 口業, 思想과 의식의 결과인 意業으로 대별할 수 있다.

169/ 행실 나쁜 士人이나 승려

|原文| 釋三曰, 開闢已來, 不善人多而善人少, 何由悉責其精潔乎?

見有名僧高行, 棄而不說, 若睹凡僧流俗, 便生非毁. 且學者之不勤, 豈敎者之爲過? 俗僧之學經律, 何異世人之學《詩》,《禮》? 以《詩》,《禮》之敎, 格朝廷之人, 略無全行者, 以經律之禁, 格出家之輩, 而獨責無犯哉?

且闕行之臣, 猶求祿位, 毁禁之侶, 何慚供養乎? 其於戒行, 自當有犯. 一披法服, 已墮僧數, 歲中所計, 齋講誦持, 比諸白衣, 猶不啻山海也.

|국역| 세 번째 비판에 대한 해명, 천지가 開闢(개벽)[1238] 이래로 不善人은 많고 善人은 적었는데, 무슨 까닭에 (승려)들의 淸白과 高潔(고결)을 책망하는가?

名僧의 高行(높은 수행)은 버려두고 말하지 않으면서 어쩌다가 보통 승려의 세속적 행실을 보면, 곧 비난하고 훼멸한다.

만약 배우는 자가 부지런하지 않다면 어찌 가르치는 자의 잘못

1238 開闢(개벽) – 전설에 의하면, 盤古(반고)가 開天하고 闢地(벽지)하였다. 곧 天地가 생긴 이후로.

이겠는가? 俗僧(속승)이 불경과 계율을 배우는 것이 世人(세인)이 《詩(시)》와 《禮(예)》를 배우는 것과 무엇이 다른가? 만약 《詩》와 《禮》의 가르침대로 朝廷(조정)의 인사를 평가한다면,[1239] 완전한 행실은 거의 없을 것이며, 〔佛家(불가)의〕 經律(경률)의 禁忌(금기)로 出家(출가)한 사람을 평가하여 어긋나지 말아야 한다고 문책해야 하는가?

그리고 행실이 나쁜 사람도[1240] 마찬가지로 祿位(녹위)를 받으려 하는데, 금기를 훼손한 승려라 하여 어찌 供養(공양)을 부끄러워해야 하는가?[1241] 그 계율과 조행을 실천하다가 위반도 있을 수 있다. 한번 僧服〔승복, 法服(법복)〕을 입은 뒤에 계율을 어기는 승려를 세어본다면, 연중 계속되는 齋戒(재계), 講說(강설), 誦經(송경) 持戒(지계) 등의 고행으로 보아 보통 사람의(白人) 非行(비행)에 비한다면[1242] 오히려 산이나 바다처럼 많은 것은 결코 아닐 것이다.[1243]

1239 원문 格朝廷之人 – 格은 평가하다. 심사하다.

1240 원문 且闕行之臣 – 여기 闕은 빠질 궐. 없다.

1241 원문 何慚供養乎? – 何는 어찌 하. 慚은 부끄러울 참. 供養(공양)은 다른 사람이 공급하는 음식.

1242 원문 比諸白衣 – 당시 승려는 黑衣를 입었다. 俗人은 白衣를 입어 白人이라 했다.

1243 원문 猶不啻山海也. – 猶는 오히려. 啻는 ~뿐 시. 不啻(부시)는 ~뿐이 아니다.

170/ 佛家와 국력 소모

|原文| 釋四曰, 內教多途, 出家自是其一法耳.

若能誠孝在心, 仁惠爲本, 須達,流水, 不必剃落鬚髮, 豈令罄井田而起塔廟, 窮編戶以爲僧尼也? 皆由爲政不能節之, 遂使非法之寺, 妨民稼穡, 無業之僧, 空國賦算, 非大覺之本旨也.

抑又論之, 求道者, 身計也, 惜費者, 國謀也. 身計國謀, 不可兩遂. 誠臣徇主而棄親, 孝子安家而忘國, 各有行也. 儒有不屈王侯高尙其事, 隱有讓王辭相避世山林, 安可計其賦役, 以爲罪人?

若能偕化黔首, 悉入道場, 如妙樂之世, 穰佉之國, 則有自然稻米, 無盡寶藏, 安求田蠶之利乎?

|국역| 네 번째 비판에 대한 해명, 內教(내교 : 불교) 수행에 여러 길이 있으니 出家(출가)는 그 한 방법일 뿐이다.

만약 忠孝〔충효 : 誠孝(성효)〕가 마음속에 있고 仁惠(인혜)를 근본으로 한다면, 須達多(수달다)와 流水長者(유수장자)처럼[1244] 수염

1244 須達,流水, 不必剃落鬚髮 – 須達은 須達多(수달다). 梵 Sudatta의 음역. 古 印度의 憍薩羅國(교살라국)의 富商인데, 선행과 施惠

과 머리를 깎을 필요가 없을 것이다. 그러니 어찌 논밭을 다 없애면서 塔廟(탑묘)를 짓거나[1245] 가난한 백성 모두가 승려가 되지 않아도 괜찮을 것이다. 이 모두가 위정자가 조절하지 못한 것일 뿐, 결과적으로 법을 어긴 사찰에서 백성들의 농사를 방해하고 생산에 종사하지 않는 승려가 국고의 재산을 없앴다고 하지만, 이는 본래 부처(大覺)의 본뜻이(本旨) 아니다.

또 다르게 論한다면 求道(구도)란 자신을 위한 계책이다. 비용

(시혜)를 좋아하여 고아나 자식이 없거나 홀아비 등 무의탁자에게 늘 베풀었기에 '給孤獨' 이라고도 부른다.
그는 본래 婆羅門教(브라만교)를 신봉했지만 釋迦牟尼(석가모니)의 설법을 듣고 크게 감동하여 불교 호법을 자청하였다. 須達多는 城南 교외의 園林이 그윽하고 清靜(청정) 典雅한 것을 보고, 여기에 석가에게 바칠 精舍(정사)를 마련하려고 지주인 波斯匿王(파사익왕)의 太子를 만났다. 태자는 수달다가 맨손으로 온 것을 보고 장난으로 "이 원지를 황금으로 덮을 수 있다면 팔겠다."고 말했다. 수달다는 기뻐하며 자신의 전 재산을 다 팔아 약속을 지켰다. 이에 태자도 감동하여 "당신이 매입한 원림의 개봉하지 않은 내 황금도 당신에게 주겠다."고 말했다. 그래서 그 원림을 祇樹給孤獨園(기수급고독원, 간칭 祇園)이라 하였다. 석가는 여기에 자주 머물렀다.
流水는 流水長者 - 말라가는 웅덩이에 수많은 물고기가 있는 것을 보고 코끼리를 동원해 물을 날라다가 물고기를 살렸다. 剃落(체락)은 머리카락을 깎다. 鬚는 수염 수. 髮은 머리카락 발.

1245 원문 豈令罄井田而起塔廟 - 豈는 어찌 기. 罄은 비울 경. 모두 없애다. 井田은 田地. 塔廟(탑묘)는 塔과 佛堂.

절약은 나라의 방책이다. 개인의 일과 나라의 방책 양쪽을 동시에 해결할 수는 없다. 忠臣이 主君을 따라 목숨을 버린다면, 이는 부모를 버리는 것이고〔棄親(기친)〕, 孝子가 安家하며 忘國(망국)한다 하여도, 이는 개인의 행실이다. 儒者 중에는 王侯에 屈身(굴신)하지 않고 자신의 일을 행하는 자가 있고, 隱逸(은일)이 국왕이나 재상의 요청을 거부하고 山林에 피신한다면, 그런 사람을 어떻게 부역에 동원하고 또 그런 사람을 죄인으로 다스릴 수 있겠는가?

만약 백성을 모두 감화시켜[1246] 모두가 불교 道場(도량)에 들어간다면,[1247] 妙樂(묘락, 극락)의 세상이고,[1248] 穰佉(양거)의 나라인데,[1249] 거기에는 저절로 자라는 벼〔稻米(도미)〕가 있고, 無盡藏(무진장)의 보물이 있을 것이니, 거기서 누가 농사와 누에치기로 돈을 벌려 하겠는가?

1246 원문 若能偕化黔首 – 偕는 함께 해. 化는 교화. 黔首(검수)는 백성. 黔은 검을 검.

1247 원문 悉入道場 – 悉은 모두 실. 전부. 道場(도장)은 부처를 공양하는 佛寺는 특별히 道場(도량)이라 하는데, 본뜻은 석가가 '成佛한 땅'을 의미한다.

1248 원문 妙樂之世 – 妙樂(묘락, 극락)은 Surattha(수라타, 고대 서인도의 국명)의 음역. 極樂의 세상.

1249 원문 穰佉之國 – 穰은 제사 이름 양. 푸닥거리를 하다. 佉는 나라 이름 거. 부처 이름 가. 古인도 神話 속 국왕 이름. 轉輪王(전륜왕). 무력과 살육이 없는 나라를 만든 사람.

171/ 불교의 來世

| 原文 | 釋五曰, 形體雖死, 精神猶存.

人生在世, 望於後身似不相屬, 及其歿後, 則與前身似猶老少朝夕耳. 世有魂神, 示現夢想, 或降童妾, 或感妻孥, 求索飮食, 徵須福佑, 亦爲不少矣.

今人貧賤疾苦, 莫不怨尤前世不修功業, 以此而論, 安可不爲之作地乎? 夫有子孫, 自是天地間一蒼生耳, 何預身事? 而乃愛護, 遺其基址, 況於己之神爽, 頓欲棄之哉?

凡夫蒙蔽, 不見未來, 故言彼生與今非一體耳. 若有天眼, 鑒其念念隨滅, 生生不斷, 豈可不怖畏邪? 又君子處世, 貴能克己復禮, 濟時益物. 治家者欲一家之慶, 治國者欲一國之良, 僕妾臣民, 與身竟何親也, 而爲勤苦修德乎? 亦是堯,舜,周,孔虛失愉樂耳.

一人修道, 濟度幾許蒼生? 免脫幾身罪累? 幸熟思之! 汝曹若觀俗計, 樹立門戶, 不棄妻子, 未能出家. 但當兼修戒行, 留心誦讀, 以爲來世津梁. 人生難得, 無虛過也.

| 국역 | 다섯째 비판에 대한 해명, (인간의) 형체는 죽어도 정신은 여전히 남아있다.

人生이 在世(재세)할 때 後身〔후신 : 사후의 肉身(육신)〕을 생각해 보면〔望於後身(망어후신)〕 이어지지 않을 것 같지만〔似不相屬(사불상속)〕, 육신이 죽은 뒤에는〔及其歿後(급기몰후)〕, 前身(전신)이 老少(노인과 소년) 시기나 朝夕(조석 : 아침 저녁)과 같을 뿐이다. 세상에서 혼령이 있어서,[1250] 꿈에〔夢想(몽상)〕 나타나 보이거나〔示現(시현)〕, 혹은 몸종에 강림하거나, 아니면 처자식에(妻孥, 처노) 감응하여 음식을 달라고 하거나〔求索(구색)〕, 도움을〔福佑(복우)〕 요청하는 경우 또한 적지 않다.

지금 사람들은 貧賤(빈천)하거나 질병으로 고생하면〔疾苦(질고)〕, 전생에 공덕을 닦지 않은 것을 후회하지 않는 사람이 없으니,[1251] 이를 근거로 論(논)한다면 어찌 다른 사람을 돕지 않을 수 있겠는가?[1252] 子孫(자손)이 있다는 것도 天地(천지) 간에 하나의 蒼生(창생, 만민)이니 나의 몸과 무슨 상관이겠는가? 그런데 자손을 아껴주고 그 터전을 마련해 주거늘, 하물며 자신의 혼령을 그냥 내버리려 하겠는가?[1253]

1250 원문 世有魂神－魂은 死者의 陽神이고, 魄은 死者의 陰神이라는 주석이 있다.

1251 원문 莫不怨尤前世不修功業－莫(막)은 ~하지 않는 사람이 없다(이중 부정). 怨尤(원우)는 원망하다. ~탓이라 원망하다. 前世는 전생. 功業은 功德.

1252 원문 安可不爲之作地乎?－安은 어찌. 의문사. 不爲之의 之는 他人. 作地(작지)는 餘地를 만들어 주다. 다른 사람을 위한 도움을 베풀다.

凡夫(범부)들은 몽매하여〔蒙蔽(몽폐)〕 未來를 보지 못하기에, 저승의 삶과 이승은 하나가(一體) 아니라고 말한다. 그러나 만약 (미래를 보는) 天眼(천안)을 가졌다면, 순간순간마다 사라지고[1254] 끊임없이 새 생명이 태어나는 것을〔輪廻(윤회)〕[1255] 볼 수 있을 것이니 어찌 두렵지 않겠는가?[1256] 또 君子의 處世에는 克己復禮(극기복례)[1257]하여 그 시대를 이끌고(濟時) 만물을 이롭게 하는 것을(益物) 귀하게 여긴다. 治家者(집안을 다스리는 자)는 온 가문의 행복을 바라고, 治國者(나라를 다스리는 자)는 一國의 富强을 바라는데, 僕妾(복첩, 下人)이나 臣民이 자신의 육신과 무슨 혈연이

1253 원문 況於己之神爽, 頓欲棄之哉? - 況은 하물며 황. 도리어. 神爽(신상)은 心神, 神魂(신호). 頓은 머리를 숙여 땅에 댈 돈. 절을 하다. 고생하다. 갑자기. 급작스레. 棄는 버릴 기. 哉는 어조사 재. 疑問을 표시.

1254 원문 鑒其念念隨滅 - 鑒은 鑑, 보다. 鑑의 목적어는 문장 끝까지 전체. 念念(염념)은 불교 용어. 아주 짧은 순간. 隨滅(수멸)은 따라 없어지다. 念念生滅은 시시각각 태어나고 죽는 일이 잠시도 그치지 않다.

1255 원문 生生不斷 - 生生은 불교의 輪廻(윤회). 不斷은 그치지 않다.

1256 원문 豈可不怖畏邪? - 怖畏(포외)는 畏怖(외포). 두렵다.

1257 克己復禮(극기복례) - 《論語 顔淵》 顔淵問仁. 子曰, "克己復禮爲仁. 一日克己復禮, 天下歸仁焉. 爲仁由己, 而由人乎哉?" 禮의 실천하는 것이 仁이며, 예의 실천은 자신의 의지이니, 仁이 자신에게 있는 것이지 타인 때문에 仁을 실천하는 것이 아니다.

있다고 애써 일하고 修德(덕을 쌓고 있다)하겠는가? 이렇게 생각한다면, 堯(요), 舜(순), 周公, 孔子는 (남을 위하다가) 자신의 쾌락을 헛되이 버린 사람이 될 것이다.

一人(한 사람)이 修道한다 하여 몇 사람의 蒼生(창생)을 구제할 수 있겠나? 또 몇 사람이나 그 죄를 짓지 않고 벗어나게 할 수 있겠나? 한 번 깊이 생각해 보라(幸熟思之)! 너희들은(汝曹) 속세의 보통 생각대로 가문을 일으켜 세워야 하기에 처자를 버릴 수 없고 出家할 수도 없을 것이다.

그렇더라도 불가의 계율을 따르고 수행하며 마음을 기울여 불경을 읽고 외워서, 이를 來世로 건너갈 수 있는 나루나 교량으로 삼아야 한다.[1258] 사람으로 태어나기도 쉽지 않으니 헛되이 보낼 수 없을 것이다.[1259]

1258 원문 以爲來世津梁 – 津은 나루 진. 나루터에서 배를 타고 彼岸에 이를 수 있다. 梁은 교량. 다리.
고생이 끝이 없다지만(苦海無邊) 고개 돌려보면 피안이다(回頭是岸). 산이 험해도 길손은 그치질 않고(險山不絶行路客), 물이 험악해도 나루를 건너는 사람은 있다(惡水也有擺渡人). 인생이 그런 것이다.

1259 인생살이 곳곳에 청산이니(人生處處是青山), 어떻게든 살 길은 있다. 그러나 살다보면 인생은 꿈과 같고(人生如夢), 꿈은 인생과 같다(夢如人生). 죽을 때 생각해 보면 인생은 흰 망아지가 문틈을 달려간 것처럼(人生如白駒過隙) 빨리 지나갔다.
결국 인생은 한바탕의 큰 꿈이다(大夢一場).

172/ 함부로 살생하지 말라

|原文| 儒家君子, 尙離庖廚, 見其生不忍其死, 聞其聲不食其肉.

高柴,折像, 未知內教, 皆能不殺, 此乃仁者自然用心. 含生之徒, 莫不愛命, 去殺之事, 必勉行之. 好殺之人, 臨死報驗, 子孫殃禍, 其數甚多, 不能悉錄耳, 且示數條於末.

|국역| 儒家의 君子는 늘 庖廚(포주, 부엌)를 멀리 하였으니 생물의 죽는 모습을 차마 볼 수 없고, 그 소리를 듣고서는 그 고기를 먹을 수 없었기 때문이다.[1260]

(공자의 제자인) 高柴(고시)[1261]와 (後漢의) 折像(절상)[1262]은,

1260 원문 聞其聲不食其肉 - 《孟子 梁惠王章句 上》「~君子之於禽獸也, 見其生不忍見其死, 聞其聲不忍食其肉, 是以君子遠庖廚也.」

1261 高柴(고시) - 柴는 땔나무 시. 《論語 先進》 柴也愚, 參也魯, 師也辟, 由也喭. 柴는 高柴〔고시, 子羔(자고)〕. 高柴〔고시, 字는 子羔(자고)〕는 孔子보다 30세 연하였다. 자고의 키는 5척이 안 되었는데, 공자에게 배웠지만 공자는 좀 어리석다고 생각했다. 子路가 자고를 費郈(비후)의 읍재로 삼자, 공자는 "남의 아들을 망쳐놓는다!" 고 말했다. 그러자 子路가 말했다. "백성이 있고 社稷(사직)이 있는데, 하필 독서만 해야 학문을 한 것입니까!" 이에 공자께서 말했다. "이 때문에 말을 잘 둘러대는 자를 미워하게 된

불교를 몰랐지만 모두 살생하지 않았으니, 이는 仁者의 자연스러운 用心(용심)이었다.

생명을 가진 모든 것은〔含生之徒(함생지도)〕 그 목숨을 아끼지 않는 것이 없으니, 不殺生(去殺之事)을 꼭 힘써 실천해야 한다. 죽이기를 좋아하는 사람은 그 자신이 죽기 전에 應報(응보)의 징험이 있고, 재앙을 당한 후손이 매우 많아 모두 다 기록할 수가 없어 몇 가지만 아래에 기록하였다.

다." 《孔子家語 弟子行》에 고시는 꿈틀대며 나오는 벌레를 죽이지 않았고, 자라나는 나뭇가지를 꺾지 않았다는 기록이 있다.

1262 折像(절상) – 折像(절상)의 字는 伯式(백식)으로 廣漢郡 雒縣(낙현) 사람이다. 그의 부친도 재산이 2억 전이나 되었고 家僮이 8백 명이었다. 절상은 仁心이 많아 곤충도 죽이지 않았고 새싹도 꺾지 않았다. 《京氏易》에 능통했으며, 黃帝와 老子의 말을 좋아했다. 부친이 죽자 '가진 것이 많으면 잃는 것도 많다.'는 이치를 깨달아 바로 황금이나 비단 등 자산을 뿌려 친척이든 모르는 사람이든 나눠주었다.

절상은 仁德도 없이 부유한 것이 바로 불행이며, 세워놓은 울타리가 높으면 빨리 무너진다고 생각하였다. 절상은 자신이 죽을 날을 알고 많은 손님과 모든 친인척을 불러 잔치를 하며 결별한 뒤에 갑자기 죽었는데, 그때 84세이었다. 집안에 남은 재산이 없었고, 여러 아들은 모두 쇠망하여 그의 말과 같았다. 《後漢書 方術列傳 上》에 입전.

173/ 계란도 생명?

|原文| 梁世有人, 常以雞卵白和沐, 云使髮光, 每沐輒二三十枚. 臨死, 髮中但聞啾啾數千雞雛聲.

|국역| 梁代에 어떤 사람이 늘 鷄卵(계란)의 흰자를 깨어 머리를 감았는데,[1263] 두발에 광채를 내려 한다며 머리를 감을 때마다 2, 30개의 계란을 사용하였다. 죽기 직전에 머리카락에서 삐약삐약 하며 수천 마리 병아리 소리가 들렸다.[1264]

1263 원문 常以雞卵白和沐 – 白和는 계란 흰자(白)를 깨어 이기다(和). 沐은 머리감을 목. 浴은 몸을 씻을 욕. 〈漁父〉 ~ 屈原曰, "吾聞之, 新沐者必彈冠, 新浴者必振衣. ~."

1264 원문 髮中但聞啾啾數千雞雛聲 – 髮은 머리카락 발. 啾는 시끄러운 소리 추. 雞雛(계추)는 병아리. 雛는 병아리 추.
도서관 식당에 계란을 삶아 절반을 얹어주는 반찬이 나왔다. 마침 스님이 식판에 반찬을 담는데 그 계란을 집었다. 뒷날 독실한 불교 신자에게 물어보았다. 계란은 고기 종류가 아닌가? 그 친구는 대답하지 않았다.

174/ 羊이 살려 달라 했는데

| 原文 | 江陵劉氏, 以賣鱔羹爲業. 後生一兒頭是鱔, 自頸以下, 方爲人耳.

王克爲永嘉郡守, 有人餉羊, 集賓欲醼. 而羊繩解, 來投一客, 先跪兩拜, 便入衣中. 此客竟不言之, 固無救請.

須臾, 宰羊爲羹, 先行至客. 一臠入口, 便下皮內, 周行遍體, 痛楚號叫, 方復說之. 遂作羊鳴而死.

| 국역 | 江陵(강릉)의 劉氏(유씨)는 민물장어국을 파는 사람이었다.[1265] 뒷날 아이 하나는 장어 머리에 목 아래만 겨우 사람과 같았다.[1266]

王克(왕극)이 永嘉郡(영가군)[1267] 郡守였을 때, 어떤 사람이 羊

1265 원문 以賣鱔羹爲業 – 鱔은 드렁허리 선〔鱣(드렁허리 전)〕. 바다와 민물을 오가는 뱀장어와 비슷하나 미꾸라지〔鰍(추)〕는 아니다. 딱히 민물장어라 할 수 없지만, 이 드렁허리〔鱣 또는 鯉魚(이어), 잉어〕가 황하를 거슬러 登龍門 폭포(今 山西省 서부 河津市의 黃河 峽谷)를 헤엄쳐 올라가면(鯉躍龍門) 용이 되어 승천한다. 등용문을 지나지 못하면 몸에 반점이 생기면서 죽는다는 이야기가 있다. 羹은 국 갱.

1266 원문 方爲人耳 – 方은 바야흐로, 이제 막. 爲人은 사람 형상이다. 耳는 단정의 뜻을 표시하는 종결어미.

을 한 마리 바치자〔餉(음식을 보낼 향)〕 손님을 모아 잔치를 하려했다.[1268] 양의 고삐가 풀리면 양이 한 손님 앞에 가서 꿇어 앉아〔跪(꿇어앉을 궤)〕 두 번 절한 다음 손님의 옷 속을 파고들었다. 그 손님은 끝내 아무 말 없었고 살려주자는 요청도 없었다.

얼마 뒤〔須臾(수유)〕, 양을 잡아 고깃국을 만들어 먼저 그 손님에게 올렸다. 고기 한 점이 입에 들어가자,[1269] 곧 살갗 밑으로 내려가며 온몸을 돌아다니자, 그 손님은 매우 아픈 듯 부르짖었고[1270] 아프다고 거듭 말했다. 결국 羊의 울음소리를 내면서 죽었다.

1267 永嘉郡(영가군) – 今 浙江省 남부 溫州市 일대.

1268 원문 集賓欲醼 – 醼은 잔치 연. 宴會.

1269 원문 一臠入口 – 臠은 저민 고기 련. 썰은 고기.

1270 원문 痛楚號叫 – 痛은 아플 통. 楚는 가시나무 초. 아프다. 號叫(호규)는 부르짖다.

175/ 불당 앞, 소가 절을 했는데!

| 原文 | 梁孝元在江州時, 有人爲望蔡縣令, 經劉敬躬亂, 縣廨被焚, 寄寺而住. 民將牛酒作禮, 縣令以牛繫旛柱, 屛除形像, 鋪設床坐, 於堂上接賓.

未殺之頃, 牛解, 徑來至階而拜, 縣令大笑, 命左右宰之. 飮噉醉飽, 便臥檐下. 稍醒而覺體癢, 爬搔隱疹, 因爾成癩, 十許年死.

| 국역 | 梁 孝元帝가 江州(강주, 今 江西省 九江市)에 있을 때, 어떤 사람이 望蔡縣(망채현)[1271] 현령이 되었는데, 劉敬躬(유경궁)의 난[1272]을 겪으면서, 縣의 관아〔廨(관아 해)〕가 불타서 절에 들어가 머물고 있었다. 소와 술을 갖고 와 사례하는 백성이 있었는데, 현령은 소를 당간 기둥에 매어 두게 하였고, 병풍으로 불상(形象)을 가렸으며, 법당에 잔칫상을 차린 뒤 손님을 접대했다.

소를 잡기 전에 고삐가 풀린 소가 불당 계단 아래에서 엎드려

1271 望蔡縣(망채현) – 上蔡縣 백성을 이주시킨 豫章郡의 縣, 今 江西省 서북부 宜春市 관할 上高縣.

1272 劉敬躬(유경궁)의 난 – 南梁 大同 8년(542년) 安成郡(今 江西 安福縣)에서 일어난 반란. 江州司馬 王僧辯(왕승변)이 진압하고 처형했다.

절을 하자, 현령은 큰 소리로 웃으며 사람을 시켜 소를 잡게 하였다. 배불리 먹고 마시며 취한 뒤에 처마 아래에 누워있었다. 차츰 술이 깨면서 온몸이 가려워서 두드러기를 긁었는데, 결국 옴에 걸렸고,[1273] 십 년쯤 뒤에 죽었다.

1273 원문 稍醒而覺體癢, 爬搔隱疹, 因爾成癩 – 稍는 점점 초. 醒은 술이 깰 성. 癢은 가려울 양. 爬는 긁을 파. 긁을 소. 疹은 홍역 진. 피부에 생기는 붉은 반점. 隱疹(은진)은 두드러기. 癩는 옴 나(라). 문둥병. 피부병 중에서 가장 나쁜 병.

176/ 백성 손을 잘랐더니

|原文| 楊思達爲西陽郡守, 値侯景亂, 時復旱儉, 饑民盜田中麥. 思達遣一部曲守視, 所得盜者, 輒截手腕, 凡戮十餘人. 部曲後生一男, 自然無手.

|국역| 楊思達(양사달)이 西陽(서양)의 郡守(군수)였는데, 侯景(후경)의 난을 겪는 중에 또 가뭄과 흉년이 겹치자, 굶주린 백성들이 밭의 보리를 도적질하였다. 양사달은 部曲〔부곡 : 部下(부하)〕[1274]을 보내 지키게 하였는데, 사로잡은 도적들은 바로 손을 잘라버렸는데[1275] 모두 10여 명이었다. 그 부하가 뒤에 아들을 낳았는데 날 때부터 팔이 없었다.

1274 部曲 – 군대 조직의 최소 단위. 군후가 지휘. 여기서는 部下의 의미.

1275 원문 輒截手腕 – 輒은 문득 첩. 截은 끊을 절. 자르다. 截斷(절단). 手腕은 팔. 腕은 팔뚝 완.

177/ 소, 물고기에게 죽은 사람

| 原文 | 齊有一奉朝請, 家甚豪侈, 非手殺牛, 噉之不美. 年三十許, 病篤, 大見牛來, 擧體如被刀刺, 叫呼而終.

江陵高偉, 隨吾入齊, 凡數年, 向幽州澱中捕魚. 後病, 每見群魚嚙之而死.

| 국역 | 北齊에 어떤 奉朝請(봉조청)[1276]이 있었는데, 그 가세가 매우 호화 사치했는데, 직접 도살한 소가 아니면 먹어도 맛이 없었다.[1277] 나이 서른 살쯤에 병이 들었는데, 소가 몰려오는 것이 크게 보이면서 온몸이 칼에 찔리는 듯 아파 소리를 지르다가 죽었다.

江陵縣(강릉현) 高偉(고위)란 사람은 나를 따라 北齊에 갔었는데, 이후 몇 년 동안 幽州(유주)에서 얕은 물의 물고기를 잡으며

1276 奉朝請 - 관직명. 제후가 봄에 입조하여 황제를 알현하는 것을 朝, 가을에는 請이라 한다. 三公이나 外戚, 皇室(劉氏)이나 제후로 朝나 請에 참여할 수 있는 사람을 奉朝請이라 한다. 그 서열은 三公의 다음이고 特進과 제후의 윗자리이다. 官職이 아니라서 정원도 없다. 晉代에는 奉車都尉, 駙馬都尉, 騎都尉(合稱三都尉)를 奉朝請이라 불렀다. 南北朝 시대에는 이 인원이 크게 늘어 수백 명에 달했다. 隋나라에서 폐지했다.

1277 원문 噉之不美 - 噉은 씹을 담.

살았다.[1278] 나중에 병이 났는데, 늘 물고기 떼에 물리는 幻影(환영)에 시달리다가 죽었다.[1279]

1278 원문 澱中捕魚 – 澱은 앙금 전. 얕은 물웅덩이. 捕는 잡을 포.

1279 원문 每見群魚嚙之而死 – 嚙는 깨물 교.

178/ 며느리를 구박하면?

| 原文 | 世有癡人, 不識仁義, 不知富貴並由天命.

爲子娶婦, 恨其生資不足, 倚作舅姑之尊, 蛇虺其性, 毒口加誣, 不識忌諱, 罵辱婦之父母, 卻成敎婦不孝己身, 不顧他恨.

但憐己之子女, 不愛己之兒婦. 如此之人, 陰紀其過, 鬼奪其算. 愼不可與爲鄰, 何況交結乎? 避之哉!

| 국역 | 세상의 멍청한 사람들은〔癡人(치인)〕, 仁義를 모르고, 또 富貴가 天命에 따른 것인 줄도 모른다.[1280]

자식을 위해 며느리를 맞이하며 혼수가 적다고 미워하면서[1281] 시어머니(舅姑)라는 지위를 이용하여 독사 같은 성질을 부리고,[1282] 험한 말로 학대하면서 해서는 안 될 말도 모르고 며느리

1280 큰 부자는 타고난 팔자지만(大富由命), 작은 부자는 부지런하면 된다(小富由勤).

1281 원문 恨其生資不足 – 恨은 원망할 한. 生資는 婚需(혼수). 며느리를 얻을 때 賢淑함을 취하지 高貴함을 취하지 않으며(娶婦娶賢不取貴), 사위를 고를 때 사람을 택하는 것이지 가문을 고르는 것이 아니다(擇壻擇人不擇家).

1282 원문 蛇虺其性 – 蛇는 뱀 사. 虺는 살무사 훼. 蛇虺(사훼)는 뱀과 살무사처럼 악독한 성질을 부리다.

의 부모에 대한 욕을 하여, 며느리로 하여금 자신에게 불효하게 만들며 며느리의 원한을 생각하지도 않는다.[1283]

다만 자기 자식만 귀여워하고 자기 며느리는 아껴주지 않는다.[1284] 이런 사람들은 (하늘이) 그 잘못을 몰래 기록하여 귀신이 그 수명을 빼앗는다.[1285] 조심하여 그런 사람과 이웃하지 말 것이니, 하물며 교제를 하겠는가? 피하도록 하라.

1283 원문 不顧他恨 – 여기 他는 며느리. 며느리가 없을 때는 며느리를 생각하지만(沒有媳婦想媳婦), 며느리를 맞이하고 나면 며느리를 싫어한다(有了媳婦厭媳婦). 며느리를 구박하는 시어머니를 물소 뿔을 가진 시어머니(水牛角婆婆)라고 한다.

1284 아들은 내 아들이 좋고(兒子是自己的好), 며느리는 남의 며느리가 더 착하다(媳婦是別人的好). 내 손자가 제일 귀엽고(自己的孫子), 남의 마누라가 더 예쁘다(人家的太太).

1285 원문 陰紀其過, 鬼奪其算. – 陰은 몰래. 紀는 記. 기록하다. 奪은 빼앗을 탈. 算은 셈할 산. 수명.

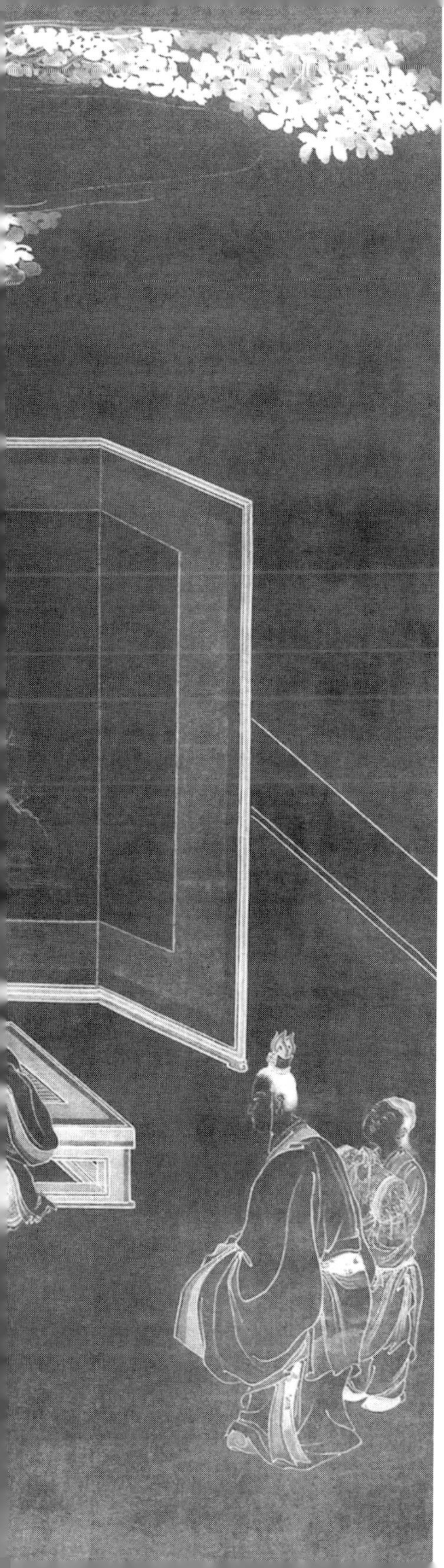

顔氏家訓
제6권

17. 書證(서증)[1286]

179/「參差荇菜(참치행채)」

|原文|《詩》云,「參差荇菜.」《爾雅》云,「荇, 接余也.」

1286 書證 – 書籍(경서)의 내용에 대한 考證(고증). 저자 안지추는 박학다식한 영재이었다. 본편의 내용을 보면, 당시 世間의 유명한 서적은 전부 읽은 士人이라 생각된다. 그 뛰어난 기억력에 그 독서가 아주 정확하고 면밀했다.

儒家의 경전과 史書와 각 방면에 걸쳐 잘못 이해되거나 의심스러운 文字와 구절에 대하여 정확한 근거에 의거 틀린 부분을 바로잡았다. 그리하여 文字學, 訓詁學(훈고학), 校勘(교감) 부분에 이르기까지 학술적 가치가 높은 이론을 전개하였다. 이를 본다면, 士人은 어떻게 공부해야 하며, 얼마나 많은 책을 읽어야 하는가를 생각하지 않을 수 없다.

본래 '맹목적인 공부에(死讀書), 쓸모없는 책을 읽으면(讀死書), 그 공부는 하나마나(讀書死!)' 이다.

본편에서 특히 주목할 부분은《說文解字》에 대한 안지추는 소

字或爲莕. 先儒解釋皆云, 水草, 圓葉細莖, 隨水淺深. 今是水悉有之, 黃花似蓴, 江南俗亦呼爲豬蓴, 或呼爲荇菜. 劉芳具有注釋. 而河北俗人多不識之, 博士皆以參差者是莧菜, 呼人莧爲人荇, 亦可笑之甚.

|국역| 《詩經 周南 關雎(관저)》[1287]에 「들쑥날쑥(參差) 마름풀(荇菜)」이라 했는데,[1288] 《爾雅(이아)》[1289]에서는 「荇(마름 행)은 接

견이다. 《說文解字》는 經史는 물론 모든 문장을 해독할 수 있는 가장 기본이 되는 辭典(사전)이며, 이는 실용서이며 실질적이다. 말하자면, 안지추는 정확한 독서와 확실하면서도 실증적인 實學을 강조하는 실학자의 면면을 확실하게 보여주었다.

1287 《詩經》 – 中國 최초의 詩歌集. 西周 初에서 春秋 中葉(前 11 – 前 6세기)의 시가 305편(이외에 제목만 전하는 6편이 있다. 본래는 《詩》, 또는 《詩三百》으로 통칭. 漢朝에서 유학이 강조되면서 《詩經》이라 불렸다. 지금 전하는 《詩經》은 魯國 毛亨(모형)과 漢朝의 毛萇(모장)이 주석한 《詩經》으로 《毛詩》라고도 불리는데, 우리 조상들은 朱子가 註釋한 毛詩, 곧 《詩經集註》를 읽었다. 《詩經》의 內容上으로는 風, 雅, 頌(송)으로, 作法上으로는 賦(부), 比(비), 興(흥)으로 분류한다. 이를 詩의 六義라 한다.

1288 원문 參差荇菜 – 원문 '參差荇菜 左右流之' (들쑥날쑥 마름풀을 이리저리 헤치며 찾다.) 參差(참치)는 가지런하지 않은 모양. 差는 어긋날 차. 가지런하지 않을 치.

1289 《爾雅(이아)》 – 중국 최초의 訓詁書(훈고서). 단어를 풀이한 사전. 《爾雅》는 순수한 詞典(사전)이니 儒家와 관계가 없지만 儒家 13

余(접여)이다.」 하였다. 荇字(행자)는 莕(마름풀 행)으로도 쓴다. 先儒(선유)들의 解釋(해석)에서는 모두 '水草(수초)로, 圓葉(원엽: 둥근 잎)에 細莖(세경, 가는 줄기)이며, 물에 따라 (줄기가) 깊거나 얕다〔隨水淺深(수수천심)〕. 지금 이는 모든 곳의 물에 자라는데〔今是水悉有之(금시수실유지)〕, 그 노란 꽃은 蒓(순채 순)의 꽃과 비슷하며, 江南(강남) 지역의 속언으로는 豬蒓(저순) 또는 荇菜(행채)라고 부른다.' 고 하였다.

劉芳(유방)도 같은 注釋(주석)이 있다.[1290] 그러나 河北(하북)의 俗人(속인)들은 많은 사람이 이를 알지 못하고, 博士(박사)들도 대부분 參差(참치)가 莧菜(현채, 비름)이고, 人莧(인현, 莧은 비름 현)을 人荇(인행, 荇은 마름 행)으로 알고 있으니,[1291] 이는 아주 가소로운 일이다.

經의 하나이다. 이는 경전의 해석에 중요한 자료이기에 그랬을 것이다. 爾는 '邇' 이니 가깝다(近)는 뜻이고, 雅는 '正' 이니 官方의 語言, 곧 雅言(아언)이다.

1290 劉芳(유방, 453－513년, 字는 伯文)－彭城郡(今 江蘇省 徐州市) 사람. 北魏 宣武帝 時 中書令. 《毛詩箋音義證》 10권을 저술.

1291 莧(비름 현)은 우리나라에서는 지상 식물로 잎을 식용. 荇(마름 행)은 水生 식물, 그 뿌리 식용 여부는 미상. 잎은 식용 불가.

180/「誰謂荼苦?」

|原文|《詩》云,「誰謂荼苦?」《爾雅》,《毛詩傳》並以荼,苦菜也. 又《禮》云,「苦菜秀.」案,《易統通卦驗玄圖》曰,「苦菜生於寒秋, 更冬歷春, 得夏乃成.」今中原苦菜則如此也. 一名遊冬, 葉似苦苣而細, 摘斷有白汁, 花黃似菊.

江南別有苦菜, 葉似酸漿, 其花或紫或白, 子大如珠, 熟時或赤或黑, 此菜可以釋勞. 案, 郭璞注《爾雅》, 此乃蘵黃蒢也. 今河北謂之龍葵.

梁世講《禮》者, 以此當苦菜, 旣無宿根, 至春方生耳, 亦大誤也. 又高誘注《呂氏春秋》曰,「榮而不實曰英.」苦菜當言英, 益知非龍葵也.

|국역|《詩經 邶風 谷風(시경 패풍 곡풍)》에「誰謂荼苦(수위도고: 누가 씀바귀를 쓰다고 말하나?)」[1292]라 했고,《爾雅(이아)》와《毛詩傳(모시전)》[1293]에서도 荼(씀바귀 도)는 苦菜(쓴맛 나는 채소)라 했다.

1292《詩經 邶風 谷風》원문은「誰謂荼苦, 其甘如薺.」이다. 誰는 누구 수. 荼는 씀바귀 도. 苦其甘如薺는 냉이처럼 달작지근하다. 薺는 냉이 제.

1293《毛詩》- 古文經이다.《齊詩》,《魯詩》,《韓詩》와 같이 28권이나《毛詩》에는〈序〉1권이 별도로 있었다는 주석이 있다. 현존하

또 《禮記(예기) 月令(월령)》에서도 「苦菜(고채)가 자라난다.」고 하였다. 《易統通卦驗玄圖(역통통괘험현도)》[1294]에서도 「苦菜(고채)는 차가운 가을에 싹이 터서, 겨울과 다음 봄을 지나 여름에 성숙한다.」고 하였다. 지금 中原(중원)의 苦菜(고채)가 바로 이것이다. 다른 이름은(一名) 遊冬(유동)이며, 잎은 苦苣(고거, 쓴 상추)와 비슷하나 가늘고〔細(세)〕, (줄기를) 꺾으면〔摘斷(적단)〕 하얀 즙이 나오고〔有白汁(유백집)〕, 꽃은 노란색으로 국화와 같은 색이다.

江南(강남)에는 이와 다른 쓴 나물이〔苦菜(고채)〕이 있으니, 그 잎은 酸漿草(산장초)와 같고, 꽃은 보라색이나 흰색이며, 그 열매는 구슬만큼 크며 열매가 익으면 붉은색 아니면 검은색인데, 이 나물을 먹으면 피로를 풀 수 있다.[1295]

는 《詩經》이다. 毛公(모공, 毛萇)은 趙國 사람이다. 《詩》를 전공하여 河間獻王(하간헌왕, 景帝의 아들, 劉德)의 博士가 되었고, 같은 나라의 貫長卿(관장경)에게 전수하였다. 관장경은 解延年(해연년)에게 전수하였다. 해연년은 阿武 현령이었는데, 徐敖(서오)에게 전수하였다. 서오는 九江郡의 陳俠(진협)에게 전수하였고, 진협은 왕망의 講學大夫가 되었다. 이로써 《毛詩》를 논하는 자는 徐敖(서오)에 뿌리를 두고 있다. 毛公이라 할 때, 毛亨(모형)을 大毛公, 毛萇(모장)을 小毛公이라 칭한다.

1294 《易統通卦驗玄圖》 – 《周易》의 緯書(위서). 저자 미상.

1295 酸漿(산장)의 우리말 이름은 미상. 꽈리라고 번역한 책이 있다. 우리나라에서 꽈리는 식용하지 않는다. 역자가 볼 때 보라색이나 흰색 꽃이 피고, 씀바귀처럼 뿌리를 먹을 수 있다면 도라지일 것이다. 도라지는 본래 쓴맛이다.

郭璞(곽박)[1296]이 주석한 《爾雅(이아)》에는, 이를 藏(직) 곧 黃蒢(황제)라 하였다.[1297] 지금 河北(하북)에서는 이를 龍葵(용규)라고 한다.

梁代(양대)에 《禮記(예기)》를 강론하는 자는 이를 苦菜(고채)라고 하지만, 본래 宿根(숙근)이 없다가 봄이 되면 그때서야 자라니, 이 또한 큰 착오이다. 또 〔後漢(후한)의〕 高誘(고유)[1298]가 주석한 《呂氏春秋(여씨춘추)》[1299]에는 「꽃이 피지만 열매를 맺지 않는 것

1296 郭璞(곽박, 276－324년, 字는 景純)－兩晉에서 성장, 강남으로 피신, 東晉의 學者, 文學家, 訓詁學者. 方術의 大家, 遊仙詩의 祖師. 宣城, 丹陽參軍 역임. 東晉 元帝 때 尙書郎 역임. 嗜酒(기주) 好色한 사람. 時年 49歲에 피살. 《周易》, 《山海經》, 《穆天子傳》, 《楚辭》 등 古籍을 역주. 郭璞은 18년에 걸쳐 《爾雅》를 주석했다. 특히 식물의 명칭을 주석하고 삽화를 그려, 그 《爾雅》는 本草 연구의 주요 참고서가 되었다.

1297 藏(직), 곧 黃蒢(황제)－옥편에는 까마종이 직. 제라고 풀이했다. 우리나라의 식용 가지를 말하는 것 같다. 지금 식용 가지는 품종개량으로 엄청 커졌지만 옛날에는 그렇지 않았다.

1298 高誘(고유, 생몰 연대 미상, 後漢 말 獻帝 연간에 여러 관직 역임)－馬融(마융)의 再傳弟子. 유학자로 《淮南子》, 《呂氏春秋》, 《戰國策》을 주석했다. 現存 漢代 各家의 주석으로는 鄭玄의 주석이 가장 많고, 다음으로는 高誘의 주석이 많다고 한다.

1299 《呂氏春秋》 26편－書存. 秦相 呂不韋(여불위)가 智略之士를 모아 편십한 책. 呂不韋(여불위, 前 292－235)는 처음에는 大商人(奇貨可居의 故事), 13년간 秦國의 相 역임. 門客을 모아 《呂氏春秋》를 편찬했는데 先秦 雜家의 대표적 인물(兼儒墨하고 合名

이 英(영)이다.」고 하였다. 苦菜(고채) 花(꽃 화)는 응당 英(꽃 뿌리 영)이어야 하니, 이를 보더라도 고채는 龍葵(용규)가 아니다.

法). 뒷날 嫪毒(노애) 집단의 견제를 받아 相國에서 물러나 河南에 거처하다가 蜀으로 유배되자 三川郡(今 洛陽)에서 자살했다.《史記 呂不韋列傳》 참고.

《呂氏春秋》는 八覽, 六論, 十二紀로 총 20여만 言. 여불위는 책이 완성되자,《呂氏春秋》는 天地 萬物과 古往今來의 事理를 모두 다 집대성했다고 자부하면서 咸陽城 성문에 책과 함께 1천 金의 상금을 걸어놓았다(懸賞金). 그러면서《呂氏春秋》에 一字라도 가감하거나 고칠 곳이 있다면 1천금을 상으로 주겠다고 공표했다(一字千金). 그러나 아무도 고치겠다고 나서는 사람이 없었다. 권세는 그처럼 무서웠다.

181/「有杕之杜(유체지두)」

| 原文 | 《詩》云,「有杕之杜.」江南本並木傍施大,《傳》曰,「杕, 獨貌也.」

徐仙民音徒計反.《說文》曰,「杕, 樹貌也.」在〈木部〉.《韻集》音次第之第, 而河北本皆爲夷狄之狄, 讀亦如字, 此大誤也.

| 국역 | 《詩經 唐風 杕杜(시경 당풍 체두)》[1300]에「팥배나무가 우뚝 섰는데〔有杕之杜(유체지두)〕라고 하였다. 江南(강남)의 판본에서는 木 옆에 大를 붙여 쓴 글자이고,《毛傳(모전)》에서는「杕(체)는 홀로 서있는 모습이다〔獨貌也(독모야)〕.」라고 하였다.

徐仙民〔서선민, 徐邈(서막)〕은 音(음)이 徒計反(도계반)이라고 했다.[1301]《說文解字(설문해자)》[1302]에서는「杕(체)는 나무의 모양이

1300 杕杜(체두) – 杕는 홀로 서있을 체. 杜는 팥배나무 두. 杜梨. 야생의 돌배나무.

1301 徐邈(서막, 171 – 249년, 字는 景山) – 邈은 멀 막. 燕國 薊縣(계현) 출신. 後漢末, 曹魏의 官員, 涼州의 지방관으로 치적이 뛰어났다. 愛酒家로 中聖人이라는 별호가 있다. 正史《三國志 魏書》 27권,〈徐胡二王傳〉에 立傳되었다.

1302《說文解字》– 許愼(허신, 서기 58? – 146年?, 字는 叔重)의 저술. 14편. 서기 100年, 和帝 永元 11년,《說文解字》에는 540개 部首에

다(樹貌也).」하여 〈木部〉에 들어 있다. 《韻集》에서는 그 音이 次第(차제)의 第(제)라 하였다. 河北에서 나온 책에는 모두 夷狄(이적)의 狄(오랑캐 적, 北狄)이고 같은 음이라 하였으니, 이는 큰 착오이다.

9,353자를 해설하였다. 허신은 中國 文字學의 개척자로 속칭 '字聖' 으로 불린다. 《後漢書 儒林列傳 下》에 입전.

182/「駉駉牡馬(경경모마)」

| 原文 | 《詩》, 云,「駉駉牡馬.」江南書皆作牝牡之牡, 河北本悉爲放牧之牧. 鄴下博士見難云, "〈駉〉頌旣美僖公牧於坰野之事, 何限騲騭乎?"

余答曰, "案,《毛傳》云, '駉駉, 良馬腹幹肥張也.' 其下又云, '諸侯六閑四種, 有良馬, 戎馬, 田馬, 駑馬.' 若作放牧之意, 通於牝牡, 則不容限在良馬獨得駉駉之稱. 良馬, 天子以駕玉輅, 諸侯以充朝聘郊祀, 必無騲也.《周禮》圉人職.「良馬, 匹一人. 駑馬, 麗一人.」圉人所養, 亦非騲也, 頌人擧其强駿者言之, 於義爲得也.《易》曰,「良馬逐逐」,《左傳》云,「以其良馬二.」亦精駿之稱, 非通語也. 今以《詩傳》良馬, 通於牧騲, 恐失毛生之意, 且不見劉芳《義證》乎?"

| 국역 | 《詩經 魯頌 駉》에「건장하구나! 수컷 말이여〔駉駉牡馬(경경모마)〕」[1303]라고 하였다. 江南 지역의 책에는 모두 牝牡(빈모,

1303 원문「駉駉牡馬.」-「駉駉牡馬 在坰之野」. 駉은 목장 경. 말이 건장한 모양. 駉駉(경경)은 말이 건장하고 살찐 모양. 牡는 수컷 모. 坰은 들 경.

암컷과 수컷)의 牡(모)로 기록하였으나, 河北의 책은 모두〔悉(다실)〕 放牧(방목)의 牧(목, 기를 목)으로 되어 있다. (北齊) 鄴都(업도)의 博士에게 캐물어보면(見難), "〈駉〉 詩는 (魯) 僖公(희공)이 교외의 들에서〔坰野, 坰(들 경)〕 방목한 사실을 찬양한 시이니, 어찌 말의 암컷과 수컷을 구별하겠습니까?" 라고[1304] 말했다.

그래서 내가 말했다.

"《毛詩傳》에는 '駉駉(경경)은 良馬의 배와 등〔腹幹(복간)〕이 살찌고 건상한 것이다.' 라고 했으며, 그 아래에는 또 '諸侯는 여섯 군데 마구간(六閑)에 4종류(四種)의 말을 사육하니, 良馬(양마), 戎馬(융마, 군사용), 田馬(전마, 경작용), 駑馬(노마, 물자 운반)이다.' 라고 하였다. 만약 放牧(방목)의 뜻이라면 牝牡(빈모)라는 표현이 통하나, 그렇다면 良馬만을 한정하여 駉駉(경경)이라 하지 않았을 것이다. 良馬는 天子의 玉輅(옥로)를 끌게 하고, 諸侯는 (천자를) 朝聘(조빙)할 때나 郊祀(교사)를 지내러 갈 때 이 말을 이용하니 틀림없이 암말은 아닙니다. 《周禮 圉人職(주례 어인직)》에 「良馬는 한 匹(필)에 1인이 관리한다. 駑馬(노마)는 한 쌍에(麗) 1人이 관리한다.」라고 하였다. 圉人(어인, 馬夫)이 사육하는 말도 역시 암말(騲)이 아니며, 칭송하는 시인이(頌人) 그 건강하고 빠름을 언급한 것은 大義에 의한 것이다. 《易 大畜》 卦에서는 「良馬가 함께 내닫는다.」고 하였으며,[1305] 《左傳 宣公》(12년 條)에서는 「그에

1304 원문 何限騲騭乎? – 騲는 암말 초. 騭은 말 수컷 즐.

게 良馬가 2필 있었다.」 하였으니, 모두 强壯한 준마의 지칭이지 일반적으로 암수를 통칭하여 표현하는 말은 아니다. 지금 《詩傳》의 良馬는 방목하는 암말을(牧騬) 의미하니, 아마도 毛生(毛公, 毛萇)의 본뜻을 잃은 것 같고, 아무래도 劉芳(유방)의 《毛詩箋音義證(모시전음의증)》을 읽지 않은 것이 아니겠는가?"

1305 《易》 大畜(대축) 卦 – 山天大畜 ☶☰. '豐收' 의 뜻. 九三의 효사에 「良馬逐, 利艱貞. 日閑輿衛, 利有攸往.」라 하였다.

183/「荔挺出(여정출)」

| 原文 | 〈月令〉云,「荔挺出.」鄭玄注云,「荔挺, 馬薤也.」《說文》云,「荔, 似蒲而小, 根可爲刷.」《廣雅》云,「馬薤, 荔也.」《通俗文》亦云馬藺. 《易統通卦驗玄圖》云,「荔挺不出, 則國多火災.」蔡邕《月令章句》云,「荔似挺.」高誘注《呂氏春秋》云,「荔草挺出也.」然則〈月令〉注荔挺爲草名, 誤矣.

河北平澤率生之. 江東頗有此物, 人或種於階庭, 但呼爲旱蒲, 故不識馬薤. 講《禮》者乃以爲馬莧, 馬莧堪食, 亦名豚耳, 俗名馬齒.

江陵嘗有一僧, 面形上廣下狹, 劉緩幼子民譽, 年始數歲, 俊晤善體物, 見此僧云, '面似馬莧.' 其伯父條因呼爲荔挺法師. 條親講《禮》名儒, 尙誤如此.

| 국역 | 《禮記(예기)》의 〈月令(월령)〉에 「荔挺出(여정출)」이란 말이 있다.[1306] 〔後漢(후한)〕 鄭玄(정현)의 注(주)에서는 「荔挺(여정)은 馬薤(마해)이다.」라 하였고,[1307] 《說文解字(설문해자)》에서는

1306 원문 荔挺出 – 荔는 타래붓꽃 여. 挺은 뺄 정. 위로 나오다. 荔가 挺出이냐? 아니면 荔挺이 出이냐?

「荔(여)는 蒲(부들 포)와 비슷하나 작으며(小), 그 뿌리는 솔〔刷(쓸 쇄)〕을 만들 수 있다.」고 하였다. 《廣雅(광아)》[1308]에서는 「馬薤(마해)는 荔(붓꽃 여)이다.」이라 했으며, 《通俗文(통속문)》에서도 역시 馬藺(마린, 藺은 골풀 린)이라고 했다. 《易統通卦驗玄圖(역통통괘험현도)》에서는 「荔挺(여정)이 不出(불출)하면, 곧 나라에 화재가 많아진다.」고 하였으며, 蔡邕(채옹)의 《月令章句(월령장구)》에서는 「荔(려)는 挺(정)과 비슷하다.」고 하였고, 高誘(고유)의 《呂氏春秋(여씨춘추)》 주석에서는 「荔草(여초)가 挺出(정출 : 뾰족하게 위로 나온다)한다.」 하였으니, 〈月令(월령)〉의 주석에서 荔挺(여정)을 草名(풀 이름)이라고 기록한 것은 착오이다.

河北(하북)의 평지나 沼澤(소택)에서는 모두 이 식물이 자란다. 江東(강동) 지역에도 이 식물이 많이 있으니, 사람들은 혹 뜰의 계단 같은 곳에 이 식물을 심는데, 이를 旱蒲(한포, 마른 창포)라고 부르지만 馬薤(마혜)는 모른다. 《禮(예)》를 강론하는 사람들은, 이를 馬莧(마현, 말 비름)이라 부르는데, 馬莧(마현)은 식용할 수 있고, 다른 이름은 '豚耳(돈이)', 俗名은 '馬齒(마치)' 이다.

江陵(강릉) 땅에 어떤 중〔僧侶(승려)〕이 있었는데, 얼굴 생김이

1307 원문 荔挺馬薤 - 荔挺(여정)은 馬薤(마해)이다. 馬薤(마해)는 草本 식물 이름인데, 우리말로 꽃창포이다. 薤는 염교 해. 백합과에 속하는 多年草. 파와 비슷한 채소.

1308 《廣雅》- 三國 魏 張揖(장읍)이 대략 227년 전후에 편찬한 백과사전. 《爾雅》 체제의 訓詁彙編. 《爾雅》의 확장판이란 뜻.

위가 넓고 아래가 좁았는데, 劉緩(유완)의 어린 아들 民譽(민예)는 겨우 몇 살이었지만 총명하여 물체를 잘 표현하였는데,[1309] 이 중을 보고서는 '얼굴이 말 비름 같다〔面似馬莧(면사마현)〕.' 고 하였다. 그 애의 伯父인 劉絛(유조, 絛는 끈 조)는 이에 荔挺法師(여정법사)라고 불렀다. 유조는 친히 《禮記》를 강론하는 名儒인데도 이런 오류를 범했다.

1309 원문 俊晤善體物 – 俊은 준걸 준. 뛰어나다. 晤는 밝을 오. 善體物 사물을 잘 묘사하다.

184/「將其來施施」

| 原文 |《詩》云,「將其來施施.」《毛傳》云,「施施, 難進之意.」鄭箋云,「施施, 舒行皃也.」《韓詩》亦重爲‘施施’河北《毛詩》皆云‘施施’江南舊本, 悉單爲施, 俗遂是之, 恐爲少誤.

| 국역 |《詩經 王風 丘中有麻》[1310]에「將其來施施(어서어서 내 앞에 나타나다오.)」라는 구절이 있다.《毛傳》에서「施施(시시)는 앞으로 나아가기 어려운 뜻(難進之意)이라.」고 했다. 鄭玄의 箋注(전주)에서는「施施는 천천히 나아가는 모양이라.」고 했다.《韓詩外傳》에서도 역시 ‘겹자인 施施’로 되어 있다. 河北의《毛詩》에서도 모두 ‘施施’라 하였다.[1311]

江南의 舊本에는 모두 ‘施’ 한 글자인데, 세상 사람이 이를 옳다 생각한다면, 이는 너무 작은 착오일 것이다.

1310 《詩經 王風 丘中有麻》 원문은「丘中有麻, 彼留子嗟. 彼留子嗟, 將其來施施.」이다.

1311 施施(시시)를 ‘善政을 베풀어 주십시오.’라는 뜻으로 풀이한 책도 있다.

185/「興雲祁祁(흥운기기)」

| 原文 | 《詩》云,「有渰萋萋, 興雲祁祁.」《毛傳》云,「渰, 陰雲貌. 萋萋, 雲行貌. 祁祁, 徐貌也.」《箋》云,「古者, 陰陽和, 風雨時, 其來祁祁然, 不暴疾也.」

案, 渰已是陰雲, 何勞復云'興雲祁祁'耶? '雲' 當爲 '雨', 俗寫誤耳. 班固〈靈臺詩〉云, '三光宣精, 五行布序, 習習祥風, 祁祁甘雨.' 此其證也.

| 국역 | 《詩經 小雅 大田(시경 소아 대전)》에 「비구름이 크게 일어나고〔有渰萋萋(유엄처처)〕, 구름도 크게 일어난다〔興雲祁祁(흥운기기)〕.」고 하였다.[1312] 《毛傳(모전)》에서는 「渰(비구름 일 엄)은 陰雲(음운 : 검은 구름)의 모양이다〔貌(모)〕. 萋萋(처처, 풀이 우거질 처)는 구름이 떠가는 모양이다〔雲行貌(운행모)〕. 祁祁(기기)는 천천히 가는 모양이다〔徐貌也(서모야)〕.」라고 하였다 (鄭玄의 주석인) 《箋注(전주)》에서는 「古者(고자)에 陰陽(음양)이 調和(조화)하여 風雨(풍우)가 일어날 때, 그 시작이 천천히 시작하였고〔其來祁祁然(기래기기연)〕, 갑자기 일어나지는 않았다〔不暴疾也(불폭질야)〕.」

1312 《詩經 小雅 大田》은 幽王(유왕)을 풍자한 시인데, 해당 구절의 원문은 「有渰萋萋, 興雨祁祁, 雨我公田, 遂及我私.」이다. 祁는 성할 기. 祁祁는 사물이 많은 모양, 또는 고요한 모양.

라고 하였다.

내가 생각할 때, 渰(엄) 자체가 陰雲(음운)인데 왜 힘들게 다시 '興雲(흥운)이 祁祁(기기 : 천천히 가는 모양)한다고 하겠는가? '雲(운)'은 응당 '雨(우)'가 되어야 하니, 아마 사람들이 잘못 필사했을 것이다. 班固(반고)의 〈靈臺詩(영대시)〉[1313]에서도,

'三光(삼광)이 宣精(선정 : 천지에 널리 퍼지다)하고, 五行(오행)이 布序(포서 : 그 질서에 펼쳐져 있다)하니,[1314] 習習(습습)한 祥風(상풍)에 甘雨(감우)가 祁祁(기기)라.' 하였으니, 이것이 그 증거이다.[1315]

1313 班固(반고)의 〈靈臺詩(영대시)〉는 《昭明文選》 1권, 〈東都賦〉에 수록되었다. 靈臺詩 全文은 아래와 같다.

乃經靈臺, 靈臺既崇. 帝勤時登, 爰考休徵.
三光宣精, 五行布序. 習習祥風, 祁祁甘雨.
百穀蓁蓁, 庶草蕃廡. 屢惟豊年, 於皇樂胥.

1314 三光은 日, 月, 星. 五行, 一曰水, 二曰火, 三曰木, 四曰金, 五曰土也.

1315 '興雲祁祁'가 아니라 '興雨祁祁'이어야 한다는 안지추의 주장이다. 지금 우리나라에 통용되는 《詩經》은 '興雨祁祁'로 되어 있다. 안지추의 이런 주장에 대하여 淸의 段玉裁(단옥재) 등 여러 사람의 반론이 있다.

186/「定猶豫(정유예)」

| 原文 |《禮》云,「定猶豫, 決嫌疑.」《離騷》曰,「心猶豫而狐疑.」先儒未有釋者. 案,《尸子》曰,「五尺犬爲猶.」《說文》云,「隴西謂犬子爲猶.」

吾以爲人將犬行, 犬好豫在人前, 待人不得, 又來迎候, 如此返往, 至於終日, 斯乃豫之所以爲未定也, 故稱猶豫. 或以《爾雅》曰,「猶如麂, 善登木.」猶, 獸名也, 旣聞人聲, 乃豫緣木, 如此上下, 故稱猶豫. 狐之爲獸, 又多猜疑, 故聽河冰無流水聲, 然後敢渡. 今俗云, '狐疑, 虎卜.' 則其義也.

| 국역 |《禮記 曲禮(예기 곡례)》에「猶豫(유예 : 우물쭈물하며 망설임. 시일을 미루거나 늦춤.)를 결정하고, 嫌疑(혐의)를 판결하다.」라는 말이 있다.《離騷(이소)》[1316]에서는「마음이 猶豫(유예)하고 狐

1316 屈原(굴원)의《離騷(이소)》는 2,490字의 大作으로 天地간을 幻游(환유)하는 초현실적인 내용이나 修辭(수사)에 치중한, 이전에 볼 수 없던 새로운 시가 형식이었다.〈離騷〉를 굴원의 작품으로 보지 않고, 漢 武帝 때 淮南王 劉安(?－前 122년)의 游仙詩(유선시)이며, 굴원의 다른 작품도 漢代의 시가라는 주장도 있다. 굴원을 참소를 당한 충신의 모델로 만들었고,〈離騷〉에 '經' 字를 붙여《離騷經》으로 부르게 한 장본인은 後漢의 王逸(왕일)이었다. 屈原은《史記》84권,〈屈原賈生列傳〉에 立傳되었다.

疑(호의 : 여우처럼 의심한다)하다.」 하였다. 先儒(선유) 중에 이를 풀이한 사람이 없었다. 《尸子(시자)》[1317]에 보면 「五尺(오척)의 犬(견 : 개)이 猶(유)」라 하였고, 《說文解字(설문해자)》에서도 「隴西(농서) 일대에서는 犬子(견자 : 강아지)를 猶(유)라 한다.」고 하였다.

내가 생각할 때 사람이 개를 데리고 길을 갈 때, 개는 사람 앞에 가기를 좋아하거나 사람을 기다리지 않고 앞서가거나 또는 되돌아와서 주인을 만나니, 이렇듯 갔다가 되돌아오기를 하루 종일이라도 거듭하나 미리 할 행동이〔豫(예)〕 정해진 것이 없다. 그래서 猶豫(유예)라 했을 것이다.

아니면 《爾雅(이아)》에 「猶(유)는 麂(노루 궤)이니, 나무에 잘 올라간다〔善登木(선등목)〕.」고[1318] 하였다. 猶(유)는 들짐승 이름인데〔獸名(수명)〕, 사람의 말소리를 들으면 미리〔乃豫(내예)〕 나무에 올라가는데〔緣木(연목)〕 이렇게 오르내리기에〔如此上下(여차상하)〕, 그래서 猶豫(유예)라 불렀을 것이다. 여우〔狐(여우 호)〕는 野

1317 《尸子(시자)》 – 尸(주검 시). 尸子는 尸佼(시교, 前 390 – 330년). 戰國시대의 晉國人(또는 魯國, 楚國人 / 《史記 孟子荀卿列傳》에는 楚人). 儒家 또는 雜家로 분류. 商鞅(상앙)의 門客으로 상앙의 변법에 참여했다. 상앙이 피살되자 蜀으로 망명했고 거기서 죽었다. '四方上下曰宇, 往古來今曰宙' 라 하여 宇宙(우주)란 말을 처음 만들어낸 사람으로 알려졌다.

1318 원문 「猶如麂, 善登木.」 – 이는 《爾雅 釋獸》의 내용. 여기에 麂(궤)는 작은 사슴 종류(小鹿類)라 하였다.

獸(야수)로 역시 의심이 많아서〔多猜疑(시의)〕, 강물 얼음 밑에서 물 흐르는 소리가 들리지 않아야만 얼음 위를 지나간다고 하였다.[1319] 그래서 사람들은 '狐는 의심해보고(狐疑), 호랑이는 땅을 긁어 점을 친다(虎卜).' 고[1320] 하였으니, 곧 그런 뜻이다.

1319 원문 故聽河冰無流水聲, 然後敢渡 – 黃河의 盟津과 河津이 겨울 들어 얼음이 얼을 때, 여우는 얼음 아래에서 물 흐르는 소리가 안 들려야만 얼음을 건너간다고 한다. 따라서 사람도 여우가 지나간 다음에야 짐수레가 강을 건너갔다고 한다.

1320 虎卜(호복) – 호랑이는 발로 땅을 긁어서 긁힌 자국의 홀짝수로 먹이가 있는 곳을 점친다는 속설이 있다.

187/「齊侯痎, 遂痁.」

| 原文 | 《左傳》曰,「齊侯痎, 遂痁.」

《說文》云,「痎, 二日一發之瘧. 痁, 有熱瘧也.」案, 齊侯之病, 本是間日一發, 漸加重乎故, 爲諸侯憂也.

今北方猶呼痎瘧, 音皆. 而世間傳本多以痎爲疥, 杜征南亦無解釋, 徐仙民音介, 俗儒就爲通云, '病疥, 令人惡寒, 變而成瘧.' 此臆說也. 疥癬小疾, 何足可論, 寧有患疥轉作瘧乎?

| 국역 | 《春秋左氏傳 昭公 二十年》[1321]에「齊侯가 하루걸러 학질에 걸렸다가(痎), 결국 매일 학질(痁)이 되었다.」[1322]고 하였다.

《說文解字》에는「痎(해)는 2일에 한 번 일어나는 학질(瘧은 학질 학)이고, 痁(점)은 열이 나는 학질이라.」고 했다. 생각해 보면, 齊侯(景公)의 병은 본래 하루를 걸러 발병했다가 점점 심해졌기에 제후의 걱정거리가 되었다.

1321 魯 昭公(재위 前 541 – 510년) – 소공 20년은 前 522년.

1322 원문 齊侯痎, 遂痁. – 齊侯는 齊 景公. 痎는 이틀거리 학질 해. 하루는 몹시 춥고 다음 날은 괜찮다가 다시 반복하는 학질. 痁은 학질 점. 매일 춥고 떨리는 학질. 瘧疾(학질)은 모기에 의해 발생하는 전염병. 말라리아.

지금도 北方(북방)에서는 여전히 痎瘧(해학)이라 하는데, 痎(해)의 音(음)은 皆(개 jie)이다. 世間(세간)의 傳本(전본)에는 痎(해)를 疥(개, 옴 개)라 하였는데, 杜征南〔두정남, 杜預(두예)〕[1323]도 이에 대한 해석이 없고, 徐仙民〔서선민, 徐邈(서막)〕은 疥(개)를, 音은 介(개)라고 했다.

俗儒(속유)들은 이를 通說(통설)로 받아들여서 '(피부병인) 옴〔疥(옴 개)〕에 걸리면 사람에게 惡寒(오한)이 나고, 그 오한이 변하여 학실이 된다〔變而成瘧(변이성학)〕.' 고 말하는데, 이는 臆說(억설)이다. 疥癬(개선, 옴)은 경미한 병이니〔小疾(소질)〕 어찌 함께 논할 수 있겠으며, 옴이 어떻게 학질로 될 수 있겠는가?

1323 杜征南(두정남, 杜預) – 杜預〔두예, 222~285년, 字는 元凱(원개)〕는 뒷날 吳를 멸망시킨 西晉의 장수. 羊祜(양호)는 晉 武帝(司馬炎)에게 吳나라 정벌을 건의했으나 다른 신하들의 반대로 실행하지 못하자, 양호는 병을 핑계로 사임한다. 양호가 위독하다는 소식을 들은 무제가 양호를 찾아 문병하자, 양호는 杜預(두예)를 천거한 뒤 죽는다. 두예는 평소 학문을 좋아해 左丘明(좌구명)의 《春秋左傳》을 틈만 나면 읽었고 행군 중에도 사람을 시켜 말 앞에서 《좌전》을 읽게 하였다. 이에 사람들은 두예를 '좌전에 푹 빠졌다' 는 뜻으로 '左傳癖(좌전벽)' 이라고 불렀다. 《春秋左氏經傳集解》를 저술했다. 征南은 征南大將軍. 관직명이다.

188/「惟影響」

| 原文 | 《尙書》曰,「惟影響.」《周禮》云,「土圭測影, 影朝影夕.」《孟子》曰,「圖影失形.」《莊子》云,「罔兩問影.」

如此等字, 皆當爲光景之景. 凡陰景者, 因光而生, 故卽謂爲景. 《淮南子》呼爲景柱, 《廣雅》云,「晷柱掛景.」並是也.

至晉世葛洪《字苑》, 傍始加彡, 音於景反. 而世間輒改治《尙書》,《周禮》,《莊》,《孟》從葛洪字, 甚爲失矣.

| 국역 | 《尙書 虞書 大禹謨(상서 우서 대우모)》에 吉凶(길흉) 응보에 대해 「그림자〔影(영)〕와 메아리〔響(향)〕와 같다.」고 하였고,[1324] 《周禮 地官 大司徒(주례 지관 대사도)》에서도 「土圭(토규)로 日影(일영: 해 그림자)을 측정하면 그림자〔影(영)〕가 동쪽과 서쪽으로 만들어진다.」고 하였다.[1325] 《孟子外傳(맹자외전)》에서도 「그림자를 그려도 본 모습을 잃는다〔圖影失形(도영실형)〕.」[1326]라 하

1324 《尙書 虞書 大禹謨》의 원문 禹曰, "惠迪吉, 從逆凶, 惟影響."

1325 《周禮 地官 大司徒》에서도 土圭는 해 그림자를 측정하는 기구. 여기 朝夕은 동쪽과 서쪽. 《周禮 地官 大司徒》의 원문을 축약한 문장.

1326 《孟子》는 《孟子外傳》이라는 주석이 있다. '圖影失形' 은 (그림

였으며, 《莊子 齊物論》에서는 「도깨비가 그림자에게 물었다(罔兩問影).」고 하였다.[1327]

이와 같은(如此) 글자는 모두 응당 빛과 그림자(光景)의 景(영, 그림자 영. 影과 同)이다. 모든 陰景(음영, 그림자)은 빛으로 생기는 것이니, 그래서 그림자가 생긴다(爲景) 하였다. 《淮南子》[1328]에서는 (그림자를) 景柱(영주)라 불렀고, (三國 魏 張揖(장읍)이 지은) 《廣雅(광아)》에서는 「晷(궤, 그림자 궤, 구)는 기둥(柱)에 따라 생기는 그림자(掛景)」라 한 말이 모두 이것이다.

晉代에 이르러 葛洪(갈홍)의 《字苑(자원)》에서는, (景 字의) 옆에 처음으로 彡(터럭 삼)을 보태었고(곧 影 字), 音은 於景(어경)의 反切(영)이라 했다.[1329] (그러면서) 世間에서 곧바로 《尙書》, 《周

위에 그려진 모습이(影) 아무리 잘 그려졌어도 본 모습은 아니라는 뜻. 이 구절 앞에 '傳言失旨(말을 전하더라도 그 본뜻을 잃어버린다.)' 는 구절이 있다.

1327 원문《莊子》는《莊子 齊物論》. 罔兩(망량)은 그림자의 윤곽선(景外之微陰也). 그림자. 도깨비. 귀신. 問影은 그림자에게 묻다.

1328 《淮南子》- 저자는 淮南王 劉安(前 179-122, 漢 고조의 막내아들 劉長의 아들이니, 劉安은 고조의 孫子이다. 회남왕 유안은 빈객과 方術에 통한 사람들을 불러 모았고, 門客과 함께 《淮南子》(原名은 鴻烈) 저술하였다. 《內書》 21편을 지었으며 그 외에 《中篇》 8권이 있고, 神仙과 黃白之術을 포함하는 총 20여만 자의 저술이었다. 그 당시에 武帝도 학문을 좋아했기에 유안을 諸父(제부, 숙부)로 받들었고, 언변에 박식하고 文辭가 뛰어난 유안을 매우 존중하였다.

禮》, 《莊子》, 《孟子》에도 葛洪(갈홍)이 만든 글자(影)를 따라 고친 것은 큰 실수일 것이다.

1329 인지추는 葛洪이 景에 彡을 보태어 影을 처음 만들었다는 주장이다. 그러나 갈홍 이전, 漢代에 이미 影이라는 글자가 있었으니, 갈홍이 처음 만든 것은 아니라는 주석이 있다.

189/ 軍陣의 陳

| 原文 | 太公《六韜》, 有天陳,地陳,人陳,雲鳥之陳.《論語》曰, "衛靈公問陳於孔子.」《左傳》,「爲魚麗之陳.」俗本多作阜傍車乘之車. 案諸陳隊, 並作陳,鄭之陳. 夫行陳之義, 取於陳列耳, 此六書爲假借也,《蒼》,《雅》及近世字書, 皆無別字 ; 唯王羲之《小學章》, 獨阜傍作車, 縱復俗行, 不宜追改《六韜》,《論語》,《左傳》也.

| 국역 | 太公(태공)의 《六韜(육도)》[1330]에 天陳(천진), 地陳(지진),

1330 太公《六韜》- 太公은 太公望(생졸년 미상)은 姜姓. 呂氏. 名尙. 字子牙. 周 文王과 周 武王의 軍師이었다. 보통 姜尙, 姜子牙, 呂尙, 呂望(여망)으로 부르며 姜太公, 呂太公, 齊太公, 太公, 太公望, 尙父(상보), 師尙父(사상보)는 별칭이다. 師尙父(사상보)는 師傅(사부)이며 존경받고(尙) 부친과도 같다(父)는 뜻으로, 태공의 모든 것을 종합한 말이다. 太公望은 周朝를 도와 殷商을 토벌하는데 有功하여 齊國에 봉해졌다.(姜齊의 始祖). 殷을 멸망시킨 戰功으로 武聖, 兵家之聖으로 칭송된다.
唐初에 武成王廟를 세워 제사하며 文廟(孔子)와 동격으로 숭배했다. 강태공이 渭水(위수)에 낚시를 할 때, 긴 낚싯대에 짧은 줄, 구부리지 않은 곧은 낚싯바늘에, 뒤로 돌아앉아 낚시를 했다. 여기서 '姜太公이 낚시를 한다(姜太公釣魚). - 그래도 원하는 자는 걸려든다(願者上鉤).' 라는 俗諺(속언, 정확히는 歇後語)이

人陳(인진), 雲鳥(운조)의 陳(진)이 있다. 《論語 衛靈公(논어 위령공)》에는 「衛(위) 靈公(영공)이 공자에게 問陳〔문진, 陳(진)을 물었다〕 했다.」고 했으며,[1331] 《左傳 桓公(좌전 환공)》에는 「魚麗之陳(어려지진)을 쳤다.」고 하였는데, 俗本(속본)에는 阜傍(언덕 부. 방, 阝)에 車乘(거승)의 車(거)를 썼다. 내 생각에 모든 군진의 글자로는 陳(진)나라 鄭(정)나라 할 때의 陳(나라 진, 베풀 진)을 쓴다. 이 行陳(행진 : 진을 치다)의 뜻은 陳列(진열)의 뜻을 취한 것이고, 이는 六書(육서)에서 假借(가차)이다.[1332] 《蒼頡篇(창힐편)》[1333]이나 《爾雅

있다 《六韜》는 軍事(軍旅), 兵法書. 韜는 감출 도.

1331 衛靈公이 공자에게 군대 陣法(진법, 陳은 陣과 通)에 관해 물었다. 이에 공자가 말했다. "禮儀에 관한 일은 들은 바가 있지만 군사에 관하여는 배우지 않았습니다." 그리고는 다음 날 衛나라를 떠나갔다. 《論語 衛靈公》 衛靈公問陳於孔子. 孔子對曰, "俎豆之事, 則嘗聞之矣, 軍旅之事, 未之學也." 明日 遂行.
위령공에게 軍陣의 배치는 관심사이었다. 그러나 공자가 그런 것을 알 것이라 생각했다면 상대를 몰라도 한참 몰랐다.

1332 六書(육서) - 漢字의 立字의 6가지 방법. ① 象形(상형)은 사물의 형상을 그려낸 글자이니 日, 月과 같은 글자이다. ② 象事(상사)는 指事(지사)인데 눈으로 보거나 관찰하여 그 뜻을 알 수 있는 글자이니 上, 下와 같은 글자이다. ③ 象意는, 곧 會意(회의)이니 비슷한 종류를 적의하게 합친 글자로 武나 信, 明, 采(爪손톱으로 木 열매를 잡다)와 같은 글자이다. ④ 象聲(상성)은, 곧 形聲(형성)이니 사물의 이름을 짓거나 비유를 지어 만들 수 있는 글자이니 江과 河와 같은 글자이다. ⑤ 轉注(전주)는 하나의 글자를 가지고 비슷한 뜻을 부여하는 글자이니 考(아비 고)와 老(늙은

(이아)》로부터 近世(근세)의 여러 字書(자서)까지 〔陳(진)에 대한〕 다른 別字(별자)는 없었고, 오직 王羲之(왕희지)[1334]의 《小學章(소학장)》에만 홀로 阜傍(부방, 阝)에 車(거)를 썼지만, 설령 이제 속세

이) 같은 글자이다. 이 轉注에 대해서는 논란이 많다. ⑥ 假借(가차)는 본래 없는 뜻이지만 소리(발음)에 의거 의미를 부여하니 令과 長이 그 예이다.

모든 文字의 意義는 六書에 다 귀속하니 六書를 立字의 근본이라 말한다. 象形과 指事는 造字의 원칙(造字法)이라 할 수 있고, 會意와 形聲은 글자를 맞춰 늘리는 組字(조자)의 원칙이며(組字法), 轉注와 假借(가차)는 用字의 원칙(用字法)이라 할 수 있다. 漢字에는 形聲字가 가장 많다.

1333 倉頡(창힐, 생졸년 미상)은 神話 속 人物, 黃帝의 史官, 漢字의 創造者, 속칭 倉頡先師(창힐선사, 頡은 곧은 목 힐), 制字先聖, 倉頡至聖으로 불린다. 눈동자가 2개(雙瞳)에 4目으로 그려진다. 중국 거의 모든 학교에 '文字聖人倉頡先師'의 神位가 모셔져 있다. 《蒼頡》의 七章은 秦 丞相 李斯(이사)가 지었고, 《爰歷(원력)》 6章은 車府令 趙高(조고)가, 《博學(박학)》 7章은 太史令인 胡母敬(호모경)이 지었다. 《蒼頡》, 《爰歷》, 《博學》을 三蒼이라 했다.

1334 동진의 書聖(서성)인 王羲之(왕희지, 서기 303~361년)의 관직이 右軍將軍이었기에 보통 王右軍으로 호칭된다. 왕희지는 벼슬에 연연하지 않고 會稽(회계)의 山陰(산음, 浙江 紹興)에 은거하며 서법을 연마하여 웅위하고 유려한 行書의 대가가 되었고, 여러 서체에 나름대로의 서체를 완성하여 書聖으로 불리었다. 왕희지의 서예작품으로는 〈蘭亭集序(난정집서)〉와 〈黃庭經(황정경)〉, 〈樂毅論(악의론)〉 등이 있다. 왕희지의 아들 王獻之(왕헌지)도 서예로 이름을 날렸는데 '書聖'에 비해 '小聖'이라 불리었다. 왕희지의 면학과 노력은 '墨池(묵지)' 이야기를 통해 알 수 있다.

의 유행〔俗行(속행)〕을 따른다 하여도 《六韜(육도)》나 《論語(논어)》, 그리고 《左傳(좌전)》의 글자까지 〔陳(진)을 陣(진)으로〕 고치는 일은 옳지 않다.

190/「集於灌木」

❙原文❙《詩》云,「黃鳥于飛, 集於灌木.」《傳》云,「灌木, 叢木也.」此乃《爾雅》之文, 故李巡注曰, '木叢生曰灌.'《爾雅》末章又云,「木族生爲灌.」族亦叢聚也. 所以江南《詩》古本皆爲叢聚之叢, 而古叢字似最字, 近世儒生, 因改爲最, 解云, '木之最高長者.'

案, 衆家《爾雅》及解《詩》無言此者, 唯周續之《毛詩注》, 音爲徂會反, 劉昌宗《詩》注, 音爲在公反, 又祖會反, 皆爲穿鑿, 失《爾雅》訓也.

❙국역❙《詩經 周南 葛覃(시경 주남 갈담)》의 詩에는「꾀꼬리〔黃鳥(황조)〕가 날아서, 灌木(관목)에 모여드네.」라 하였는데, 그《毛傳(모전)》에서「灌木(관목)은 叢木(총목)」이라 하였다.[1335] 이는 곧《爾雅(이아)》의 글인데, 그래서〔後漢(후한)의〕李巡(이순)은 그 주석에서 '나무가 무더기로 자라는 것이 灌(관)' 이라고 했다. 또

1335 灌木, 叢木也 – 灌은 물댈 관, 씻을 관, 더부룩하게 날 관. 灌木(관목)은 喬木(교목, 큰 키 나무)의 상대적 개념이다. 관목은 본 줄기와 가지의 구별이 어렵고, 한 뿌리에서 여러 개의 줄기가 솟는, 곧 더부룩하게 난 나무이다. 叢은 모일 총. 叢木(총목)은 무더기로 자라는 나무.

《爾雅(이아)》의 末章(말장 : 끝부분)에서는 「木이 族生(족생 : 무리지어 나다)하면 灌(관)」이라 하였는데, 여기 族(족)은 모여 있다는 뜻이다〔叢聚(총취)〕. 그래서 江南 지역의 《詩經(시경)》 古本(고본)에서는 모두 叢聚(총취)의 叢(총)이라 했는데, 옛 叢字는 最(가장 최) 字와 비슷하기에[1336] 近世(근세)의 儒生(유생)들은 이를 最(최)로 바꾸면서 '(叢을) 가장 높이 자란 나무〔木之最高長者(목지최고장자)〕' 라 하였다.

내가 볼 때〔案(안)〕, 여러 사람들의〔衆家(중가)〕《爾雅(이아)》 및 《詩經》의 해설에 이런 말이 없고, 오직 〔南朝(남조), 宋(송)의〕 周續之(주속지)는 《毛詩注(모시주)》에서 이 글자의 音(음)을 徂(조)와 會(회)의 反切(최→죄)로, 〔晋(진)의〕 劉昌宗(유창종)은 《詩注(시주)》에서 音을 在와 公의 반절로(종) 또는 祖(조)와 會(회)의 반절(죄)로 풀이하였는데, 이는 모두 억지로 穿鑿(천착)한 것으로[1337] 《爾雅》의 訓詁(훈고, 풀이)에서 벗어난 것이다.

1336 叢의 古字는 菆. 取(가장 최, 最) 字와 비슷하다는 주석이 있다.

1337 穿鑿(천착)의 穿은 뚫을 천. 鑿은 뚫을 착. 구멍을 뚫다. 파내다. 牽强附會(견강부회)하다.

191/ 語助辭 '也'

| 原文 | '也' 是語已及助句之辭, 文籍備有之矣. 河北經傳, 悉略此字, 其間字有不可得無者.

至如 '伯也執殳', '於旅也語.' '回也屢空.' '風, 風也, 敎也.' 及《詩傳》云, 「不戢,戢也, 不儺,儺也.」「不多,多也.」如斯之類, 儻削此文, 頗成廢闕.

《詩》言, 「靑靑子衿.」《傳》曰, '靑衿, 靑領也, 學子之服.' 按, 古者, 斜領下連於衿, 故謂領爲衿. 孫炎,郭璞注《爾雅》, 曹大家注《列女傳》, 並云, 「衿, 交領也.」鄴下《詩》本, 旣無 '也' 字, 群儒因謬說云, '靑衿,靑領, 是衣兩處之名, 皆以靑爲飾.' 用釋 '靑靑' 二字, 其失大矣! 又有俗學, 聞經傳中時須 '也' 字, 輒以意加之, 每不得所, 益成可笑.

| 국역 | '也(야)' 는 말을 끝내거나〔語已(어이) / 終結語尾〕, 어구를 돕는(助句 / 語助辭) 말로 文籍(문적, 文獻)에 고루 쓰인다(備有之矣). 河北 지역의 經傳에서는 이 글자를(也) 모두 생략하나 그 중에는 없어서는 안 될 경우도 있다.

'형님께서(伯也) 창을 잡으시고(執殳)',[1338] '(射禮를) 마친 뒤

1338 '伯也執殳' -《詩經 衛風 伯兮》의 구절. 伯也는 형제의 첫째. 殳는

에야 대화하다.'[1339] '안회는 늘 궁색하였다.'[1340] '風은 國風(風也), 교화이다(敎也).'[1341] 그리고 《詩傳》에서 말한 「거둘 것을 거두게 하고, 공손할 때 공손하게 하며」,[1342] 「많으면 많은 대로」[1343] 이러한 예에서 만약 어조사를 빼어버리면[1344] 의미가 바뀌거나 불완전한 문장이 된다.[1345]

《詩經 鄭風 子衿》에서는 「靑靑한 그대 옷깃」이라[1346] 했는데,

창 수.

1339 '於旅也語.' – 이는 《儀禮 鄕射禮記》의 구절. '禮樂의 예를(於旅) 다한 뒤에야(也) 말할 수 있다(語).'

1340 回也屢空 – 顔回(안회, 顔淵)는 늘 궁색하였다. 《論語 先進》 子曰, "回也其庶乎, 屢空. 賜不受命, 而貨殖焉, 億則屢中."

1341 원문 '風, 風也, 敎也.' – 앞의 風은 국풍(15國의 國風也), 뒤의 風은 風敎, 諷(諷諫, 풍간)의 뜻(敎也).

1342 원문, 不戢,戢也, 不儺,儺也 – 이는 《詩經 小雅 桑扈》의 구절. 不戢, 不儺의 不는 語助辭(어조사)로 쓰이었다. 戢은 거둘 즙. 그칠 집. 또는 온화하다(和)의 뜻으로 해석한다. 儺는 공손한 모양 나, 역귀를 쫓아내는 푸닥거리 나.

1343 원문 不多,多也. – 이는 《詩經 大雅 卷阿》의 구절이다. 여기서 不는 어조사.

1344 원문 儻削此文 – 儻은 빼어날 당. 만약. 削은 깎을 삭. 삭제하다. 此文은 也나 不 같은 어조사.

1345 원문 頗成廢闕.– 頗는 자못 파. 廢는 폐할 폐. 뜻이 바뀌다. 闕은 빠질 궐, 대궐 궐.

1346 원문 靑靑子衿 –「靑靑子衿 悠悠我心.」 靑靑은 옷의 색깔. 子는 남자. 衿은 옷깃 금. 옷고름을 매는 양쪽 깃.

《傳(전)》에서는 '靑衿(청금 : 푸른 옷깃)은 靑領(청령 : 푸른 옷섶)이니 學子(공부하는 자)의 의복이다.' 라고 하였다.

내 생각으로는, 옛날에 비스듬한 領(영 : 목 부분의 옷깃)이 옷고름 매는 곳까지 이어졌기에 領을 衿(금)이라 했다. 〔三國 魏(삼국 위)의〕 孫炎(손염)과 〔東晋(동진)〕 郭璞〔곽박, 276 - 324년, 字는 景純(경순)〕이 《爾雅(이아)》를 주석하면서, 또 曹大家〔조대가 : 班昭(반소)〕가 《列女傳(열여전)》을 주석하면서[1347] 모두 '衿(금)은 領(영)이 교

1347 曹大家 - 班昭(반소, 45? - 117?, 名은 姬, 字는 惠姬)는 《後漢書 列女傳》에 '曹世叔妻 班昭' 로 입전. 右扶風 曹世叔(조세숙)의 妻는 同郡 班彪(반표, 서기 3 - 54년, 班固, 班超의 父親)의 딸인데, 博學했고 재능이 뛰어났다. 조세숙이 일찍 죽자, 그녀의 지조와 행실이 법도에 맞았다. 오빠인 班固(반고)가 《漢書》를 저술하였는데 〈八表〉와 〈天文志〉를 마치지 못하고 죽자, 和帝는 반소에게 명하여 東觀 臧書閣에서 반고의 뒤를 이어 완성하게 하였다. 和帝는 반소를 자주 불러 입궁케 하였고, 황후와 여러 귀인에게 반소를 師事케 하였는데, 궁에서는 '大家(大姑)' 라고 불렀다. 특별한 물건이 헌상되면 화제는 반소에게 賦나 頌을 짓게 하였다. 그 무렵 《漢書》가 처음 알려지자 많은 사람이 뜻을 몰랐는데 同郡의 馬融(마융, 서기 79 - 166)은 장서각에서 반소를 따라 《한서》를 읽었고, 뒷날 마융의 형 馬續(마속)에게 조서를 내려 반소에 이어 《한서 天文志》를 최종 완성케 하였다. 《後漢書》에는 반소가 지은 〈女誡〉 7편이 수록되었다. 반소는 70여 세에 죽었는데 皇太后가 소복으로 문상하였다. 반소가 지은 賦, 頌, 銘, 誄, 問, 注, 哀辭, 書, 論, 上疏, 遺令 등 총 16편이 있다. 《列女傳》 15권은 前漢 劉向(유향)이 지은 책. 班昭의 주석은 지금 전하지 않는다.

차하는 곳」이라고 했다.

鄴都(업도)에 통용하는 《詩經(시경)》에는 이미 '也(야)' 字(자)가 없기에 많은 유생들이 잘못 이해하여 '靑衿(청금), 靑領(청령)은 옷 2곳의 명칭인데, 모두 푸른 천으로 장식하였다.' 고 하였다. 이렇게 '靑靑' 2글자를 풀이한 것은 큰 잘못이다! 거기다가 세상의 학자들은 經傳(경전) 중에 '也' 字가 있어야 한다는 말을 듣고, 곧 마음대로 첨가하여, 있어야 할 자리에 바르게 넣지 못하였기에 더욱 가소롭게 되었다.

192/ '蜀才'란 저자

| 原文 | 《易》有蜀才注, 江南學士, 遂不知是何人.

王儉《四部目錄》, 不言姓名, 題云, '王弼後人.' 謝炅, 夏侯該, 並讀數千卷書, 皆疑是譙 周. 而《李蜀書》一名《漢之書》, 云, '姓范名長生, 自稱蜀才.'

南方以晉家渡江後, 北間傳記, 皆名爲僞書, 不貴省讀, 故不見也.

| 국역 | 《周易(주역)》에 蜀才(촉재)의 주석이 있는데,[1348] 江南(강남)의 學士(학사)들은 그가 누구인지 끝내 알지 못했다.

〔南朝(남조), 齊(제)〕 王儉(왕검)의 《四部目錄(사부목록)》에도 그 이름을 말하지 않고 다만 '王弼(왕필)의 後人(후인).'[1349]이라고 했

1348 원문 《易》有蜀才注 - 《隋書 經籍志》에도 「周易 10권, 蜀才注」라 하였다. 여러 주석에 의하면 蜀郡 사람. 莊遵(장준, 字는 君平)인데 班固가 《漢書》를 지으며 明帝 劉莊의 名字를 피휘하여 嚴으로 기록하였기에 보통 嚴君平(엄군평)으로 알려졌다.

1349 王弼(왕필, 226 - 249년, 字는 輔嗣) - 山陽郡(今 山東省 境內) 출신, 曹魏의 저명한 학자, 經學, 易學의 大家로 魏晉시대 玄學의 대표자. 24세에 죽었다. 중국의 기라성 같은 天才 중 한 사람임에는 틀림없다. 《道德經》과 《易經》의 주석을 남겨 후세에 큰 영향을 끼쳤다. 漢代와 삼국시대의 《道德經》 주석은 모두 失傳되었

다. 謝炅(사경, 인명 미상)과 〔南朝 梁(남조 양)의〕 夏侯該(하후해, 夏侯?)는 모두 수천 권을 읽은 사람인데, 이 두 사람은 〔蜀才(촉재)를〕 譙周(초주)[1350]라고 추정하였다. 그리고 《李蜀書(이촉서)》, 一名 《漢之書(한지서)》[1351]에서는 '姓(성)은 范(범), 名(명)은 長生(장생)으로 自稱(자칭) 蜀才(촉재)라 하였다.'

고, 王弼의 《道德經注》가 가장 오래된 주석으로 남아있다.

1350 譙周(초주, 199-270年, 字는 允南)는 六經과 天文에 밝은 蜀地의 大儒로 그 문하에 陳壽(진수, 正史 《三國志》의 저자), 李密(이밀), 杜軫(두진) 등의 제자가 있었다. 諸葛亮(제갈량)이 益州牧으로 있으면서 초주를 勸學從事로 등용했다. 諸葛亮 사후에 後主 劉禪(유선)은 태자 劉璿(유선)을 책립한 뒤 초주로 하여금 輔導케 하였다. 이후 여러 관직을 역임했다. 《蜀書》 12권, 〈杜周杜許孟來尹李譙郤傳〉에 입전.

초주는 《三國演義》에서도 주요 인물인데, 第 65回에서는 劉璋(유장)을 따라 劉備에 투항하고, 80회에서는 諸葛亮과 함께 劉備를 황제로 옹립할 것을 논의한다. 91회에서는 제갈량의 북벌 준비에 天文의 뜻으로 북벌에 반대하나 제갈량은 받아들이지 않는다. 역시 102회에서도 제갈량에게 북벌 중지를 권유한다. 105회에서 초주는 천문을 보아 제갈량의 죽음을 알고 後主에게 보고한다. 112회에서는 《仇國論(구국론)》을 지어 姜維(강유)의 북벌 준비를 반대하였고, 118회에서는 魏軍이 닥치자 後主에게 투항을 권유하고, 119회에서 후주 劉禪(유선)을 따라 曹魏에 투항한다.

1351 원문 《李蜀書》, 一名 《漢之書》 - 《李蜀書》는 《史通, 古今正史》에 《蜀李書》로 나와 있다. 李勢(이세)란 사람의 저서로 알려졌다. '一名 《漢之書》' 5字는 顔之推의 自注라는 주석이 있다.

南方(남방)은 晉의 황실이 長江(장강)을 건너온 이후, 북쪽의 傳記(전기 : 전해오는 책들)를 모두 僞書(위서)라 부르면서 두루 살펴 읽지 않았기에 이런 이촉서의 내용을 못 보았을 것이다.

193/「蠃股肱(나고굉)」

|原文|《禮記 王制》, 云,「蠃股肱.」鄭注云,「謂揎衣出其臂脛.」今書皆作擐甲之擐. 國子博士蕭該云, "擐當作揎, 音宣, 擐是穿著之名, 非出臂之義." 案《字林》, 蕭讀是, 徐爰音患, 非也.

|국역|《禮記 王制(예기 왕제)》에「股肱(고굉)을 드러내다〔蠃(나)〕.」[1352]라는 말이 있는데, 鄭玄(정현)의 注(주)에서는,「옷을 걷어 올려 팔이나 정강이를 드러내다.」[1353]라고 하였다. 지금 통용되는 책에는 모두 갑옷을 입다〔擐甲(환갑)〕의 擐(입을 환)으로 되어 있다. 國子監(국자감) 博士(박사)인 蕭該(소해)[1354]는 "擐(환)은 응당 揎〔선, 音 宣(선)〕이어야 한다. 擐은 穿著(천착, 갑옷을 입는다)의 뜻이니 팔뚝을 드러내는 뜻이 아니다."라고 하였다.《字林(자림)》[1355]을 보면 소해의 音이 맞고, 〔南朝 宋人(남조 송인)〕 徐爰(서원)의 音(음) 患(환)은 틀렸다.

1352 원문 蠃股肱 – 蠃는 벌거벗을 나(라). 裸와 通. 股는 넓적다리고, 肱은 팔뚝 굉.

1353 원문 謂揎衣出其臂脛 – 揎은 걷을 선. 걷어 올리다, 臂는 팔 비. 脛은 정강이 경.

1354 蕭該(소해) – 南朝 梁의 蘭陵人.《漢書音義》,《文選音義》를 저술.

1355《字林》– 晋 呂忱(여침)이 저술한 字書. 亡佚(망일)하여 不傳.

194/ 「田肯賀上」

|原文|《漢書》,「田肯賀上」, 江南本皆作 '宵' 字. 沛國劉顯, 博覽經籍, 偏精班《漢》, 梁代謂之 '《漢》聖'. 顯子臻, 不墜家業, 讀班史, 呼爲 '田肯'. 梁元帝嘗問之, 答曰, "此無義可求, 但臣家舊本, 以雌黃改 '宵' 爲 '肯'.」元帝無以難之. 吾至江北, 見本爲 '肯'.

|국역|《漢書 高帝紀》에 「田肯(전긍, 肎)이 皇上에게 하례(축하해 올리다)했다.」는[1356] 구절이 있는데, 江南에 통용되는 책에는 肯(긍, 肎)자가 모두 '宵(밤 소)' 字로 되어 있다. (南朝 梁) 沛國(패국)의 劉顯(유현)은 經籍을 博覽(박람)하였고, 특히(偏) 班固의《漢書》에 정통하였기에, 梁代에 유현을 '《漢書》 聖者' 라 하였다. 劉顯의 아들 劉臻(유진)도 家業(家學)을 잃지 않았는데, 반고의《漢書》를 읽으며, '田肯〔전긍, 肎(肯의 古字)〕' 이라고 읽었다. 梁 元帝가 이에 대하여 물었는데 유진이 대답하였다.

"이는 특별히 찾아야할 뜻이 있는 것은 아닙니다만, 다만 저의 집의 舊本에, '宵' 가 雌黃(자황)색으로 지워졌고 '肯(肎)' 으로 고

1356 원문「田肯賀上」- 田肯(전긍)은 人名. 賀는 하례하다. 上은 皇上. 漢 高祖.《漢書 高帝紀》漢 6년(前 201)에「田肯賀上曰, 甚善, 陛下得韓信, 又治秦中. ~」로 되어 있다.

쳐졌습니다.」[1357]

元帝는 유현을 책망하지 않았다. 내가 江北으로 옮겨온 뒤에 '肯' 으로 된 판본을 보았다.

1357 본래 田肯은 肯의 古字인 "冖 아래에 月' 이다. 肎(아래 훈글 자판에 나오지 않음). 이를 '宵' 로 잘못 필사한 결과이다. 雌黃(자황)은 검정 먹물 글씨를 정정할 때 글자 위에 칠하는 노란색 물감이다. 이 노랑 물감을 칠하면 원래의 글자를 볼 수 있고, 그 옆에 고칠 글자를 같은 색으로 써놓는다.

195/《漢書 王莽傳》贊

| 原文 | 《漢書 王莽傳》贊云,「紫色蛙聲, 餘分閏位.」

蓋謂非玄黃之色, 不中律呂之音也. 近有學士, 名問甚高, 遂云, "王莽非直鳶髆虎視, 而復紫色蛙聲." 亦爲誤矣.

| 국역 | 《漢書 王莽傳(왕망전)》의 論贊(논찬)[1358]에서 말하길,「紫色(자색 : 자주색)은 정색이 아니고 正音(정음)이 아니며〔蛙聲(와성)〕은 餘分(여분)의 윤달과 같은〔閏(윤)〕 지위(位)이었다.」[1359]

대체로 〔班固(반고)의〕 이 말은 왕망이란 자는 검정과 황색의 정색도 아니며〔玄黃之色(현황지색)〕, 律呂(율여)의 音에도 맞지 않

1358 《漢書 王莽傳》贊 – 王莽(왕망, 前 45 – 서기 23년)은 漢朝를 찬탈하여 '新' 건국(서기 8 – 23년 재위). 中國 傳統 歷史學의 忠君 이념에서 볼 때 일반적으로 '僞君子(위군자)' 이며, '逆臣(역신)' 또는 '佞邪之材(영사지재)' 라는 평가를 받는다. 莽은 풀 우거질 망.《漢書 王莽傳》은 상, 중, 하권으로 아주 상세하고 분량도 많다. 이는 前漢 멸망 과정이며, 왕망의 흥기와 멸망에 대한 상세한 서술이다.

1359 紫色蛙聲, 餘分閏位 – 이는 〈왕망전〉 논찬의 맨 마지막 끝부분이다. 곧 皆炕龍絶氣, 非命之運, 紫色䵷聲, 餘分閏位, 聖王之驅除云爾!〔이 모두가 亢龍(항룡)의 氣數가 다한 것이고, 천명을 누릴 수 없는 자의 命運이며, 正色이 아니고(紫色) 正音이 아니며(蛙聲), 세월의 여분이 모인 윤달과 같은 정통이 아니었기에(餘分閏位), 결국 聖王(光武帝)에 의해 쫓겨난 것이라 할 수 있다!〕

는다는〔不中律呂(부중율여)〕 뜻이다.[1360] 근래의 名聲(명성)이 아주 높은〔名問甚高(명문심고)〕 學士(학사) 중에도 "王莽(왕망)은 어깻죽지가 솔개와 같고〔鳶髆(연박)〕 호랑이처럼 노려보며,[1361] 거기에 안색(얼굴 피부)이 紫色(자색)이며 개구리 울음 같은 목소리이었다."라고 말하니,[1362] 이 역시 틀린 말이다.

1360 不中律呂 – 12律(六律六呂) – 律은 길이가 다른 12개의 竹管을 불어 12개의 音高를 내어, 이를 12律이라 했다. 낮은 음에서 높은 음으로의 순차는 <u>黃鐘</u> – 大呂 – <u>太簇(태주)</u> – 夾鐘(협종) – <u>姑洗(고선)</u> – 仲呂(중려) – <u>蕤賓(유빈)</u> – 林鐘(임종) – <u>夷則(이칙)</u> – 南呂(남여) – <u>無射(무역)</u> – 應鐘(응종)이다. 이를 음양으로 나누면 위의 밑줄을 그은 것이 陽律이고, 밑줄이 없는 음이 六呂이다. 일반적으로 六律이라면 六呂를 포함한 12律을 의미한다.

1361 원문 非直鳶髆虎視 – 非直은 뿐만 아니라, 鳶은 솔개 연. 髆은 어깻죽지 뼈 박. 虎視는 호랑이처럼 노려보다.

1362 紫色蛙聲(자색규성)은 止色, 正音이 아니다. 곧 왕망 정권은 어떤 정통성도 갖추지 못했다는 그 정권에 대한 특성 평가를 왕망의 신체(외모) 특성을 말한 것으로 풀이한 것이다.

196/ 簡策의 策

| 原文 | 簡策字, 竹下施朿, 末代隸書, 似杞,宋之宋, 亦有竹下遂爲夾者, 猶如刺字之傍應爲朿, 今亦作夾. 徐仙民《春秋》,《禮音》, 遂以筴爲正字, 以策爲音, 殊爲顚倒.

《史記》又作悉字, 誤而爲述, 作妒字, 誤而爲姤, 裴,徐,鄒皆以悉字音述, 以妒字音姤. 旣爾, 則亦可以亥爲豕字音, 以帝爲虎字音乎?

| 국역 | 簡策(간책) 策字는, 竹 아래에 朿(가시 자)를 쓰는데,[1363] 후대에(末代) 隸書(예서)에서는 杞(기)나라와 宋(송)나라의 宋자 역시 竹 아래에 夾(낄 협)을 쓰고, 刺(찌를 자) 字는 刂 傍(방)에 朿를 써야 하지만, 요즈음은 (朿 대신) 夾(협)을 쓰는 것과 같다.

徐仙民〔徐邈(서막)〕의 《春秋左氏傳音》과 《禮記音》에서는 筴(낄 협)을 正字라 하고, 策(책)을 音이라고 설명하였는데, 이는 완전히 顚倒(전도)된 것이다.

《史記》에서도 또 悉(모두 실) 字를 오해하여 述(지을 술)로 쓰고, 妒(질투할 투) 字를 잘못하여 姤(만날 구)로 썼는데, 裴駰(배인, 字는 龍駒), 徐廣(서광), 鄒誕生(추탄생) 등이[1364] 모두 悉(실) 字의 音이

1363 원문 竹下施朿 - 施는 베풀 시. 여기서는 쓰다(寫也). 朿는 가시 자.

述(술)이고 妒(투) 字의 音이 姤(구)라고 하였다.

이미 그러하다면 亥(돼지 해) 字는 豕(돼지 시)를 音으로 帝(임금 제)는 虎(호랑이 호)의 音이라 할 수 있겠는가?[1365]

1364 裴,徐,鄒皆以悉字音述 – 裴駰(배인)은 陳壽의 正史《삼국지》를 주석한 裴松之(배송지)의 아들로, 南朝 宋에 출사하며《史記集解》를, (宋의 中散大夫) 徐野民(서야민)은《史記音義》12권을, (梁의) 鄒誕生(추탄생)은《史記音》3권을 저술하였다.

1365 이는 필사 과정에서 착오를 지적한 말이다. 책이 세 번째 필사될 때는(書三寫) 魚가 魯(魚成魯)로, 虛가 호(虎)가 된다(虛成虎). 글자를 세 번 베껴 쓰면(字經三寫), 烏(까마귀 오)와 焉(어찌 언) 字가 馬字가 된다(烏焉成馬).

197/ '虙, 今伏羲氏也'

| 原文 | 張揖云, '虙, 今伏羲氏也'. 孟康《漢書古文注》亦云, '虙, 今伏'. 而皇甫謐云, '伏羲或謂之宓羲.'

按諸經史緯候, 遂無宓羲之號. 虙字從虍, 宓字從宀, 下俱爲必, 末世傳寫, 遂誤以虙爲宓, 而《帝王世紀》因更立名耳.

何以驗之? 孔子弟子虙子賤爲單父宰, 卽虙羲之後, 俗字亦爲宓, 或復加山. 今兗州永昌郡城, 舊單父地也, 東門有子賤碑, 漢世所立, 乃曰, '濟南伏生, 卽子賤之後.' 是知虙之與伏, 古來通字, 誤以爲宓, 較可知矣.

| 국역 | 張揖(장읍)은 '虙(복)은, 今(금) 伏羲氏(복희씨)' 라고 말했고,[1366] 孟康(맹강)[1367]은《漢書古文注(한서고문주)》에 마찬가지로

1366 원문 張揖云, '虙, 今伏羲氏也' - 張揖(장읍)은 삼국 魏의 太中博士.《廣雅》를 편찬. 虙은 위엄스러울 복. 엎드리다. 伏羲氏(복희씨)는 太昊帝 宓羲氏〔太昊帝 宓羲氏(태호제 복희씨)〕- 太昊(태호)는 龍을 토템(圖騰)으로 숭배하는 黃河나 濟水 지역의 부족장으로 알려졌다. 太昊帝는 伏羲(복희)와는 다른 사람이라는 주장도 있다. 그물을 만들어 고기 잡는 법을 가르쳐 주었다는 전설 속의 사람. 宓은 성씨 복, 편안할 복. 宓의 音은 伏. 羲는 숨 희. 내쉬는 숨.

'虙(복)은 지금의 伏(복)' 이라고 하였다. 그러나 皇甫謐(황보밀)은 '伏羲(복희)는 혹간 宓羲(복희)라고도 한다.' 라고 말했다.[1368]

여러 경전이나 史書(사서), 緯書(위서) 또는 占書〔점서 : 候(후)〕를 보아도 宓羲(복희)라는 칭호는 없다. 虙(복) 字(자)는 虍(범호 엄)에 있고, 宓(복) 字는 宀(갓머리)에 있는데, 그 아래에 두 글자 다 必(반드시 필)을 쓰는데, 근래에 옮겨 쓰는 과정에서 잘못되어 虙(복)이 宓(복)으로 되었으며, (황보밀의) 《帝王世紀(제왕세기)》에서 새로운 이름이 만들어진 것이다.

이를 어떻게 입증할 수 있는가? 孔子(공자)의 弟子(제자) 虙子賤(복자천)[1369]이 單父(선보)의 邑宰(읍재)가 되었는데, 곧 虙羲(복희)

1367 孟康(맹강, 字는 公休) – 三國 魏의 中書令 역임.

1368 皇甫謐 '伏羲或謂之宓羲.' – 皇甫謐(황보밀, 皇甫는 복성. 謐은 고요할 밀. 215–282년, 字는 士安)은 自號 玄晏先生(현안선생), 安定郡 朝那縣(今 寧夏回族自治區 固原市 彭陽縣) 출신,西晉의 學者, 醫學者. 曾祖父 皇甫嵩(황보숭)은 後漢 太尉. 젊어 家貧하여 농사를 지으며 독서하였고 學習에 廢寢忘食(폐침망식)하며 儒家經典과 百家書를 두루 섭렵하니 사람들이 '書淫(서음)' 이라 불렀다. 名利에 흔들리지 않고 終身토록 不仕하며 著述에 매진하다가, 晉 太康 3년(282년)에 68세를 일기로 죽었다. 皇甫謐은 《黃帝三部鍼灸甲乙經 / 全 10권》을 저술하였는데, 이는 中國 針灸學(침구학)의 名著이다.

1369 虙不齊(복부제, 宓不齊)의 字는 子賤(자천)이다. 孔子보다 30세 아래이었다. 孔子는 "子賤은 君子로다! 魯에 君子가 없었다면 子賤이 어디서 배웠겠는가?" 라고 말했다. 《論語 公冶長》

의 후손이라 하였고, 俗字(속자)를 宓(복)이라 하였는데 혹 거기에 山을 첨가하여 密(밀)로 쓰기도 한다.[1370] 지금 兗州(연주)의 永昌郡의 城이 옛 單父(선보)의 땅이고, 그 東門에 漢代에 세운 子賤碑(자천비)가 있는데, 거기에 '濟南의 伏生은, 곧 子賤의 후손이다.' 하였으니, 이로써 虙과 伏이 예로부터 相通하는 글자였지만 잘못 되어서 宓(복)이 되었음을 명백히 알 수 있다.

1370 원문 或復加山 – 宓에 山을 더하면 密(빽빽할 밀).

198/「寧爲雞口, 無爲牛後.」

|原文|《太史公記》曰,「寧爲雞口, 無爲牛後.」此是刪《戰國策》耳.

案, 延篤《戰國策音義》曰, '尸, 雞中之主. 從, 牛子.' 然則, '口' 當爲 '尸', '後' 當爲 '從', 俗寫誤也.

|국역|《太史公記 / 史記》[1371]에「차라리 닭의 주둥이가 될지언정(寧爲雞口), 소의 항문이 되지 말라(無爲牛後).」[1372] 하였는데, 이는《戰國策》의 글에서 따온 말이다.[1373]

1371 《太史公記》-《史記》.《太史公書》또는《太史公記》.《史記》는《漢書》,《後漢書》,《三國志》와 合稱하여 '前四史'라 한다.《史記》는 本紀 12卷, 世家 30卷, 列傳 70卷, 表 10卷, 書 8卷, 共 130권, 52萬6500여 字이다. 四庫全書에 史部 正史類로 분류한다.

1372 「寧爲雞口, 無爲牛後.」- 寧은 차라리 ~하다. 雞口는 작아도 먹이를 골라먹는 主體이며 깨끗하지만, 牛後(소 꽁무니, 항문)는 크지만 자신의 의지도 없거니와 지저분한 통로일 뿐이다. 비슷한 뜻으로 '寧爲雞屍, 不爲牛從'이라고도 말한다. 이때 鷄屍는 닭장 안의 우두머리 수탉이다(屍, 雞中主). 牛從은 송아지처럼 따라다닌다는 뜻. 이는《史記 蘇秦張儀列傳》의 구절이다.

1373 此是刪《戰國策》耳. - 刪은 깎을 산. 節取한 것이다. 축약하다.《戰國策 韓策 一》에 蘇秦(소진)이 趙를 위하여 韓王에게 合從으

(後漢) 延篤(연독)[1374]의 《戰國策音義》를 보면, '尸(시)는 닭 무리의 우두머리이고, 從(종)은 송아지(牛子)' 라고 하였으니,[1375] '口' 는 응당 '尸' 가 되어야 하고, '後' 는 당연히 '從' 이어야 하는데, 속인이 필사를 잘못한 것이다.

로 설득할 때 쓴 말이다.

1374 延篤〔연독, 字는 叔堅(숙견)〕 - 南陽郡 犨縣(주현) 사람이다. 젊어서 潁川郡 唐溪典(당계전)에게 《左氏傳》을 배웠는데, 열흘에 모두 외워버리자 당계전이 매우 중시하였다. 연독은 또 馬融(마융)한테도 배웠는데, 유가 경전 및 百家의 학문에 능통하였고 문장도 잘 지어 京師에 이름이 났었다. 延篤(연독)은 경전에 주석을 달고 많은 오류를 바로잡았으며 후배인 服虔(복건) 등이 그 이론을 따랐다. 연독이 저술한 詩, 論, 銘, 書, 應訊(응신), 表, 教令 등 총 20편이 있다. 《後漢書》 64卷, 〈吳延史盧趙列傳〉에 입전.

1375 尸 는 주검 시. 主也. 一群之主. 무리를 거느리는 자. 從은 從物者.

199/ 伎癢(기양)

| 原文 | 應劭《風俗通》云,「《太史公記》,‘高漸離變名易姓, 爲人庸保, 匿作於宋子, 久之作苦, 聞其家堂上有客擊筑, 伎癢, 不能無出言.’」

案, 伎癢者, 懷其伎而腹癢也. 是以潘岳〈射雉賦〉亦云, ‘徒心煩而伎癢.’ 今《史記》並作‘徘徊’, 或作‘彷徨不能無出言’, 是爲俗傳寫誤耳.

| 국역 | 應劭(응소)의《風俗通》에서는[1376] 「《太史公記 / 史記》에

1376 應劭《風俗通》– 應劭(응소)의 字는 仲遠(중원)이다. 젊어 篤學하였고 많은 책을 읽어 견문이 넓었다. 後漢 靈帝 때 孝廉으로 천거된 이후 泰山郡 태수로, 黃巾賊의 亂이 일어나자(서기 184년) 태산군을 지켰다. 응소는 법률 사례집을 편찬하여 재판과 量刑의 보편타당성을 추구하였으며, 대단한 기록주의자이었다. 법률과 국정에서부터 여러 제도와 時俗에 관한 것까지 기록할 수 있는 것은 모두 기록하여 후세에 전하였다.
응소는《風俗通》을 편찬하여 物類에 따라 이름을 붙였으며 時俗에 대하여 근원을 해석하였다. 응소의 글이 典雅하지는 않았으나 후세인들은 그의 廣博한 견문을 칭송하였다. 그의 저술은 총 136편이다. 또《漢書》를 集解하여 당시에 널리 전해졌다. 응소는 나중에 鄴縣(업현)에서 죽었다.《後漢書》48권,〈楊李翟應霍爰徐列傳〉에 입전.

'高漸離(고점리)[1377]가 姓과 이름을 바꾸고 남의 집 머슴이 되어(庸保) 宋子(송자)란 곳에 숨어살 때, 주인 집 堂上에서 어떤 사람이 축을 연주하는 것을 보고〔擊筑(격축)〕, 마음이 근질거려〔伎癢(기양)〕 말을 하지 않을 수가 없었다」라고 썼다.

내가 생각할 때, 伎癢(기양)[1378]이란 뛰어난 재주를 품고 있으나, (실력을 내보일 수 없어) 몸이 근질거리는 것이다(懷其伎而腹癢也). 그래서 潘岳(반악)[1379]은 〈射雉賦(사치부)〉에서 '공연히 마

1377 高漸離(고점리, 생졸년 미상) – 戰國 시대 燕國人, 筑을 잘 연주했다. 筑(축)은 古代 擊(칠 격)하는 弦樂器(현악기)의 일종인데, 목은 가늘고 어깨는 둥글며 가운데가 비었으며 13현이다. 고점리는 荊軻(형가)의 친우이었다. 前 227년, 형가가 秦王 政(정)을 죽이러 떠날 때, 그 전별의 자리에서 고점리가 擊筑(격축)하자, 형가가 노래를 불렀다.
"風은 蕭蕭兮하고 易水(역수)는 寒한데, 壯士 一去兮하면 不復還이라!"
형가는 실패하여 피살되었고, 이어 秦國은 滅燕한 뒤에, 형가의 黨羽를 추적했다. 高漸離는 改名換姓하고, 宋子縣(今 河北省 남부 石家莊市 남쪽 趙縣)에서 남의 집 머슴이 되었다. 주인도 나중에 고점리를 인정했고 진시황도 소문을 들어 형가의 친우인 줄 알면서 고점리의 死罪를 사면하였다. 나중에 고점리는 납(鉛)을 넣어 축을 무겁게 만든 뒤, 그 축으로 진시황을 저격했으나 실패했고 피살되었다.

1378 伎癢(기양) – 伎는 재주 기(技). 技藝(기예). 癢은 가려울 양. 근질거리다.

1379 潘岳(반악) – 西晉(서진)의 潘岳(반악, 247 – 300, 潘安이라고도 함.)은 귀족 미남이며 시인으로 명성이 높았다. 당시 《文賦(문부)》의 작

음으로 번민하며 근질거리다.' 라고 말했다. 지금 통하는《史記》에서는 '徘徊(배회)' 또는 '彷徨(방황, 傍偟)하며 말을 하지 않을 수 없다.' [1380] 하였으니, 이는 세상에 전해오면서 필사가 잘못된 것이다.

자인 문장가 陸機(육기)와 나란히 그 이름을 떨쳤는데, 文學史에서는 특별히 '潘陸(반육)' 이라 칭했다. 〈射雉賦(사치부)〉는《文選》에 수록되었다.

1380 語感에서도 徘徊(배회) 또는 彷徨(방황)과 마음속으로 근질거리는 것은 그 차이가 크다.

200/ 妒媚(투미)

| 原文 | 太史公論英布曰, "禍之興自愛姬, 生於妬媚, 以至滅國." 又《漢書外戚傳》亦云, 「成結寵妾妒媚之誅.」此二 '媚' 並當作 '媢', 媢亦妒也, 義見《禮記》,《三蒼》. 且《史記》〈五宗世家〉亦云, 「常山憲王後妒媢.」王充《論衡》云, 「妒夫媢婦生, 則忿怒鬪訟.」益知媢是妒之別名. 原英布之誅爲意賁赫耳, 不得言媚.

| 국역 | 太史公〔태사공 : 司馬遷(사마천) /《史記(사기)》〕이 英布(영포)[1381]를 論(논)하면서 "禍(화, 재앙)는 여인에 대한 애정에서 시작

1381 英布〔? – 前195, 黥布(경포)〕– 六縣 사람인데, 성은 英氏이다. 젊었을 적에 지나는 사람이 英布의 관상을 보고 '형을 받고 王이 된다.' 고 하였다. 장년이 되어 법에 걸려 黥刑(경형)을 받게 되자, 영포는 기뻐 웃으며 말했다. "어떤 사람이 내 관상을 보고 형을 받은 뒤 왕이 된다 하였으니, 아마 이것인가?" 이 말을 들은 사람들은 모두 영포를 조롱하며 웃었다. 영포는 驪山(여산)에 보내졌는데 여산에는 죄수 수십 만이 있었고, 영포는 그 무리의 우두머리나 호걸들과 왕래하다가 그 무리들을 이끌고 長江으로 도망 나와 도적떼가 되었다. 영포는 항우에 협조하여 九江王에 봉해졌다가 항우와 사이가 벌어졌고, 漢王이 보낸 說客 隨何(수하)의 유세에 의해 漢王에 귀부하였다. 漢이 건국된 뒤에는 淮南王이 되었다가 前 196년 反漢, 실패 후 피살되었다.

되었고, 妬媢(투미, 질투) 때문에 결국 滅國(멸국)에 이르렀다."고[1382] 하였다. 또《漢書 外戚傳(한서 외척전)》[1383]에서도「후궁들이 총애를 다투다가 죽는 경우~」라[1384] 하였으니, 이 두 곳의 '媢(아첨할 미)'는 모두 응당 '媢(강샘할 모)'가 되어야 하며, 媢(모) 역시 妒(투기할 투)이니 그 뜻은《禮記 大學(예기 대학)》과《三蒼(삼창)》[1385]에서도 볼

《한서》34권, 〈韓彭英盧吳傳〉에 立傳되었다.

1382 生於妬媢, 以至滅國 – 妬는 강샘할 투. 媢는 아첨할 미. 妬媢(투미)는 질투하다. 淮陰侯 韓信이 처형된 뒤, 회남왕 영포는 두려웠다. 영포가 총애하는 첩이 병이 나서 醫生을 찾았고, 의생과 中大夫 賁赫(비혁)은 대문을 마주하고 있었는데, 비혁은 (첩에게) 후한 예물을 보내주었고, 첩과 의생 집에서 술도 마셨다. 영포의 첩이 영포에게 비혁을 칭찬했고 영포는 질투했다. 영포가 비혁을 체포하려 하자, 비혁은 도망쳐 그동안 영포의 모반 계획을 고발하였다. 결국 고조와 싸워 패망했다.

1383《漢書 外戚傳》– 반고의《漢書》〈外戚傳〉상권에는 高祖 呂皇后부터 孝宣王皇后까지 16명을 立傳했고, 하권에는 孝成許皇后부터 孝平王皇后까지 9명을 입전했다. 孝元王皇后(名 王政君)은 97권, 〈元后傳〉으로 단독 입전했다.

1384 〈外戚傳〉의 원문「~, 成結寵妾妒媢之誅, 甚失賢聖遠見之明, 逆負先帝憂國之意.」(후궁들이 총애를 다투다가 죽은 경우나 또 멀리 내다보는 현명한 예견이 없었다는 것을 드러나게 하는 것은 선대 황제께서 나라를 걱정하신 큰 뜻을 저버리는 것이라고 생각합니다.) 이는 哀帝 때 議郞인 耿育(경육)의 上疏(상소) 중에 나오는 말이다.

1385《禮記》,《三蒼》–《禮記 大學》에「人之有技, 媢嫉以惡之」라 하였다.《三蒼》은 字書의 書名.

수 있다. 또 《史記(사기)》의 〈五宗世家(오종세가)〉[1386]에서도 마찬가지로 말했다.

「常山憲王(상산헌왕)〔劉純(유순)〕의 王后(왕후)가 妒媢(투모)했다.」

王充(왕충)의 《論衡(논형)》[1387]에서도 말했다.

1386 《史記》 59권, 〈五宗世家〉 – 漢 경제는 아들이 14명이었고, 무제 외 13명의 왕은 그 모친이 5명이었다. 경제와 한 모친 사이에 태어난 왕을 묶어 宗이라 하였다(同毋者爲宗也). 《史記 五宗世家》가 있다. 《漢書》에서는, 이를 〈景十三王傳〉이라 했다.

1387 王充 《論衡》 – 王充〔왕충, 27 – 97년, 字는 仲任(중임)〕은 會稽郡 上虞縣 사람으로 그 선조가 魏郡 元城縣에서 이사하였다. 왕충은 어려서 부친을 여의었는데 향리에서는 효자로 알려졌다. 뒷날 낙양에 올라와 太學에서 수업하면서 右扶風의 班彪(반표)에게 師事하였다.

왕충은 널리 배우기를 좋아했고 章句를 고집하지 않았다. 집이 가난하여 서책을 살 수 없어 늘 낙양의 저자에 나가 팔려는 책을 읽었는데, 한 번 보면 바로 외웠기에 당시 유행하는 百家의 학설에 두루 통하였다.

왕충은 유학자로서 《譏俗節義》, 《政務》, 《養性》, 《論衡》 등 많은 저술이 있었으나 다만 《論衡》만 전한다.

후한의 儒家 사상은 官學으로서 독점적 지위가 확보되었기에 춘추전국시대와 달리 유학에 참위설이 뒤섞이게 되는데, 그 확실한 물증이 章帝때 班固가 편집한 《白虎通義》이다.

왕충은 《論衡》에서 그러한 신비주의적 讖緯說(참위설)에 일침을 가했다. 衡은 저울, 곧 天平이니 《論衡》의 저술 목적은 '미혹을 깨달아 虛實을 확실하게 알기를 바라는 뜻' 이라고 말할 수 있다. 《論衡》이 저술된 뒤에 《論衡》의 가치를 처음 인정한 사람은 뒷

「투기하고 질투하는 부부는 忿怒(분노) 때문에 소송을 일으킨다.」

이로써 媢(모)는 妒(투)의 다른 이름인 것을 확실하게 알 수 있다. 원래 英布가 죽음을 당한 것은 賁赫(비혁 / 인명, 賁는 꾸밀 비. 클 분)에 대한 의심이었으니〔意(의)는 疑(의)〕 媚(아양 미)라고 말할 수는 없다.

날 회계태수였던 王朗(왕랑)인데, 왕랑은《論衡》을 許縣으로 갖고 가 널리 알렸다고 한다.《後漢書》49권, 〈王充王符仲長統列傳〉에 입전. 王充, 王符, 仲長統 - 이들을 '後漢三賢' 이라고 통칭한다.《論衡(논형)》

201/ 隗林(외림. 人名)

| 原文 | 《史記 始皇本紀》,「二十八年, 丞相隗林,丞相王綰等, 議於海上.」 諸本皆作山林之 '林'.

開皇二年五月, 長安民掘得秦時鐵稱權, 旁有銅塗鐫銘二所. 其一所曰,「廿六年, 皇帝盡並兼天下諸侯, 黔首大安, 立號爲皇帝, 乃詔丞相狀,綰, 法度量則不壹嫌疑者, 皆明壹之.」 凡四十字.

其一所曰,「元年, 制詔丞相斯,去疾, 法度量, 盡始皇帝爲之, 皆有刻辭焉. 今襲號而刻辭不稱始皇帝, 其於久遠也. 如後嗣爲之者, 不稱成功盛德, 刻此詔□左, 使毋疑.」 凡五十八字, 一字磨滅, 見有五十七字, 了了分明. 其書兼爲古?.

余被敕寫讀之, 與內史令李德林對, 見此稱權, 今在官庫. 其 '丞相狀' 字, 乃爲狀貌之 '狀', 爿旁作犬, 則知俗作 '隗林', 非也, 當爲 '隗狀' 耳.

| 국역 | 《史記 秦始皇本紀(사기 진시황본기)》에 「28년(前 219),[1388]

1388 二十八年 – 서기 前 219년, 前 221년에 6국을 통일했었다. 秦始皇(진시황) – 嬴(영)은 姓. 趙氏, 名은 政(정). 秦 莊襄王의 子. 嬴

丞相(승상)인 隗林(외림)과 丞相인 王綰(왕관) 등이 바닷가에서〔琅邪郡(낭야군)〕(국정을) 논의하였다.」고 기록되었다. 여러 판본에 모두 山林(산림)의 '林' 字를 썼다.

〔隋 文帝(수 문제)〕 開皇(개황) 2년(서기 582) 5월에, 長安(장안)의 백성이 秦時(진시)의 鐵製(철제)의 저울추〔稱權(칭권)〕를 발굴하였는데, 그 측면 양쪽에 글자를 새기고 구리로 도금한 곳이 있었다. 그 한 면에는「26년, 황제께서 천하의 모든 제후를 병합하자 백성은 모두 크게 평안하여 황제라 불렀으며, 이에 丞相(승상)인 隗狀(외상)과 王綰(왕관)에게 명하여 度量(도량)의 법도를 마련케 하니, 하나가 아니어서 의심하였던 모든 것이 분명하게 통일되었다.」[1389] 이는 모두 40자이다.

그 다른 쪽에는,「(二世) 元年(원년, 前 210).〔左(좌)〕 丞相(승상)인 李斯(이사)[1390]와 馮去疾(풍거질)에게 명령을 내려 度量衡(도량형)의 법제를 마련케 하였는데, 이 모두는 始皇帝(시황제)가 시행했던 것으로 그 명령을 여기에 기록한다. 지금 (황제의) 호칭을

政(영정)으로 통칭. 前 259年 출생. 前 247年(13세) 즉위. 前 221(39세) 황제 즉위. 前 210年(50세) 사망, 재위 37년.

1389 원문 則不壹嫌疑者, 皆明壹之 - 不壹은 하나가 아니다. 제각각 다르다. 嫌疑(혐의)는 불평하며 의심하다. 壹之(일지)는 하나가 되다. 통일되다.

1390 李斯(이사, 前 284 - 前 208년) - 楚國 上蔡縣 출신. 西南方. 政治家, 文學, 書法에 뛰어났었다. 秦朝 左丞相 역임.《史記 李斯列傳》 참고.

계승하나, 始皇帝라 칭하지 않는 것은 後嗣(후사)들이 오래도록 이어받을 일이기 때문이다. 만약 후사가 이를 따라 시행하더라도, 이를 (그 자신의) 성공과 공덕이라 (자칭)하지 않도록 그 명령을 左(아래)에 새겨두니 의심하지 말지어다.」

이는 모두 58자이나 1자가 마모되어 없어졌으니 57자를 읽을 수 있지만 아주 명백하였고,[1391] 그 글씨는 (양쪽) 모두(兼) 옛 隸書(예서, 古隸)이었다.

내가(顔之推) 명을 받아〔被敕(피칙)〕 그것을 필사하고 해독하여 (隋朝의) 內史令인 李德林(이덕림, 字는 公輔)과 대조하였으며, 이 저울추는 지금 나라 창고에 보관 중이다. 그 (銘文의) '丞相狀(상)' 자는 狀貌(상모)라고 말할 때의 '狀(형상 상)'으로 爿(나뭇조각 장) 旁에 犬을 쓴 자이니, 지금 세상이 알려진 '隗林(외림)'은 잘못된 것이고 응당 '隗狀(외상)'이어야 한다.

1391 원문 了了分明 - 了了(요료)는 명확한 모양. 마침내. 끝남.

202/「中外禔福」

| 原文 |《漢書》云,「中外禔福.」字當從示. 禔, 安也, 音匙匕之匙, 義見蒼雅,方言. 河北學士皆云如此. 而江南書本, 多誤從手, 屬文者對耦, 並爲提挈之意, 恐爲誤也.

| 국역 |《漢書 司馬相如傳》에「나라 안팎을 편안하고 복되게 하다(中外禔福).」라 하였는데,[1392] 이 글자는 응당 示(보일 시) 변에 써야 하고 禔(편안할 지)는 安의 뜻이고, 音은 匙匕(시비, 숟가락)의 匙(시)이고, 그 뜻은《三蒼(삼창)》과《爾雅(이아)》와《方言》에도 보인다.

河北의 學士들은 모두 이와 같이 생각한다. 그러나 江南에서 통하는 書本에는 手傍(扌)에 쓰고, 글을 짓는 사람들도 對句에서 提挈(제설, 휴대하다. 끌어당기다)의 뜻으로 사용하니, 아마 잘못일 것이다.

1392 원문은〈司馬相如傳〉에 수록된〈難蜀父老文〉의 구절이다. '遐邇一體, 中外禔福, 不亦康乎?(~그러면 먼 지방과 가까운 중국이 하나가 되고, 中外가 함께 복을 누릴 수 있으니〔禔(복 지)〕, 어찌 편안하지 않겠습니까?)

203/ 禁中이 省中

| 原文 | 或問, "《漢書註》, 爲元后父名禁, 故禁中爲省中. 何故以 '省' 代 '禁' ?"

答曰, "案, 《周禮 宮正》, '掌王宮之戒令糾禁.' 鄭注云, '糾, 猶割也, 察也.' 李登云, '省, 察也.' 張揖云, '省, 今省詧也.' 然則小井,所領二反, 並得訓察. 其處旣常有禁衛省察, 故以 '省' 代 '禁'. 詧, 古察字也."

| 국역 | 어떤 사람이 물었다.

"《漢書註》에 元后(孝元皇后)의 부친 이름이 禁(금)이라서[1393]

1393 爲元后父名禁 – 元后(원후)는 孝元皇后의 간칭. 前漢 元帝(재위 前 48 – 33년)의 황후. 成帝(재위 前 32 – 前7년)의 모친. 名은 王政君(왕정군). 王禁(왕금)의 딸. '왕망의 고모' 라고 명시, 漢의 멸망과 왕망의 건국은 효원황후에게도 책임이 있다는 의미. 원후 재위 중에 王氏가 極盛하였기에 《漢書 元后傳》에 단독 입전. 왕정군은 단 한 번 宣帝 太子(뒷날 元帝)의 사랑을 받아 임신하였고, 宣帝 甘露(감로) 3년(前 51년)에 甲館의 畫堂(화당)에서 成帝를 출산하니 正室의 황세손이었다. 宣帝가 귀여워하며 이름을 驁(오, 준마 오)라 하고, 字를 太孫(태손)이라 하였으며 늘 곁에 있게 하였다. 태자비의 부친 王禁(왕금)은 陽平侯(양평후)가 되었다. 태자비가 황후로 책립되었고 왕금은 特進(특진)이 되었다. 成帝 永光 2년(前 42)에 왕금이 죽자, 시호를 頃侯(경후)라

禁中(금중, 황궁)이 省中(성중)이 되었다는데, 무슨 연고로 '省'이 '禁' 을 대신할 수 있습니까?"

내가 대답하였다.

"《周禮 宮正》에 '王宮의 戒令과 糾禁(규금)을 관장한다.' 고 하였고, 鄭玄(정현)의 注에서도 '糾(실을 꼴 규, 규찰)는 割(나눌 할)이고 察(살필 찰)이다.' 李登(이등)은 '省(살필 성)은 察(살필 찰)이다.' 張揖(장읍)은 '省(성)은 지금의 省詧(성찰)이다.' 라고 하였으니, 小井의 反切(성) 所領(소령)의 반절(성) 2가지의 音은 모두 察(살피다)의 뜻입니다. 그곳은 (宮 안) 늘 禁衛軍(금위군)이 省察(성찰)하는 곳이기에 '省(성)' 으로 '禁(금)' 을 대신할 수 있습니다. 詧(살필 찰)은 察(살필 찰)의 古字입니다."

하였다. 장자인 王鳳(왕봉, 왕정군의 同腹 형제)이 뒤를 이어 제후가 되었고 衛尉侍中(위위시중)이 되었다. 河平 2년(前27), 성제는 모두 외숙을 제후에 봉했는데 王譚(왕담)을 平阿侯에, 王商(왕상)을 成都侯, 王立(왕립)을 紅陽侯, 王根(왕근)을 曲陽侯, 王逢時(왕봉시)를 高平侯라 하였다. 5인을 한날에 봉했기에 사람들은 이들을 '五侯' 라고 하였다. 원후는 漢이 망한 이후, 新 建國 5년(서기 13)에 죽었고, 그 10년 후에 王莽(왕망)도 멸망했다.

204/ 四姓小侯

| 原文 | 《漢 明帝紀》「爲四姓小侯立學.」

按, 桓帝加元服, 又賜四姓及梁,鄧小侯帛, 是知皆外戚也. 明帝時, 外戚有樊氏,郭氏,陰氏,馬氏爲四姓. 謂之小侯者, 或以年小獲封, 故須立學耳. 或以侍祠猥朝, 侯非列侯, 故曰小侯,《禮》云,「庶方小侯」則其義也.

| 국역 | 《後漢書 明帝紀(후한서 명제기)》[1394]에는 「四姓(사성)의 小

1394 《後漢書 明帝紀》 - 《後漢書》는 後漢(東漢)의 역사를 기록한 紀傳體 史書로, 시기적으로는 서기 25년(後漢 光武帝 劉秀 建武 元年)에서부터 漢 獻帝(재위 189 - 220)까지 196년의 역사를 다루고 있다. 《後漢書》는 本紀 10권, 列傳 80권, 志 30권〔司馬彪(사마표) 續作〕으로 총 120권이다. 본기와 열전 중에서 분량이 많은 것은 上, 下로 분권되어 90권에서 늘어나 실제로는 100권이며, 여기에 8志 30권을 합하면 130권의 대작이다.
《後漢書》 本紀와 列傳의 作者는 南朝 劉宋(420 - 479년 존속, 건국자 劉裕)의 范曄〔범엽, 398 - 445, 字는 蔚宗(위종)〕이다.
明帝는 光武帝의 아들로 재위 서기 58 - 75년이었다. 《漢書》 열전에 〈外戚傳〉이 있지만, 범엽은 《漢書 外戚傳》과 비슷한 내용인 황후에 관한 기록, 곧 〈皇后紀 上,下〉를 本紀에 수록했는데, 이는 매우 특별한 인식으로 二十四史 중에 유일한 경우이다. 後漢에선 황제가 자주 어린 나이에 즉위하였는데, 곧 '후한의 皇統이 자주 단절되며 권력을 행사했던 女主가 4명, 臨朝한 황

侯(소후)를 위해 학교를 건립하였다.」라고[1395] 했다.

기록에 의하면, 桓帝(환제, 재위 147 – 167)가 冠禮(관례)를 마치고 〔加元服(가원복)〕 이어 四姓(사성) 및 梁氏(양씨), 鄧氏(등씨)[1396]의 小侯(소후)에게 비단〔帛(백)〕을 하사하였다 했으니, 모두가 외척임을 알 수 있다. 明帝(명제) 때 외척으로 樊氏(번씨), 郭氏(곽씨), 陰氏(음씨), 馬氏(마씨)를 四姓(사성)이라 했다. 이들을 小侯(소후)라 한 것은 아직 작위에 封(봉)하기에는 어리므로 학교를 세워 교육을 받게 하였다. 혹은 이들이 侍祠侯(시사후 / 종묘 제사를 돕는다는 의미)나 猥諸侯(외제후)와 朝侯(조후)의 신분이라서[1397] 列侯(열후)

후가 6명' 으로 황후, 혹은 황태후가 조정 실권을 장악한 경우가 많았기 때문이다. 이는 범엽이 당시의 실질적 정치권력을 고려한 것이라고 볼 수 있다.(진기환 완역, 明文堂 刊行, 《後漢書》 全10권 참고)

1395 후한 明帝 재위 중 유학을 크게 장려했고 유학 또한 융성했었다. 황제의 외척인 樊氏(번씨, 光武帝의 外家), 郭氏(光武帝의 郭皇后 본가), 陰氏(光武帝의 光烈陰皇后), 馬氏(明帝의 明德馬皇后의 본가) 등 4성 외척의 자제를 특별히 四姓小侯라 하였다. 아직 나이가 어려 列侯(諸侯)가 아니기에 小侯라 하였고 그들을 위해 五經博士를 두었다. 이는 明帝 永平 九年(서기 66년)의 일이었다.

1396 梁氏, 鄧氏 – 梁氏는 桓帝의 懿獻梁皇后, 鄧氏(등씨)는 桓帝鄧皇后.

1397 侍祠侯(시사후)는 제후의 王(황제의 아들)과 열후가 사자를 보내 종묘제사를 돕는다는 의미인데, 그런 제후의 班列은 九卿 다

라 할 수 없으므로 小侯(소후)라 하였다. 《禮記(예기)》에 「여러 지방의 小侯」라 한 것이 바로 그 뜻이다.

음이다. 猥諸侯는 종친의 후손으로 경사에 머물며 능을 관리하는 후손이며 朝侯(조후)는 봄과 가을에 조회에 입회할 수 있는 제후인데, 이 朝侯의 반열은 三公 다음이다.

205/「鸛雀銜三鱔魚(관작함삼선어)」

| 原文 |《後漢書》云,「鸛雀銜三鱔魚.」多假借爲鱣鮪之鱣. 俗之學士, 因謂之爲鱣魚.

案,《魏武四時食制》, '鱣魚大如五斗奩, 長一丈.' 郭璞注《爾雅》, '鱣長二三丈.' 安有鸛雀能勝一者, 況三乎? 鱣又純灰色, 無文章也. 鱔魚長者不過三尺, 大者不過三指, 黃地黑文, 故都講云, '蛇鱔, 卿大夫服之象也.'

《續漢書》及《搜神記》亦說此事, 皆作 '鱔' 字. 孫卿云, '魚鱉鰍?' 及《韓非》,《說苑》皆曰, '鱣似蛇, 蠶似蠋.' 並作 '鱣' 字. 假 '鱣' 爲 '鱔', 其來久矣.

| 국역 |《後漢書 楊震傳》에[1398]「鸛雀(관작, 황새)이 鱔魚(선어, 鱔은

1398《後漢書 楊震傳》– 楊震(양진)의 字는 伯起(백기)이고, 弘農郡 華陰縣 사람이다. 高祖인 楊敞(양창)은 司馬遷(사마천)의 사위로 昭帝 때 승상을 역임했고 安平侯이었다.
楊震(양진)은 젊어 好學하였는데《歐陽尙書》를 太常인 桓郁(환욱)에게 배웠으며, 여러 경전을 두루 읽었고 연구하지 않은 경서가 없었다. 많은 유생들이 양진을 '關西의 孔子인 楊伯起' 라고 일컬었다.
楊震(양진)은 楊秉(양병)을 낳고, 楊秉(양병)은 楊賜(양사)를, 楊賜(양사)는 楊彪(양표)를 낳았는데, 楊震에서 楊彪까지 四代가 모

드렁허리 선) 3마리를 물고 왔다〔鸛雀銜三鱔魚(관작함삼선어)〕.」[1399] 하였는데, 많은 사람들이 〔鱔(선) 대신에〕 鱣鮪(전유)의 鱣(전)을 쓰며, 세속의 學士들은 여기에서 鱣魚(전어)라는 말을 사용한다.[1400]

두 後漢의 太尉를 역임하였고 德業이 대를 이었으니, 袁氏(원씨)와 함께 東京의 名族이었다. 楊彪(양표, 142－225년, 字는 文先)의 아들이 유명한 鷄肋(계륵)의 사나이 楊修(楊脩, 175－219, 字는 德祖)이다. 양진의 14世孫이 楊堅(양견)으로 이가 隋(수)를 건국한 文帝이다.

1399 「鸛雀銜三鱔魚.」－楊震이 出仕하기 전, 제자들을 모아 강학을 하던 어느 날 황새가 입에 3마리의 鱔魚(전어)를 물고 강당 앞에 날아왔는데, 都講(도강, 門徒 중 우두머리)이 전어를 갖고 들어와 양진에게 말했다. "뱀과 같은 전어(蛇鱣)는 卿大夫의 복장에 있는 무늬입니다. 3마리란 삼공을 의미합니다. 사부님께서는 오늘부터 승진하실 것입니다." 그때 양진은 나이 50이었는데 처음으로 州郡에 출사하였다.(後有冠雀銜三鱣魚, 飛集講堂前, 都講取魚進曰, "蛇鱣者, 卿大夫服之象也. 數三者, 法三台也. 先生自此升矣." 年五十, 乃始仕州郡.) 鸛雀(관작)은 황새 계통의 물새. 銜(재갈 함)은 입에 물다. 三은 3마리. 鱣魚〔전어, 鱓魚(선어)〕, 우리말로 '두렁허리' 라는 사전적 뜻이 있다. 주석에는 뱀과 비슷하다(鱣似蛇)고 하였다. 민물장어 계통의 물고기이나 미꾸라지보다는 크다.

1400 漢字의 우리말 번역－특히 동, 식물이나 음식, 의복 등 일상생활과 관계되는 말의 번역이 쉽지 않다. 鸛雀(관작, 황새 관, 참새 작 / 백로 계통의 물새)은 내륙에서 볼 수 있는 물새 이름인데, 이를 갈매기라고 번역한다면? 우리나라 사람에게 갈매기는 바다의 조류이다. 인천 앞바다의 갈매기가 한강 하류에 날아온다

내가 볼 때, 《魏武四時食制(위무사시식제)》[1401]란 책에는 '鱣魚(전어)는 크기가 五斗(다섯 말)의 상자〔奩(궤짝 염)〕만하고 길이가 一丈(장)' 이라고 했다. 郭璞(곽박)의 《爾雅(이아)》 주석에는 '鱣의 길이가 2, 3仗(장)' 이라 하였다.[1402] 어찌 鸛雀(관작)이 그런 큰 물고기를, 더군다나 3마리를 물고 날아올 수 있겠는가? 鱣魚는 또 純(순) 灰色(회색)이고 그 몸에 무늬가 없다. 鱔魚(선어, 드렁허리, 민

하여 갈매기라고 번역한다면, 이해는 하겠지만 語感이 와닿지 않는다. 마찬가지로 중국의 東海에서 鸛雀樓가 있는 山西省까지 바다 갈매기가 날아오겠는가? 鱔魚(선어, 鱔은 드렁허리 선)는 미꾸라지나 민물장어 같은 형태의 물고기이다. 鱣鮪(전유)의 鱣(전)은 옥편에 '철갑상어 전' 이라는 음훈이 있다. 우리나라 사람에게 철갑상어는 큰 바다의 어류이다. 鮪는 '다랑어 유' 라는 옥편의 뜻이 있다. 우리나라 사람에게 다랑어는 바다의 큰 물고기인 참치이다. 옥편의 뜻이라 하여 그냥 옮겨 쓸 수는 없다. 같은 물고기라도 우리나라 지방에 따라 그 이름이 다르다. 하물며 중국의 물고기 이름이 우리나라에서 그대로 통하겠는가?

1401 원문 《魏武四時食制》 – 음식에 관련한 書名. 魏武는 魏 武帝(追尊), 곧 魏王 曹操(조조)이다. 四時는 사계절.

1402 丈(장)은 길이의 단위이다. 우리나라 말로는 '열 길 물속' 이라 할 때 한 길이다. 이때 길은 成人 남자의 보통 키이다. 중국 도량형 단위로 10尺이 1丈이다. 漢代에 1척은 23.1cm이다. 그렇다면 1丈은 230cm이상이다? 바다의 고래나 상어가 아니라면 이런 물고기가 없다. 1丈의 크기도 믿을 수 없는데, 2, 3丈이라니? 작은 단위에서 2, 3배의 차이는 이해될 수 있다. 그러나 丈같이 큰 단위에서는 말이 안 된다.

물장어)는 긴 것이라 하여도 三尺을 넘지 않고, 그 굵기는(大者) 손가락 3개의 폭을 넘을 수 없으며, 누런 바탕색에 검은 무늬가 있다. 그래서 (楊震의 제자)인 都講(도강)이 '蛇鱔(사선, 민물장어)은 卿大夫 官服에 넣는 무늬 형상입니다.' 라고 말했다 《續漢書》나 《搜神記(수신기)》[1403]에서도 이런 이야기가 있는데, 모두 '鱔(선)' 字를 썼다. 孫卿(손경, 荀子)은 '魚(어) 鱉(별, 자라), 鰍(추, 미꾸라지), 鱣(전, 드렁허리)' 이라 하였다. 《韓非子》와 《說苑(설원)》[1404]에서는 모두 '鱣(전)은 蛇(뱀 사)와 비슷하고, 蠶(잠, 누에)은 蠋(애벌레 촉, 굼벵이)과 비슷' 하다고 하면서 모두 '鱣' 字를 사용했다. '鱣(전)'으로 '鱔(선)' 을 차용한 것은 그 유래가 오래되었다.

1403 《續漢書》, 《搜神記》 - 《續漢書》는 晋의 秘書監인 司馬彪(사마표)의 저술. 83권, 《搜神記(수신기)》는 晋나라 干寶(간보)의 저술. 30권. 神仙과 鬼怪(귀괴)를 수집한 著作으로 魏晉南北朝 시대 志怪小說의 대표적인 저술이다.

1404 《說苑(설원)》 - 一名 《新苑》, 前漢 劉向이 엮은 雜事 小說을 모은 책. 宋朝 曾鞏(증공)이 校閱(교열), 全書 30권. 先秦에서 前漢에 이르는 歷史 故事와 傳說을 모았다. 《四庫全書》 中 子部 儒家類로 분류되었다.

206/ 虎穴(호혈)

| 原文 | 《後漢書》, 「酷吏樊曄爲天水郡守, 涼州爲之歌曰, '寧見乳虎穴, 不入冀府寺.'」 而江南書本 '穴' 皆誤作 '六'. 學士因循, 迷而不寤. 夫虎豹穴居, 事之較者, 所以班超云, '不探虎穴, 安得虎子?' 寧當論其六七耶?

| 국역 | 《後漢書 酷吏列傳》[1405]에, 「酷吏(혹리)인 樊曄(번엽)[1406]

1405 《後漢書 酷吏列傳》-《史記》와 《漢書》에도 〈酷吏列傳〉이 있다. 酷은 독할 혹. 잔인하다. 《漢書 酷吏傳》에는 郅都(질도), 甯成(영성) ~王溫舒, ~田延年과 嚴延年, 尹賞 등 13명을 입전했다.
혹리의 상대적 개념은 循吏(순리)이다. 《漢書》 〈循吏傳〉에는 6명이 입전되었다. 그만큼 前漢 시대에 혹리가 많았다는 반증이다.
법률 조문을 멋대로 해석하여 죄명을 씌우니, 관리의 큰 노여움을 당한 백성이 어찌 하더라도 자신을 변호하여 벗어날 수가 없었다. 지방관에 의해 죽은 자의 뼈가 구덩이에 가득 차고, 피가 10리에 걸쳐 흘러내렸다.
王溫舒(왕온서)가 中尉였을 때 그 부하들은 모두 관을 쓴 호랑이였고, 嚴延年(엄연년)은 '屠伯(도백)' 이었으니, 그것이 어찌 근거 없는 말이었겠는가! 어떤 자는 마음대로 힘쓰는 지방의 토호 세력을 꺾고 공경대신을 꺾어 눌렀으며, 백성들 머리통을 부수고 뒤돌아보지도 않을 정도로 권세를 부렸다. 范曄(범엽)의 《後漢書 酷吏列傳》 참고.

1406 樊曄(번엽)의 字는 仲華(중화)로 南陽郡 新野縣 사람이다. 光武

이 天水(천수) 郡守(군수)가 되자, 涼州(양주) 땅에서[1407] 번엽을 칭송하는 노래를 불렀다.

'차라리 새끼 있는 호랑이 굴에 갈지언정〔寧見乳虎穴(영견유호혈)〕,

冀縣(기현) 관아에는 들어가지 말아야지〔不入冀府寺(불입기부사)〕.'[1408]

帝와 젊어서부터 교제한 友人이었다. 建武 초에 불러 侍御史가 되었고 河東郡 都尉로 승진하였고 광무제가 불러 雲臺에서 만났다. 그전에 광무제가 寒微(한미)했을 때, 사건에 연루되어 新野縣의 옥에 갇혔는데, 번엽은 市吏로 있으면서 음식 한 바구니를 보냈는데 광무제는 그를 고맙게 여겨 잊지 않았고, 번엽을 불러 御食을 하사하고 수레와 의복 등을 사사하였다. 그리고 농담으로 말했다. "한 바구니 음식으로 都尉를 얻었는데 괜찮은가?" 後漢 초 반역세력인 隗囂(외효)가 멸망한 뒤, 隴右(隴西) 일대가 불안하자, 바로 번엽을 天水太守에 임명하였다. 번엽의 정사는 엄격하고 사나웠으며 申不害와 韓非子의 法家 思想을 좋아하였고 善惡을 즉각 판단하였다. 법금을 어긴 자가 있으면 대개 살아서 감옥을 나오지 못하였기에 羌族이나 匈奴族, 관리와 백성이 모두 두려워하였다. 涼州 일대에서는 노래를 지어 번공을 칭송하였다. '나그네는 늘 힘들게 고생하지만, 농부는 하늘이 낸 부자이네. 차라리 새끼 난 호랑일 만날지언정 天水郡 관아(冀府寺)에는 가지 말아야지. ~' 번엽은 재직 14년에 관직에 있으면서 죽었다.

1407 후한의 涼州(양주)는 涼州刺史部. 그 치소는 天水郡(漢陽郡) 隴縣, 今 甘肅省 天水市 관할 張家川回族自治縣. 양주 소속 郡은 隴西郡, 漢陽, 武都, 安定, 北地, 武威, 張掖, 酒泉, 敦煌郡 등이다.

1408 원문 不入冀府寺 – 寺는 관아 시. 관청의 건물.

그런데 江南(강남) 지역 書本(서본)에는 '穴(구멍 혈)'은 모두 '六(륙)'으로 쓰여 있다. 學士(학사)들도 그대로 따르면서 그 틀린 것을 알지 못하고 있다. 虎豹(호표, 호랑이)의 穴居(혈거)는 사리가 분명하기에 班超(반초)[1409]도 '호랑이 굴을 뒤지지 않고서야〔不

1409 班超(반초, 32 – 102년, 字는 仲升) – 讀書人이 軍旅(군여)에 투신하는 '投筆從戎(투필종융)' 어원이며, 본보기이다. 40권, 〈班彪列傳〉에는 父 班彪(반표)와 兄 班固를 입전. 보통 三班이라 통칭한다. 반초는 47권, 〈班梁列傳〉에 입전했다. 반초는 큰 뜻을 품고 있어 細節에 마음을 쓰지 않았다. 효도하며 근신하였고 집안에서 늘 힘든 일을 하면서도 부끄럽게 생각하지 않았다. 구변도 좋았고, 여러 경전을 대충 섭렵하였다.
(明帝) 永平 5년(서기 62), 兄인 班固(반고)가 부름을 받아 낙양에 校書郎이 되자, 반초와 모친도 반고를 따라 낙양으로 왔다. 집안이 가난하여 관청에서 대필하는 품앗이로 모친을 공양하였다. 오랫동안 힘든 일을 해왔는데 한 번은 붓을 놓고 탄식하며 말했다.
"大丈夫가 특별한 志略이 없다면 차라리 傅介子(부개자)나 張騫(장건)을 본받아 이역에서 공을 세워 봉후가 되어야 하거늘, 어찌 이리 오랫동안 붓과 벼루와 씨름을 해야겠는가?"
뒷날 서역에 파견된 반초가 동료에게 말했다. "호랑이 굴에 들어가지 않으면 그 새끼를 잡을 수 없다. 지금 우리가 방책을 세워 밤에 흉노를 공격하면 모두 다 없앨 수 있다. 흉노를 다 죽인다면 鄯善(선선, 國名)은 기가 죽을 것이고 우리 일은 성공할 수 있다."
반초는 서역에 31년을 머물렀다. (和帝 永元) 14년(서기 102) 8월에 낙양에 도착하여 그 9월에 죽었는데, 나이 71세이었다.

探虎穴(불탐호혈)〕 어찌 호랑이 새끼를 얻겠는가?〔安得虎子(안득호자)〕' 라 하였는데, 어찌 호랑이 새끼가 여섯, 일곱 마리인가를 따지겠는가?

207/ 「風吹削胏(풍취삭폐)」

| 原文 | 《後漢書》〈楊由傳〉云, 「風吹削胏.」 此是削札牘之胏耳.

古者, 書誤則削之, 故《左傳》云 「削而投之」 是也. 或卽謂札爲削, 王褒〈童約〉曰, '書削代牘.' 蘇竟書云, '昔以摩研編削之才.' 皆其證也. 《詩》云, 「伐木滸滸.」 《毛傳》云, 「滸滸, 柹貌也.」

史家假借爲肝胏字, 俗本因是悉作脯臘之脯, 或爲反哺之哺. 學士因解云, '削哺, 是屛障之名.' 旣無證據, 亦爲妄矣! 此是風角占候耳. 風角書曰, '庶人風者, 拂地揚塵轉削.' 若是屛障, 何由可轉也?

| 국역 | 《後漢書 方術列傳(후한서 방술열전)》[1410]의 〈楊由傳(양유

1410 《後漢書 方術列傳 上》〈楊由傳〉 - 方士는 術士로 方術을 행하는 사람인데, 이때 方은 道의 뜻이니, 곧 道士로 통용되었다. 道敎가 종교적 체계를 갖추기 전부터 方士는 道士의 뜻으로 통용되었다. 冥想(명상), 氣功, 煉丹(연단) 등의 방식으로 長生과 不老, 또는 羽化 登仙을 목표로 하는 사람으로 이들은 수시로 특이한 기술과 방식으로 귀신을 부리기도 했으며, 生死의 경지를 넘어 解脫을 이루고자 했다. 이런 사람들의 노력은 중국 고대의 醫學과 化學(煉丹術), 天文, 軍事와 文學(神怪小說 등)의 발

전)〉[1411]에 「바람에 나무껍질이 날려가다.」라 하였는데,[1412] 이는 목간을 깎아낸 부스러기이다.〔肺(폐), 대팻밥〕

옛날에, 글씨를 잘못 쓰면 깎아서 버렸으니, 《左傳》에서도 「깎아서(削) 내버리다(而投之).」가 바로 이 뜻이다. 때로는 札(패 찰, 얇은 나무쪽)을 削(깎을 삭)이라고도 하는데, (前漢) 王褒(왕포)의 〈童約(동약)〉[1413]에서도 '목판에 글을 써서(書削) 목간을 대신한다.〔代牘(대독)〕' 고 하였으며, (後漢의) 蘇竟(소경)의 서신에서도 '옛날

전에 상당 부분 이바지하였다. 중국 토속신앙에서 神仙사상은 상당히 주요한 비중을 차지하고 있다. 후한 시기에 이런 사상, 방술이 많았기에 〈方術列傳〉을 편찬했을 것이다.

1411 楊由(양유)의 字는 哀侯(애후)로 蜀郡 成都縣 사람이다. 젊어 《易》과 함께 七政, 元氣, 風雲에 의한 占候(점후, 점술)를 공부했다. 양유는 蜀郡의 文學掾이 되었다. 어느 날 바람이 불어 나무를 깎아낸 조각이 바람에 날려가는 것을 보고, 태수가 양유에게 물었다. 양유가 말했다. "곧 어떤 사람이 나무 열매를 바칠 것인데 황적색입니다."
조금 있으니 五官掾이 橘(귤) 몇 꾸러미를 바쳤다. 양유의 예언은 잘 들어맞았다. 그의 저서 10여 편이 있고, 이름을 《其平》이라고 했다. 양유는 집에서 죽었다.

1412 風吹削肺 – 削은 깎다. 깎아버리다. 柿(대패밥 폐, 나무껍질). 柿(木변의 4획)는 柿(柹, 감나무 시, 5획)와 다른 글자이다.

1413 王褒 〈童約〉 – 王褒(왕포, 王襃, 생졸년 미상, 字는 子淵)는 蜀郡 출신. 작품으로 〈聖主得賢臣賦〉, 〈甘泉賦〉, 〈四子講德論〉, 〈洞簫賦〉 등이 알려졌다. 宣帝와 元帝 시기에 활동했다. 〈童約〉은 賦의 제목. 여기 童은 하인이란 뜻(僮).

에 목간을 엮고 쓰는 재주를 배워서' 라고 한 말들이 모두 그 증거이다. 《詩經 小雅 伐木》의 詩에서도 「나무를 찍어내니 도끼 밥이 튄다(伐木滸滸).」고 하였다. 《毛詩傳》에서 「滸滸(호호)는 도끼 밥이 튀는 모습〔柹貌(폐모)〕」이라고[1414] 했다.

史家들이 肝肺(간폐)의 글자를 假借(가차)하여 사용하자, 俗本에서는 이 때문에 모두 脯臘(포렵, 말린 고기)의 脯(포)를 쓰거나, 혹은 反哺(반포)의 哺(먹일 포)를 쓰기도 한다. 學士들은 이를 근거로 '削哺(삭포)는 屛障(병장, 가리개, 병풍)의 이름' 이라 하지만, 이미 아무 증거도 없으니 허망한 말일 뿐이다! 이 削哺(삭포)는 (楊由의 말은) 風角(풍각)에서 점을 치는 징후일 뿐이다.[1415] 風角書에서 '庶人風(서인풍)이란, 땅 위를 쓸며 지나가 먼지를 날리고 대팻밥을 날리는 바람이다.' 라고 하였는데, 만약 병풍이라면 어떻게 날리고 굴러가게 하겠는가?

1414 원문 《毛傳》 云, 「滸滸(호호), 柹貌也.」 - 柹貌(폐모)는 도끼로 나무를 찍어낼 때, 나뭇조각이 튀는 모습. 許許로 된 판본의 경우, 許許를 伐木聲이라 했는데, 나무를 찍어내며 '힘쓰는 소리' 라고 풀이할 수도 있다.

1415 風角占候耳 - 風角(풍각)은 바람이 불어오는 느낌을 보아 점치기. 占候(점후)는 점치는 징후.

208/ 鹽豉蒜果(염시산과)

| 原文 | 《三輔決錄》云,「前隊大夫范仲公, 鹽豉蒜果共一筩.」'果' 當作魏顆之 '顆'. 北土通呼物一塊, 改爲一顆, 蒜顆是俗間常語耳.

故陳思王〈鷂雀賦〉曰,「頭如果蒜, 目似擘椒.」又《道經》云,「合口誦經聲瑣瑣, 眼中淚出珠子碟.」其字雖異, 其音與義頗同.

江南但呼爲蒜符, 不知謂爲顆. 學士相承, 讀爲裹結之裹, 言鹽與蒜共一苞裹, 內筩中耳.《正史削繁》音義又音蒜顆爲苦戈反, 皆失也.

| 국역 | 《三輔決錄(삼보결록)》[1416]에「前隊(전수)의 大夫(대부)인 范仲公(범중공)[1417]은 鹽豉(염시, 된장)와 蒜果(산과, 통마늘)를 하나

1416 《三輔決錄(삼보결록)》-《隋書 經籍志》에 의하면, 후한의 太僕(태복)인 趙岐(조기, 108-201년, 字는 邠卿)가 찬한 書名. 全 7권, 趙岐(조기)는 《孟子章句(孟子註疏)》를 저술했는데 〈孟子題辭〉에서 孟子를 亞聖(아성)이라고 최초로 칭송하였고, 이후 맹자는 亞聖으로 통했다.《後漢書》64권,〈吳延史盧趙列傳〉에 입전.

1417 원문 前隊大夫范仲公 - 前隊(전수)는 王莽(왕망)이 개정한 지방관제. 河東, 河內, 弘農, 河南, 潁川, 南陽의 6郡을 前隊(전수)라 했다. 여기 隊는 길(隧)이란 뜻. 그 행정관으로 大夫를 두었는

의 筩(통)에 넣었다.」고 하였는데,[1418] 여기의 '果(과)' 는 응당 (춘추시대) 魏顆(위과, 人名)의 '顆(낱알 과, 알맹이 과)' 가 되어야 한다.

北土(북토)에서는 물건의 한 덩어리를 보통 一塊(일괴, 塊는 덩어리 괴)라 하고, 이것이 一顆(일과, 顆는 낱알 과)로 바뀌어 통하니, 蒜顆(산과, 마늘 알갱이)는 그때 보통 쓰는 말이었다.

그래서 陳思王〔진사왕 : 曹操(조조) 아들, 曹植(조식)〕의 〈鷂雀賦(요작부)에서 鷂는 새매 요〉에서는 「머리는 통마늘 같고, 눈은 쪼개진 산초〔擘椒(벽초)〕와 같다.」고 하였다. 또 《道經(도경)》[1419]에서는, 「같은 소리〔合口(합구)〕로 誦經(송경)하니 그 소리가 소소한데〔璅璅(소소), 옥돌이 울리는 소리〕, 눈에서는〔眼中(안중)〕 눈물이〔淚出(누출)〕 구슬방울처럼〔珠子碨(주자와), 碨(과립 와)〕 떨어진다.」 하였다. 이를 보면, 글자는 다르지만〔顆(낟 알)과 碨(와)〕, 그 音과 義(뜻 의)는 거의 같다〔頗同(파동)〕.

江南(강남)에서는, 이를 다만 蒜符〔산부, 蒜은 마늘 산. 달래. 符는 付(부)〕라 부르고, 그것을 顆(낱알 과)라고 부르는 줄을 모른다. 學

데 漢代의 太守와 같았다. 范仲公(범중공)은 人名.

1418 이는 그 食生活이 검소했다는 뜻이라는 주석이 있다.

1419 《道經》 - 여기서는 《老子化胡經》을 말한다. 《老子化胡經》은 老子가 尹淮(윤회)에게 五千經(老子道德經)을 써주고, 계속 서역 땅으로 가서 서역 사람을 교화했는데, 부처도 노자가 교화한 사람이라는 내용이다. 이는 불교보다 늦게 교단 조직이 갖춰진 도교에서 불교보다 우월하다는 내용을 강조하기 위하여 지어진 僞書(위서)이다.

士(학사)들은 그냥 그렇게 생각하고〔相承(상승)〕 읽으면서, 싸맨다는 뜻〔裹結(과결)〕의 '싸다'로 생각하고〔裹(쌀 과)〕 소금과 마늘을 함께 싸서〔苞裹(포과), 苞는 包(포)〕, 통 안에 넣은 것으로 생각할 뿐이다〔內筩中耳(내통중이)〕. 《正史削繁(정사삭번)》[1420]에서 설명한 音義(음의)나 또 蒜顆(산과)의 音을 苦(고)와 戈(과)의 反切(반절, 과)이라 한 것은 모두 틀린 것이다.

1420 《正史削繁》 - 94권. 남조 梁의 阮孝緖(완효서, 479 - 536年, 字는 士宗, 目錄學者)의 저술. 《隋書 經籍志》에 보인다.

209/ 弊麹(폐기)

| 原文 | 有人訪吾曰, "《魏志》蔣濟上書云 '弊麹之民', 是何字也?"

余應之曰, "意爲麹卽是攲倦之攲耳. 張揖,呂忱並云, '支傍作刀劍之刀, 亦是剞字.' 不知蔣氏自造支傍作筋力之力, 或借剞字, 終當音九僞反."

| 국역 | 어떤 사람이 나를 찾아와 물었다.

"《魏志(위지)》[1421]에 蔣濟(장제)[1422]의 上書(상서)에서 '弊麹(폐기)한 民(민 : 피폐하고 피곤한 백성)' 이라 했는데, 무슨 글자입니

1421 《魏志》 - 陳壽(233 - 297년, 字는 承祚)의 正史《三國志 魏書》. 《三國志》는 紀傳體 斷代 國別史라고 분류할 수 있다. 《삼국지》를 一書로 보면 본기와 열전으로 구성되었고, 三書로 나눠 國別史로 보아도 紀傳 형식을 갖추고 있다. 《三國志》가 曹魏와 蜀漢과 東吳의 國別史를 동시에 서술하였지만, 魏帝를 〈武帝紀〉와 〈文帝紀〉 등 本紀로 기록하고, 蜀漢은 〈先主傳〉과 〈後主傳〉, 東吳는 〈吳主傳〉과 〈三嗣主傳〉 등 열전으로 수록한 것은 漢 - 魏 - 晉으로 이어지는 정통왕조의 계승이라는 정치적 수요에 따른 것으로 해석할 수 있다.

1422 蔣濟(장제, ? - 249年, 字는 子通) - 楚國 平阿人. 曹魏의 太尉 역임. 魏 文帝와 明帝를 섬겼다. 《魏書》 14권, 〈程郭董劉蔣劉傳〉에 입전.

까?"[1423]

내가 대답하였다. "그 뜻으로 劸(피곤할 귀, 평평하지 못할 귀)는 攲倦(기권)의 攲(기울 기)입니다. 張揖(장읍)과 呂忱(여침)도 모두 '支(가를 지) 傍(방)에 刀劍(도검)의 刀를' 썼는데, 이는 '剞(새김 칼 기) 字' 입니다. 蔣氏(장씨) 스스로 支(지) 傍(방)에 筋力(근력)의 力(역)을 만들어 썼는지, 아니면 剞(기) 字(자)의 借字(차자)인지는 모르지만 결국 그 音(음)은 九와 僞(위)의 反切(귀)입니다."

1423 曹魏 明帝 景初 연간에(서기 237 – 239), 대외 원정과 요역 징발이 많았고, 안에서는 궁궐 건축에 전력하자, 독거하거나 사별한 백성의 원망이 많았고 흉년으로 곡식이 귀했다. 이에 蔣濟(장제)가 상소하였다.
원문「~弊攲之民, 儻有水旱, 百萬之衆, 不爲國用. 凡使民必須農隙, 不奪其時.~」(몹시 피폐한 백성이라서 만약 수해나 가뭄을 겪게 되면 백만의 군사를 운영할 수가 없을 것입니다. 여하튼 농한기에 백성을 동원하고 백성의 농사철을 빼앗지 말아야 합니다.) 弊는 해질 폐. 피폐하다. 攲는 기울 기. 피곤할 궤. 劸와 同. 劸는 피곤할 귀.

210/ 黯伯(답백)

|原文|《晉中興書》「太山羊曼, 常頹縱任俠, 飮酒誕節, 兗州號爲黯伯.」

此字皆無音訓. 梁孝元帝常謂吾曰, "由來不識. 唯張簡憲見敎, 呼爲嚃羹之嚃. 自爾便遵承之, 亦不知所出."

簡憲是湘州刺史張纘謚也, 江南號爲碩學.

案, 法盛世代殊近, 當是耆老相傳, 俗間又有黯黯語, 蓋無所不施, 無所不容之意也. 顧野王《玉篇》誤爲黑傍沓. 顧雖博物, 猶出簡憲,孝元之下, 而二人皆云重邊. 吾所見數本, 並無作黑者. 重沓是多饒積厚之意, 從黑更無義旨.

|국역|《晉中興書(진중흥서)》[1424]에 「太山郡〔태산군, 泰山郡(태산군)〕의 羊曼(양만)[1425]은 늘, 放縱(방종)하며 협객의 기질을 행사하였고, 음주에 제멋대로라서〔誕節(탄절), 절제가 없음〕, 兗州(연주) 일대에서는 黯伯(답백)이라고 불렸다.」라고 기록되었다.

이 黯(답) 글자에 音訓(음훈)이 하나도 없다. 梁 孝元帝(양 효원

1424《晉中興書》- 晋의 中興, 곧 東晋의 건국 과정을 수록한 책. 78권. 南朝 宋의 湘東太守인 何法盛(하법성)이 撰(찬)했다. 晋의 역사를 기록한 九家晉書 중 하나.

1425 羊曼(양만, 字는 祖延) - 晋 中興 과정의 名士.《晋書》에 立傳.

제)가 일찍이 나에게 말했다.

"이 글자의 由來(유래)를 알지 못하겠다. 다만 張簡憲(장간헌)이 일러준 바로는 국물〔羹(국 갱)〕을 후루룩 마시는 噔(탑)이라 했다.[1426] 그 후로는 그 독음을 따르고 있지만 그 출처는 알 수가 없다."

簡憲(간헌)은 〔梁(양)의〕 湘州(상주) 刺史(자사)였던 張纘〔장찬, 字(자)는 伯緖(백서)〕의 諡號(시호)로 江南에서는 碩學(석학)이라고 알려졌었다.

내 생각으로는 〔《晉中興書(진중흥서)》를 지은, 南朝 宋(남조 송)의〕 何法盛(하법성)의 世代가 비록 가깝다지만 응당 耆老(기로)들끼리 전해졌을 것이고, 항간에도 또 黯黯(답답)[1427]이라는 말도 있으니, 아마 베풀지 아니한 바가 없고, 받아들이지 않는 바가 없다는(절제가 없다) 뜻일 것이다.

〔梁朝(양조)〕 顧野王(고야왕)의 《玉篇(옥편)》에는 黑(검을 흑) 傍(곁 방)에 沓(유창할 답)으로 黯(답)이다. 顧野王(고야왕)이 비록 博物(박물)한 사람이지만, 張簡憲(장간헌)이나 孝元帝(효원제)보다 年下(년하)이고, 두 사람이 모두 重(중) 변이라 했다. 내가 읽은 여러 책에는 검을 黑(흑) 변에 쓴 글자가 없다. 重沓(중답)이면 그 뜻이 충분히 많이 두텁게 쌓이었다는 뜻이 되지만, 검을 黑 변에서는 아무런 의미가〔義旨(의지)〕 없다.

1426 원문 呼爲噔羹之噔 – 噔은 훅 들이마실 탑. 羹은 국 갱.

1427 黯黯(답답) – 水 部 총 17획. 두툼할 답, 분별없을 답.

211/ 丈人(장인)

| 原文 | 《古樂府》歌詞, 先述三子, 次及三婦, 婦是對舅姑之稱. 其末章云,「丈人且安坐, 調弦未遽央.」

古者, 子婦供事舅姑, 旦夕在側, 與兒女無異, 故有此言. 丈人亦長老之目, 今世俗猶呼其祖考爲先亡丈人. 又疑'丈'當作'大'.

北間風俗, 婦呼舅爲大人公. '丈'之與'大', 易爲誤耳. 近代文士, 頗作〈三婦詩〉, 乃爲匹嫡並耦己之群妻之意, 又加鄭,衛之辭, 大雅君子, 何其謬乎?

| 국역 | 《古樂府(고락부)》의 歌詞(가사)[1428]에 먼저 3명의 아들을

1428 《古樂府》- 여기서는 《樂府 淸調曲 相逢行》이다. 樂府(악부)는 漢 武帝 때 설치한 음악을 담당하는 관청. 정원이 800여 명이나 되었고 音監을 두어 악인들을 감독했다. 《漢書 禮樂志》에 의하면, 李延年(이연년)을 協律都尉로 삼아 악곡을 정리하였고, 司馬相如(사마상여) 같은 當代의 문인을 기용하여 궁중의 제사나 연회에 쓸 樂歌를 짓게 하여 이에 곡조를 붙여 연주케 하였음을 알 수 있다. 관청으로서 악부는 대략 100여 년 존속하면서 중국 문학사에 큰 영향을 끼쳤다. 곧 民歌를 발굴하여 상류사회에 보급하면서 새 시가를 창삭케 하여 시가 발전의 새 전기가 되었다. 이 악부에서 사용한 歌詞를 樂府 또는 樂府詩라고 한다. 樂府詩는 음악에 맞춘, 곧 노래로 부르는 가사이다. 악부라는 관청

서술하고 뒤에 3명의 며느리〔大婦(대부), 中婦(중부), 小婦(소부)〕를 노래했는데, 며느리는 시어머니〔舅姑(구고)〕의 상대적인 지칭이다. 그 末章(말장 : 끝장)에 「丈人(장인 : 어른)은 편안히 앉아 계시고〔且安坐(차안좌)〕, 琴弦(금현, 거문고) 가락은 금방 끝나지 않네.」[1429]라고 하였다.

옛날에〔古者(고자)〕, 子婦(자부 : 며느리)들은 함께 시어머니를

이 없어진 뒤에도 詩體의 명칭으로 계속 사용되었다. 이처럼 악부시는 본래 음악이 주체가 된 가사이었으나 시대가 바뀌면서 음악은 잊히고 가사만이 남아 그 체제에 따라 작시를 하게 되었다. 이는 말하자면 음악과 문학의 분리 과정이라 할 수 있다.
악부시는 漢代와 魏에 걸쳐 창작되었는데 점차 五言으로 정형화되어 나중에는 五言古詩와 구분하기 어렵게 된다. 漢과 魏에서 창작된 악부시는 이를 古辭(혹은 本辭)라 하여 후세에 나오는 擬作(의작)의 악부시와 구별한다. 이러한 의작은 六朝 이후 나오기 시작하였다. 이런 악부라는 명칭의 시는 淸代까지 계속 창작되었지만 唐 중기에는 전부터 내려온 樂曲은 거의 사라져 버렸다. 악부시는 그 命題에 따라 歌, 行, 引, 曲, 吟(음), 辭(사), 篇(편), 唱(창), 調, 怨(원), 歎(탄)의 구분이 있고 명제가 없는 것도 있다. 예를 들어, 〈歌〉는 放情하고 長言하며 조잡한 악부인데, 그 예로는 〈蒿里歌(호리가)〉 〈薤露歌(해로가)〉 등이 있다. 그리고 여기 〈相逢行〉의 〈行〉은 步調에 緩急(완급)이 있고 滯留(체류)하지 않는 악부이다. 〈秋胡行〉 〈飮馬長城窟行(음마장성굴행)〉 같은 명작이 있다.

1429 원문 調弦未遽央 – 調弦(조현)은 현악기의 연주. 遽는 갑자기. 未央(미앙)은 아직 가운데에도 오지 않았다. 끝이 없다. 未央은 漢代 正宮의 이름이었다.

모시고, 아침저녁으로 곁에서 지내며 딸과 다름이 없어 이렇게 노래하였다. 丈人(장인)은 어른인 노인을 지칭하는 말이나, 지금 세속에서는 돌아가신 할아버지나 부친을 先亡丈人(선망장인)이라고 부른다. 또 '丈(장)' 은 응당 '大(대)' 로 써야 할 것이라 의심이 든다.

북쪽 지방의 풍속에서 며느리는 시아버지를 大人公(대인공)으로 부른다. '丈' 과 '大' 는 쉽게 틀릴 수 있다. 近代(근대)의 文士(문사)들도 여러 사람이 〈三婦詩(삼부시)〉를 지었는데, (三婦를) 배필인 嫡妻(적처)와 본인과 짝을 지은 여러 아내의 뜻이 되었고, 그런 詩에 음란한 내용이 가미되니〔鄭,衛之辭音(정,위지사음)〕大雅(대아)한 君子(군자)[1430]가 언제 이렇게 잘못되었단 말인가?

1430 大雅君子(대아군자) - 道德과 才學이 모두 뛰어난 君子.

212/ 吹扊扅(취염이)

|原文|《古樂府歌》〈百里奚詞〉曰,「百里奚, 五羊皮. 憶別時, 烹伏雌, 吹扊扅, 今日富貴忘我爲!」'吹' 當作炊煮之 '炊' 案, 蔡邕〈月令章句〉曰,「鍵, 關牡也, 所以止扉, 或謂之剡移.」然則當時貧困, 並以門牡木作薪炊耳.《聲類》作扊, 又或作扂.

|국역|《古樂府歌(고악부가)》의〈百里奚詞(백리해사)〉에서는,「百里奚(백리해)[1431]는 羊皮(양피 : 양가죽) 다섯 장. 헤어져 생각하니, 암탉을 삶으며,[1432] 사립문 빗장까지 뜯어 땠는데,[1433] 오늘

1431 百里奚(백리해, 생졸년 미상) – 姜은 姓, 百里氏, 名은 奚(해, 百里傒, 百里子) – 世人은 五羖大夫(오고대부)라 불렀다. 春秋時代 秦國의 政治家. 秦 穆公 5년(前 655), 百里奚는 晉 獻公이 딸을 시집보낼 때(晉秦之好) 딸려온 노비였는데, 도망갔다가 잡히자 秦 穆公이 검은 山羊의 가죽 5장으로 바꿔왔다(羊皮換相). 백리해는 秦 穆公을 도와 西戎(서융)의 여러 종족을 제패하고 영토를 넓히고 나라를 강성케 했다.

1432 원문 烹伏雌 – 烹은 삶을 팽. 伏은 엎드릴 복. 雌는 암컷 자. 伏雌는 母鷄.

1433 원문 吹扊扅 – 吹는 불 취. 안지추는 炊(불 땔 취)가 옳다는 뜻. 吹와 炊 는 通用. 扊은 문의 빗장 염. 扅는 빗장 이. 암탉을 삶으며 나무가 없어 사립문 빗장까지 땔 정도로 가난했다.

부귀를 누리며 나를 잊었네!」[1434]

'吹(취)'는 응당 炊煮(취자, 불 때어 삶다)의 '炊(취)'가 되어야 한다.

내가 볼 때, 蔡邕(채옹)의 〈月令章句(월령장구)〉[1435]에서 「鍵(빗장 건)은 대문 문빗장〔關牡(관모)〕이니, 柴扉〔시비 : 사립문, 柴門(시문)〕[1436]를 고정시키는데〔止扉(지비)〕, 때로는 이를 剡移(염이)라고도 부른다.」라고 하였다. 그렇다면 그 당시 貧困(빈곤)하여 대문의 빗장걸이까지 땔나무로 불 땐 것이다. 《聲類(성류)》에서는 扊(염)으로 썼다. 또 간혹 扂(빗장 점)을 쓴다.

1434 원문 今日富貴忘我爲! – 爲는 여기서 語氣辭로 쓰이었다.

1435 〈月令章句〉 – 今 不傳.

1436 柴扉(시비) – 柴는 땔나무 시. 扉는 문짝 비. 門. 柴門(시문 : 사립문).

213/ 《通俗文》의 저자?

| 原文 | 《通俗文》世間題云 '河南服虔字子愼造'.

虔既是漢人, 其敍乃引蘇林,張揖, 蘇,張皆是魏人. 且鄭玄以前, 全不解反語,《通俗》反音, 甚會近俗. 阮孝緖又云 '李虔所造'.

河北此書, 家藏一本, 遂無作李虔者.《晉中經簿》及《七志》, 並無其目, 竟不得知誰制. 然其文義允愜, 實是高才. 殷仲堪《常用字訓》, 亦引服虔《俗說》, 今復無此書, 未知卽是《通俗文》, 爲當有異? 或更有服虔乎? 不能明也.

| 국역 | 《通俗文(통속문)》[1437]은 世間(세간)에 전하기로는 '〔後漢(후한)〕 河南人(하남인) 服虔〔복건, 字(자)는 子愼(자신)〕[1438]의 저술'

1437 《通俗文》– 後漢 말, 服虔(복건, 생졸년 미상, 字는 子愼)이 편찬한 俗語 어휘 사전이라 할 수 있다. 망실되어 지금은 전하지 않으나, 속어나 속자, 口語를 모아 해설한 책으로 經史의 訓讀과 해석을 위한 用字書이다. 지금은 清 臧鏞堂(장용당)과 馬國翰(마국한)의 輯本(집본)이 전한다는 주석이 있다.

1438 服虔(복건, 생몰년 미상, 후한 말 鄭玄과 동시대, 字는 子愼) – 虔은 정성 건. 初名 重(중)에서 虔(건)으로 개명했다. 後漢의 훈고학자. 河南郡 滎陽(형양) 사람이다. 젊어 가난하였으나 큰 뜻을 세우고 太學에서 공부하였으며 孝廉(효렴)으로 천거되었다. 鄭玄과

이라고 알려졌다.

服虔(복건)은 옛 漢代〔한대 : 後漢 末(후한 말)〕 人物(인물)이지만 그 敍文(서문)에서는 蘇林〔소림, 字는 孝友(효우)〕과 張揖(장읍)을 인용하였는데, 소림과 장읍은 모두 曹魏(조위)의 사람이다. 그리고 鄭玄〔정현, 서기 127 – 200년, 字는 康成(강성)〕 이전에는 反切音(반절음)을 잘 몰랐었는데, 《通俗文(통속문)》 反音(반음)은 근래의 반절에 아주 가깝다〔甚會(심회)〕. 그래서 阮孝緖(완효서)[1439]는 '李虔(이건)의 저술' 이라[1440] 했다.

河北(하북)에 통용된 이 책 1본을 가내에 보관하고 있지만, 李虔(이건)의 저술이라 명시된 곳은 없다. 《晉中經簿(진중경부)》 및〔及(급)〕《七志(칠지)》[1441]에도 이 書名(서명)이 밝혀지지 않아 누

우연히 만나 《左傳》을 토론했다는 이야기가 전한다. 또 《左傳》에 근거하여 《春秋漢議駁》 二卷을 편찬했고, 何休(하휴)가 저술한 漢事 60개 조항을 반박하였다. (靈帝) 中平 말년에 九江太守가 되었다. 면직한 뒤에 난리를 만나 여러 곳을 떠돌다가 병사하였다. 《春秋左氏傳解誼》를 저술했는데, 지금도 통용되고 있다. 그의 賦, 碑文, 誄辭(뇌사), 書記, 〈連珠〉, 〈九憤〉 등 총 10여 편이 있다. 《後漢書》 79권, 〈儒林列傳〉(下)에 立傳.

1439 阮孝緖(완효서, 479 – 536) – 南朝 梁人, 字는 士宗. 《七錄削繁(칠록삭번)》을 저술.

1440 李虔(이건) – 여러 주석에 의하면, 이것은 《續通俗文》 2권을 저술하였다.

1441 《晉中經簿》及《七志》 – 《晉中經簿(진중경부)》는 西晉 荀勖(순욱)의 저술. 《七志》는 남조 齊의 王儉(왕검)의 저술로 알려졌다. 모

구의 저술인지 끝내 알 수가 없었다. 그러나 그 文義(문의)가 실로 愜當〔협당, 合當(합당)〕하니 실제 뛰어난 재능의 소유자일 것이다. 殷仲堪(은중감)의 《常用字訓(상용자훈)》에서는 服虔(복건)이 지었다는 《俗說(속설)》을 인용하였지만, 지금은 그 책이 없기에 《通俗文(통속문)》의 저자가 누구인지 아직 모르고 있으며, 다른 저술인지,[1442] 아니면 또 다른 服虔(복건)이 있는지 분명하지 않다.

두 書目을 수록한 책이다.

1442 원문 爲當有異? – 여기 爲는 혹시. 或者. 還是의 뜻. 선택의 의미.

214/ 고전에 추가된 후대의 事實

| 原文 | 或問, "《山海經》, 夏禹及益所記, 而有長沙,零陵, 桂陽,諸暨, 如此郡縣不少, 以爲何也?"

答曰, "史之闕文, 爲日久矣. 加復秦人滅學, 董卓焚書, 典籍錯亂, 非止於此. 譬猶《本草》神農所述, 而有豫章,朱崖,趙國,常山,奉高,眞定,臨淄,馮翊等郡縣名, 出諸藥物. 《爾雅》周公所作, 而云 '張仲孝友'. 仲尼修《春秋》, 而經書 '孔丘卒'. 《世本》左丘明所書, 而有燕王喜, 漢高祖. 《汲冢瑣語》, 乃載秦望碑. 《蒼頡篇》李斯所造, 而云 '漢兼天下, 海內並厠, 豨黥韓覆, 畔討滅殘.' 《列仙傳》劉向所造, 而贊云七十四人出佛經. 《列女傳》亦向所造, 其子歆又作頌, 終於趙悼后, 而傳有更始韓夫人,明德馬后及梁夫人嫕. 皆由後人所羼, 非本文也."

| 국역 | 어떤 사람이 물었다.

"《山海經(산해경)》[1443]은 夏(하)의 禹(우)와 伯益(백익)[1444]이 쓴

1443 《山海經》- 書存. 《山海經》의 내용에 대해서 司馬遷(사마천)도 언급하지 않을 수 없다고 하였다. 《山海經》에 秦代의 郡縣 名이 나타나는데, 이는 《山海經》이 진대까지 계속 보완이 되었다는 뜻으로 해석할 수 있다. 《山海經》은 기이하고 진기한 博物(박물)

책이지만, (그 내용에) 長沙(장사), 零陵(영릉), 桂陽郡(계양군)과 諸暨縣(제기현 / 會稽郡의 현명) 등 적잖은 郡縣 이름이 나오는 것은 무엇 때문입니까?"

내가 대답하였다.

"史官이나 史書에 글자를 비워놓기는〔闕文(궐문)〕 아주 오래 전부터 있었습니다.[1445] 거기에다가 秦人의 滅學(멸학)과 (후한 말) 董卓(동탁)의 焚書(분서)[1446]로 典籍(전적)이 錯亂(착란)한 것은

을 수록한 지리서이다. 四庫全書에서는《山海經》을 子部 小說家로 분류했다. 이에 앞서《隋書 經籍志》에서는 地理類로 분류했다. 문학 쪽에서 보면 巫書(무서)이고 方術의 儀典(의전)이며, 神話 쪽에서 본다면 상고시대의 신화이며 무한한 상상력이 보태진 환상의 세계이다.

《山海經》에는 온갖 민간 전설과 함께 인간이 상상할 수 있는 요괴와 禽獸(금수)가 있어 허망한 내용이기에 가벼이 믿을 수도 없지만, 그렇다고 그 가치를 부정할 수도 없다.《山海經》의 근본은 그림이다. 거기 그림에 약간의 설명을 추가하였다. 지금 우리가 보는《山海經》그림은 明朝 胡文煥(호문환) 本과 蔣應鎬(장응호) 本이라고 한다.

1444 伯益(백익) – 五帝 중 顓頊(전욱)의 후손. 嬴姓(영성)의 시조.

1445 글을 옮겨 쓰거나 지을 때 명확하지 않은 글자는 비워놓았다.《論語 衛靈公》子曰, "吾猶及史之闕文也. ~"라는 구절이 있다.

1446 董卓〔동탁, ? – 192년, 字는 仲穎(중영)〕은 獻帝를 협박하여 西都(長安)로 강제 천도하였다(서기 190). 낙양 인구 수백만 명이 장안으로 이주하였으며, 보병과 기병으로 몰아가는 바람에 서로 밟혀 죽고 기아와 노략질로 시신이 길에 널려있었다. 동탁은 畢

비단 여기에만(《山海經》) 있는 일이 아닙니다. 예를 더 들자면 《本草》는 神農氏의 저술인데, 거기에 豫章(예장), 朱崖(주애), 趙國, 常山, 奉高, 眞定, 臨淄(임치), 馮翊(풍익) 등 郡縣의 이름과 거기에서 나오는 여러 약물(약초 등)을 기록하였습니다. 《爾雅(이아)》는 周公(주공)의 著作이나 거기에 '(周 宣王의 신하인) 張仲(장중)은 효성과 우애로 이름났다.' 고 하였습니다. 仲尼(중니)가 《春秋》를 저술했지만 그 경문에 '孔丘卒(공자가 죽었다)' 이라고 기록했습니다.[1447] 《世本》[1448]은 左丘明(좌구명)이 지었는데, 거기에 燕王 喜(희)와 漢 高祖가 나옵니다. 《汲冢瑣語(급총쇄어)》[1449]

圭苑(필규원)에 주둔하면서 궁궐과 관부, 민가 등을 모두 소각하여 2백 리 내에 살아남은 사람이 없었다.~.

1447 공자는 魯 哀公 16년(前 479) 4월 己丑日에 73세를 一期로 죽었다.

1448 《世本》- 古代 史官이 黃帝 이후 春秋時까지 제왕, 諸侯, 大夫들의 姓氏와 世系, 都邑, 制作, 諡法(시법) 등을 수록한 책. 司馬遷(前 ?135-前 86)도 이 책을 참고했다. 宋代에 散失된 것으로 알려졌다. 반고는 〈司馬遷傳〉 論贊에서 말했다. 「孔子는 魯의 역사기록을 바탕으로 《春秋》를 지었고, 左丘明(좌구명)은 그 本事를 論輯(논집)하여 《春秋》의 傳을 지었으며, 또 같거나 다른 내용으로 《國語》를 편찬하였다. 또 《世本》이 있는데, 이는 黃帝 이래 春秋 시기에 이르는 帝王과 公侯와 卿大夫의 조상 연원을 수록하였다. 春秋시대 이후로 七國이 서로 다투다가 秦이 제후들을 통일하였고 《戰國策》이 나왔다.~」

1449 汲冢瑣語(급총쇄어) - 西晉 太康 연간에 汲郡(급군)의 魏 襄王 墓에서 출토, 整理된 戰國 시대의 竹簡(죽간)인 《汲冢書》의 일부분

에 '秦望碑(진망비)'[1450]가 기록되었습니다.《蒼頡篇(창힐편)》은 李斯(이사)의 저술인데, 거기에 '漢(한)이 兼天下(겸천하)하여 海內(해내)가 하나로 통합되었고, 陳豨(진희)·黥布(경포)·韓信(한신)이 반란을 꾀하자 이러한 반신이 覆滅(복멸)되었으며 반역한 잔악한 무리들이 멸망했다.' 고 하였습니다.《列仙傳(열선전)》[1451]은 劉向(유향)의 저술인데, 그 논찬에서 〔神仙(신선)〕 74인이 불경에서 나왔다고 하였습니다.《列女傳(열녀전)》[1452] 역시 劉向의 저술이고[1453] 그 아들 歆(흠)이 頌(송)을 지었는데, 趙(조)의 悼襄王(도양왕)의 王后(왕후)로 끝나지만 그 傳(전)에는 更始帝(경시제)[1454]의

으로《竹書紀年》이나《穆天子傳》등과 비슷하다. 原書는 蝌蚪(과두) 文字로 쓰여 있어《古文瑣語》로도 불리며 총 11편이다. 이는 戰國 初期의 志怪小說 集이다.

1450 秦望碑 – 秦始皇이 會稽山에 올라 大禹에게 제사한 뒤, 秦의 德望을 칭송하며 세운 비석.

1451《列仙傳》– 神仙 人物의 傳記, 작자 미상이나 일반적으로 劉向(유향)의 저술이라 생각한다. 上古와 三代, 秦 漢代 神仙의 행적과 논찬을 수록하였는데, 赤松子에서 시작하여 漢 成帝 때의 신선이라는 玄俗에서 끝난다.

1452《烈女傳》–《古烈女傳》– 劉向이 편찬. 7篇 7卷. 〈母儀傳〉, 〈賢明傳〉 등 7영역으로 나눠 총 105명의 사적을 기록했다.

1453 劉向(유향, 前 77 – 前 6) – 原名은 更生(경생). 成帝 때 向으로 改名. 저서로는《別錄》,《新序》,《說苑》,《列女傳》이 있고,《戰國策》,《楚辭》를 편찬. 유향의 아들이 學家 劉歆(유흠)이다.《漢書》36권, 〈楚元王傳〉에 입전.

1454 劉玄(유현) – 왕망이 패망한 뒤에, 劉玄은 황제에 올라 연호를

韓夫人(한부인),[1455] 그리고 후한 〔明帝(명제)의〕 明德馬皇后(명덕마황후)와 梁夫人(양부인) 嫕(예)가 기록되었습니다. 이는 모두 후대인이 뒤섞어 넣은 것이니[1456] 본래의 문장은 아닙니다."

更始(경시)라 했기에 보통 更始帝라 칭하며, 서기 23-25년 재위했다. 이를 역사에서는 玄漢(현한)이라 통칭한다. 《後漢書 劉玄劉盆子列傳》에 입전.

1455 更始帝의 韓氏夫人은 특히 술을 좋아하여 늘 경시제와 함께 술을 마셨는데, 환관이 정사를 상주하려면 그때마다 화를 내면서 "황제가 나와 이제 막 술을 마시는데 꼭 이런 때 일을 가지고 오는가!" 라고 말하면서 일어나 책상을 부수었다.

1456 원문 皆由後人所羼 - 由는 말미암다. 연유하다. 羼은 羊이 뒤섞일 찬.

215/ 鴟尾(치미)

| 原文 | 或問曰, "《東宮舊事》何以呼鴟尾爲祠尾?"

答曰, "張敞者, 吳人, 不甚稽古, 隨宜記注, 逐鄉俗訛謬, 造作書字耳. 吳人呼祠祀爲鴟祀, 故以祠代鴟字, 呼紺爲禁, 故以糸傍作禁代紺字. 呼盞爲竹簡反, 故以木傍作展代盞字, 呼鑊字爲霍字, 故以金傍作霍代鑊字. 又金傍作患爲鐶字, 木傍作鬼爲魁字, 火傍作庶爲炙字, 既下作毛爲髻字. 金花則金傍作華, 窗扇則木傍作扇. 諸如此類, 專輒不少."

| 국역 | 어떤 사람이 물었다.

"《東宮舊事(동궁구사)》[1457]에서는 왜 鴟尾(치미)[1458]를 祠尾(사

1457 《東宮舊事》 – 《隋書 經籍志》에 의하면, 《東宮舊事》는 10권이고 '저자 미상' 이라 했으나 《舊唐書 經籍志》에는 張敞(장창)의 저서로 되어 있다. 晋 황실 태자의 의례와 관련 풍습을 기록한 책이다. 장창은 晋의 관료로 吳郡출신이다. 전한 京兆尹 張敞(장창)은 아내를 위해 눈썹을 그려주는 애처가로 시대를 달리하는 同名異人이다.

1458 鴟尾(치미) – 鴟는 솔개 치. 수리부엉이. 尾는 꼬리 미. 고대 목조 건축에서 용마루의 양 끝에 높게 부착하던 장식 기와. 주로 점토로 제작되었고 용마루에 얹힐 수 있도록 제작되었고, 吉祥

미)라고 하였습니까?”

내가 대답하였다.

“(저자인) 張敞(장창)이란 사람은 吳郡 출신으로 옛일을 깊이 상고하지 않고[1459] 되는 대로 時宜(시의)에 따라 기록하였으니, 지방의 습속에 따라 오류를 범했거나 글자를 만들어 썼을 뿐입니다. 吳人들은 祠祀(사사)를 鴟祀(치사)라 말하기에 祠(사당 사)로 鴟(솔개 치)字를 대신 썼고, 紺(감색 감)이 禁(금할 금)으로 발음되기에 糸(실 사)傍(방)에 禁을 써서〔䌤(감색 금)〕 紺(감)을 대신하였습니다. 盞(술잔 잔)을 竹과 簡(간)의 반절(잔)으로 읽기에 木(나무 목)傍에 展을 써서〔榐(나무가 길 전)〕으로 盞(잔)字를 대신하였고, 鑊(솥 확)字를 霍(빠를 곽)字로 읽기에 金(쇠 금) 傍(방)에 霍을 써서(옥편에 없음) 鑊(가마솥 확)字을 대신하였습니다. 또 金(쇠 금) 傍에 患을 써서(옥편에 없음) 鐶(고리 환)字를 대신하였고, 木(나무 목)傍에 鬼(귀)를 써서 魁(으뜸 괴)字를, 火(불 화) 傍에 庶字를 써서 炙(고기구울 자)字를, 그리고 旣(이미 기) 아래에 毛字를 붙여가지고 髻(상투 계)字를 대신하였습니다. 金花라는 뜻으로 金(쇠 금) 傍에 華(꽃 화)字를 붙이거나, 窗扇(창선)이라는 뜻으로는 木(나무 목) 傍에 扇(부채 선)字를 붙였습니다. 이처럼 멋대로 지어낸 사례가 적

(길상)과 辟邪(벽사)의 상징으로서 봉황에서 비롯하였다고 보는 것이 일반적이다.

1459 원문 不甚稽古 – 稽古(계고)는 古事를 살펴보다. 생각하다.

지 않습니다."[1460]

1460 專輒不少 – 輒은 문득 첩. 專輒(전첩)은 제멋대로 처리하다.

216/ 罽緌(계외)

| 原文 | 又問, "《東宮舊事》六色罽緌, 是何等物? 當作何音?"

答曰, "案,《說文》云, '莙, 牛藻也, 讀若威.'《音隱》'塢瑰反.' 卽陸機所謂 '聚藻, 葉如蓬' 者也. 又郭璞注《三蒼》亦云, '蘊, 藻之類也, 細葉蓬茸生.' 然今水中有此物, 一節長數寸, 細茸如絲, 圓繞可愛, 長者二三十節, 猶呼爲莙. 又寸斷五色絲, 橫著線股間繩之, 以象莙草, 用以飾物, 卽名爲莙. 於時當紺六色罽, 作此莙以飾緄帶, 張敞因造糸旁畏耳, 宜作隈."

| 국역 | 또 물었다.

"《東宮舊事(동궁구사)》에 六色(육색)의 罽緌(계외)[1461]는 무슨 물건이며,[1462] 어떻게 읽어야 합니까?"

나는 이에 대답했다.

"《說文解字(설문해자)》를 보면, '莙(버들말즘 군)은 牛藻〔우조, 水

1461 罽緌(계외) – 융단의 가장자리 장식. 罽는 융단 계, 물고기 그물 계. 緌는 여러 색실로 만든 장식물 외.

1462 원문 是何等物 – 何等은 무슨? 어떤? 什麼(shénmà).

生(수생)식물 이름〕인데, 威(위)와 같이 읽는다.' 고 하였고, 《說文音隱(설문음은)》[1463]에는 '塢(오) 瑰(괴)의 反切(반절)이라고 하였습니다.' 즉 〔西晉 名 文章家(서진 명 문장가)〕 陸機(육기, 261－303년)가 말한 바 '聚藻(취조)로 그 잎은 쑥과 같은 것〔葉如蓬(엽여봉)〕' 이라 하였습니다. 또 郭璞(곽박)의 《三蒼(삼창)》 注(주)에서도 마찬가지로 '蘊(붕어마름 온, 쌓을 온)은 〔水生植物(수생식물)〕 藻(말 조)의 종류로 가는 잎에〔細葉(세엽)〕 쑥대처럼 솟아 나온다〔蓬茸生(봉이생)〕고 하였습니다.' 그리고 지금 水中(수중)에 이런 식물이 있는데, 마디 하나〔一節(일절)〕 길이가 몇 촌이며〔數寸(수촌)〕, 가는 무더기가〔細茸(세용)〕 실과 같고〔如絲(여사)〕 둥글게 감싼 모양이〔圓繞(원요)〕 보기 좋으며〔可愛(가애)〕 긴 것은 그 마디가 2, 30개나 되는데, 마찬가지로〔猶(유)〕 이를 莙(버들말즘 군)이라 부릅니다. 또 1寸 길이로 5색의 실을 잘라 이를 옆으로〔橫(횡)〕 늘어놓고 그 사이를 끈으로 묶어 莙草(군초) 모양을 만들어 이를 가지고 장식하는 것을 莙(군)이라고 합니다. 이에 감색 바탕에 6빛깔의 융단을 짜면서〔紺六色罽(감육색계, 罽는 융단 계)〕 이런 모양으로 허리띠〔緄帶(곤대)〕를 장식하는데, 張敞(장창)은 糸(실 사) 旁(곁 방)에 畏(두려워할 외)字를 갖다 붙였습니다만, 그 발음은 응당 隈(외)가 되어야 합니다."

1463 《說文音隱》－《隋書 經籍志》에 4권이라는 주석이 있다.

217/ 嶇嵍山(권무산)

| 原文 | 柏人城東北有一孤山, 古書無載者. 唯闞駰《十三州志》以爲舜納於大麓, 卽謂此山, 其上今猶有堯祠焉. 世俗或呼爲宣務山, 或呼爲虛無山, 莫知所出. 趙郡士族有李穆叔,季節兄弟,李普濟, 亦爲學問, 並不能定鄕邑此山.

余嘗爲趙州佐, 共太原王邵讀柏人城西門內碑. 碑是漢桓帝時柏人縣民爲縣令徐整所立, 銘曰,「山有嶇嵍, 王喬所仙.」方知此嶇嵍山也. 嶇字遂無所出. 嵍字依諸字書, 卽旄丘之旄也. 旄字,《字林》一音亡付反, 今依附俗名, 當音權務耳. 入鄴, 爲魏收說之, 收大嘉嘆. 值其爲〈趙州莊嚴寺碑銘〉, 因云, '權務之精.' 卽用此也.

| 국역 | 柏人城(백인성)[1464] 동북쪽에 외딴 산〔孤山(고산)〕이 하나 있는데, 古書(고서)에도 (그 이름이) 실려 있지 않았다. 다만 〔後魏(후위)의〕 闞駰〔감인, 字는 玄陽(현양)〕이 《十三州志(십삼주지)》에 '〔堯(요)가〕 舜(순임금)을 大麓(대록, 큰 숲)에 들어가게 했다.' 는 그 산이며,[1465] 산 위에는 지금도 堯(요임금)의 사당이 있다고 기

1464 柏人城(백인성) – 柏은 측백나무 백. 今 河北省 남부 邢台市 관할 隆堯縣(융요현).

록하였다. 世俗(세속 : 민간)에서는 간혹 宣務山(선무산) 혹은 虛無山(허무산)이라고 불렀지만 그 유래를 알 수 없었다.

〔北齊(북제)〕 趙郡(조군)[1466]의 士族〔사족, 儒林(유림)〕에 李穆叔〔이목숙, 李公緖(이공서), 字는 穆叔(목숙)〕, 李季節〔이계절, 李槪(이개), 字는 季節(계절)〕 형제와 李普濟(이보제)란 사람 역시 學問(학문)이 깊었지만 향읍(자신들의 고향)의 이 산 명칭을 확정하지 못했다.

내가 그전에 趙州(조주)의 보좌관으로 근무할 때,[1467] 太原(태원) 출신 王邵(왕소)와 함께 柏人城(백인성) 서문 안의 비문을 해독했었다. 이 碑(비)는 漢 桓帝(환제, 재위 147 – 167년) 때 柏人縣(백인현)의 백성이 縣令(현령)인 徐整(서정)을 위해 세웠는데, 그 銘文(명문)에 「산 이름은 巏嵍(권무)이고, 王喬(왕교, 王子喬)[1468]가 신선이 되어 승천했다.」로 되어 있어, 바야흐로 이 산이 巏嵍山(권무산)임을 알 수 있었다. (그러나) 巏(산 이름 권)字의 유래는 알 수가 없었

1465 원문 以爲舜納於大麓, 卽謂此山 – 堯가 舜을 시험하기 위한 방법이었다. 舜이 숲에 들어가자 매서운 바람이 불고 뇌성과 함께 비가 쏟아졌지만 舜은 겁내지 않았다.

1466 趙郡 – 北齊의 행정구역 명칭. 치소는 廣阿縣, 今 河北省 남부 邢台市 관할 隆堯縣(융요현 / 隆平縣).

1467 《北齊書 文苑傳 顔之推傳》에 '被擧爲趙州功曹參軍' 이라 기록. 이때가 北齊 武成帝 河清 4년, 곧 後主 天統 元年. 565년으로 顔之推 35세이었다. 부록의 〈顔之推傳〉 참고.

1468 王子喬(王子晉) – 전설에 東周 靈王(영왕)의 아들, 신선이 되어 승천했다.

다. 嵍(산 이름 무)字는 여러 字書(자서)를 통해, 旄丘(모구)의 旄(깃대 장식 모)와 같은 音이다. 《字林(자림)》에 또 다른 음은 亡(망)과 付(부)의 反切(무)이니, 지금 세속의 音 그대로 權務(권무)이다.

鄴都(업도)에 가서 魏收〔위수, 字는 伯起(백기)〕를 만나 말해주었더니, 위수는 크게 기뻐하며 탄복하였다. 마침 그가 〈趙州 莊嚴寺 碑銘(조주 장엄사 비명)〉을 짓고 있었는데, 그 문장에 '權務之精(권무지정)' 이란[1469] 구절을 넣었으니 여기에서 나온 나의 설명을 인용한 것이었다.

1469 원문 '權務之精' – 權務山의 精靈. 신선이 된 王子喬(왕자교)를 지칭하는 말.

218/ 一夜 五更(오경)

| 原文 | 或問, "一夜何故五更? 更何所訓?"

答曰, "漢,魏以來, 謂爲甲夜,乙夜,丙夜,丁夜,戊夜, 又云鼓, 一鼓,二鼓,三鼓,四鼓,五鼓, 亦云一更,二更,三更,四更,五更, 皆以五爲節. 〈西都賦〉亦云, '衛以嚴更之署.' 所以爾者, 假令正月建寅, 斗柄夕則指寅, 曉則指午矣. 自寅至午, 凡歷五辰. 冬夏之月, 雖復長短參差, 然辰間遼闊, 盈不過六, 縮不至四, 進退常在五者之間. 更, 歷也, 經也, 故曰五更爾."

| 국역 | 어떤 사람이 물었다.

"하룻밤은 왜 五更(오경)[1470]입니까? 更(경)은 무슨 뜻입니까(訓)?"

나는 이에 답했다.

"漢(한)과 魏(위) 이래로,[1471] 甲夜, 乙夜, 丙夜, 丁夜, 戊夜(무야)

1470 五更(오경) - 이때 更은 시각, 고칠 경(更改), 바꿀 경. 번(番)드는 사람이 바뀌다. 音은 古衡切. 다시 갱, 재차, 更生(갱생). 音은 古孟切(갱).

1471 漢,魏以來 - 漢(한)은 前漢(西漢, 前 206 - 서기 8년)과 後漢(東漢, 서기 25 - 220년)을 의미. 魏는 曹魏(조위, 서기 220 - 265년).

로 부르거나 또는 시간을 알리는 북소리로(鼓), 一鼓(일고), 二鼓, 三鼓, 四鼓, 五鼓라 했으며, 또한 一更(일경), 二更, 三更, 四更, 五更이라 하여 모두가 다섯 등분으로 생각했습니다. (班固의) 〈西都賦(서도부)〉[1472]에서도 마찬가지로 '야경을 돌고(衛) 밤 시간을 알리는 부서를 두었다(嚴更之署).' 고 묘사하였습니다. 그렇게 된 까닭은(所以爾者, 所以然字) 가령(假令) 正月(建寅)의 경우, 斗柄(두병, 北斗의 자루)이 저녁이면 寅方(인방)을 가리키다가, 새벽이면(曉) 午方(오방)을 가리킵니다. 寅方부터 午方까지 모두 五辰(오신:다섯 곳의 별자리. 戌時~寅時)에 걸쳐 운행합니다.[1473] 겨울과 여름에 따라 비록 (밤낮의) 長短이 차이가 나지만[1474] 시간 간격이 넓어 아무리 많아도 6개 구간을 넘지 못하고 짧아도 4구간으로 모자라지 않으니 진퇴에 늘 5개 구간이 됩니다. 이때 更은 '거쳐 가다〔歷(역)〕', '지나가다〔經, 經過(경과, 경유)〕' 의 뜻이니, 그래서

1472 〈西都賦〉 - 漢代에 正都 長安(京兆, 今 陝西省 西安市)은 西都로, 낙양은 副都이며 東都라 했다. 반고의 작품 〈西都賦〉는 〈兩都賦〉의 일부, 먼저 東都의 모습을 묘사하고 나중에 서도의 모습을 상술하였다.

1473 원문 自寅至午, 凡歷五辰 - 一更〔일경 : 戌時(술시), 밤 7시~9시〕, 二更〔亥時(해시), 밤 9시~11시〕, 三更〔子時(자시), 밤 11시~01시〕. 四更〔丑時(축시), 밤 1시~3시〕, 五更〔寅時(인시) 새벽 3시~5시〕.

1474 원문 雖復長短參差 - 參差(참치)는 들쑥날쑥하다. 差는 어긋날 차이나, 여기서는 차별 치로 쓰임. 층지다. 가지런하지 않다.

오경이라 하였습니다."

219/ 朮(출)은 山薊(산계)

| 原文 | 《爾雅》云, 「朮, 山薊也.」 郭璞注云, 「今朮似薊而生山中.」

案, 朮葉其體似薊, 近世文士, 遂讀薊爲筋肉之筋, 以耦地骨用之, 恐失其義.

| 국역 | 《爾雅(이아)》에 「朮(차조 출)은 山薊(산계)라.」[1475] 고 했으며, 郭璞(곽박)의 注에서도 「지금 朮(출)은 薊(삽주 계)와 비슷하고 山中에서 자란다.」고 하였다.

내 생각에 朮(출)의 잎(葉)은 그 형체가 薊(계)와 비슷하지만, 近世의 文士는 薊(계)를 筋肉(근육)의 筋(근)으로 읽으며, 地骨〔지골, 枸杞子(구기자)〕의 對偶(대우)가 되는 글자로 쓰는데,[1476] 아마 본 音과 뜻을 잃은 것이다.

1475 원문 朮, 山薊也 – 朮은 차조 출. 차조는 곡식 이름. 조 중에서 끈기〔黏性(점성)〕가 있는 조. 벼에 찰벼가 있고 찰벼를 찧으면 찹쌀이다. 찰떡은 찹쌀로 만든 떡. 끈기가 있어 맛이 좋은 것이다. 薊는 삽주 계. 풀이름. 엉겅퀴.

1476 원문 以耦地骨用之 – 耦는 짝 우. 偶와 同. 對偶(대우). 地骨은 구기자. 약용식물.

220/ 傀儡子(괴리자)

| 原文 | 或問, "俗名傀儡子爲郭禿, 有故實乎?"

答曰, "《風俗通》云, '諸郭皆諱禿'. 當是前代人有姓郭而病禿者, 滑稽戱調, 故後人爲其象, 呼爲郭禿, 猶文康象庾亮耳."

| 국역 | 어떤 사람이 물었다.

"사람들이 傀儡子(괴리자)를 郭禿(곽독)이라[1477] 하는데, 그럴만한 근거가 있는 것입니까?"

내가 대답했다.

"《風俗通》에 '여러 郭氏(곽씨)들은 모두 禿(대머리 독) 글자를 피한다.' 고 하였다. 예전에 곽씨 성을 가진 자가 대머리되는 병을 앓았는데, 그는 익살과 농담을 잘하여[1478] 후세 사람들이 그 형상을 그려놓고 郭禿(곽독)이라 불렀는데, 이는 文康(문강, 舞樂의

1477 원문 俗名傀儡子爲郭禿 – 傀는 허수아비 괴. 꼭두각시. 도깨비. 괴이할 괴. 儡는 꼭두각시 뢰, 망칠 뢰. 傀儡子 – 木偶戱. 인형극. 꼭두각시를 놀리는 사람. 인형극을 조정하는 사람. 흑막 속의 인물. 郭은 성씨 곽. 禿은 대머리 독. 禿頭는 대머리.

1478 원문 滑稽戱調 – 滑은 어지러울 골. 익살. 미끄러울 활, 교활할 활. 稽는 머무를 계. 滑稽(골계)는 익살을 잘 부리다. 戱는 희롱할 희. 탄식하다. 戱調(희조)는 말로 장난치다. 玩笑(완소).

이름)에서 庾亮(유량)의 모습을 본뜬 것과 같습니다."[1479]

1479 원문 猶文康象庾亮耳 – 文康(문강)은 악곡의 이름. 晋 太尉 庾亮(유량)의 시호. 〈文康〉을 唱하고 舞하던 배우들이 무악을 끝날 때, 이름이 같은 文康의 형상을 그려 내보이면서 마쳤다고 한다.

221/ 長流

| 原文 | 或問曰, "何故名治獄參軍爲長流乎?"

答曰, "《帝王世紀》云, '帝少昊崩, 其神降於長流之山, 於祀主秋.' 案, 《周禮 秋官》, 司寇主刑罰, 長流之職, 漢, 魏捕賊掾耳. 晉,宋以來, 始爲參軍, 上屬司寇, 故取秋帝所居爲嘉名焉."

| 국역 | 어떤 사람이 물었다.

"무슨 연고로 治獄參軍〔치옥참군 : 獄事(옥사)를 다스리는 참군(參軍)〕을 長流(장류)라고 부릅니까〔乎(호)〕?"

나는 이렇게 일러 말했다.

"《帝王世紀(제왕세기)》[1480]에는 '帝(제) 少昊(소호)[1481]가 붕어한 뒤에 그 신령이 長流山〔장류산, 長留山(장유산)〕에 강림하였고, 제사에서 가을〔秋(추)〕을 주관하는 神(신)으로 제사를 모셨다.' 고 하였습니다. 《周禮 秋官(주례추관)》을 보면, 司寇(사구)는 刑罰(형벌)을 주관하는데, 長流(장류)의 직분은 漢(한)과 魏(위)에서 도적을

1480 《帝王世紀》 - 晋 皇甫謐(황보밀)이 편찬한 책.

1481 少昊帝(소호제) - 少昊는 金天氏, 黃帝의 아들 靑陽이다. 소호씨가 즉위할 때 鳳鳥가 날아왔기에 새의 이름으로 관직명을 삼았다고 한다. 金德으로 王이 되었기에 金天氏라 부른다.

잡는 관리〔捕賊掾(포적연)〕였습니다.[1482] 晉(진)과 宋(송) 이래로 參軍(참군)이라 하였는데, 司寇(사구)에 소속되었기에 秋帝〔추제 : 少昊帝(소호제)〕 신령이 머물렀던 산의 이름을 아름답게 여겨 취한 것입니다."

1482 원문 捕賊掾耳 – 捕賊은 도적을 체포하다. 掾은 도울 연. 掾吏(연리)는 실무 책임자(掾)와 그 아래 吏卒.

222/《說文解字》

|原文| 客有難主人曰, “今之經典, 子皆謂非,《說文》所言, 於皆云是, 然則許愼勝孔子乎?”

主人拊掌大笑, 應之曰, “今之經典, 皆孔子手跡耶?”

客曰, “今之《說文》皆許愼手跡乎?”

答曰, “許愼檢以六文, 貫以部分, 使不得誤, 誤則覺之. 孔子存其義而不論其文也. 先儒尙得改文從意, 何況書寫流傳耶? 必如《左傳》止戈爲武, 反正爲乏, 皿蟲爲蠱, 亥有二首六身之類, 後人自不得輒改也, 安敢以《說文》校其是非哉? 且余亦不專以《說文》爲是也, 其有援引經傳, 與今乖者, 未之敢從. 又相如〈封禪書〉曰, ‘導一莖六穗於庖, 犧雙觡共抵之獸.’ 此導訓擇, 光武詔云,「非徒有豫養導擇之勞」是也. 而《說文》云, ‘導是禾名’ 引〈封禪書〉爲證, 無妨自當有禾名導, 非相如所用也. ‘禾一莖六穗於庖’, 豈成文乎? 縱使相如天才鄙拙, 强爲此語, 則下句當云 ‘麟雙觡共抵之獸’, 不得云犧也. 吾嘗笑許純儒, 不達文章之體, 如此之流, 不足憑信. 大抵服其爲書, 隱括有條例, 剖析窮根源, 鄭玄注書, 往往引以爲證, 若不信其說, 則冥冥不知一點一畫, 有何意焉.”

| 국역 | 어떤 客人이 주인에게 따지며 말했다.[1483]

"오늘의 經典에 대하여, 당신(子)은 모두를 틀렸다고 말하고, 《說文解字》에서 말하는 것을 거의 다 옳다고 하는데, 그렇다면 許愼(허신)이 孔子보다 뛰어난 사람입니까?"

이에 주인은 손바닥(掌)을 치고 크게 웃으며 물었다.

"지금의 經典이 모두 孔子의 手跡(수적, 親筆)입니까?"

객인은 "지금의 《說文解字》는 모두 許愼(허신)의 手跡입니까?"[1484]

1483 원문 客有難主人曰 – 이는 客人과 주인의 문답 형식의 글이다. 여기 객인은 물론 가상인물이고, 주인은 顔之推 자신이다. 이를 통하여 안지추가 許愼(허신)의 《說文解字》를 아주 높이 평가했음을 알 수 있다. 許愼(허신, 서기 58? – 146年?)의 字는 叔重(숙종)으로 汝南郡 召陵縣 사람이다. 본성이 淳樸 敦篤(순박 돈독)하고, 젊어 여러 경전을 널리 배웠으며, 馬融(마융)도 늘 허신을 존경하였기에 당시 사람들이 '《五經》에는 許叔重 만한 사람이 없다.' 고 하였다. 나중에 汝南郡의 功曹로 재직했고 孝廉으로 천거받아 두 번 승진하여 (沛國의) 洨縣(효현) 縣長이 되었다. 집에서 죽었다. 그전에 허신은 《五經》의 전수하는 해설과 평가가 서로 다른 것을 보고 이에 《五經異義》를 저술했고, 또 《說文解字》 14편을 저술하였는데 모두 지금까지 전해온다.

1484 《說文解字》 – 간칭 《說文》, 中國 現存 最古의 字典. 540개 部首에, 9,353字를 설명. 서기 100年(和帝 永元 12년) 경에 저술을 시작하여 安帝 建光 원년(서기 121년)에 완성한 것으로 추정. 목록 1편, 正文 14편으로 구성. 원본은 전해오지 않으나 漢의 여러 저서에 인용되었고, 北宋 徐鉉(서현)이 雍熙 三年(986년)

이에 주인이 대답하였다.

"許愼(허신)은 六文(六書)[1485]에 의거 검토하고 部首(부수)를 적용하여 오류가 나지 않게, 또 오류가 있으면 찾아낼 수 있게 (說文解字를) 지었습니다. 孔子는 (經典의) 大義를 저술했지만 그 文字를 論하지 않았습니다. 先儒들은 (경전의) 문자를 바꿔가며 그 뜻을 추구하였으니,[1486] 하물며 (경서를) 필사하여 후세에 전한 경우야 말할 필요가 없을 것입니다.[1487] 꼭 예를 든다면, 《左傳》에서 止(그칠 지)와 戈(창 과)를 합하여 武가 되고, 正을 거꾸로 놓아(反) 乏(모자란 핍)이 되며, 皿(그릇 명)에 蟲(벌레 충)이면 蠱(벌레 고, 毒)이고, 亥(돼지 해)는 二首에 六身이라는 풀이는 後人이 마음대로 고칠 수 있는 것이 아닙니다. (내가) 어찌 감히 《說文解字》의 是非를 따질 수 있겠습니까?[1488] 또 나 역시 《說文》만이 옳다고 여기지 않았고, 거기에 인용된 經傳 내용이 지금과 다르다

에 간행된 판본이 현존한다.

1485 六文(六書) - 象形과 指事. 會意와 形聲, 그리고 轉注와 假借(가차).

1486 원문 尙得改文從意 - 古文의 여러 경전의 문자를 다양하게 해석하여 고문에 대의를 따르려 했다는 뜻.

1487 원문 何況書寫流傳耶? - 경전 大義의 새로운 發揚(발양)이 아니고, 그저 그 뜻만 알려고 한다면, 경전 문자의 뜻이 정확하면 더 말할 것이 없다는 뜻.

1488 원문 校其是非哉? - 校는 校正하다. 其는 《說文解字》의 문자. 哉(재)는 의문어조사.

면,[1489] 따르지 않았습니다. 또 司馬相如(사마상여)가 그의 〈封禪書(봉선서)〉에서 '한 줄기〔一莖(일경)〕에서 자라난 6개의 이삭〔六穗(이삭 수)〕을 부엌〔於庖(부엌 포)〕에 골라놓고(導), 같은 밑바탕에서 자라난 두 갈래 뿔을 가진 짐승을 희생으로 바쳤다.' 고[1490] 하였는데, 여기에 쓴 '導(이끌 도)' 의 뜻은 '擇(고를 택)이기에, (後漢) 光武帝의 조서에서도(詔) '공연히(徒) (歌舞를) 미리(豫) 가르치고(養) 골라내는(導擇) 고생을(勞) 할 필요가 없다(非有).' 한 글이 바로 이런 예입니다. 그러나《說文》에서는 '導는 곡식인 벼의 이름(禾名)' 이라면서 〈封禪書〉를 인용하여 증거로 내세웠는데, 벼(禾)의 이름에 '導' 가 있는 것이야 상관없지만, 그것은 사마상여의 用度(그렇게 사용한 것)는 아닐 것입니다. '禾(벼)가 一莖(한 줄기)에 六穗(여섯 이삭)하여 부엌에서(於庖)' 한다면, 어찌 문장이 되겠습니까?[1491] 설령(縱) 사마상여의 타고난 재능(天才)이 비루하고 졸렬하여 억지로 이런 문장을 지었다면, 그 다음 句는 '기린(麟) 雙觡(두 개의 뿔)을 共抵(함께 가지런한)한 獸(짐

1489 원문 與今乖者 – 乖는 어그러질 괴. 乖離(괴리).

1490 원문 犧雙觡共抵之獸 – 犧는 犧牲(희생)을 바치다. 雙(쌍)은 한 쌍. 2개. 觡은 뿔 격. 共抵(공저)는 밑바탕을 같이 하다. 한 뿌리에서 2개의 줄기가 나오다. 獸는 짐승 수.

1491 '禾一莖六穗於庖' 豈成文乎? –《說文》에서 풀이한대로 동사 導(골라내다)를 禾(벼 화)로, 곧 명사로 쓰면 문장이 되지 않는다는 뜻. 莖은 줄기 경. 풀의 줄기. 穗는 이삭 수. 벼 이삭. 庖는 부엌 포.

승)' 라는 말이 되어 犧(희생을 바치다)라고 할 수 없을 것입니다.[1492] 나는 일찍이 許愼은 純儒(순유 : 순수한 학자)일 뿐, 문장의 체제에는 통달하지 못했다고 비웃었던 적이 있지만, 이런 사례로는 허신의 그 신빙성이 부족할 수도 있습니다. 대체로 許愼의《說文》에 내가 탄복하는 것은 (字形을) 바로잡으며 조리가 체계화 되었고[1493] (字意를) 분석하는데〔剖析(부석)〕그 根源(근원)을 파고들었기(窮) 때문이니, 鄭玄(정현)의 注書에서도 가끔(往往)《說文》을 인용하여 증거로 삼았던 것이니, 만약 (허신의) 말을 믿지 못한다면 (文字의) 一點이나 一畫(일획)에 무슨 뜻이 있는지(有何意) 깜깜하게〔冥冥(명명)〕모를 것입니다."

1492 앞의 구에 동사를 명사(禾)로 풀이하였으니, 대우가 되는 그 다음 구절도 犧(희생할 희)라는 동사가 아닌 명사(麟)으로 시작해야 하고, 그러면 문맥이 통하지 않는다는 뜻. 결국 導(도)를 名詞(禾)로 풀이하면 안 된다.

1493 원문 隱括有條例 – 隱括(은괄, 隱栝)은 보이지 않는 것을 바로잡다. 括은 휘어진 나무나 대나무를 바로잡다. 括은 묶을 괄. 條例(조례)는 체계화하다.

223/ 俗字의 사용

|原文| 世間小學者, 不通古今, 必依小篆, 是正書記, 凡《爾雅》,《三蒼》,《說文》, 豈能悉得蒼頡本指哉? 亦是隨代損益, 互有同異. 西晉已往字書, 何可全非?

但令體例成就, 不爲專輒耳. 考校是非, 特須消息. 至如'仲尼居', 三字之中, 兩字非體,《三蒼》'尼' 旁益 '丘',《說文》'尸' 下施 '几', 如此之類, 何由可從?

古無二字, 又多假借, 以中爲仲, 以說爲悅, 以召爲邵, 以閒爲閑, 如此之徒, 亦不勞改.

自有訛謬, 過成鄙俗, '亂' 旁爲 '舌', '揖' 下無 '耳', '黿', '鼉' 從 '龜', '奮', '奪' 從 '雚', '席' 中加 '帶', '惡' 上安 '西', '鼓' 外設 '皮', '鑿' 頭生 '毁', '離' 則配 '禹', '壑' 乃施 '豁', '巫' 混 '經' 旁, '皐' 分 '澤' 片, '獵' 化爲 '獦', '寵' 變成 '竉', '業' 左益 '片', '靈' 底著 '器', '率' 字自有律音, 强改爲別. '單' 字自有善音, 輒析成異, 如此之類, 不可不治.

吾昔初看《說文》, 蚩薄世字, 從正則懼人不識, 隨俗則意嫌其非, 略是不得下筆也. 所見漸廣, 更知通變, 救前之執, 將欲半焉. 若文章著述, 猶擇微相影響者行之, 官曹文書, 世間尺牘, 幸不違俗也.

| 국역 | 지금 세상에서 小學(소학)을 하는 사람들은[1494] 古今(고금)에 不通(불통)하면, 必(필)히 小篆(소전)에 의거하여 서적의 문자를 바로잡으려 하는데, 무릇 《爾雅(이아)》와 《三蒼(삼창)》과 《說文解字(설문해자)》라 하여도 어찌 능히 蒼頡(창힐)의 本指(본지, 본뜻)와 일치하겠는가? 이 亦是(역시) 시대에 따라 줄고 늘어나며〔損益(손익)〕, 서로 간에 같거나 다를 수가 있다. 그러니 西晉(서진) 시대 쓰인 字書(자서)라 하여 어찌 전부 틀리다고 하겠는가?

다만 책의 체제를 다 갖추어 설명해야 하는 것이지 마음대로 판단해서는 안될 것이다.[1495] 〔文字(문자)의〕 是非(시비)를 고찰하여 校正(교정)하려면 특별히 문자의 변형 과정을 알아야 한다.[1496]

예를 들어 '仲尼居(중니거)' 라는 구절에서[1497] 三字 중에 두 글

1494 小學(소학) – 小學은 文字學(釋形), 音韻學(釋音), 訓詁學(釋義)을 포괄하는 학문 분야로 經學의 한 분과. 性理學에서 강조하는 書册인 《小學》이 아니며, 四書의 하나인 《大學》의 상대적인 개념으로 小學이 아니다.

1495 원문 不爲專輒耳 – 不爲는 할 수 없다. 하지 말라. 專輒(전첩)은 專橫(전횡)하다. 마음대로 판단하다.

1496 원문 特須消息 – 須는 모름지기 수. 반드시. 기다리다. 필요로 하다. 消息(소식)은 소멸과 生成. 盛衰(성쇠)와 변화.

1497 '仲尼居' –《孝經 開宗明義章》의 첫 구절이다. 「仲尼居. 曾子侍. 子曰, 先王～」

자가 正字體(정자체)가 아니니, 《三蒼(삼창)》에서는 '尼(니)' 旁(방)에 '丘(구)' 를 더했고〔屔(웅덩이 니)〕, 《說文(설문)》에서는 '尸(시)' 아래에 '几(궤)' 를 썼는데〔尻(살 거), 几(궤)의 3획〕 이러한 종류의 글자를 어찌 다 믿고 따를 수 있겠는가?

고대에는 異體字(이체자)는 없었으나,[1498] 대신 假借(가차)가 많았으니, 中(중)으로 둘째를〔仲(중)〕 뜻하고. 說(말씀 설, 기쁠 열)로 悅(기쁨 열)을, 召(부를 소)로 邵(고을 이름, 성씨 소)를, 閒(틈 한)으로 閑(막을 한, 한가할 한)을 뜻하였으니, 이런 종류의 글자는 지금에 와서 힘들여 고칠 필요는 없을 것이다.

(어떤 글자는) 본래 착오가 있었는데,[1499] 세월이 가며 비속하게 바뀌었으니, (예를 들면) '亂(난)' 의 旁〔방, 傍(방)〕을 '舌(혀 설)' 로 바꾸어 쓰고, 乱(난)으로 쓰고, '揖(읍할 읍)' 의 아래에 '耳(이)' 가 없이 쓰거나(耳 대신 月을 써서 捐(연) 字(자)로 엉뚱하게 쓰는 경우를 말함), '黿(자라 원)' , '鼉(악어 타)' 에서 (黽, 힘쓸 민) 대신 '龜(거북 귀)' 를 쓰며, '奮(분)' 과 '奪(탈)' 에서 머리의 奞(날개 칠 순) 대신에 '雚(왕골풀 관)' 을 쓰며, '席(자리 석)' 에서 广(엄)에 '帶(띠 대)를 집어넣고, 惡(악할 악)에서 亞(아) 대신 '西(서)' 를 써 넣으며, '鼓(북 고)' 에서 밖에 支(지) 대신 '皮(피)' 를, '鑿(뚫을 착)' 金(금)의 머리에 '毁(헐 훼)' 를, '離(헤어질 리)' 에서 〔离(리) 대신〕 '禹

1498 원문 古無二字 – 二字는 異體(이체)의 文字.

1499 원문 自有訛謬 – 自는 글자 自體. 訛는 그릇될 와. 謬는 그릇될 류. 訛謬(와류)는 잘못되다. 착오.

(우)' 로 짝을 지으며, '壑(골짜기 학)' 을 '豁(뚫린 골짜기 활)' 아래 土를 쓰고, '巫(무)' 를 '經(경)' 의 旁(방)인 巠(지하수 경)과 혼동하며, '皐(언덕 고)' 대신 '澤(택)' 에서 氵를 빼고 睪(역)으로 쓰거나, '獵(사냥할 렵)' 을 '獦(큰 이리 갈)' 로 쓰며, '寵(사랑할 총)' 을 '竉(구멍 롱)' 으로 바꾸거나, '業(업)' 의 왼쪽에 '片(조각 편)' 을 보태며〔牃(담을 틀 업)〕, '靈(령)' 의 雨(우) 아래에 '器(그릇 기)를 붙이거나' , '率(거느릴 솔)' 字에 본래 律音이 있기에 (비율 율)의 률이건만 억지로 逹(군사를 거느릴 솔)字로 바꾸기도 한다. '單(단)' 字에는 본래 '善(선)' 이라는 音이 있어,[1500] 글자를 나눠 다른 글자 '단' 으로 쓰기도 하는데, 이런 종류의 俗字(속자)는 바로 잡지 않을 수 없다.

나는 처음에 《說文(설문)》을 읽으면서, 世間(세간)의 俗字를 업신여겼다.[1501] 그러나 正字만을 따른다면 사람들이 못 읽을 것이라 걱정했고, 속자를 따라 쓰자니 그 오류를 혐오하였기에 글을 쓰면서도 매우 힘들었다. 그러나 나의 견식이 넓어지고 융통의 도리를 알게 되면서, 이전의 正字(정자) 고집을 어느 정도 극복하며 (정자와 속자를) 절반씩 절충할 수 있었다.

1500 單은 성씨나 地名일 때는 '선' 으로 읽는다. 흉노왕을 지칭할 때는 單于(선우)로 읽는다.

1501 원문 蚩薄世字 – 蚩는 어리석을 치. 업신여기다. 벌레가 기어갈 치. 嗤(비웃을 치)와 同. 薄은 엷을 박. 鄙薄(비박). 世字는 세속의 글자. 俗字.

그리하여 文章(문장)의 著述(저술)에서는 (정자와 속자의) 차이가 많지 않은 글자를 골라 쓰게 되고, 官衙(관아)의 업무 문서나 보통 사람과의 書信〔서신 : 尺牘(척독)〕에서는 속자를 거부하지 않는 것이 좋다고 생각한다.

224/ 破字(파자)

| 原文 | 案,彌亘字從二間舟,《詩》云,「亘之秬秠」是也. 今之隸書, 轉舟爲日. 而何法盛《中興書》乃以舟在二間爲舟航字, 謬也.

《春秋說》以人十四心爲德,《詩說》以二在天下爲酉,《漢書》以貨泉爲白水眞人,《新論》以金昆爲銀,《國志》以天上有口爲吳,《晉書》以黃頭小人爲恭,《宋書》以召刀爲邵,《參同契》以人負告爲造.

如此之例, 蓋數術謬語, 假借依附, 雜以戲笑耳. 如猶轉貢字爲項, 以叱爲七, 安可用此定文字音讀乎? 潘,陸諸子〈離合詩〉,〈賦〉,《栻卜》,《破字經》, 及鮑照《謎字》, 皆取會流俗, 不足以形聲論之也.

| 국역 | 彌亘(미긍)[1502]의 亘字(긍자)는 二(두 이) 안에 舟(배 주)가 있는 모양인데, 형상이《詩經 大雅 生民(시경 대아 생민)》의 詩句(절구)의 亘之秬秠(긍지거비)에「찰기장과 메기장을 두루 심어」라는 구절

1502 彌亘(미긍) – 끊임없이 이어지다. 彌는 두루 미. 亘은 걸칠 긍. 잇닿다. 펴다. 亘字의 篆書(전서)는 二의 가운데에 舟(배 주) 형상이 들어있다.

이[1503] 그 예이다. 오늘날의 隸書(예서)에서는 舟(주)가 日(일)로 바뀌어 亘(항)으로 쓴다. 〔南朝 宋(남조 송)〕 何法盛(하법성, 人名)의 《晋中興書(진중흥서)》에서 舟(주)가 二 중간에 있으니 舟를 航(건널 항)의 글자로 본 것은 착오이다〔謬也(류야)〕.

〔緯書(위서)인〕《春秋說(춘추설)》에서는 人(亻),十,四,心(인십사심)이 德字(덕자)라 하였고,[1504] 〔緯書(위서)인〕《詩說(시설)》에서는 天(하늘 천) 아래에 二(두 이) 있는 것이 酉(닭 유, 익을 유)이며,《後漢書 光武帝本紀(후한서 광무제본기)》에는 〔王莽(왕망)이〕 貨泉(화천 : 돈)을 파자하여 白水眞人(백수진인)이라 하였으며,[1505] 〔後漢(후한), 桓譚(환담)의〕《新論(신논)》에서는 金昆(금곤, 金의 형제)을 銀(은)이라 하였고,[1506] 《三國志 吳書(삼국지 오서)》에서는 '天자 위에 口

1503 원문 亘之秬秠 – 亘은 이어지다. 뻗치다. 더할 수 없는 정도에 이르다. 秬는 찰기장 거. 오곡의 하나. 秠는 검은 기장 비.

1504 德의 글자를 구성하는 필획을 분해하여 설명했다.

1505 원문 貨泉爲白水眞人 – 貨泉(화천)은 貨와 泉. 貨는 글자가 있는 圓形方孔의 錢. 泉은 돈 천. 泉布, 泉은 錢(전)의 異名. 白水眞人의 白水는 南陽 분지를 흐르는 漢江(漢水)의 지류. 眞人은 신선. 泉을 白水로 破字하고, 錢에게 眞人이라는 美稱을 붙이었다. 〈光武帝紀〉 끝에 실린 저자 范曄(범엽)의 論에 실린 구절이다. 원문 「~ 及王莽簒位, 忌惡劉氏, 以錢文有金刀, 故改爲貨泉. 或以貨泉字文爲 '白水眞人'.」(나중에 王莽(왕망)이 찬위한 뒤에, 劉氏를 꺼리고 증오하여 전폐에 金刀(卯金刀, 劉의 破字)라는 글자를 새기고 (돈을) 貨泉이라 바꿔 불렀다. 또 貨泉에 '白水眞人' 이라는 글을 새기게 했다.)

(입 구)가 吳(오)나라.' 라고 했으며,[1507]《晉書 五行志(진서 오행지)》에는 黃頭(황두)의 小人(소인)이 恭(공손할 공)이고,[1508]《宋書(송서)》에서는 召刀(소도)를 邵(성씨, 고을 이름 소, 卲는 자를 조)로,《周易參同契(주역참동계)》[1509]에서는 사람이(人, 辶 : 책받침) 告字(고자)를 등에 지고〔負(부)〕있는 것이 造(만들 조)라고 하였다.

1506 원문 金昆爲銀 – 金의 昆弟(곤제, 兄弟)인 銀. 金은 형, 銀은 아우로 생각했다.

1507 西蜀에서 보낸 사신 張奉(장봉)이 손권 앞에서 전임 尙書이었던 闞澤(감택)의 이름 글자 '澤'으로 조롱을 했는데, 감택이 그에 응답하지 못했다. 그러자 薛綜(설종)은 (장봉에게) 술을 권하면서(行酒) 말했다. "蜀(촉)이란 무엇입니까? 개(犭)가 있어도 혼자(獨)이고, 개가 없으면 蜀(촉)이며, 옆으로 누운 눈(罒)에 몸을 구부리면(句身 – 勹) 벌레(虫)가 그 안에 들어있습니다." 그러자 장봉이 말했다. "당신의 吳에 대한 글자는 분석하지 않습니까?" 그러자 설종은 바로 말했다. "입이 없으면 하늘(天)이고, 입이 있으면 吳(오)이며, 주군이 만방에 군림하니 천자의 도성이 吳입니다." 이에 좌중 모두가 웃었고 장봉은 대꾸를 못했다. 陳壽 正史《三國志 吳書 張嚴程薛薛傳》.

1508 원문 以黃頭小人爲恭 – 黃글자의 머리 부분에 그 아래 여덟 八을 쓰고서 그 안에 小와 丶을 小人으로 破字한 것이 恭이다.

1509《參同契》–《周易參同契(주역참동계)》– 後漢 魏伯陽(위백양)의 저서. 魏伯陽(위백양, 생졸년 미상, 환제 재위 기간에 활동. 名은 翺 고, 날아갈 고, 字는 伯陽)은 후한의 유명한 煉丹家(연단가). 道士.《周易參同契(주역참동계)》는 '萬古丹經王'으로 불린다. 이는 大易, 黃老 사상, 爐火(노화)의 煉丹術(연단술)을 함께 모았다는(音은 참, cān) 뜻이다.

이러한 여러 가지 사례는, 대개 術士(술사)들의 황당한 말로 字形(자형)에 뜻을 만들어 붙이거나 농담을 뒤섞은 말이다. 예를 들어, 貢(바칠 공)을 〔工(공)을 앞에 내세워〕 項(목 항)으로 만들거나, 叱(질)을 七로 쓴다면 이런 문자의 음독을 어떻게 하겠는가? 潘岳(반악)과 陸機(육기) 등 여러 文人(문인)의 〈離合詩(이합시)〉[1510]나 〈離合賦(이합부)〉 그리고 《栻卜經(식복경, 栻은 점칠 식)》과 《破字經(파자경)》, 그리고 鮑照(포조)[1511]의 《謎字(미자, 글자 수수께끼)》 등은 모두 세속에 영합한 말이나 문자를 모은 책으로, 字形(자형)과 聲音(성음)을 論(논)하기에는 부족할 뿐이다.

1510 〈離合詩〉 - 破字法으로 쓴 시. 일종의 文字 遊戲(유희).

1511 鮑照(포조 414 - 466, 字는 明遠) - 南朝 宋의 詩人으로 보통 '鮑參軍(포참군)' 으로 통칭. 謝靈運(사령운), 顏延之(안연지)와 함께 元嘉(원가) 3대 시인으로 꼽힌다.

225/ 日中必熭(일중필위)

|原文| 河間邢芳語吾云, "〈賈誼傳〉云, '日中必熭' 註, '熭, 暴也.' 曾見人解云, '此是暴疾之意, 正言日中不須臾, 卒然便昃耳.' 此釋爲當乎?"

吾謂邢曰, "此語本出太公《六韜》, 案字書, 古者暴曬字與暴疾字相似, 唯下少異, 後人專輒加傍日耳. 言日中時, 必須曝曬, 不爾者, 失其時也. 晉灼已有詳釋."

芳笑服而退.

|국역| 河間郡(하간군) 사람 邢芳(형방)이 나에게 말했다.

"《漢書(한서)》〈賈誼傳(가의전)〉[1512]에 '해가 한낮에 있을 때 꼭 햇볕에 말린다.' 하였고,[1513] 그 주석에 '熭(말릴 위)는 暴(햇볕에 쬘

1512 〈賈誼傳〉 - 《漢書》〈賈誼傳(가의전)〉 賈誼(가의, 前 200 - 168)는 長沙王 太傅, 政論으로는 〈過秦論〉, 〈論積貯疏〉, 〈論治安策〉이 유명하다. 辭賦로는 〈弔屈原賦〉, 〈鵩鳥賦〉, 〈惜誓〉 등이 잘 알려졌다. 文帝의 아들 梁王 劉勝이 말에서 떨어져죽었는데, 가의는 슬퍼하며 태부로서 직분을 다하지 못했다고 생각하여 오랫동안 통곡하다가 1년 뒤에 가의 또한 죽었다. 가의가 죽을 때 나이는 33세이었다.

1513 원문 日中必熭 - 이 구절은 가의의 〈論治安策〉에 인용된 말이다. 원문 「黃帝曰, "日中必熭, 操刀必割."」(黃帝는 '해가 중천에

폭)이라.' 하였는데, 그전에 다른 사람의 풀이에 '이는 暴疾(폭질, 빠르고 사납다)의 의미이며, 태양이 日中(일중)에 있는 시간이 짧아 갑자기 서쪽으로 기운다.' 고 하였는데, 이런 해석이 합당합니까?"

내가 邢芳(형방)에게 말했다.

"이 말은 본래 太公(태공)의 《六韜(육도)》[1514]에 있는 말이나, 字書(자서)를 보면, 옛날에 暴曬(폭쇄 : 드러내어 햇볕에 말리다)의 글자와 暴疾(폭질)의 글자가 서로 相似(상사 : 모양이 비슷하다)하나[1515] 아래 부분만 조금 달라 後人(후인)들이 멋대로 곁에 日을 추가하였습니다. 日中(일중)의 시간을 기다려 반드시 말려야 하지 그렇지 않으면 그때를 놓친다는 뜻입니다. 〔晋(진)나라〕 晉灼(진작)[1516]도 이미 상세한 주석을 달았습니다."

형방은 웃으며 수긍하고 돌아갔다.

있을 때 풀을 말려야 하고, 칼을 잡았을 때 기필코 잘라야 한다.' 고 하였다.) 본래 이 구절은 《六韜(육도)》란 책에 있는데, 기회를 잘 포착하라는 뜻. 熭는 말릴 위. 불에 급하게 말리다.

1514 《六韜(육도)》 – 이는 병법서이다. 韜는 감출 도. 이 책에서는 治國과 治軍, 전쟁의 理論과 原則을 다루었는데 6분야로 구성되었다. 즉 文韜(論 治國, 用人의 韜略), 武韜(用兵의 韜略), 龍韜(論 軍事 組織), 虎韜(論 戰爭環境 및 武器와 布陣 전략), 豹韜(論 戰術), 犬韜(論 軍隊의 指揮와 訓練)이다.

1515 暴疾의 글자가 서로 相似(상사)하나 – 暴의 古字인데, 아랫부분이 하나는 米이고 다른 하나는 夲(나아갈 도)인데 옥편과 컴퓨터에도 없는 글자임.

1516 晉灼(진작) – 《漢書集注》, 《漢書音義》를 저술.

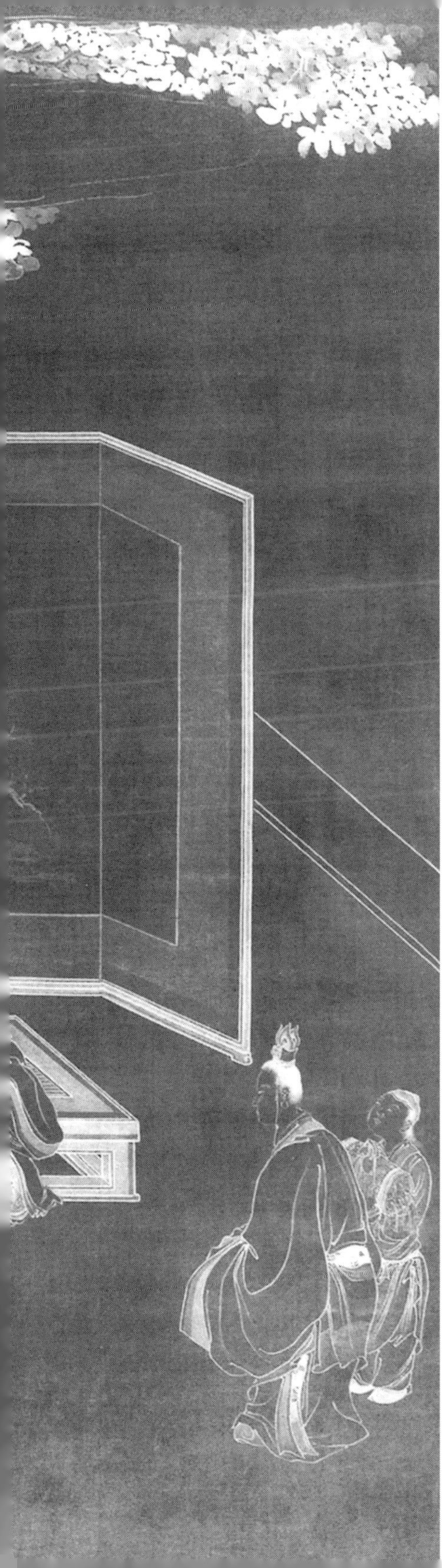

顏氏家訓
제7권

18. 音辭(음사)[1517]

226/ 言語不同

|原文| 夫九州之人, 言語不同, 生民已來, 固常然矣.

1517 이 〈音辭〉 篇은《顔氏家訓》20편 중 가장 난해한 편으로 알려졌다. 이는 안지추의 전공분야라 할 수 있는 音韻學(음운학) 영역이고, 안지추가 평생 동안 심혈을 기울여 연구한 總和(총화)였기에 더욱 그러할 것이다. 顔之推의 文字와 訓詁(훈고), 聲韻(성운) 校勘(교감)에 관한 학문의 종결이 바로 이 〈音辭篇〉이라고 볼 수 있다. 지역에 따라 언어가 다르다는 것은 쉽게 이해할 수 있다.
좁은 땅 우리나라도 방언이 제각각인데, 중국에서는 어떠하겠는가? 그리고 중국어에는 우리말과 다른 聲調가 있다. 우리나라 사람이 배우기 어려운 이 四聲의 성조는 중국에서도 지역과 시대에 따라 끊임없이 변화했다. 안지추는 독서를 통한 해박한 지식을 겸비했고 남북을 옮겨 다니며 생활했다. 곧 학문적 이해에 음운학의 실제 현상을 경험했기에 그 이론은 합리적이었다.

自《春秋》標齊言之傳,《離騷》目楚詞之經, 此蓋其較明之初也. 後有揚雄著《方言》, 其言大備, 然皆考名物之同異, 不顯聲讀之是非也. 逮鄭玄注《六經》, 高誘解《呂覽》,《淮南》, 許愼造《說文》, 劉熹制《釋名》, 始有譬況假借以證音字耳. 而古語與今殊別, 其間輕重清濁, 猶未可曉, 加以內言外言, 急言徐言, 讀若之類, 益使人疑.

孫叔言創《爾雅音義》, 是漢末人獨知反語. 至於魏世, 此事大行. 高貴鄉公不解反語, 以爲怪異. 自茲厥後, 音韻鋒出, 各有土風, 遞相非笑, 指馬之諭, 未知孰是.

共以帝王都邑, 參校方俗, 考覈古今, 爲之折衷. 搉而量之, 獨金陵與洛下耳. 南方水土和柔, 其音清擧而切詣, 失在浮淺, 其辭多鄙俗. 北方山川深厚, 其音沈濁而鈋鈍, 得其質直, 其辭多古語.

|국역| 중국 九州[1518] 사람들의 言語가 不同(같지 않음)한 것은

이 〈言辭〉 편은 중국 음운학에 큰 공헌을 했다고 누구나 인정하고 있다. 많은 학자들이 여러 주석이 있지만, 今人 周祖謨(주조모, 1914–1995)의 《顔氏家訓音辭篇注補》라는 저서가 가장 뛰어나다는 설명이 있다.

1518 九州 – 禹가 治水 사업을 마치면서 구분한 9州, 곧 冀州(기주), 兗州(연주), 靑州, 徐州, 揚州, 豫州, 荊州, 雍州(옹주), 梁州. 이를

生民(사람이 생겨난) 이래로 언제나 그러했다.

《春秋(춘추)》가 齊(제)나라 말로 지어졌다는 분명한 표가 나고, 〔屈原(굴원)의〕《離騷(이소)》는 楚(초) 지역의 말이라고 지목할 수 있으니,[1519] 이는 아마 (언어의) 차이가 뚜렷해지는 초기라고 볼 수 있다. 뒷날 揚雄〔양웅, 前 53 - 서기 18, 字는 子雲(자운)〕이 《方言(방언)》[1520]을 저술하여 (음운 연구의) 대략을 세웠지만, (《方言》의 내용) 대부분이 사물 명칭의 同異(동이 : 같고 다름)를 고찰했을 뿐 소리 내어 읽기〔聲讀(성독) / 有聲閱讀(유성열독)〕의 옳고 그름〔是非(시비)〕을 언급하지는 않았다.

鄭玄〔정현, 127 - 200년, 字는 康成(강성)〕이 《六經(육경)》을 주석하였고, 高誘(고유)[1521]가 《呂覽(여람) / 呂氏春秋(여씨춘추)》와 《淮南

특별히 禹貢(우공) 九州라 한다. 이후 九州는 중국을 지칭하는 대명사가 되었다.

1519 目楚詞之經 - 여기서 目은 간주하다. 인식하다.

1520 《方言》 - 양웅의 언어와 訓詁(훈고)에 관한 저서. 13권. 《爾雅》의 체제에 의거 古今 각지의 同義 詞語를 모았는데 그런 뜻이 통하는 지역까지 밝혀 漢代 언어 분포 정황을 알 수 있다.

1521 高誘(고유, 생몰 연대 미상, 後漢 말 獻帝 연간에 여러 관직 역임) - 馬融(마융)의 再傳弟子. 유학자로 《淮南子》, 《呂氏春秋》, 《戰國策》을 주석했다. 現存 漢代 各家의 주석으로는 鄭玄의 주석이 가장 많고, 다음으로는 高誘의 주석이 많다고 한다.

高誘는 作風이 樸實(박실)하고 儒家 典籍 및 古文經學에 박통하여 주석 중에 五經과 《論語》 및 《孟子》를 인용하였으며, 訓詁와 明義, 문자의 해석과 풀이를 주로 하면서, 특히 音讀과 방언의

子(회남자)》를 해설하였으며, 許愼(허신)이 《說文解字(설문해자)》를 저술했고, 劉熹(유희)[1522]가 《釋名(석명)》을 저술하면서, 비로소 發音(발음)에 관하여 설명하거나 비슷한 讀音字(독음자)로 치환하며 발음을 검증하였다.[1523]

그러나 古語(고어)는 지금의 言語(언어)와 차이가 많아서 발음의 輕重(경중)이나 淸濁(청탁)에 따라 그 변화를 밝힐 수 없으며〔猶未可曉(유미가효)〕, 입안으로 말하거나〔內言(내언)〕 밖으로 말하기〔外言(외언)〕,[1524] 촉급한 발언〔急言(급언)〕이나 느린 발음〔徐言(서언)〕, 또는 ~와 같이 읽는다〔讀若(독약)~〕 하는 식의 설명으로는 오히려 (발음에 관한) 사람들의 의혹을 더욱 증대시켰다.

孫叔言(손숙언, 孫炎)[1525]이 《爾雅音義(이아음의)》를 저술하였는

해석을 重視하면서 名物과 典章의 해석, 注音, 校勘(교감), 大義闡明(천명) 등에 중점을 두었다. 고유의 학문적 성과는 許愼(허신)과 趙岐(조기)의 중간에 해당한다는 평가도 있다.

1522 劉熹(유희, 字는 季明) - 安帝 延光 2年(123年) 司徒 역임 順帝 즉위 이후 면직. 《釋名》 8권을 저술했다.

1523 원문 始有譬況假借以證音字耳. - 始는 비로소 시. 譬況(비황)은 反切法에 의한 讀音 표기 이전에 통용되던 한자의 발음 표기. 最早의 注音 方法의 하나. 발음하는 정황을 설명. 讀若~, 讀如~라는 말과 함께 설명하였다. 假借(가차)에 의한 注音은 곧 反切法인데, 이는 讀音이 같거나 비슷한 다른 글자를 빌려 해당 글자를 注音하는 방법이다. 반절법은 삼국 魏의 孫炎(손염)에서 시작되었다고 한다.

1524 內言外言 - 古代 注音에서 譬況(비황)의 字音에 관련한 용어.

데, 이 사람은 漢末에 홀로 反切法(반절법)을 알았었다.[1526] 曹魏 시대에는 이 반절법 방법이 크게 유행하였다. 그러나 高貴鄕公(고귀향공)[1527]은 反切法의 독음을 이해하지 못하여 怪異(괴이)하

1525 孫叔言(손숙언, 또는 叔然) – 孫炎의 字. 孫炎(손염, 생졸년 미상)은 三國 魏 樂安人, 著名한 經學者, 訓詁學者. 鄭玄의 弟子, '東州大儒' 로 불렸다. 《爾雅音義》를 저술. 反切音을 사용. 《爾雅》, 《周易》, 《毛詩》, 《春秋三傳》과 《國語》를 주석하였다. '蒼頡(창힐, 倉頡)이 한자를 만들었고, 孫炎이 反切音을 지어 읽고, 沈約이 韻을 지었다.' 라는 말이 있다.

1526 원문 是漢末人獨知反語 – 反語는 反切 또는 反切語. 연이은 한자 2字에서 앞의 글자에서 子音을, 뒤의 漢字에서 母音을 택해 1음절의 讀音을 조합하는 注音 方法. 反切法.

1527 高貴鄕公(고귀향공) – 曹髦(조모, 241 – 260년, 재위 254 – 260년, 연호 正元, 254 – 256, 甘露, 256 – 260) – 髦는 긴 털 모. 빼어나다. 文帝(曹丕)의 손자이며, 東海定王 曹霖(조림)의 아들이다. 正始 5년(서기 244)에 郯縣(담현, 東海國의 치소, 今 山東省 남부 臨沂市 관할 郯城縣)에 高貴鄕公으로 봉해졌다. 어려서부터 好學하였고 夙成(숙성, 夙은 일찍 숙)하였다. 齊王(曹芳)이 폐위되자(254년), 公卿들이 고귀향공을 迎立(영립)하였다. 조모는 나이가 어린 황제라서 허수아비와 같았고, 실권은 사마의의 아들인 司馬師와 司馬昭 형제가 장악하였다. 司馬師가 鍾會(종회)에게 曹髦(조모)의 능력을 물었더니, 종회는 "문장은 陳思王(曹植)과 같고, 武才는 太祖(조조)와 같다.(文同陳思, 武類太祖.)" 고 대답하였다. 이에 司馬師는 조모에 대하여 경계와 감시를 강화하였다. 甘露 5년(서기 260) 5월에 曹髦는 몇몇 신하를 불러 "사마소의 속셈은 길 가는 사람들이 다 알고 있다!(司馬昭之心, 路人皆知也!)" 라고 분개하며 당일 사마소를 토벌하려 했지만 그날 칼에 찔려 죽

다고 말했었다. 이로부터[1528] 音韻(음운)에 관한 저술이 한꺼번에 쏟아져 나와,[1529] 저마다 향토의 풍조대로 서로서로가 비난하거나 비웃었으니 손가락(指 / 언어)으로 말(馬 / 사물)을 설명하듯 누가 옳은 지 알 수 없었다.[1530]

(학자들은) 帝王의 都邑에서 통하는 언어를 기본으로 지방의 언어를 비교하고(參校方俗), 古今의 언어를 밝히고 조사하면서 〔考覈(고핵)〕, 折衷(절충, 折中)을 시도하였다. (이런 과정을 거치면서) 검토하고 비교 짐작하다 보니,[1531] 오직(獨) 金陵(금릉, 今 南京)과 洛陽(낙양)만이 남게 되었다.

南方의 水土는 온화 유연하기에, 그 聲音은 맑고 높으며(分明) 빠르지만,[1532] 들뜨고 얕다는〔浮淺(부천)〕 느낌에 그 言辭는 많이

었다.

1528 원문 自茲厥後 - 이로부터(從此以後), 그 이후로. 茲는 이 자. 이에. 厥은 그 궐. 그것.

1529 원문 音韻鋒出 - 鋒出은 鋒刃(봉인)이 一齊히 나오다. 大勢라서 거스를 수 없다.

1530 원문 指馬之諭, 未知孰是 - 전국시대 公孫龍(공손룡)은 '物莫非指, 而指非指', 그리고 '白馬非馬'의 명제를 내세워 名과 實의 관계를 논쟁하였다. 여기에서 指와 馬 한 글자씩을 따서 指馬란 말이 나왔다. 여기서 指는 손가락(언어)으로 馬(사물)을 설명하다는 의미. 곧 指馬는 是非나 差異, 分別에 대하여 쟁론하다.

1531 원문 搉而量之 - 搉은 두드릴 각. 헤아리다. 硏究하다. 도거리하다(독차지하다). 量은 헤아리다. 商量하다.

1532 원문 清擧而切詣 - 清擧(청거)는 聲音이 맑고 높으며 유창하다.

(多) 鄙俗(비속)하다. 北方의 山川은 深厚(심후)하기에, 그 聲音은 낮게 깔리고 무거우며〔沈濁(침탁)〕 둔탁하고 느리니〔鈋鈍(와둔)〕 비록 질박하나 곧음을 가지고 있으며, 그 언사에는 古語가 많이 들어있다.

|原文| 然冠冕君子, 南方爲優, 閭里小人, 北方爲愈. 易服而與之談, 南方士庶, 數言可辯, 隔垣而聽其語, 北方朝野, 終日難分. 而南染吳,越, 北雜夷虜, 皆有深弊, 不可具論. 其謬失輕微者, 則南人以錢爲涎, 以石爲射, 以賤爲羨, 以是爲舐. 北人以庶爲戍, 以如爲儒, 以紫爲姊, 以洽爲狎.

如此之例, 兩失甚多. 至鄴已來, 唯見崔子約,崔瞻叔姪, 李祖仁,李蔚兄弟, 頗事言詞, 少爲切正. 李季節著《音韻決疑》, 時有錯失. 陽休之造《切韻》, 殊爲疏野. 吾家兒女, 雖在孩稚, 便漸督正之, 一言訛替, 以爲己罪矣. 云爲品物, 未考書記者, 不敢輒名, 汝曹所知也.

|국역| 그렇지만 관직에 있는〔冠冕(관면)〕 君子들의 언어는 南方이 보다 낫고(優, 優秀), 일반〔閭里(염리)〕 백성의(小人) 언사는

切詣(절예)는 발음이 빠르다.

北方이 더 나은 것 같다(爲愈). 옷을 바꿔 입히고(易服) 함께 말하게 한다면, 南方의 士人과 庶民은 몇 마디 말이면 판별이 되고, 담장을 사이에 두고 말하더라도 그 말소리를 들으면, 북방 사람들은 종일 이야기하더라도 구분이 어렵다. 그리고 남방의 언어는 吳(오)와 越(월)의 말투가 뒤섞이고, 北方에서는 북방 이민족의(夷虜) 말투가 뒤섞이는 등, 남북 모두가 심각한 병폐가 있어 함께 논할 수는 없을 것이다.

그런 오류 중 경미한 예를 들어보자면, 남방 사람들은 錢(전, qián)을 涎(입의 침 연, xián)이라 발음하고, 石(shí)을 射(사, shè)로, 賤(천, jiàn)을 羨(부러울 선, xiàn)으로, 是(shì)를 舐(숫돌 지, shì)로 발음한다. 北人들은 庶(여럿 서, shù)를 戍(지킬 수, shù)로, 如(여, rú)를 儒(유 rú)로, 紫(자줏빛 자, zǐ)를 姊(손윗누이 자, zǐ)로, 洽(윤택하게 할 흡, qià)을 狎(익숙할 압, xiá)으로 발음한다.

이 같은 例는 남, 북 양쪽에서 매우 많다. 내가 鄴都(업도)에 온 이후로(北齊 天保 8년, 서기 557년) 다만 崔子約(최자약)과 崔瞻(최첨, 字는 彦通)의 叔姪(숙질)과 李祖仁(이조인, 名은 岳)과 李蔚(이울) 형제만이 언어 연구에 힘쓰는 것을 보고, (나의) 적은 힘이나마 교정을 도와주었다. 李季節(이계절, 名은 概)이《音韻決疑(음운결의)》를 저술했으나 가끔 착오가 있었다. 陽休之(양휴지, 字는 子烈)가《切韻(절운)》을 지었지만 아주 粗野(조야)했다.[1533]

1533 陽休之(양휴지, 字는 子烈)는 北齊가 北周에 멸망된 뒤, 안지추와

우리 아이들에 대해서 비록 어렸을 때라도 바로 점차 바른 말을 쓰도록 가르치면서 한 마디라도 잘못된 말을 한다면,[1534] 그 모두가 나의 허물이라고 생각하였다. 여러 가지 물건을 말할 때라도[1535] 여러 서적을 살펴보지 않았다면,[1536] 함부로 말하지 못하게 한 일들은 너희들도(汝曹) 알고 있을 것이다.

함께 북주의 부름을 받아 장안에 이주했던 동료이었다.

1534 원문 一言訛替 – 訛는 그릇될 와. 거짓말. 속이다. 替는 쇠퇴할 체. 訛替(와체)는 틀리다. 틀린 말.

1535 원문 云爲品物 – 云爲는 말하다. 品物은 각종 물품이나 사물.

1536 원문 未考書記者 – 未考는 읽지 않다. 고찰하지 않다. 書記는 서적.

227/ 發音의 차이

| 原文 | 古今言語, 時俗不同, 著述之人, 楚,夏各異.

《蒼頡訓詁》, 反稗爲逋賣, 反娃爲於乖. 《戰國策》音刎爲免, 《穆天子傳》音諫爲間. 《說文》音戛爲棘, 讀皿爲猛, 《字林》音看爲口甘反, 音伸爲辛. 《韻集》以成,仍,宏,登合成兩韻, 爲,奇,益,石分作四章. 李登《聲類》以系音羿, 劉昌宗《周官音》讀乘若承, 此例甚廣, 必須考校.

前世反語, 又多不切, 徐仙民《毛詩音》反驟爲在遘, 《左傳音》切椽爲徒緣, 不可依信, 亦爲衆矣.

今之學士, 語亦不正, 古獨何人, 必應隨其僞僻乎? 《通俗文》曰, '入室求曰搜.' 反爲兄侯. 然則兄當音所榮反. 今北俗通行此音, 亦古語之不可用者.

璵璠, 魯人寶玉, 當音餘煩, 江南皆音藩屛之藩. 岐山當音爲奇, 江南皆呼爲神祇之祇. 江陵陷沒, 此音被於關中, 不知二者何所承案. 以吾淺學, 未之前聞也.

| 국역 | 古今의 言語는 時俗(시대와 풍속)에 따라 같지 않고, 著述(저술)한 사람이 楚(초, 남방 사람)나 夏(하, 中原)의 사람이냐에 따라 다르다.[1537]

《蒼頡訓詁(창힐훈고)》[1538]에서, 稗(패)는 逋(달아날 포)와 賣(팔 매)의 반절이고,[1539] 娃(왜)는 於(어)와 乖(괴)의 반절이라고 했다.[1540] 《戰國策(전국책)》에서 刎(문)을 免(면)이라 注音(주음: 읽었다)했고,[1541] 《穆天子傳(목천자전)》에서는 諫(간)을 間(간)이라 注

1537 원문 楚,夏各異 - 楚는 춘추전국시대의 강국. 그 나라의 영역, 중국의 남부지역을 대표. 夏는 中原지역. 때로는 중국을 의미.

1538 《蒼頡訓詁(창힐훈고)》 - 후한 杜林(두림)의 편찬. 頡은 곧은 목 힐.

1539 원문 反稗爲逋賣 - 反은 反切音. 稗는 피 패. 밭곡식으로 피. 우리나라에서는 경작하지 않았음. 수생식물로 피는 벼(禾)와 아주 흡사하여 구분이 잘 안되나 벼의 잎과 달리 피의 잎 가운데에 줄이 있다. 逋는 달아날 포. 賣는 팔아치울 매.

1540 원문 反娃爲於乖 - 反은 反切音. 娃는 예쁠 왜. 와로도 읽음. 娃姣(와교)는 아름다운 여인. 娃娃(와와)는 어린아이. 於는 어조사 어. 乖는 어그러질 괴.

1541 원문《戰國策》音刎爲免 - 音은 注音하다. 刎은 목을 벨 문. 免은 면할 면. 《戰國策》의 編者는 前漢의 劉向(유향)으로 알려졌다. 그러나 이는 一人의 一時 저술은 결코 아니다. 《戰國策》은 총 33권인데, 〈東周策〉과 〈西周策〉 각 1卷, 〈秦策〉 5卷, 〈齊策〉 6卷, 〈楚策〉 〈趙策〉 〈魏策〉 각 4卷, 〈韓策〉, 〈燕策〉 각 3卷, 〈宋衛策〉과 〈中山策〉 각 1卷이고 章으로는 총 497 - 500章이다.

《戰國策》은 西紀 前 455년, 晉陽之戰에서 前 221년 高漸離(고점리)가 秦始皇을 저격 실패하는 일까지 수록했다. 《戰國策》은 敍事와 說事에 뛰어나며, 하여튼 인물 묘사와 說服力이 우수한 저술이다. 전국시대의 社會 風貌와 당시 士人들의 정신과 풍채를 정말 특별하게 묘사 반영한 역사서이며 散文이다. 이는 散文으

音(주음)하였다.[1542] 《說文解字(설문해자)》에서는 戛(알)을 棘(극)으로 주음하였고,[1543] 皿(명)을 猛(맹)이라 읽었으며,[1544] 《字林(자림)》에서는 看(간)을 口(구)와 甘(감)의 反切(감)이라 하였고, 伸(신)을 辛(신)으로 注音하였다. 《韻集(운집)》에서는 成(성)과 仍(잉), 宏(굉)과 登(등)을 묶어 2개의 韻(운)으로 하였고, 爲(위)와 奇(기), 益(익)과 石(석)은 4개의 章(장)에 운으로 나뉘어졌다. 〔三國 曹魏(삼국 조위)〕 李登(이등)의 《聲類(성류)》에서는 系(계)로 羿〔예, 人名, 名弓(명궁)〕를 注音하였으며, 劉昌宗(유창종)의 《周官音(주관음)》에서

로써 문학의 최고 경지에 이르렀기에 이런 저술을 통해 '文, 史, 哲 不分家'란 말을 체험할 수 있다. 그래서 '其文章之奇는 足히 娛人耳目하고, 其機變之巧는 足히 壞人之心術이라.'고 말할 수 있다. 하여튼 우수한 智謀와 虛實의 공간, 그리고 文辭의 妙는 독자가 감탄하지 않을 수 없다.

1542 원문 《穆天子傳》 音諫爲間 – 音은 주음하다. 諫은 간할 간. 忠諫. 間는 사이 간. 《穆天子傳》은 《穆天子傳》 一名 《周王遊行》, 作者 不詳, 戰國 시기에 周 穆王(목왕)의 巡遊(순유)를 기록한 저술로(共 5권) 西晉 시대에 출토되었다. 西晉 太康 2年(281年). – 《汲塚書(급총서) / 汲郡 무덤에 출토한 문서》. 《穆天子傳》은 《左傳》의 歷史 傳記 體裁와 달리 日月에 따라 순차적으로 서술했다(編年). 이는 周 穆王(목왕)의 活動을 중심으로 기록한 實錄性 散文이다. 《隋書 經籍志》에는 '起居注類'로 분류했지만 神話的 색채가 강렬하여 '小說의 濫觴(남상)'이라고 알려졌다.

1543 원문 音戛爲棘 – 音은 注音하다. 戛은 창 알(무기). 棘은 대추나무 극.

1544 원문 讀皿爲猛 – 讀은 읽을 독. 皿은 그릇 명. 猛은 사나울 맹.

는 乘(승)을 承(승)과 같은 音으로 읽었는데, 이런 예는 아주 광범위하게 많으니 반드시 考證(고증)을 거쳐 校正(교정)해야 한다.

예전(전세 : 前世)의 反切語(반절어)에서도 반절어가 아닌 것도 많이 있으니, 徐仙民〔서선민, 徐邈(서막)〕의 《毛詩音(모시음)》에서는 驟(취)를 在(재)와 遘(구)의 반절(주)이라 하였고,[1545] 《左傳音(좌전음)》에서는 椽(연)을 徒(도)와 緣(연)의 반절음(전)이라 하였으니,[1546] 믿을 수가 없지만 이런 예는 매우 많다. 지금 學士(학사)들의 말〔語(어)〕 역시 부정확하거늘, 하물며 옛날의 그 어떤 사람이라 하여 반드시 그 잘못까지 우리가 따라야 하겠는가?[1547]

(服虔(복건)의) 《通俗文(통속문)》[1548]에서는 '入室(입실 : 방에 들어가다)하여 求(구)하는 것을 搜(찾을 수)' 라 하였는데, (搜 音을) 兄(형)과 侯(후)의 반절(곧 후)이라 했다. 그러면 兄(형)의 音(음)은 응당 所(소)와 榮(영)의 반절(성)이어야 한다. 지금 북방 지역에서는 이 音이 통한다지만, 이는 통용될 수 없는 古語(고어)이다.

1545 원문 反驟爲在遘 – 驟는 달릴 취. 말이 빨리 달리다. 遘는 만날 구.

1546 원문 切椽爲徒緣 – 切은 反切音. 椽은 서까래 연. 가옥 구조의 일부. 徒는 무리 도. 緣은 옷 가장자리 연, 이을 연.

1547 원문 必應隨其僞僻乎? – 應은 응할 응. 隨는 따를 수. 僞는 거짓 위. 僻은 후미질 벽.

1548 《通俗文》 – 後漢 말 服虔(복건, 생졸년 미상)이 편찬한 俗語 어휘 사전이라 할 수 있다. 망실되어 지금은 전하지 않으나, 속어나 속자, 口語를 모아 해설한 책으로 알려졌다.

璵璠(여번)은 魯人(노인)의 寶玉(보옥)[1549]인데 응당 그 音은 餘煩(여번)이나, 江南(강남) 지역에서는 모두 藩屛(번병, 가리다)의 藩(덮을 번, 나무 울타리)으로 읽는다. 岐山(기산)[1550]의 岐의 音은 응당 奇(기)이나, 江南에서는 모두 神祇(신지)의 祇〔조사(助詞) 지〕로 발음한다. 〔남조 梁(양)의〕 江陵(강릉)이 陷沒(함몰)되면서, 이 音이 關中(관중)에서도 알려지게 되었는데, 이 두 음이 어디에서 유래했는지 알 수가 없다. 내가 배운 것이 미천해서 그런지 이전에는 들어본 적이 없었다.

1549 원문 璵璠 – 璵는 옥 여. 璠은 옥 이름 번. 璵璠(여번)은 魯人의 寶玉. 고유명사.

1550 岐山(기산) – 今 陝西省 서남부 寶雞市 관할 岐山縣 일대. 周王朝 發祥之地. 周朝의 先祖인 古公亶父(고공단보, 周 太王)는 薰育(훈육)과 戎狄(융적)의 침입을 받자, 살고 있던 豳(빈)을 떠나 漆水(칠수)와 沮水(저수)를 건너 岐山(기산) 아래 정착하였다.

228/ 口開而不閉

| 原文 | 北人之音, 多以擧,莒爲矩.

唯李季節云, '齊桓公與管仲於臺上謀伐莒, 東郭牙望見桓公口開而不閉, 故知所言者莒也. 然則莒,矩必不同呼.' 此爲知音矣.

| 국역 | 北方人(북방인)은 擧(거)와 莒(거)를 矩(구)라고 발음한다.[1551]

전에 李季節(이계절)[1552]이 말했다.

"齊(제) 桓公(환공)이 管仲(관중)과 누대에서 莒國(거국)[1553] 토벌을 모의했는데, 東郭牙(동곽아)는 멀리서 桓公(환공)의 입이 열렸지만 닫히지 않는 것을 보고 그 대상이 莒國(거국)인 줄을 알았다. 그렇다면 莒(거)와 矩(구)는 틀림없이 발음 방법〔開口(개구), 合口(합

1551 원문 多以擧,莒爲矩 – 擧는 들 거. jŭ. 莒는 땅이름 거, 감자 거. jŭ. 矩는 곱자 구. 직각을 그리는 자. jŭ. 여기 적은 발음은 현대 중국어의 발음이라 의미가 없지만, 拼音(병음)을 참고로 기록했다.

1552 李季節(이계절, 名은 概) – 《音韻決疑(음운결의)》를 저술.

1553 莒國(거국) – 春秋戰國時代의 侯國. 前 1046年 建國, 前 431년 楚에게 멸망. 莒國은, 今 山東省 日照市 관할 莒縣. 유명한 成語 '毋忘在莒(무망재거)' 가 있다.

구)〕이 달랐을 것이다.”

그 동곽아는 음운을 아는 사람이었다.

229/ 好惡(호오)의 발음

|原文| 夫物體自有精麤, 精麤謂之好惡. 人心有所去取, 去取謂之好惡.

此音見於葛洪,徐邈. 而河北學士讀《尙書》云好生惡殺. 是爲一論物體, 一就人情, 殊不通矣.

|국역| 개체로 사물에는 그 자체로 精緻(정치 : 정밀한 것)한 것과 麤略(추략 : 거칠은 것)한 바가 있으니,[1554] 그 精麤(정추)를 말로 할 때 好惡(호악 : 好는 좋다, 惡은 나쁘다)이라 할 수 있다.[1555] 人心(인심)에 버리려는 것과〔去(거)〕 잡으려는 것이〔取(취)〕 있으니 그 去取(거취)가 바로 好惡〔호오 : 好는 좋아하다, 惡(오)는 싫어하다〕이다.[1556]

이 音은 葛洪(갈홍)과 徐邈(서막)의 저서에도 보인다. 河北(하북)의 學士(학사)들은《尙書(상서)》를 읽으며 好生(호생) 惡殺(악살)로 읽는다.[1557] 이는 한편으로는 사물의 精麤(정추 : 좋고 나쁨)를 논하

1554 원문 夫物體自有精麤 – 精은 精密하다. 麤는 거칠 추. 소략하다.

1555 원문 精麤謂之好惡 – 여기 好는 善의 의미. 惡은 악할 악. 惡은 烏各切.

1556 원문 去取謂之好惡. – 去는 제거하다. 버리다. 好惡의 惡는 미워할 오(烏路切).

면서 쓸 수 있는 것이지, 다른 한편으로는 人情(인정 : 감정)을 말하는 것이니 특히나 말이 통하지 않을 것이다.

1557 원문 云好生惡殺 - 《尙書》의 본뜻은 好生惡殺(호생오살, 살육을 미워하다)인데, 이를 好生惡殺(호생악살)로 읽으면 好生하면서도 惡殺하다(악하게 죽이다)가 되어 뜻이 안 통한다는 말.

230/ 甫(보) – 男子의 美稱

|原文| 甫者, 男子之美稱, 古書多假借爲父字. 北人遂無一人呼爲甫者, 亦所未喩. 唯管仲,范增之號, 須依字讀耳.

|국역| 甫(클 보, 사나이)는 男子(남자)에 대한 美稱(미칭)인데, 古書(고서)에서는 假借(가차)하여 父(보)를 뜻하는 경우가 많았다. 北人(북인) 중에는 父(보:扶雨切)를 '甫(보, 方矩切)'라고 읽는 사람이 없는데, 이는 가차인 줄을 모르기 때문일 것이다.[1558] 다만 管仲〔관중, 仲父(중부)〕과 范增〔범증, 亞父(아부)〕의 別號(별호)는 모름지기 본 글자대로 읽어야 할 것이다.[1559]

1558 원문 亦所未喩 – 알지 못했기 때문이다. 喩는 깨우칠 유.

1559 원문 須依字讀耳 – 須는 모름지기 수. 管仲(관중, 前 725 – 645年), 姬姓에 管氏. 名은 夷吾(이오), 字는 仲父(중부), 諡 敬이다. 范增(범증, 前 278 – 204)은 項羽의 謀臣이며 막료. 항우는 범증을 '亞父(아부)'라 부르면서 존경했지만, 陳平의 離間計(이간계)에 말려 범증을 고향으로 돌아가게 했다. 범증은 도중에 병사했다.

231/ 焉(언)의 音訓

| 原文 | 案, 諸字書, 焉者鳥名, 或云語詞, 皆音於愆反.

自葛洪《要用字苑》分焉字音訓, 若訓何訓安, 當音於愆反, '於焉逍遙', '於焉嘉客', '焉用佞', '焉得仁' 之類是也.

若送句及助詞, 當音矣愆反, '故稱龍焉', '故稱血焉', '有民人焉', '有社稷焉', '託始焉爾', '晉,鄭焉依' 之類是也.

江南至今行此分別, 昭然易曉 ; 而河北混同一音, 雖依古讀, 不可行於今也.

| 국역 | 여러 字書(자서)에 의하면, 焉(언)이란 鳥名(조명 : 새의 이름)[1560] 혹은 語詞(어사)로 쓰이는데,[1561] 발음은 모두 於와 愆(허물

1560 원문 焉者鳥名 – 《說文解字》에 의하면, 焉鳥는 황색의 새로 江淮〔강회 : 하남성(河南省) 동백산(桐柏山)에서 발원하여 안휘성(安徽省) · 강소성(江蘇省)을 거쳐 황하로 흘러들어가는 강〕 일대에 산다고 하였다. 雜色鳥(잡색조)라는 설명도 있다.

1561 원문 或云語詞 – 어기 語詞는 實義가 없는 말. 오늘날의 虛辭(허사). 本義는 없어지고 助詞로 쓰인다. 의문사로 曷(어찌 갈), 安(어찌 안)과 通. 於是, 於此, 乃의 뜻으로도 쓰이고, 또 發語辭

건)의 반절(언)이다.

葛洪(갈홍)의 《要用字苑(요용자원)》에서부터 焉字(언자)의 音訓〔음훈 : 注音(주음)과 釋義(석의)〕가 분리되었는데 訓(훈 : 뜻)에서 何(어찌 하)와 安(어찌 안)의 뜻으로 쓰이면, 音은 於(어)와 愆(허물 건)의 反切(반절)이 되는데(언), '於焉逍遙(어언소요), 이곳에서 노닐다 / 〈小雅(소아) 白駒(백구)〉' 나 '於焉嘉客(어언가객), 여기서 좋은 손님이어라. / 〈小雅 白駒〉' 그리고 '어찌 아첨하겠나?〔焉用佞(언용녕)〕' '어찌 어질다 하겠나?〔焉得仁(언득인)〕' 등이 바로 그런 예이다.[1562]

만약 문장의 끝 구절〔送句(송구)〕이나 助詞(조사)로 쓰일 경우,[1563] 音은 矣(의)와 愆(건)의 反切이며, 언으로 읽어야 한다. '그래서 龍(용)이라 일컬었다〔故稱龍焉(고칭룡언)〕.', '그래서 血(혈)이라 말한 것이다〔故稱血焉(고칭혈언) / 이상 《周易(주역), 坤卦(곤괘) 文言(문언)》〕.', '백성이 있는 것이다〔有民人焉(유민인언)〕.', '사직이 있는 것이다(有社稷焉(유사직언) / 이상 《論語(논어) 先秦

로도 쓰인다.

1562 '焉用佞(언용녕)', '焉得仁(언득인)' –《論語 公冶長》或曰, "雍也仁而不佞." 子曰, "焉用佞? 禦人以口給, 屢憎於人. 不知其仁, 焉用佞?"
《論語 公冶長》子張問曰, ~ 子曰, "忠矣." 曰, "仁矣乎?" 曰, "未知, 焉得仁?" ~.

1563 送句 – 句尾語氣詞. 助詞 – 句中에 여러 語氣를 표현하는 虛詞(허사).

(선진)》).', [1564] '처음으로 부탁한 것이니〔託始焉爾(탁시언이) /《春秋公羊傳 隱公(춘추공양전 은공) 2년》〕', '晋(진)과 鄭(정)나라에 의탁한 것이다(晉,鄭焉依(진,정언의) /《春秋左氏傳 隱公(춘추좌씨전 은공) 6년》)' 등이 이런 예이다.

江南(강남) 지역에서는 지금도 이러한 分別(분별)이 통하기에 (그 뜻이) 명백하고〔昭然(소연)〕 뜻을 쉽게 이해하나〔易曉(역효)〕, 河北(하북)에서는 같은 음으로 혼동하니, 비록 고대의 음독을 따른다 하여도 지금 세상에서는 통하지 않을 것이다.

1564 《論語 先進》 子路使子羔爲費宰. 子曰, "賊夫人之子." 子路曰, "有民人焉, 有社稷焉, 何必讀書, 然後爲學?" 子曰, "是故惡夫佞者."

232/ 의문사 – 邪(야)

| 原文 | 邪者, 未定之詞.

《左傳》曰, 「不知天之棄魯邪? 抑魯君有罪於鬼神邪?」《莊子》云, 「天邪地邪?」《漢書》云, 「是邪非邪?」之類是也.

而北人卽呼爲也, 亦爲誤矣. 難者曰, "〈繫辭〉云, '乾坤,《易》之門戶邪?' 此又爲未定辭乎?" 答曰, "何爲不爾! 上先標問, 下方列德以折之耳."

| 국역 | 邪(어조사 야)는 의문의〔未定(미정)〕 뜻을 나타내는 말이다.[1565]

《左傳(좌전) 昭公(소공) 26년》에 「天(천)이 魯(노)나라를 버린 것이〔棄(기)〕 아니겠는가? 아니면〔抑(앙)〕 魯君(노군 : 노나라 임금)이 鬼神(귀신)에게 죄를 지었나?」라 하였고 《莊子 大宗師(장자 대종사)》에서는 「하늘인가〔天邪(천야)?〕 땅인가〔地邪(지야)?〕」라 하였으며,[1566] 《漢書 外戚傳(한서 외척전)》에서는 「정말인지 거짓인지?」 같은 구절이[1567] 이런 경우이다.

1565 원문 邪者, 未定之詞 – 邪는 어조사 야, 疑問, 不定의 뜻을 표시. 邪는 간사할 사. 악하다. 요사스럽다. 未定之詞는 의문사.

1566 원문 天邪地邪(천야지야)? – 《莊子 大宗師》에는 「父邪, 母邪, 天邪, 人邪」이다.

北方人(북방인)은 邪(야, yé)를 也(야, yě)로 발음하는데, 이 또한 잘못된 것이다.

어떤 사람이 힐난하면서 "《易(역)》〈繫辭傳(계사전)〉에, '乾坤(건곤)은 《易》의 門戶(문호)인가?' 하였는데, 그렇다면 이 또한 의문사인가?" 라고 말했다.

그래서 나는 대답하였다.

"어찌 그렇지 않겠습니까? 위에서 먼저 의문을 표하고, 아래에서는 〔乾坤(건곤)의〕 德目(덕목)을 열거하고 분석하면서 물은 것입니다."

1567 원문 是邪非邪(시야비야)? – 孝武帝의 李夫人(李延年의 형제)은 본래 樂人으로 입궁하였다. 무제의 총애를 받아 아들 하나를 낳으니, 이가 昌邑國 哀王(애왕)이다. 이부인은 젊은 나이에 일찍 죽었는데, 무제는 몹시 그리워하며 감천궁에 그 모습을 그려놓았다. 무제는 이부인을 내내 그리워하였는데, 方士인 齊(제)나라 사람 少翁(소옹)이 그 혼령을 불러올 수 있다고 하였다. 밤에 촛불을 밝히고 술과 고기를 차려 놓은 뒤에 무제를 다른 휘장 뒤에 앉아 있게 한 뒤에 이부인과 비슷한 모습의 여인이 저편 휘장 뒤에 앉아 있다가 걷는 모습을 멀리서 바라보게 하였다. 그러면서 가까이 바로 볼 수 없게 하자, 무제는 더욱 그립고 슬퍼하며 시를 지었다.
"정말인지 거짓인지?(是邪, 非邪?) 서서 바라만 보는데(立而望之), 어찌 저기서만 걷고 오지 못하는가!(偏何姍姍其來遲!)"
그리고 악부의 여러 가인들에게 연주하며 부르게 하였다. 무제는 또 스스로 賦를 지어 이부인을 애도하였다. 이러한 무제의 故事는 '漢皇重色思傾國, 御宇多年求不得' 으로 시작하는 唐 白居易(백거이)의 〈長恨歌〉의 소재가 되었다.

233/ 敗 – 自, 他動詞

| 原文 | 江南學士讀《左傳》, 口相傳述, 自爲凡例.

軍自敗曰敗, 打破人軍曰敗. 諸記傳未見補敗反, 徐仙民讀《左傳》, 唯一處有此音, 又不言自敗,敗人之別, 此爲穿鑿耳.

| 국역 | 江南(강남)의 學士(학사)들은 《左傳(좌전)》을 공부하며〔讀(독)〕, 서로 口傳(구전 : 입으로 전해오다)으로 전술하여, 저절로 凡例(범례)가 만들어졌다.[1568]

軍(군)이 自敗(자패)하면 敗〔패, 蒲邁反(포매반), 패〕이고 남의 군사를 패퇴시키면 敗(패, 補邁反, 배)인데,[1569] 여러 記傳(기전)에는 補敗反(배)으로 기록한 것을 보지 못했지만, 徐仙民〔서선민, 徐邈(서

1568 口相傳述, 自爲凡例. – 凡例(범례)는 通例. 章法.
譯者는 이 구절에서 공부를 잘하는 고등학생의 모습을 떠올린다. 혼자 공부하며 誤答 노트를 만들고 ? 그래서 修能에서 좋은 점수를 얻는다. 경전을 읽으면서 이런 글은 이런 뜻이라고 서로 일러준다니! 「有朋自遠方來, 不亦樂乎?」의 경지가 아니겠는가?

1569 원문 軍自敗曰敗 – 싸움에서 우리가 졌다의 경우 敗는 蒲邁反(패)이고 상대방을 패퇴시켰다(破他). 곧 우리가 이겼다는 뜻은 補邁反(배)인데, 현재 통용되는 漢語拼音字母(한어병음자모)로는 주석과 맞지 않는다. 이는 안지추가 생존했던 당시와 지금 – 글자는 같으나 音은 다르다는 뜻이다.

막)〕이 독음을 단《左傳(좌전)》에는 딱 한 군데서만〔唯一處(유일처)〕 이런 音이 있으며, 마찬가지로 自敗(자패 : 스스로 패한 것)와 남을 패퇴시키는 구별도 없지만, 이러한 구별은 穿鑿(천착)일 것이다.[1570]

1570 원문 此爲穿鑿耳 – 穿은 뚫을 천. 鑿은 뚫을 착. 穿鑿(천착)은 너무 깊이 파고 들어간다는 反語的인 뜻이 있다.

234/ 발음은 정확해야

❙原文❙ 古人云, '膏粱難整'. 以其爲驕奢自足, 不能剋勵也.

吾見王侯外戚, 語多不正, 亦由內染賤保傅, 外無良師友故耳.

梁世有一侯, 嘗對元帝飮謔, 自陳 '癡鈍', 乃成 '颸段'.

元帝答之云, "颸異涼風, 段非干木." 謂 '郢州' 爲 '永州.'

元帝啓報簡文, 簡文云, "庚辰吳入, 遂成司隸."

如此之類, 擧口皆然. 元帝手教諸子侍讀, 以此爲誡.

❙국역❙ 古人은 '부잣집 자식은 바로잡기 어렵다.' 고[1571] 하였

1571 원문 膏粱難整(고량난정) - 膏는 살찔 고. 기름기. 粱(량)은 기장밥. 여기서는 좋은 곡식으로 지은 밥. 膏粱(고량)은 기름진 음식과 좋은 밥. 곧 부잣집. 부잣집 자제. 難整(난정)은 바로잡기 힘들다. 집이 부유하면 어린애들이 교만해진다(家富小兒驕). 驕는 교만할 교. 남을 깔보다. 그래서 부잣집 아들들은 교만이 많고(富家子弟多驕), 권세가 아들들은 오만이 많다(家子弟多傲). 傲는 거만할 오. 아무 재능도 없는 부잣집의 방탕한 자식(沒有一技之長的花花公子)은 필연적으로 망한다. 《老子道德經》에서도 「부귀한데다가 교만하다면(富貴而驕), 스스로 화를 초래하

다. 이는 교만 방자하며 自足(자족 : 스스로 만족하다)하여 억제하거나 또는 힘써 공부하지 않기 때문이다.

나는 王侯(왕후)나 外戚(외척)들의 언어가 정확하지 못한 것을 많이 보았는데, 이는 집안에서는 미천한 保姆(보모)나 하인에게 물들었고, 밖으로는 優良(우량)이란 師友(사우 : 스승이나 벗)가 없었기 때문이다.[1572]

梁代(양대)에 어떤 제후가 있었는데, 한 번은 元帝(원제)와 술을 마시면서 농담을 하는데, (겸양의 뜻으로) 자신을 '미련하고 둔하다〔癡鈍(치둔)〕' 라고 말한다는 것이 발음을 잘못하여 '颸段(시단)' 이라고 말했다.[1573]

그러자 元帝(원제)가 말했다.

"그대가 시원한 바람이라〔颸風(시풍)〕하지만 시원하지〔涼風(양풍)〕 않고, 자신이 段(단)씨라 하나 干木〔간목, 段干木(단간목)〕 같은 賢人(현인)은 아니네."

그가 또 '郢州(영주)' 를 '永州(영주)' 라고 말했다. 이에 元帝(원

는 것이다(自遺其咎).」라고 말했다.

1572 훌륭한 사람이 되려면, 좋은 친구를 사귀어야 한다. 재능은 어려운 여건 속에서 배워야 하고(本領要在困難中學), 친구는 환난 속에서 사귀어야 한다(朋友要在患難中交).

1573 원문 自陳 '癡鈍', 乃成 '颸段' - 自陳은 스스로 말하다. 癡는 어리석을 치. 鈍은 무딜 둔. 颸는 빠른 바람 시, 선선한 바람 시. 段은 구분 단. 계단. 토막.

제)가 이를 (형님인) 簡文帝(간문제)에게 말하자, 簡文帝(간문제)가 말했다.

"庚辰日(경진일)에 吳軍(오군)이 〔郢(영)땅으로〕 들어가니, 司隸校尉(사예교위)인 鮑永(포영)이 되었네."[1574]

그는 이처럼 입만 열면 무식이 튀어나왔다〔擧口皆然(거구개연)〕. 元帝(원제)는 직접 여러 皇子(황자)를 가르치는 侍讀(시독)들에게 분부하여 이런 일을 교훈으로 삼게 하였다.

1574 원문 "庚辰吳入, 遂成司隸." – '遂成司隸(수성사예)' 이는 역사적 지식이 없으면 무슨 말인지 알 수 없는 수수께끼 같은 말이다. 우선 郢(영)은 楚의 도읍이다. 郢州를 永州라 하였는데, 永州는 지금 江西省의 지명이나, 여기서는 후한의 강직한 사예교위 鮑永(포영)으로 인용되었다. 庚辰吳入(경진오입)은《春秋左氏傳》에 나오는 역사적 사건이다. '庚辰吳入' 이라는 말을 먼저 던진다. 그러나 무식한 사람은 무슨 말인지도 모른다. 그런데 무식한 사람이 永州라 말한 것을 비틀어서 강직한 名文章家 鮑永(포영)을 답으로 제시한다. 이런 농담 같은 수수께끼를 특별히 歇后語(헐후어)라고 한다.
헐후어는 중국어의 형식과 내용에서 아주 특색 있는 표현으로, 앞부분에 어떤 표현을 말하고 그 뒷부분에 수수께끼의 정답과도 같은 표현이 따라붙는다. 이 헐후어는 때로는 발음으로, 또는 事理로, 아니면 고전의 명구나 역사적 지식으로 추리하며 해석하고 수용한다. 물론 앞부분만 말해도 상대방이 다 알아듣는다. "사람이 몇이나 있으면 좋겠어?"라고 물었을 때, '그야 韓信 용병하기지!(韓信用兵!)' 라고 말하면 '허허! 多多益善이로군!' 하고 말한다. '韓信用兵 – 多多益善' 이런 표현을 헐후어라고 하는데, 중국인들의 기지와 才學을 바탕으로 말하는 멋진 재담이다.

235/ 이름은 정확하게

| 原文 | 河北切攻字爲古琮, 與工,公,功三字不同, 殊爲僻也.

比世有人名暹, 自稱爲纖, 名琨, 自稱爲衮, 名洸, 自稱爲汪, 名勳, 自稱爲獡. 非唯音韻舛錯, 亦使其兒孫避諱紛紜矣.

| 국역 | 河北(하북)지역에서는 攻(칠 공)을 古와 琮(옥이름 종)의 反切(공)로 읽어, 工(공)과 公(공), 功(공)의 三字의 반절과 같지 않으니, 이는 매우 잘못된 일이다.

근래에 어떤 사람은 이름이 暹(해돋을 섬)인데, 자신을 纖(가는 실 섬)이라 발음하고, 이름이 琨(옥돌 곤)인데, 자신을 衮(곤룡포 곤)으로 자칭하거나, 이름이 洸(물 용솟음칠 광)인데, 자칭 汪(넓을 왕)이라 하고, 이름이 勳(흰 비단 약)인데, 自稱 獡(개가 사람을 따를 삭)이라고 말한다. 이는 음운에 어긋날 뿐만 아니라,[1575] 또한 그 자손으로 하여금 避諱〔피휘:꺼리어 피함. 諱(휘)를 피함. 君父(군부)의 이름을 피하여 쓰지 아니하는 일〕할 때도 혼동하게 만들 것이다.

1575 원문 非唯音韻舛錯 – 舛은 어그러질 천. 錯은 섞일 착.

19. 雜藝(잡예)[1576]

236/ 書法[1577]

|原文| 眞草書跡, 微須留意. 江南諺云, '尺牘書疏, 千里

1576 〈雜藝〉 - 여기서 말하는 雜藝(잡예)는 사대부들의 취미 활동을 말한다. 물론 儒學이나 史學, 文章 곧 士人의 正宗(정종) 외에 教養으로 즐길 수 있는 여러 가지 기예에 관한 저자 안지추의 소견을 피력했다. 한마디로 결론부터 요약하자면, 잡예의 有益無害한 기예는 필요성을 인정하고 배워 즐길 것은 즐겨야 한다.
예로부터 六藝는 필요했다. 그러나 절대로 전념하거나 專業으로 삼지 말라! - 전념의 결과는 權貴(권력을 잡은 자들)에게 사역을 당하기 때문이라고 했다.
書法과 算術(산술)은 꼭 익히고 배워야 한다. 그러나 주의할 것은 그것이 본업이 되어서는 안 된다. 의학에 관한 상식, 회화에 대한 안목도 사인에게 필요하다. 그리고 圍棋(위기:바둑)는 정말 雅趣(아취)있는 놀이지만 거기에 빠지다 보면 본업을 폐할 수밖에 없다. 琴瑟(금슬)의 음악은 滋味(자미)있으나 그로써 稱譽(칭

面目也.' 承晉,宋餘俗, 相與事之, 故無頓狼狽者.

吾幼承門業, 加性愛重, 所見法書亦多, 而翫習功夫頗至, 遂不能佳者, 良由無分故也. 然而此藝不須過精. 夫巧者勞而智者憂, 常爲人所役使, 更覺爲累, 韋仲將遺戒, 深有以也.

| 국역 | 眞書(진서), 楷書(해서)와 草書의 書法[1578]은 모름지기 미

예)를 듣는다면 權貴에게 불려 다니는 勞役을 치르게 된다. 卜筮(복서)는 不可不信이나 맞지는 않다(討求無驗). 이에 뛰어난 사람은 관직에 오르지 못한다는 매우 현실적인 충고를 하였다. 이런 기예는 조금은 배워 알 필요가 있지만, 절대로 본업으로 삼거나 심오한 경지에 들어가지 말라고 후손을 간절하게 타일렀다.

1577 書法 – 붓으로 먹물을 찍어 漢字를 필사하는 작업이나 예술을 중국과 월남에서는 주로 '書法', 한국에서는 '書藝', 일본에서는 '書道' 라고 칭한다. 인장을 쓰고 새기는 활동까지 그 범주에 포함한다.

1578 원문 眞草書跡(진초서적) – 跡은 발자취 적. 眞은 眞書. 곧 서법의 楷書, 隸書. 草는 草書. 중국에서 서법은 甲骨文과 金文 이후, 篆書(전서, 大篆과 小篆)에 이어 隸書(예서)가 나왔다. 이 예서가 남북조시대에 이르러 楷書(해서, 楷는 나무 이름 해)로 발전하였다. 초서는 隸書를 빨리 쓰기 위한 목적으로 시작되었기에 예서의 필법을 지닌 초서가 쓰였기에 이를 草隸 곧 章草(장초)라 하는데, 이는 과도기라 할 수 있다. 남북조시대 후기에서야 예

세한 것도 반드시 유념해야 한다. 강남의 俗諺(속언)[1579]에 '짧은 편지 한 줄은 천리 밖에 보내는 체면' 이라고 하였다.[1580] (강남 사람들은) 晉〔진 : 西晉(서진), 東晉(동진)〕과 宋(송)을 이어온 풍습을 믿고 따랐기에, (글씨 때문에) 갑작스런 낭패를 당하는 경우가 없었다.[1581]

서로부터 벗어난 독자적 필획을 갖춘 초서, 곧 今草(금초)가 나왔다.

1579 俗諺(속언) – 俗諺(俗談)은 文言의 상대적 개념으로 俗語(속어)라 통칭하는데, 이는 '오랜 세월을 두고 민중이 창조해 낸 口頭語' 이다. 중국 속어에는 諺語(언어, 俚諺, 野諺)와 歇后語(헐후어)와 慣用語(관용어)를 모두 포함하고 있다. '백 리 밖의 氣風이 다르고(百里不同風), 천 리 밖에는 習俗이 다르다(千里不同俗).' 그리고 '천리 밖의 말은 같지 않으나(千里語言不一), 만 리 밖 속담은 같다(萬里諺語一致).' 이는 곳곳의 자연과 나라와는 상관없이 사람이 사는 곳에서는 어디서나 비슷한 감정과 생각을 가지고 살아간다는 뜻이다.

1580 원문 '尺牘書疏, 千里面目也.' – 尺牘(척독)은 書信, 牘은 편지 독. 글자를 쓴 나뭇조각. 書疏(서소)는 간단한 서신. 漢代 詔書는 1척1寸(약 25cm)의 목간에 작성하였고 여기에서 尺牘이란 말이 나오는데, 후대에는 일반인의 서신을 의미했다. 面目은 體面. 서신의 내용은 그만두고서라도 필적이 나쁘면 체면을 손상한다는 뜻.

1581 원문 故無頓狼狽者 – 頓은 무너질 돈. 조아리다. 둔하다. 갑작스레. 狼은 이리 낭, 짐승 이름 낭(앞다리는 길고 뒷다리는 매우 짧아 항상 狽(패)에 업혀야만 한다는 상상의 동물). 狽는 이리 패. 狽는 狼의 반대 모양의 동물. 둘다 야수의 이름. 狼狽(낭패)는 일이 뜻대로 되지 않아 딱한 형편에 봉착하다.

나는 어려서부터 가문의 학업을 이어받았고,[1582] 내 천성이 書法(서법 : 서예)을 좋아하고 소중히 여겼으며, 그간 보아온 法書(법첩) 또한 많았고,[1583] 즐기고 익혀온 功夫(공부)도 어느 정도 수준에 이르렀기에,[1584] 최고의 수준에 이르지는 못했는데, 진실로 이는 아마 天分(천분)의 재능이 없기 때문일 것이다.[1585] 그러나 이 書法(서법)의 재능은 뛰어나게 精彩(정채)가 날 필요는 없다. 대체로 재주가 많은 자는 수고하고, 지혜가 뛰어난 자는 걱정이 많은 법이니,[1586] 늘 다른 사람에게 불려가 사역을 당하고 매번 고생을

1582 원문 吾幼承門業 – 門業은 家傳의 학업. 안지추의 부친 顔協(안협)은 '博涉群書하고 工於草隸' 한 학자이었다.

1583 원문 所見法書亦多 – 法書는 名家 書法의 본보기가 될 만한 교본. 법첩.

1584 원문 翫習功夫頗至 – 翫은 가지고 놀 완. 기뻐하다. 翫習(완습)은 즐겨 익히다. 功夫(공부)는 일. 工役. 학습의 결과. 頗는 자못 파. 제법.

1585 원문 良由無分故也. – 良은 좋을 량. 가장, 잘, 진실로, 조금. 無分은 天分이 없다. 타고난 재능이 없다. 故는 연고. 까닭.

1586 원문 夫巧者勞而智者憂 – 巧者는 재주가 뛰어난 자. 기능우수자. 勞는 勞苦(노고). 憂는 憂慮(우려).
본래 巧(교)가 없다면 拙(졸)도 없다(無巧不成拙). 그리고 교묘한 거짓은 우둔한 정성만 못하다(巧詐不如拙誠). 솜씨 좋은 여자는 늘 우둔한 남자 품에서 잠을 자나니(巧妻常伴拙夫眠), 솜씨가 좋으면 일이 많고, 우둔한 사람은 한가하다(巧者多勞拙者閑).」

해야 한다. 그래서 韋仲將(위중장)이 남긴 교훈은[1587] 심각한 일리가 있을 것이다.

1587 원문 韋仲將遺戒 - 韋仲將은 韋誕(위탄, 韋誕, 179 - 253년, 字는 仲將)은 유명한 書藝家. 曹魏 正始 年間에 侍中, 中書監 역임. 해서에 능해 魏 궁궐의 편액은 거의 다 위중장이 썼다. 魏 明帝가 글씨를 쓰지 않은 편액을 먼저 걸었고, 위중장을 바구니에 담아 올려 글씨를 쓰게 했다. 글씨를 쓰고 내려온 위중장은 겁에 질렸고, 후손들에게 글씨를 배우지 말라고 유언했다.(韋仲將能書. 魏明帝起殿, 欲安榜, 使仲將登梯題之. 旣下, 頭鬢皓然, 因敕兒孫, "勿復學書.") 劉義慶 撰,《世說新語 巧藝》.

237/ 道不同, 不相爲謀

|原文| 王逸少風流才士, 蕭散名人, 擧世惟知其書, 翻以能自蔽也.

蕭子雲每嘆曰, "吾著《齊書》, 勒成一典, 文章弘義, 自謂可觀, 唯以筆跡得名, 亦異事也."

王褒地胄淸華, 才學優敏, 後雖入關, 亦被禮遇. 猶以書工, 崎嶇碑碣之間, 辛苦筆硯之役, 嘗悔恨曰, "假使吾不知書, 可不至今日邪?"

以此觀之, 愼勿以書自命. 雖然, 厮猥之人, 以能書拔擢者多矣. 故道不同不相爲謀也.

|국역| 王逸少〔왕일소, 王羲之(왕희지), 서기 303 - 361년〕는 風流(풍류)를 아는 才士(재사)이고 성품도 간결한 名人(명인)이었지만 온 세상 사람은 그의 글씨만을 알아주니, 그의 훌륭한 식견과 인품이 도리어 가려졌었다.[1588]

蕭子雲(소자운)은 매번 "나는《齊書(제서)》[1589]를 저술하여 하나

1588 王逸少〔왕일소, 王羲之(왕희지), 서기 303 - 361년〕 - 왕희지는 東晋의 名門巨族으로 會稽(회계)의 山陰(산음, 浙江 紹興)에 은거하며 書法을 연마하여 웅위하고 유려한 行書의 대가가 되었고 여러 서체에 나름대로의 서체를 완성하여 書聖으로 불리었다.

의 典範(전범 : 본보기가 될만한 모범)을 이루었고, 내 文章(문장)의 弘義(홍의 : 뜻이 넓고 의로움)는 읽을 만하다고 스스로 생각하지만, 나는 筆跡〔필적, 書法(서법)〕으로만 명성을 얻으니, 이 역시 별난 일이다." 라고 탄식하였다.

王褒(왕포)는 고귀한 가문 출신으로〔地胄清華(지주청화)〕,[1590] 才學(재학)이 뛰어났었고〔優敏(우민)〕, 뒷날 關中(관중) 땅으로 끌려갔지만 거기서도 예우를 받았다. 왕포는 글씨에 뛰어났기에 비석 사이를 오르내리며 힘들게 글씨를 써야 했는데,[1591] 늘 후회하며 "내가 서법을 몰랐다면 오늘 같은 고생을 하겠는가?" 라고 탄식하였다.

이를 본다면, 삼가 書法(서법)으로 自負(자부)하지 말라.[1592] 그

1589 吾著《齊書》 – 蕭子雲(소자운, 487 – 549년. 字는 景喬)은 蘭陵人(今 江蘇省 常州市 西北) – 南梁史學家, 文學家, 書法家. 齊 高帝의 손자. 《齊書》가 아닌 《晉書》 110권을 저술했다. 이미 亡失, 不傳. 二十四史 《晉書》는 唐 房玄齡(방현령) 등의 저술이다.

1590 원문 王褒地胄清華 – 王褒(왕포, 513? – 576년, 字는 子淵)는 北朝(北周) 詩人. 學問淵博(학문연박), 志懷沉靜〔지회침정 : 懷는 품을 회. 沉靜(침정)은 마음이 가라앉아 고요함〕. 騈文(변문)도 잘 지었다. 地胄(지주)가 清華하다는 말은 고귀한 가문 출신이란 뜻.

1591 원문 崎嶇碑碣之間, 辛苦筆硯之役 – 崎嶇(기구)는 산이 험한 모양. 碑碣(비갈)은 비석. 辛苦(신고)는 쓰라린 고생. 筆硯은 붓과 벼루. 硯은 벼루 연.

1592 원문 愼勿以書自命. – 愼은 삼갈 신. 신중히. 조심하여. 自命은 자부하다.

렇지만 지위가 미천한 사람 중에서는 글씨를 잘 써 발탁된 경우도 많다.[1593] 그래서 '道(도)가 不同(부동 : 같지 않다)하다면 서로 어떤 일을 같이 하지 않는다.' 고[1594] 하였다.

1593 원문 廝猥之人, 以能書拔擢者多矣 – 廝는 하인 시. 천하다. 猥는 함부로 외. 많다. 더럽다. 평범하다. 廝猥(시외)는 낮고 평범한 사람. 拔은 뺄 발. 擢은 뽑을 탁.

1594 "道不同, 不相爲謀." –《論語 衛靈公》에 실린 공자의 말이다. 인생을 살아가면서 기본 도리나 주장이 처음부터 같지 않다면 같은 일을 함께 추진하겠는가?
寬容(관용)과 尊重(존중)은 일을 함께 할 때 고려해야지 길이 다른 사람과는 같이 논할 수 없을 것이다.
文과 武는 그 道가 같지 않으며, 道를 같이 하는 사람은 서로 아껴주지만(同道者相愛) 같은 업종끼리는 서로 질투한다(同行者相妬). 道가 다르다면 일을 정말 함께할 수 없을 것이다.

238/ 王羲之의 영향력

| 原文 | 梁氏秘閣散逸以來, 吾見二王眞草多矣. 家中嘗得十卷, 方知陶隱居,阮交州,蕭祭酒諸書, 莫不得羲之之體, 故是書之淵源. 蕭晩節所變, 乃右軍年少時法也.

| 국역 | 梁朝(양조) 秘閣〔비각, 內府(내부)〕의 전적이 흩어지고 없어진 뒤에[1595] 나는 二王〔王羲之(왕희지)와 王獻之(왕헌지) 父子〕의[1596] 楷書(해서)와 草書(초서)를 많이 보았다. 家中(가중 : 집안)에 일찍이 그 서첩 10권을 갖고 있었는데, 陶隱居〔도은거, 陶弘景(도홍경)〕[1597]와 阮交州〔완교주, 阮硏(완연)〕,[1598] 蕭祭酒〔소제주, 蕭子雲(소자운)〕의 여

1595 원문 梁氏秘閣散逸以來 – 梁氏는 南朝 梁나라. 秘閣은 內府. 궁중의 도서 보관 장소. 梁 武帝〔蕭衍(소연)〕는 황제 이전에 시인이었고 학자이었다. 재위 중(서기 502 – 549)에 수많은 도서와 서화 명품을 수집 보관하였다. 그러나 侯景의 난에 소실되었고, 또 元帝가 옮겨 보관했던 진품 서화들도 西魏가 강릉을 함락할 때 불타 없어졌다. 안지추는 그 현장을 모두 지켜보았다.

1596 王獻之(왕헌지, 344 – 386년, 字는 子敬) – 琅邪郡 臨沂縣人(今 山東省 남부 臨沂市). 王羲之의 第七子, 中書令 역임. 南朝 宋의 劉義慶(유의경)이 엮은《世說新語》에 많은 일화가 있다.

1597 陶弘景(도홍경, 456 – 536) – 自號 華陽隱居. 華陽眞人. 諡號 貞白先生. 南朝 齊, 梁의 道士, 道教 思想家. 다재다능했던 명필에 文學家. 의학자.

러 글씨들이 왕희지의 서체를 본받지 않은 것이 없다는 사실을 알았으니, 그래서 왕희지는 이들 서법의 淵源(연원 : 사물이 성립된 바탕)임을 알 수 있었다. 蕭子雲(소자운)이 만년에 바꾸었던 서체는 王右軍(왕우군 : 왕희지)의 젊은 날의 書法(서법)이었다.

1598 阮交州〔阮硏(완연), 字는 文機〕 - 그의 행서와 초서는 入妙의 경지였고 隷書는 入能의 경지이었다는 평가가 있다.

239/ 남북 書法의 퇴폐

| 原文 | 晉,宋以來, 多能書者. 故其時俗, 遞相染尙, 所有部帙, 楷正可觀, 不無俗字, 非爲大損.

至梁天監之間, 斯風未變, 大同之末, 訛替滋生. 蕭子云改易字體, 邵陵王頗行僞字, 朝野翕然, 以爲楷式, 畫虎不成, 多所傷敗. 至爲一字, 唯見數點, 或妄斟酌, 逐便轉移. 爾後墳籍, 略不可看.

北朝喪亂之餘, 書跡鄙陋, 加以專輒造字, 猥拙甚於江南. 乃以百念爲憂, 言反爲變, 不用爲罷, 追來爲歸, 更生爲蘇, 先人爲老, 如此非一, 遍滿經傳.

唯有姚元標工於楷隸, 留心小學, 後生師之者衆. 洎於齊末, 秘書繕寫, 賢於往日多矣.

| 국역 | 晉(진, 265 – 317 – 420)과 〔南朝(남조)〕 劉宋(유송, 420 – 479) 이래로 서법에 능한 자가 많았다. 그래서 그 무렵 時俗(시속 : 풍속)은 서로 영향을 받아[1599] 서법 관련 각종 서책을 통해 楷書(해서)의 正字(정자)가 볼만하였는데, 俗字(속자)가 없진 않았지만 큰 폐

1599 원문 遞相染尙 – 遞相(체상)은 교대로, 서로 간에. 染은 물들 염. 尙은 숭상하다. 서로 영향을 받다.

단은 아니었다.

梁朝(양조)의 〔武帝(무제)〕 天監(천감, 502 - 519년) 연간에도 이런 풍조는 바뀌지 않았지만, 〔武帝(무제)〕 大同(대동, 535 - 545) 말기에는 잘못된 글자〔訛字(그릇될 와)〕나 代替字〔대체자 / 異體字(이체자)〕가 많이 생겨났다〔滋生(자생)〕.

蕭子云〔소자운, 487 - 549년, 字는 景喬(경교)〕은 字體(자체)를 改易(개역)하였고, 邵陵王(소릉왕)[1600]도 잘못된 글자〔僞字(위자)〕를 많이 만들어 썼는데, 朝野(조야)의 인사들이 기꺼이〔翕然(흡연)〕 법식으로 삼아 본받았는데, 마치 호랑이를 그리려다 개를 그려 실패한 듯 여러 폐단이 많았다.[1601] 글자 一字를 썼다는데 겨우 점 몇 개만 보이거나[1602] 또는 망령되이〔妄(망)〕 斟酌(짐작)하여 되는

1600 邵陵王 - 梁 武帝의 6子.

1601 원문 畫虎不成 - 畫虎不成反類狗의 축약. 이는 본래《後漢書 馬援列傳》에 나오는 말이다. 馬援(마원) 형의 아들인 馬嚴(마엄)과 馬敦(마돈)은 둘다 비판을 좋아하며 경박한 협객들과 어울렸다. 마원은 交阯(교지) 지역 원정 중에 조카들을 훈계하는 편지를 보냈다. "(중략) 용백고를 본받다가 그렇게 되지 못하면 그래도 점잖은 사람이 될 것이니, 이는 고니를 만들다가 잘못되면 오리와 비슷한 것과 같다(所謂刻鵠不成尙類鶩者也). 그러나 두계량을 본받다가 그렇지 못하면 천하에 경박한 자가 될 것이니, 이는 마치 호랑이를 그리다가 잘못 그리면 개가 되는 것과 같다(所謂畫虎不成反類狗者也)."

1602 원문 至爲一字, 唯見數點 - 예를 들어 焱(불꽃 염)을 쓰면서 灬를 흉내내어 ∴과 같이 점을 찍었다고 한다.

대로 (획을) 바꾸거나 옮겨버렸다. 이후로〔爾後(이후)〕 나온 많은 책들〔墳籍(분적)〕은 거의 읽을 수가 없을 정도이었다.

北朝(북조)는 喪亂〔상란, 戰亂(전란)〕의 여파에 書法(서법)이 비루해지고, 거기다가 멋대로 글자를 만들어냈기에 비루하고 졸렬한 꼴은 강남 지역보다 더 심했다.

그리하여 百(백) 아래에 念(생각 념)字(자)를 써 걱정한다〔憂(우)〕와 같은 글자를 만들고, 言(언)에 反(반)을 붙여 써서〔䛀(반)〕 바뀐다는〔變(변)〕 뜻을 만들었으며, 不(불)과 用(용)을 아래위로 써서〔甭(쓰지 않을 용)〕 그만두다(罷, 그만둘 파) 라는 뜻을, 追(추)와 來(래)를 합하여 돌아온다〔歸(귀)〕는 글자를, 更(갱)과 生(생)을 합하여 되살아난다는〔蘇(소)〕 글자를, 先(선)과 人(인)을 합쳐 쓰고 늙었다는〔老(노)〕 글자를 만들었으니, 이런 일이 결코 한두 가지가 아니라 여러 경전에 가득했었다.

오직 姚元標(요원표)[1603]만이 해서와 예서에 뛰어났고 小學〔소학 : 文字學(문자학)〕에 유념하였기에 後生(후생)으로서 그를 스승으로 모시는 자가 많았다.

北齊(북제, 550 – 577) 말기에 이르러[1604] (왕실) 秘閣(비각)의 서적을 고쳐 필사하는 일은[1605] 이전보다 많이 나아졌다.

1603 姚元標(요원표) – 北齊의 光祿大夫. 〈西門豹祠堂碑〉 비문을 쓴 사람.

1604 원문 洎於齊末 – 洎는 물 부을 계. 미치다(及). ~와. ~에 이르다.

1605 원문 繕寫 – 틀린 글자를 바로잡아 새로 필사하는 일.

240/ 〈畫書賦(획서부)〉

| 原文 | 江南閭里間有 〈畫書賦〉, 乃陶隱居弟子杜道士所爲, 其人未甚識字, 輕爲軌則, 託名貴師, 世俗傳信, 後生頗爲所誤也.

| 국역 | 江南(강남)의 민간 사이에〔閭里(여리)〕〈畫書賦(획서부)〉[1606]란 글이 나돌았는데, 이는 陶隱居〔도은거, 陶弘景(도홍경)〕의 弟子(제자)인 杜(두) 道士(도사)란 사람이 지은 것이라고 하나, 그 사람은 글자를 잘 알지도 못하면서 멋대로 규칙을 만들어[1607] 貴師〔귀사, 恩師(은사), 陶弘景(도홍경)〕에게 가탁〔假託 : (표현법의 한 가지로) 다른 사물을 끌어다 사상 · 감정을 나타내는 일〕한 것으로, 世俗(세속)에서 퍼지고 믿게 되어 후생들을 상당히 誤導(오도 : 오류를 불러 일으키다)하였다.

1606 〈畫書賦(획서부)〉 – 畫는 그림 화. 그을 획. 畫書(획서)는 書法에 맞게 글씨를 쓴다는 뜻.

1607 원문 輕爲軌則 – 輕은 가벼울 경. 경솔하게. 軌則(궤칙)은 準則(준칙).

241/ 繪畫(회화)

|原文| 畫繪之工, 亦爲妙矣. 自古名士, 多或能之.

吾家嘗有梁元帝手畫蟬雀白團扇及馬圖, 亦難及也. 武烈太子偏能寫眞, 坐上賓客, 隨宜點染, 卽成數人, 以問童孺, 皆知姓名矣.

蕭賁,劉孝先,劉靈, 並文學已外, 復佳此法. 翫閱古今, 特可寶愛. 若官未通顯, 每被公私使令, 亦爲猥役.

吳縣顧士端出身湘東王國侍郎, 後爲鎭南府刑獄參軍, 有子曰庭, 西朝中書舍人, 父子並有琴書之藝, 尤妙丹青, 常被元帝所使, 每懷羞恨.

彭城劉岳, 橐之子也, 仕爲驃騎府管記,平氏縣令, 才學快士, 而畫絶倫. 後隨武陵王入蜀, 下牢之敗, 遂爲陸護軍畫支江寺壁, 與諸工巧雜處. 向使三賢都不曉畫, 直運素業, 豈見此恥乎?

|국역| 繪畫〔회화, 畫繪(화회)〕에 뛰어난 것도 역시 오묘한 일이다. 예로부터 名士(명사) 중에서도 간혹 뛰어난 사람이 많았다.

우리 집에〔吾家(오가)〕 전부터 梁 元帝(양 원제)[1608]가 직접 그려

1608 梁 元帝(508 – 552 – 555년, 字는 世誠) – 梁 武帝 蕭衍(소연)의

준〔手畫(수화)〕 매미〔蟬(선)〕와 참새〔雀(작)〕를 묘사한 흰 비단부채〔蟬雀白團扇(선작백단선)〕와 말 그림〔馬圖(마도)〕이 있었는데, 역시 따라가기 어려운 솜씨이었다. 〔元帝(원제)의〕 武烈太子〔무열태자, 長男 蕭方等(장남 소방등), 528 – 549〕는 인물 그림에 능하여 좌상(자리에 앉은)의 빈객들을 생각대로 그리면[1609] 곧 몇 사람이 그려지는데, 그림을 가지고 아이들에게 물어보면 모두 그 성명을 알아맞혔다.

蕭賁(소분)[1610] 〔梁(양)의 侍中(시중)이었던〕 劉孝先(유효선), 劉靈(유령, 안지추의 이모부) 등이 모두 文學(문학) 이외에 회화에도 뛰어났었다.

고금의 그림들을 즐겨 감상하다 보면 특별히 보배로워 아끼고 싶은 명품이 있다. 그러나 그 관직이 顯達(현달)하지 않으면 늘 공적, 사적으로 명령을 받아야 하니 그림 그리기 역시 잡역이다.[1611]

吳縣(오현) 출신 顧士端(고사단)은 그 출신이 湘東王(상동왕)인 蕭國(소국)의 侍郎(시랑)이었다가, 뒷날 鎭南府(진남부)의 刑獄參

七子. 그 兄弟 중에서도 특히 잔인했다. 聰明하고 여러 가지 재주가 많았던 인물이었다.

1609 원문 隨宜點染 – 隨宜(수의)는 隨意. 자신의 뜻대로. 點染은 조금씩 그리다.

1610 蕭賁(소분, 字는 文渙) – 南齊 竟陵王 蕭子良의 손자. 문재가 뛰어났고 서예와 그림에 재능이 많았다.

1611 원문 亦爲猥役 – 猥役(외역)은 잡역.

軍(형옥참군)이 되었고, 아들인 庭(정)은 西朝(서조)[1612]의 中書舍人(중서사인)이었는데, 父子(부자)가 모두 琴(금)을 연주하고 書藝(서예)를 잘했으며, 특히 그림에도 뛰어나[1613] 늘 元帝(원제)의 使役(사역)을 당하면서 수치와 悔恨(회한)의 마음을 품고 있었다.

彭城(팽성)의 劉岳(유악)은 劉橐(유탁)의 아들인데, 出仕(출사)하여 驃騎將軍府(표기장군부)의 管記〔관기, 記室(기실)〕이었고 平氏縣(평씨현) 현령이었는데, 才學(재학)을 겸비한 豪俠(호협)의 士人〔사인 : 快士(쾌사)〕으로 회화에 絶倫(절륜)했었다.

뒷날 武陵王〔무릉왕, 蕭紀(소기), 武帝(무제)의 八子〕을 따라 入蜀(입촉 : 촉에 가다)했다가 下牢(하뢰)에서 패전하여, 나중에는 陸護軍〔육호군, 陸法和(육법화)〕을 위하여 支江寺〔지강사 / 枝江寺(지강사)〕의 벽화를 그리면서 여러 인부와 함께 기거하였다.

만약 앞에 말한 3인이 그림을 그릴 줄 몰라 평소의 본업에 종사했더라면 어찌 이런 치욕을 당했겠는가?[1614]

1612 西朝 – 梁 元帝는 자신이 세력 근거지였던 江陵을 도읍으로 정하고 재위했다.

1613 원문 尤妙丹靑 – 尤는 더욱 우. 丹靑(단청)은 繪畫(회화).

1614 물은 낮은 곳으로 흐르고(水往低處流), 사람은 높은 곳으로 나아간다(人往高處走). 사대부와 서민의 직업관이 같을 수 없다. 사람의 직업과 관련된 능력은 참된 것이고(本事是眞的), 놀고 즐기는 일은 공허한 일이다(玩藝是空的). 이 놀고 즐기는 일을 직업으로 삼고 살아가는 서민도 분명 많이 있다.
하여튼 학예는 사람에게 손해를 끼치지 않는다(學藝不虧人).

무엇이든지 잘 배우면 잘 배울수록 이익이다.

사람이 한 가지 재주를 갖고 있으면 평생 먹고 살 수 있지만(人有一藝 終身可靠), 직업으로서 이것저것 백 가지 재주는 정통한 하나의 재주만 못하다(百藝不如一藝精). 사대부의 고상한 취미인, 바둑이 비록 하급 道이기에(棋雖小道) 쉽게 배우지만 정통하기는 어렵다(易學難精). 바둑에서 졌다고 인품에서도 질 수 없고(輸棋不輸品), 바둑에서 이겼나고 그 사람을 이긴 것은 아니다(贏棋不贏人). 우리가 배워야 할 교훈은 한두 가지가 아니다.

242/ 弓射(궁사)

| 原文 | 弧矢之利, 以威天下, 先王所以觀德擇賢, 亦濟身之急務也.

江南謂世之常射, 以爲兵射, 冠冕儒生, 多不習此. 別有博射, 弱弓長箭, 施於準的, 揖讓升降, 以行禮焉. 防禦寇難, 了無所益, 亂離之後, 此術遂亡.

河北文士, 率曉兵射, 非直葛洪一箭, 已解追兵, 三九燕集, 常縻榮賜. 雖然要輕禽, 截狡獸, 不願汝輩爲之.

| 국역 | 활과 화살〔弧矢(호시)〕의 이점으로 천하를 위압할 수 있어서〔以威天下(이위천하)〕,[1615] 先王(선왕)은 활쏘기를 통해 그 德行(덕행)을 보고 賢者(현자)를 등용하였으니, 활쏘기는 자신을 지킬 수 있는〔濟身(제신)〕 요긴한 업무이었다.

江南(강남) 지역에서는 世間(세간)의 궁사를 兵射(병사)라 하였지만 관직을 가진〔冠冕(관면)〕 儒生(유생)들은 거의 다 이를 익히지 않았다. 그 대신 博射(박사)[1616]라 하여 〔强弓(강궁)이 아닌〕 약

1615 원문 弧矢之利, 以威天下 -《周易 繫辭 下》의 구절. 六十四卦 중 火澤睽(화택규, ☲☱)를 설명한 구절.

1616 博射(박사) - 博奕(박혁)처럼 승부나 점수에 따라 내기를 하는 활쏘기라는 주석이 있다.

한 활에 긴 화살을 표적에 쏘는데, 예를 갖춰 사양하고 〔射臺(사대)에〕 오르고 내려가면서 예를 행하였다. 그러나 이런 활쏘기는 도적이나 兵難(병난)을 막는데 아무 도움이 되지 않아 난리를 당한 이후로 이런 활쏘기는 없어졌다.

河北(하북)의 文士(문사)들은 대개가 兵射(병사 : 군인으로 활쏘기)를 할 줄 알았으니, 비단 葛洪(갈홍)은 화살 하나를 쏘아 추격의 병사를 따돌렸을 뿐만 아니라, 三公九卿(삼공구경)의 연회나 모임에서는 늘 칭송하며 下賜(하사 : 상을 받다)가 있었다.[1617] 그러나 작은 새를 쏘아 맞히거나, 날랜 짐승을 쏘아 맞히는 놀이는 너희들이 하지 않기를 바란다.[1618]

1617 원문 常縻榮賜 – 常은 늘 상. 縻는 고삐 줄 미. 分賜(분사)는 나눠주다. 榮은 칭송. 賜는 賞賜(상사).

1618 원문 雖然要輕禽, 截狡獸, 不願汝輩爲之 – 要는 잡다. 輕禽(경금)은 작은 새. 截은 끊을 절. 죽이다. 狡獸(교수)는 빠른 짐승. 토끼 같은 동물. 狡兎三窟(교토삼굴)이란 성어를 해석하면서 '교활한 토끼'는 바른 번역이 아니다. 이때 狡는 빠르다는 뜻이다. 不願汝輩爲之는 너희들이 따라하기를 원하지 않는다. 이는 佛家의 살생을 금하는 계율을 지키라는 뜻이다.

243/ 卜筮(복서)

|原文| 卜筮者, 聖人之業也. 但近世無復佳師, 多不能中.

古者, 卜以決疑, 今人生疑於卜. 何者? 守道信謀, 欲行一事, 卜得惡卦, 反令忧忧, 此之謂乎! 且十中六七, 以爲上手, 粗知大意, 又不委曲.

凡射奇偶, 自然半收, 何足賴也. 世傳云, '解陰陽者, 爲鬼所嫉, 坎壈貧窮, 多不稱泰.'

吾觀近古以來, 尤精妙者, 唯京房,管輅,郭璞耳, 皆無官位, 多或罹災, 此言令人益信. 儻値世網嚴密, 强負此名, 便有詿誤, 亦禍源也.

及星文風氣, 率不勞爲之. 吾嘗學《六壬式》, 亦値世閒好匠, 聚得《龍首》,《金匱》,《玉軨變》,《玉曆》十許種書, 討求無驗, 尋亦悔罷.

凡陰陽之術, 與天地俱生, 亦吉凶德刑, 不可不信. 但去聖旣遠, 世傳術書, 皆出流俗, 言辭鄙淺, 驗少妄多. 至如反支不行, 竟以遇害, 歸忌寄宿, 不免凶終, 拘而多忌, 亦無益也.

|국역| 점을 치는[1619] 일은 聖人(성인)이 하는 일이었다.[1620] 다

만 近世(근세)에 훌륭한 術士〔술사, 巫師(무사)〕가 없어 적중하지 못할 뿐이다.

옛날에 길흉은 점〔卜(복)〕으로 판단하였지만, 근래 사람들은 占卜(점복)을 의심한다. 왜 그러한가? 사람은 자신의 道를 지키고〔守道(수도)〕 자신의 謀策(모책)을 믿어야 하며, 어떤 일을 실행하기 전에 점을 쳐 惡卦(악괘)를 얻었다면 불안하고 두려워하게 하는데,[1621] 이것이 곧 占卜(점복)을 의심하는 것이다. 열 가지를 물어 6, 7이 맞는다면, 이는 上手(상수)로 생각해야 하지만, 그 큰 뜻만을 대략을 알면 더 이상 상세히 풀어보려고 하지 않는다.[1622]

홀수와 짝수를 맞히기는 저절로 그 반이 맞는데, 그런 말은 신뢰할 수 있겠는가? 세상에 전해오는 말에 '陰陽〔음양 : 吉凶(길흉)〕을 터득한 자는 귀신의 질투를 받아 불행하고 빈궁하며[1623] 대부

1619 卜筮者 – 占. 卜(복)은 거북 등판을 구워 길흉을 판단하는 일. 筮는 점대 서. 시초의 막대기를 이용한 점치기.

1620 원문 聖人之業也 – 聖人은 나라의 지도자. 祭政一致 시대에 무당을 지칭한다는 말에 동의하기 어렵다. 그 시대에 마을이나 부족의 지도자는 통치의 일환으로 점치는 일을 겸했다. 무당이 본업이고 통치행위는 부업이었다고 볼 수는 없다. 아무리 미개한 사회이었다고 하지만 인간 세상에는 점치는 일 말고도 많은 일이 있었을 것이다.

1621 원문 反令怵惕 – 도리어 망설이고 두려워하게 만든다. 惕은 조심할 척. 두렵게 여겨 조심하다. 伬(조심할 척)과 同.

1622 원문 粗知大意, 又不委曲 – 粗는 거칠 조. 대략. 委曲(위곡)은 찬찬하고 자세하다. 허리를 굽히고 따르다.

분 편치 못하다.' 고 말한다.

내가 볼 때 近古(근고) 이래로 占卜(점복)에 그래도 유능한 사람으로는 〔前漢代(전한대)의〕 京房(경방),[1624] 〔三國 魏(삼국 위)나라〕 管輅(관로),[1625] 그리고 〔晋(진)의〕 郭璞(곽박)[1626] 뿐이지만, 모두

1623 원문 坎壈貧窮 - 坎은 구덩이 감, 卦名. 壈은 뜻을 얻지 못할 암. 뜻을 잃을 남.

1624 京房(경방, 前 77 - 37年, 字는 君明)은 《易》을 전공한 유생. 京房(경방)은 《易》을 梁人 焦延壽(초연수)로부터 전수받았다. 경방은 災異(재이)에 대하여 잘 알았기에 신임을 받았으나 환관 石顯(석현)에게 주살 당했는데 《漢書》에 입전하였다.
경방은 東海郡 段嘉(단가), 河東郡 姚平(요평), 河南郡 乘弘(승홍)에게 전수하였고 모두 낭관이나 박사가 되었다. 이때부터 《易》에 京房의 學統이 생겼다. 경방은 災異(재이)를 논하다가 엉뚱하게 지방관 능력 평가 개선 방안으로 논쟁을 했고, 그 본보기를 자신이 魏郡에서 실천한다고 주장했으나 결국 아무것도 못하고 죽음으로 끝났다. 《漢書》 88권, 〈儒林傳〉에 小傳을 실어 학파를 소개하였다. 《漢書》 75권, 〈眭兩夏侯京翼李傳〉에 입전.

1625 管輅(관로, 209 - 256년, 字는 公明) - 輅는 임금의 수레 노(로). 삼국시대 유명한 占卜師. 후세에 占卜하는 사람들은 관로를 管先師, 또는 觀相眞君이라 호칭. 관상으로 유명한 朱建平(주건평)과 함께 '朱, 管' 으로 병칭. 아주 어려서부터 천문을 보며 밤을 새었다고 한다. 관로는 '집에 닭이나 들의 새도 때를 알거늘, 사람이 때를 몰라서야 되겠는가? 라고 말했다. 관로는 《易》에 정통했다. 많은 문학작품에 관로의 신기한 행적이 많이 수록되었다. 인물은 볼품없었지만 才華가 뛰어났고, 秀才로 천거되었으나 낮은 관직에 머물렀으며, 占卜師로 명성을 날렸지만 공자의

가 관직에 오르지 못하거나 재앙을 당한 사람이 많았기에 이런 말을 많은 사람이 믿게 되었다.

만약 법망이 촘촘한 세상에 점술로 명성을 누린다 하여도, 곧 바로 卦誤(괘오 : 속여서 미혹하게 함)를 퍼뜨린다하여 이 역시 禍(화)의 근원일 것이다.

그리고 (사람들은) 星文〔성문 : 天文(천문)〕이나 風氣〔풍기 : 氣候(기후)〕에 관한 예언도 노고를 들이지 않고 할 수 있다. 나는 일찍이 〔五行(오행)과 干支(간지)에 의한 占卜(점복)인〕《六壬式(육임식)》을 배운 적이 있고, 세간에 잘 알려진 점술 대가를 만나《龍首(용수)》,《金匱(금궤)》,《玉軨變(옥령변)》,《玉曆(옥력)》등 10여 종의 점서를 모아 연구도 했었지만 맞지 않았기에, 곧 후회하며 그만두었다.

대체로 陰陽術(음양술)이란 天地(천지)와 함께 생겨났을 것이나 길흉이나 福德(복덕)과 災禍(재화)를 믿지 않을 수도 없다. 다만 聖人(성인)의 시대에서 오래 물러났고, 세상에 전하는 占術(점술) 서적의 내용 또한 모두 세속적으로 흘러버렸으며 그 言辭(언사)도

'敬鬼神而遠之' 라는 뜻에 의거 儒家에서는 평가가 낮았다.《三國演義》에서는 '神卜管輅' 로 등장하는데 曹操에게 불려가 점을 치며 夏侯淵(하후연)의 戰死나 魯肅의 病死, 許昌의 화재 등을 예언했고 그대로 맞았다. 正史《三國志 魏書 方技傳》에 입전.

1626 郭璞(곽박, 276 – 324년, 字는 景純) – 兩晉에서 성장, 강남으로 피신, 東晉의 學者, 文學家, 訓詁學者. 方術의 大家, 遊仙詩의 祖師. 宣城, 丹陽參軍 역임. 東晉 元帝 때 尙書郞 역임. 嗜酒(기주) 好色한 사람. 時年 49歲에 피살.

비루 천박하고, 맞는 것은 적으며 허망한 일은 많다. 〔凶日(흉일)이라는〕 反支日〔반지일 : 금기일(禁忌日)〕에 외출을 하지 않은〔不行(불행)〕 사람도 집에 있다가 결국 해를 당했고, (凶日로 치는) 歸忌日(귀기일)에 밖에 머물렀지만〔寄宿(기숙)〕 凶(흉)한 종말을 면치 못하였으니[1627] (점복이란) 여러 구속이나 기피할 일은 많고 이득은 없다.[1628]

1627 禁忌 – 桓帝 때 汝南郡에 陳伯敬(진백경)이란 사람이 있었는데, 길을 가면 바른 걸음으로 걷고 앉을 때도 꼭 무릎은 나란히 하였으며, 개나 말을 꾸짖더라도 죽인다는 말을 하지 않았고, 눈으로 보고서는 그 고기를 먹지 않았으며, 길을 가다가 흉한 소식을 들으면 바로 수레를 멈추고 더 가지 않았고, 집에 돌아오면서 금기를 어겼다면 마을의 亭에서 일박을 하였다. 그러나 늙도록 승진하지 못하여 효렴으로 천거되었을 뿐이었다. 뒷날 사위(女壻)가 도망친 관리를 숨겨주었는데, 이 죄에 진백경이 연루되자 太守인 郘夔(소기)가 화를 내며 처형하였다. 그때 禁忌(금기)를 믿지 않는 사람들이 그 증거로 흔히 (진백경을) 이야기하였다.《後漢書 郭陳列傳》의 〈郭鎭傳〉 참고.

1628 가난뱅이는 가난한 대로(窮有窮愁), 부자는 부자대로 걱정거리가 있다(富有富愁). 그러하기에 가난한 사람은 운명을 점치고(窮算命), 부자는 향을 피우며(富燒香) 더 큰 부자가 되기를 빈다. 그래서 가난뱅이는 점쟁이 곁을 못 떠나고(窮不離卦), 부자는 의사 곁을 못 떠난다(富不離醫). 내 팔자에 있다면 있는 것이고(命裏有卽是有), 팔자에 없다면 없는 것이라고(命裏無卽是無) 쉽게 생각하면서, 운명은 내가 만들고(命由我作), 복도 내 스스로 구한다(福自己求)는 적극적 마음으로 살아야 좋지 않겠는가?

244/ 算術(산술)

| 原文 | 算術亦是六藝要事. 自古儒士論天道, 定律歷者, 皆學通之. 然可以兼明, 不可以專業.

江南此學殊少, 唯范陽祖暅精之, 位至南康太守. 河北多曉此術.

| 국역 | 算術(산술)은 역시 六藝(육예)[1629]의 하나로 요긴한 일이다〔要事(요사)〕. 自古(자고)로 儒士(유사)는 天道(천도)를 論(논)하거나 律歷〔율역, 律曆(율역)〕을 算定(산정)해야 하기에, 이를 배워 이해하였다. 그렇다 하여도 儒學(유학)과 함께 부수적으로 공부해야지〔兼明(겸명)〕 그것만을 전업으로 할 수 없다.

江南(강남) 지역에서는 이를 배운 사람이 아주 적지만, 그래도 范陽〔범양, 今 河北省 涿州市(하북성 탁주시)〕 출신의 祖暅(조훤, 暅은 건조시킬 훤)이 산술에 정통했고, 南康 太守(남강 태수)이었다. 河北(하북) 지방에서는 산술에 밝은 사람이 많다.

1629 六藝는 유학의 대 분류의 6가지 경전에 관한 학문, 곧 六經을 의미할 때가 있고, 6개의 실무 영역 禮, 樂, 射, 御(어), 書, 數(수)를 말하는데, 數가 곧 산술이다. 중국 수학의 최고봉은《九章算術》이다.

245/ 醫學(의학)

|原文| 醫方之事, 取妙極難, 不勸汝曹以自命也. 微解藥性, 小小和合, 居家得以救急, 亦爲勝事, 皇甫謐,殷仲堪則其人也.

|국역| 醫方〔의방, 醫療(의료)와 處方(처방)〕의 일은 신묘한 경지에 이르기가 아주 어려운 일이라서 너희들이 목표로 삼기를 권하지 않는다. 藥性(약성)을 약간 이해하고 미세하게 調和〔조화 : 處方(처방)〕시켜 생활하며 집안에서 救急(구급)할 수 있다면, 이 또한 좋은 일이니〔亦爲勝事(역위승사)〕 皇甫謐(황보밀)[1630]이나 殷仲堪(은중감)[1631] 등이 바로 그런 사람이었다.[1632]

1630 皇甫謐(황보밀, 皇甫는 복성. 謐은 고요할 밀. 215 - 282년, 字는 士安) - 自號는 玄晏先生(현안선생), 安定郡 朝那縣(今 寧夏回族自治區 固原市 彭陽縣) 출신,《黃帝三部鍼灸甲乙經 / 全 10권》을 저술하였는데, 이는 中國 針灸學(침구학)의 名著이다.

1631 殷仲堪(은중감, ? - 399年) - 東晉 말기 관원, 荊州刺史 역임. 부친을 잘 간병한 효자. 의학을 전공하지는 않았다.

1632 사람이 한결같지 않다면(人而無恒), 무당이나 의원도 될 수 없다(不可以作巫醫). 이는《論語 子路》에 실린 공자의 말이다. 그만큼 꾸준한 노력이 필요하다는 뜻이다. '의원은 나이가 들수록 돈값을 한다(醫生越老越値錢).' 는 말은 의술에는 경험이

중요하다는 뜻이다. 아무리 유능한 의사라도 병을 고치지(醫能醫病), 환자의 운명을 고치지는 못한다(不能醫命).

246/ 악기 연주

| 原文 | 《禮》曰, 「君子無故不徹琴瑟.」 古來名士, 多所愛好.

洎於梁初, 衣冠子孫, 不知琴者, 號有所闕, 大同以末, 斯風頓盡.

然而此樂愔愔雅致, 有深味哉! 今世曲解, 雖變於古, 猶足以暢神情也. 唯不可令有稱譽, 見役勛貴, 處之下坐, 以取殘杯冷炙之辱. 戴安道猶遭之, 況爾曹乎!

| 국역 | 《禮記 曲禮 下(예기 곡례 하)》에 「君子(군자)는 까닭 없이 琴瑟(금슬)을 치우지 않는다.」고 하였다.[1633] 예로부터 名士(명사)들은 琴瑟 연주를 즐겼다.[1634]

梁(양)나라 초기부터 명문 士大夫家(사대부가)의 후손으로 琴(금)을 연주하지 못하면 부족한 사람으로 여겼는데, 〔武帝(무제)〕 大同(대동) 연간 말기에 이런 풍조는 갑자기 끊겼다.

그러나 이런 음악은 和平(화평)하고 우아한 情致(정치)가 있으

1633 원문 君子無故不徹琴瑟 – 徹은 撤, 撤은 거둘 철. 걷어치우다. 不徹(불철)은 늘 가까이 두고 연주한다는 뜻.

1634 北窓三友(북창삼우)는 琴과 詩와 酒이다. 문인의 낭만을 단적으로 표현한 말이다.

며[1635] 깊은 맛이 있다! 今世(금세)에 악곡이 해이하여 옛날과 다르지만, 그래도 군자의 마음을 고양시키기에 충분하다.

그렇지만 이런 연주로 칭송을 들어서는 안 되나니, 勳貴(훈귀: 귀족)들에게 불려 다니고, 下座(하좌)에 앉아 남은 술잔이나 받고 차가워진 고기나 먹는 치욕을 겪어야 한다. 戴安道(대안도)[1636]도 그러했거늘, 하물며 너희들이야 더 말해야겠는가?

1635 원문 此樂愔愔雅致 – 此樂은 琴瑟 연주. 愔은 화평할 음.

1636 戴逵(대규, ?331 – 396年, 字는 安道) – 東晉의 士人, 藝術家. 儒家 禮學에 밝고 道家와 佛敎에 두루 통했다. 은거하며 예술을 즐겼고 회화와 탄금에도 뛰어났다. 왕희지의 5子인 王徽之(왕휘지)가 辭官한 뒤에 山陰에 은거하면서 눈이 내리는 밤 '乘興而來하였으나 興盡而返한다.'는 佳話를 남겼는데, 왕휘지가 찾아갔던 사람이 바로 이 사람이었다. 晉朝의 어떤 황족이 불렀지만, 대안도는 使者 앞에서 거문고를 부수며 '나는 광대가 아니라.'고 선언했었다.

247/ 바둑

| 原文 |《家語》曰,「君子不博, 爲其兼行惡道故也.」《論語》云,「不有博弈者乎? 爲之, 猶賢乎已.」

然則聖人不用博弈爲教. 但以學者不可常精, 有時疲倦, 則儻爲之, 猶勝飽食昏睡, 兀然端坐耳.

至如吳太子以爲無益, 命韋昭論之. 王肅,葛洪,陶侃之徒, 不許目觀手執, 此並勤篤之志也. 能爾爲佳.

古爲大博則六箸, 小博則二焭, 今無曉者. 比世所行, 一焭十二棋, 數術淺短, 不足可翫.

圍棋有手談,坐隱之目, 頗爲雅戲. 但令人耽憒, 廢喪實多, 不可常也.

| 국역 |《孔子家語 五儀解(공자가어 오의해)》[1637]에서 말했다.

「君子(군자)는 내기를 하지 않나니, 나쁜 길로 이끌 수 있기 때

1637 《孔子家語》– 孔子의 생애와 思想을 기록한 著作으로, 漢 이전부터 漢代에 걸쳐 쓰인 책. 魏의 王肅(왕숙, 字는 子雍)이 정리한 내용 27권이나 지금은 10권만 전하며 四庫全書 中 子部 儒家類로 분류되었다. 顧頡剛(고힐강)은《孔子研究講義》에서《孔子家語》는 왕숙의 僞作(위작)으로 '믿을만한 내용이 아무것도 없는 책' 이라 하였다.

문이다.」

《論語 陽貨(논어 양화)》에서도 말했다.

「博弈(박혁)도 있지 않는가? 그것이라도 하는 것이 아무것도 아니하는 것보다는 나을 것이다.」[1638]

그러하다면 聖人(성인)은 博弈(박혁)으로 어떤 교육을 하려는 뜻이 아니었다. 다만 學者(학자)가 늘 애써 精勵(정려)할 수는 없고 지치거나 지루할 때〔疲倦(피권)〕, 만약 (바둑이라도) 한다면 飽食(포식 : 배불리 먹다)한 뒤에 혼미하여 졸거나 우두커니 앉아 있는 것보다는 나을 것이다.[1639]

〔三國(삼국)〕 吳(오)나라 太子(태자)는 바둑이 無益(무익)하다 생각하여, 韋昭(위소)에게 명하여 이를 글로 논술케 하였다.[1640] 〔삼

1638 不有博弈者乎? 爲之, 猶賢乎已. – 원문《論語 陽貨》子曰, "飽食終日, 無所用心, 難矣哉! 不有博奕者乎? 爲之猶賢乎已." 博은 내기 박. 博은 '넓을 박' 의 뜻이 아니라 승부에 따른 내기이다. 賭博(도박). 우리나라 놀이 중 땅이나 종이에, 그리고 시합하는 '곤이' 나 장기가 博에 가까운 뜻이다. 奕은 바둑 혁. 奕棊(혁기). 圍棋. 내기. 猶賢乎已의 已는 이미 이, 그칠 이. 아무것도 하지 않다.
공자는 아무것도 아니하고 멍청하게 앉아있는 것보다는 바둑이라도 하는 것이 낫다 하였으니, 그 뜻은 無爲徒食(무위도식)의 해악을 지적한 말이라고 생각된다.

1639 원문 兀然端坐耳 – 兀은 우뚝할 올. 兀然(올연)은 우두커니. 端坐(단좌)는 하는 일 없이 반듯하게 앉아있다.

1640 원문 命韋昭論之 – 陳壽《正史 三國志 吳書 王樓賀韋華傳》에

국 魏(위)의〕王肅(왕숙),〔東晋(동진)의〕葛洪(갈홍), 陶侃(도간)[1641]

의하면, 韋曜(위요, 201－273년, 字는 弘嗣, 名은 韋昭)는 吳郡 雲陽縣(운양현) 사람으로 東吳의 史學者, 經學者이다. 젊어 好學했고 글을 잘 지었는데, 丞相掾을 거쳐 西安 縣令을 역임했고 조정에 들어와 尙書郞이 되었고, 太子中庶子로 승진하였다. 그때 蔡穎(채영) 등도 같이 東宮에 재직했는데 그는 바둑(博奕)을 좋아하였다. (손권의) 太子 孫和는 바둑이 무익하다고 생각하여 위요에게 명하여 이를 논술하게 하였다. 그 글이 〈博奕論(박혁론)〉이다. 이는 昭明太子의 《文選》 52卷에도 수록되었다.

1641 陶淵明의 曾祖父인 陶侃(도간, 서기 259~334년)은 東晋의 名將이었다. 도간은 어려서 아버지를 여위고 가난했었는데, 孝廉(효렴)이던 范逵(범규)가 그 집을 방문하였다. 도간의 어머니 담씨는 머리카락을 잘라 술과 음식을 사왔다. 범규가 도간을 천거하였다. 형주자사였던 도간은 왕돈의 질시로 광주자사로 좌천되었는데, 도간은 광주에 있으면서 아침에 큰 벽돌 1백 장을 집 밖에 내놓았다가 저녁에 다시 들여놓기를 계속했다. 사람들이 그 까닭을 묻자, 대답했다. "나는 이제 중원을 수복하는데 힘을 써야 하기에 힘든 일을 연습하는 것이요." 그러면서 도간은 아랫사람들이 바둑을 두면 바둑판을 가져다가 강물에 던져버렸다. 한미한 가문 출신이지만 여러 戰功으로 太尉에 올라 八州의 군사를 지휘하고 荊, 江 兩州의 刺史를 겸임하기도 했다. 이는 勢族이 고위직을 壟斷(농단)하는 東晋에서 매우 예외적이었다. 군사와 지방행정에서 특별한 업적을 남겼지만 《晉書》에 의하면, 도간은 수십 명의 첩실과 1천여 명의 노비를 거느렸고, 집안에는 진기한 보물이 가득했다는 부정적 행적도 엿볼 수 있다. 이 도간의 七子가 陶茂(도무)인데 바로 東晋 제일의 시인 陶潛(도잠, 陶淵明)의 祖父이다.

같은 사람들은 구경하거나 손에 잡지도 못하게 했는데, 이 모두는 근면과 篤實(독실)을 강조하려는 뜻이었다. (너희들도) 능히 그럴 수 있다면 좋은 일이다〔能爾爲佳(능이위가)〕.

옛날에 큰 내기라면〔大博(대박)〕 六箸(육저)를 했고, 작은 내기라면 二煢(이경, 煢은 외로울 경. 주사위)을 했는데, 지금은 잘아는 사람이 없다. 요즈음 하는 것은 一煢(1경) 十二棋(12기)인데, 그 數術(수술 : 술수)이 천박하고 금방 끝이나니 즐길만한 것이 못된다.[1642]

圍棋(위기, 바둑)를 지칭하여 手談(수담)이니 坐隱(좌은)이라는 名目(명목)이 있을 만큼[1643] 바둑은 제법 아취가 있는 놀이이다. 다만 사람으로 하여금 깊이 탐닉케 하여 정신을 못 차리고, 없어지거나 잃는 것이 실제로 많으니[1644] 늘 즐겨서는 안될 일이다.[1645]

1642 원문 今無曉者 - 노름의 도구나 방법은 시대에 따라 달라진다. 6.25사변 직후 우리나라 농촌에 화투 노름이 대유행이었다. 이런 노름은 어깨너머로 한 두 번 보면 금방 배우고, 배운 다음에는 긴장 속의 재미가 있어, 어린 나이에도 쉽게 빠지게 된다.

1643 圍棋有手談,坐隱之目 - 圍棋는 바둑 두기. 手談(수담)은 '손으로 나누는 對話' 란 뜻. 坐隱(좌은)은 '앉아서 세속을 피할 수 있는 은거' 라는 뜻. 《世說新語 巧藝》 참고.

1644 원문 但令人耽憒, 廢喪實多 - 耽은 즐길 탐. 憒는 심란할 궤. 耽憒(탐 궤)는 흠뻑 빠져 정신을 못 차리다.

1645 바둑이 비록 하급의 道(棋雖小道)이기에 쉽게 배우지만 정통하기는 어렵다(易學難精). 바둑은 바로 그 사람(棋如其人)이라 하였으니, 사람 됨됨이 그대로이다. 바둑 실력과 酒量에서는 물

러나거나 겸손은 없다(棋力酒量). 바둑은 분명 승부이다. 바둑에서 지혜로우면 이기고(有智嬴), 무지하면 진다(無智輸). 바둑 한 수가 좋으면 온 판이 살아나지만(一着好 全盤活), 한 수 잘못에 온 판을 패한다(一着錯 全盤輸). 그러나 죽은 바둑판에 신선의 한 수를 놓으면(死棋肚裏有仙着), 곧 패색의 바둑에서 起死回生할 수 있다.

바둑에서 졌다고 인품에서도 질 수 없고(輸棋不輸品), 바둑에서 이겼다고 그 사람을 이긴 것은 아니다(嬴棋不嬴人). 대국자는 헤매지만 옆 구경꾼에게는 잘 보인다(當局者迷 傍觀者淸). 그러니 바둑 두는데 벙어리 없는 것처럼(棋中無啞人) 누구나 훈수를 한다. 바둑 구경을 하면서 훈수하지 않으니 참 군자이고(觀棋不語眞君子), 바둑돌을 놓고서 후회 없으니 대장부이다(落子無悔大丈夫).

248/ 投壺(투호)

|原文| 投壺之禮, 近世愈精.

古者, 實以小豆, 爲其矢之躍也. 今則唯欲其驍, 益多益喜, 乃有倚竿,帶劍,狼壺,豹尾,龍首之名. 其尤妙者, 有蓮花驍.

汝南周璝, 弘正之子, 會稽賀徽, 賀革之子, 並能一箭四十餘驍. 賀又嘗爲小障, 置壺其外, 隔障投之, 無所失也. 至鄴以來, 亦見廣寧,蘭陵諸王, 有此校具, 擧國遂無投得一驍者.

彈棋亦近世雅戲, 消愁釋憒, 時可爲之.

|국역| 投壺(투호)의 儀禮(의례)는[1646] 근래에 와서 더욱 정교해졌다.

옛날에는 (항아리에) 小豆〔소두 : 팥, 大豆(대두)는 콩〕를 채운 것은 살이〔矢(화살 시)〕 튀어 오르기〔躍(뛸 약)〕 때문이었다. 지금은 빨리 튀어 나오게 하여[1647] (튀어나온 화살이) 많을수록 더 좋아

1646 投壺之禮 – 壺는 병 호. 단지. 투호놀이. 투호의 놀이가 주인이 손님을 접대하는 儀禮에서 시작되었기에 禮라 하였다.

1647 원문 今則唯欲其驍 – 驍는 날랠 효. 날쌔다. 빠르다. 투호에 던

하며, (떨어진 모양에 따라) 倚竿(의간), 帶劍(대검), 狼壺(낭호), 豹尾(표미), 龍首(용수)의 이름을 붙인다. 그중 가장 멋진 것은 蓮花驍(연화효)가 있다.

汝南(여남) 사람 周璝(주괴, 구슬 이름 괴)는 周弘正(주홍정)의 아들이고, 會稽(회계) 사람 賀徽(하휘, 아름다울 휘)는 賀革(하혁)의 아들인데, 두 사람 모두 화살 하나를 가지고 40여 번이나 튀어나오게 했다. 하휘는 작은 병풍을 치고 병풍 뒤에 항아리를 놓고 병풍 너머로 던져 아니 들어간 것이 없었다.

내가 〔北齊(북제)〕 鄴都(업도)에 온 뒤로, 廣寧(광령), 蘭陵(난릉) 등 여러 왕이 이런 도구가 있었지만, 온 나라에 화살을 던져 튀어나오게 한 재주를 가진 뛰어난 사람은 없었다.

彈棋(탄기, 바둑알 치기) 역시 요즈음의 점잖은 놀이로 걱정을 삭여주거나 울적한 마음을 풀어주니,[1648] 가끔은 즐길만한 놀이이다.

진 화살이 들어간 것 같으나 튀어나와 壺의 入口나 귀(耳)에 걸린 것이라는 주석이 있다.

1648 원문 消愁釋憒 – 消는 녹일 소, 사라질 소. 愁는 근심 수. 釋은 풀 석. 풀어주다. 憒는 심란할 궤.

20. 終制(종제)[1649]

249/ 죽음을 기다리며

| 原文 | 死者, 人之常分, 不可免也.

1649 終制(종제) – 解喪(脫喪). 이는 안지추 만년의 기록이다. 안지추는 〈終制〉에서 '吾已六十餘'라 하였는데, 隋 文帝 開皇 10年(590)에 안지추는 60세이었다. 이후 안지추가 몇 세에 죽었는가는 알려지지 않았다. 되돌아보면, 안지추의 일생은 남북을 떠도는 波瀾萬丈(파란만장)한 일생이었다. 그런 안지추에게 가슴에 한으로 남은 것은 부모님을 고향에 모시지 못했고, 모친이 돌아가실 때, 흉년과 가난으로 장례 격식을 제대로 갖추지 못한 것이었다. 따라서 안지추는 가장 검소한 장례를 일일이 유언으로 적었다. 평상 옷으로 수의를 대신한다. 아무런 부장품도 넣지 말고, 봉분도 만들지 말라고 했다. 그러면서 자신의 죽음과 장례에 先妣(선비, 돌아가신 모친)의 장례보다 더 격식을 갖춰준다면, 그것이 자신에게 불효가 된다고 했다. 부모님도 고향에 못 모셨는데, 어디서 눈을 감을지 모르지만 죽은 곳에서 묻어달

吾年十九, 値梁家喪亂, 其間與白刃爲伍者, 亦常數輩. 幸承餘福, 得至於今. 古人云, '五十不爲夭.' 吾已六十餘, 故心坦然, 不以殘年爲念. 先有風氣之疾, 常疑奄然, 聊書素懷, 以爲汝誡.

| 국역 | 죽음은 모두에게 정해진 몫이니 면할 수 없다.[1650]

내가 열아홉 살 때, 梁朝(양조)는 喪亂(상란)을 당했는데,[1651] 그 간에 허연 칼날과 함께 했던 일이 여러 번이었다.[1652] 다행히도 조상의 남은 복이 있어 지금까지 살 수 있었다. 옛사람은 '나이

라는 마지막 유언은 정말 숙연하다. 안지추의 마지막 부탁은 가문의 학업을 이어 명예를 지키고 후손의 이름을 높여달라는 간절한 희망이었다.

1650 원문 人之常分 - 常分은 똑같은 몫, 정해진 몫. 일생의 일부. 사람에게는 삶과 죽음이 있는데(人有生死), 사람의 죽음은 꺼진 등불이라서(人死如燈滅), 어둠만이 있을 뿐! 천만 번 쉬고 쉬어도(千休萬休) 죽어 아주 쉬는 것만 못하다(不如死休). 이제 내가 맞이할 죽음은 가장 완전한 휴식이다.

1651 원문 値梁家喪亂 - 梁 武帝 太淸 2년(548). 侯景(후경)의 난이 발발하다. 太淸 3년(549), 후경이 도성을 함락시켰고, 5월에 무제가 病死(餓死 아사)한다.(안지추 19세)

1652 원문 其間與白刃爲伍者, 亦常數輩. - 白刃(백인)은 날이 서서 하얗게 빛나는 칼. 爲伍者는 짝을 이루다. 亦常數輩는 여러 차례이었다. 죽을 고비를 넘겼다.

50이면 일찍 죽은 것이 아니다.' 라고 말했다. 내가 이미 60여 세이니, 마음은 평온하며[1653] 남은 햇수에 마음을 두지 않는다. 전부터 나는 風氣(풍기)의 병세가 있어 늘 언젠가 닥칠 일이라 생각했기에[1654] 평소의 생각을 그냥 써서[1655] 너희들에게 당부한다.

1653 원문 故心坦然 – 坦은 평탄할 탄. 坦然(탄연)은 마음이 안정되어 평온한 모양.

1654 원문 常疑奄然 – 常은 늘. 疑는 예상하다. 奄然(엄연)은 奄忽(엄홀). 갑자기 닥칠 일. 죽음.

1655 원문 聊書素懷 – 聊는 의지할 료. 즐기다, 바라다. 애오라지. 겨우. 素懷(소회)는 평소의 회포.

250/ 나는 불효자

|原文| 先君先夫人皆未還建鄴舊山, 旅葬江陵東郭.

承聖末, 已啓求揚都, 欲營遷厝. 蒙詔賜銀百兩, 已於揚州小郊北地燒磚, 便值本朝淪沒, 流離如此, 數十年間, 絶於還望.

今雖混一, 家道罄窮, 何由辦此奉營資費? 且揚都汚毁, 無復孑遺, 還被下濕, 未爲得計. 自咎自責, 貫心刻髓.

計吾兄弟, 不當仕進, 但以門衰, 骨肉單弱, 五服之內, 傍無一人, 播越他鄕, 無復資蔭. 使汝等沈淪厮役, 以爲先世之恥. 故靦冒人間, 不敢墜失. 兼以北方政敎嚴切, 全無隱退者故也.

|국역| 先親〔선친, 先君(선군)〕과 先妣〔선비, 先夫人(선부인)〕를 모두 建鄴(건업)의 故鄕〔고향, 舊山(구산)〕에 모시지 못하여, 江陵(강릉)의 동쪽 외곽 객지에 묻혀 계신다.

〔梁 元帝(양 원제)〕 承聖(승성, 552–555년) 말년에, 揚都〔양도, 建鄴(건업)〕에 이장하겠다고 글을 올려 허락을 받았고, 移葬(이장)하려고 준비했다.[1656] 조서가 내려와 銀 百兩(은 백량)을 하사받았으

1656 원문 欲營遷厝–營은 경영할 영. 일을 계획하고 실행하다. 遷

며, 이미 揚州(양주)의 가까운 교외 北地(북지)에서 (이장할 무덤에 쓸) 벽돌까지 구워 준비하였지만,[1657] 마침 本朝(본조)가〔梁(양)〕 몰락했고[1658] 오늘까지 떠돌기 십수 년이니 (부모님을 이장할) 기대조차 끊어졌다.

지금 비록 하나(통일)가 되었지만[1659] 家道(가도)가 궁색하니,[1660] 이장에 필요한 비용을 어찌 조달하겠는가? 게다가 이제 揚都(양도)는 몰락하여 훼멸되었고, 거기에는 남은 후손도 없고,[1661] 또 지대가 낮고 습한 지역이라서 어찌해야 할지 대책이 없다. 나를 탓하고 자책의 후회가 내 가슴을 파고 골수에 사무친다.

내 형제들을 생각해보면, 내가 출사(벼슬길에 나서다)하는 것이 옳지 않았었다. 다만 가문이 衰微(쇠미)한데다가 骨肉(골육)도 외롭고 약했으며, 五服(오복) 이내의 친족 중에도 곁에 힘이 될 만

厝(천조)는 移葬(이장)하다. 遷은 옮길 천. 厝는 둘 조. 조치하다.

1657 燒磚 – 燒는 불 사를 소. 磚은 벽돌 전.

1658 원문 便值本朝淪沒 – 值는 값 치. 만나다. 당하다. 本朝는 처음 출사했던 나라를 本朝라 칭한다. 淪沒(윤몰)은 물에 빠져 없어지다. 淪은 물에 잠길 륜. 빠지다. 沒은 빠질 몰. 죽다.

1659 원문 今雖混一 – 混은 섞일 혼. 隋 文帝(楊堅)의 건국(581년)과 남북조의 통일 완성(589년).

1660 원문 家道罄窮 – 家道는 가문의 융성이나 형세. 罄은 빌 경. 공허하다. 窮은 다할 궁. 궁색하다.

1661 원문 無復孑遺 – 無復는 다시없다. 또 없다. 孑은 외로울 혈. 遺는 남을 유, 끼칠 유. 孑遺(혈유)는 하나 남은 것. 소량의 여분.

한 사람도 없었고, 타향에 떨어져 떠돌았기에 도움이 될 만한 아무런 바탕도 없었다. 너희가 평민의 賤役(천역)을 담당해야 한다면(다시 말해 내가 출사하지 않았으면) 선대 조상에게 치욕이 된다 생각하였다. 그래서 세상에 나아가 부끄러움을 무릅쓰고[1662] 감히 宦路(환로, 벼슬길)에서 떨어질 수는 없었다. 그러면서 북방은 (나라의) 政敎가 엄격하여 (관리로서 중간에) 은퇴하는 사람도 없었기 때문이다.[1663]

1662 故靦冒人間 - 靦은 부끄러워할 전. 冒는 무릅쓸 모. 靦冒(전모)는 부끄러움을 무릅쓰다.

1663 원문 全無隱退者故也 - 이상은 안지추 자신의 생애에 대한 개략이면서 자신이 고향 가문과 先塋(선영)을 지키지 못한 죄책감의 서술이다.

251/ 장례는 검소 간략하게

| 原文 | 今年老疾侵, 儵然奄忽, 豈求備禮乎?

一日放臂, 沐浴而已, 不勞復魄, 殮以常衣. 先夫人棄背之時, 屬世荒饉, 家塗空迫, 兄弟幼弱, 棺器率薄, 藏內無磚.

吾當松棺二寸, 衣帽已外, 一不得自隨, 床上唯施七星板. 至如蠟弩牙,玉豚,錫人之屬, 並須停省, 糧罌明器, 故不得營, 碑誌旒旐, 彌在言外. 載以鱉甲車, 襯土而下, 平地無墳. 若懼拜掃不知兆域, 當築一堵低牆於左右前後, 隨爲私記耳.

靈筵勿設枕几, 朔望祥禫, 唯下白粥清水乾棗, 不得有酒肉餅果之祭. 親友來餟酹者, 一皆拒之.

汝曹若違吾心, 有加先妣, 則陷父不孝, 在汝安乎?

其內典功德, 隨力所至, 勿刳竭生資, 使凍餒也. 四時祭祀, 周,孔所敎, 欲人勿死其親, 不忘孝道也. 求諸內典, 則無益焉. 殺生爲之, 翻增罪累. 若報罔極之德, 霜露之悲, 有時齋供, 及七月半盂蘭盆, 望於汝也.

| 국역 | 올해라도 노환이 겹쳐 홀연히 죽는다면,[1664] 내가 어찌

喪禮를 다 갖춰주기를 바랄 수 있겠는가?

어느 날 내가 죽으면,[1665] (시신을) 씻어만 주면 되고(沐浴而已), 애써 혼백을 부르지 말 것이며,[1666] 殮(거둘 렴)은 평상시 의복이면 된다.[1667] 先夫人(先妣, 돌아가신 모친)께서 돌아가실 때는,[1668] 여러 해(屬世) 흉년이 들어,[1669] 家塗(가도, 家勢)가 곤궁하고, 내 兄弟도 幼弱(유약)하여, 棺(관)이나 器皿(기명)도 모두 소홀했으며(率薄) 무덤 안에 벽돌도 쓰지 못했다.

나에게는 응당 2寸의 소나무 관에(松棺), 常衣와 帽子(보자) 이외에는 단 한 가지라도 쓰지 말 것이며, 관의 바닥(床上)에는 오직 七星板(칠성판)만 깔도록 하라. 밀랍으로 만든 활이나 병기, 玉豚(옥돈), 錫人(석인, 朱錫 인형) 같은 것은 하나도 사용하지 말

1664 儻然奄忽 – 儻然(당연)은 만약. 혹시. 奄忽(엄홀)은 奄然. 갑자기 죽다.

1665 원문 一日放臂 – 臂는 팔 비. 팔뚝. 放臂는 팔을 놓다. 죽음을 의미하는 완곡한 표현.

1666 원문 不勞復魄 – 復은 魂(혼, 陽, 精神을 주관하는 魂靈. 넋)을 부르고 魄(백, 肉身을 주관하는 넋)을 돌아오게 하다.

1667 원문 殮以常衣 – 殮은 염할 염. 小殮은 시신을 거두어 정리하고 壽衣(수의)를 입히다. 大斂(대렴: 소렴을 행한 다음날 시체에 옷을 거듭 입히고 이불로 싸서 베로 묶는 일)은 소렴을 마친 시신을 입관하는 절차.

1668 원문 棄背之時 – 버리고 등을 지다. 후손을 버리고 떠나가다. 죽다.

1669 원문 荒饉 – 荒은 거칠 황. 饉은 흉년들 근.

고,[1670] (亡者를 위한) 양식 항아리나 부장품 그릇 등을[1671] 마련해서도 안 되며, 墓碑(묘비)나 誌石(지석) 旒旐(류조, 銘旌 명정) 등은 더 말할 것도 없다(彌在言外). (운구를) 鱉甲車(별갑거, 관을 운송하는 수레)에 실어다가 (시신이) 흙에 직접 닿게〔襯土(친토)〕 묻고, 平地 그대로 하고 봉분을 만들지 말라.[1672] 만약 성묘할 때 혹시 묘역〔兆域(조역)〕을 모를까 걱정이 된다면 낮은 담을 전후좌후에 쌓고 되는대로 너희들이 표기하라.

(집안에 망자를 위한 집안의) 靈筵(영연, 혼령 자리)에는 枕席(침석: 베개)이나 几席(궤석)을 만들지 말고, 朔望(삭망, 초하루나 보름), 小祥, 大祥, 그리고 禫祭(담제)에는[1673] 오직 白粥(흰죽)과 淸水(맑은 물). 乾棗(건조, 말린 대추)를 올리고, 술과 고기(肉), 떡이나 果實로 제사하지 말라. 親友가 (묘지에) 와서 술을 따라 부어 조

1670 원문 並須停省 – 並은 아우를 병. 모조리. 須는 모름지기 수. 停省(정생)은 생략하다. 쓰지 않다.

1671 원문 糧罌明器 – 糧(양식 량)은 糧食(양식). 罌은 항아리 앵. 明器는 亡者를 위한 生活容器.

1672 시신을 묻고 평평하게 고르면 그곳이 墓(묘)이다. 묘를 찾기 쉬우라고 흙을 쌓아 올리면 墳(분)이다. 우리나라에서는 보통 墳墓라 합칭한다. 우리나라 사람이 이해하기 어렵지만, 중국 사람들은 封墳 위에 나무까지 심었다.

1673 원문 朔望祥禫 – 朔望(삭망)은 3년 상을 치루는 동안 매월 초하루나 보름에 上食하며 곡을 한다. 祥은 죽은 지 만 1년만의 제사와(小祥) 만 2년만의 제사(大祥). 그리고 禫祭(담제)는 죽은 지 만 27개월 만에 완전 탈상하고 올리는 제사.

문하는 것도[1674] 모조리 거절하라.

너희들이 만약 내 마음과 달리 돌아가신 先妣(선비)보다 더 후하게 장례한다면, 너희 아비를 불효에 빠트리는 것이니, 너희들 마음이 편하겠느냐?

念佛이나 誦經(송경) 등 功德을 바치는 일은[1675] 형편이 닿는 대로 하지만, 생활비를 축내어 가족을 추위에 떨거나 굶주리게 하지 말라.[1676] 四時의 祭祀(제사)는 周公이나 孔子의 가르침이지만, 이는 돌아가셨다 하여 양친을 생각지 않거나 효도를 잊지 말라는 뜻이다. 불경에서 四時 제사의 근거를 찾는다면 무익할 것이다. 殺生을 저질러가며 제사를 지낸다면 오히려 내 죄를 더 보태는 것이다. 만약 너희들이 罔極(망극)한 부모의 德에 보답하고자 한다면, 또 계절에 따라 부모를 그리는 슬픔 때문이라면, 가끔 (佛殿에) 齋(재)를 올리거나 七月 보름 盂蘭盆節(우란분절)[1677]에

1674 원문 親友來餟酹者 – 餟는 제사 지낼 체. 酹는 술을 땅에 부울 뢰. 餟酹(체뢰)는 제사를 지내며 술을 땅에 붓다.

1675 원문 其內典功德 – 內典은 불경. 유가의 경전은 外典이라 약칭했다. 功德(공덕)은 念佛하고, 佛經을 읽거나 布施(보시)하는 일.

1676 원문 勿剌竭生資, 使凍餒也 – 勿은 말 물. 剌는 깎아낼 고. 竭은 다할 갈. 바닥내다. 生資는 생활비. 가산. 凍은 얼을 동. 얼리다. 餒는 굶주릴 뇌.

1677 원문 七月半盂蘭盆 – 七月半은 7월 보름날. 盂蘭盆齋(우란분재)는 돌아가신 亡者 중 고통받는 혼령의 極樂往生(극락왕생)을 기원하는 뜻으로 스님에게 공양을 올리는 齋(재).

齋(재)나 지내주기를 너희들에게 바라겠노라.

252/ 揚名(양명)

| 原文 | 孔子之葬親也, 云, "古者, 墓而不墳. 丘東西南北之人也, 不可以弗識也." 於是封之崇四尺.

然則君子應世行道, 亦有不守墳墓之時, 況爲事際所逼也!

吾今羈旅, 身若浮雲, 竟未知何鄉是吾葬地. 唯當氣絶便埋之耳. 汝曹宜以傳業揚名爲務, 不可顧戀朽壤, 以取堙沒也.

| 국역 | 孔子(공자)가 양친을 合葬(합장)하며 말했다.

「옛날에 묘를 쓰지만 봉분을 만들지 않았다. 나는〔丘(구)〕 사방을 떠돌아해야 하는 몸이니 표지를 안할 수 없다.」

그리고서는 높이 4척으로 흙을 쌓았다.[1678]

그러하니 君子(군자)가 세상을 따라 살면서 正道(정도)를 실행하다 보면[1679] 분묘를 지키지 못할 수 있고, 하물며 여러 일에 쫓길

1678 원문 ~不可以弗識也. 於是封之崇四尺. - 識는 적을 지. 기록하다. 표지 지. 封은 쌓다. 崇(숭)은 높이. 四尺 - 漢代의 1척은 23.1cm 정도이었다. "古者, ~"는《禮記 檀弓 上》의 기록이다.

1679 원문 應世行道 - 應世는 세상사에 부응하다. 行道는 자기의 주장을 실천하다.

때야 어떻겠는가![1680]

나는 지금 고삐에 매여 떠도니 마치 떠가는 구름처럼, 끝내 어느 고을에 이 몸이 묻힐지도 모른다. 다만 내가 숨이 끊어지는 곳에 나를 묻으면 된다. 너희들은 응당 가문 傳承(전승 : 전통을 이어나가다)을 이어 揚名(양명 : 이름을 널리 떨침)에 힘써야 하나니, 썩어버릴 肉身(육신)에 연연하다가 너희들 이름이 그냥 사라져서는〔堙沒(인몰)〕 안될 것이다.[1681]

1680 원문 況爲事際所逼也 - 況은 하물며 황. 事際는 情勢. 逼은 닥칠 핍. 쫓기다.

1681 안지추의 바램은 3가지이다. 첫째, 검소 간략한 장례이다. 둘째, 내가 죽는 곳에서 묻어다오. 부모님도 고향에 모시지 못했는데, 내가 고향에 묻히기를 바라겠나? 그리고 가장 중요한 당부 - 가문의 학업을 계승하고, 이름을 빛내주기를 바란다. 여기서 《孝經》 첫 장의 일부를 懸吐(현토)하여 읽어보는 것으로 본문 번역은 여기서 마친다.

《孝經 開宗明義章》「仲尼가 居하니, 曾子이 侍하다. ~子曰, 夫 - 孝는 德之本也라. 敎之所由生也라. 復坐하라, 吾이 語汝하리라. 身体髮膚(신체발부)는 受之父母하니 不敢毁傷(불감훼상)이 孝之始也라. 立身行道하야 揚名於後世하고 以顯父母라야 孝之終也라. 夫 - 孝는 始於事親하고 中於事君하며 終於立身이니라.」

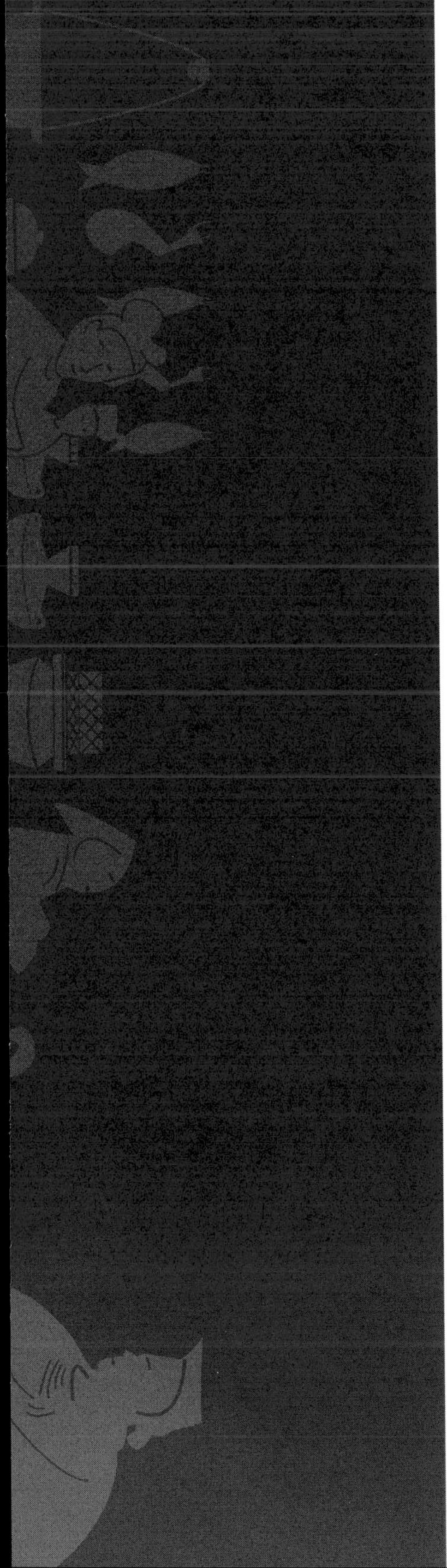

부록

1. 〈顔之推傳〉

《北齊書 文苑傳》

1. 北齊(북제)

北齊(북제, 550년 - 577년 존속)는 北朝(북조)의 鮮卑化(선비화)한 漢人(한인)의 정권이다. 文宣帝(문선제)인 高洋(고양, 526 - 550 즉위 - 559)이 東魏(동위, 534-550)의 제위를 이어받아 건국하였다.

國號(국호)는 齊〔北齊(북제)로 통칭〕, 연호는 天保(천보, 550 - 559), 국도는 鄴城〔업성, 鄴都(업도)〕이었고, 晉陽(진양)은 別都(별도)이었다. 그 국성이 高氏(고씨)이기에 高齊(고제)로도 통한다. 北齊(북제)는 文宣帝(무선제) 高洋(고양), 廢帝(폐제) 高殷(고은), 孝昭帝(효소제) 高演(고연), 武成帝(무성제) 高湛(고담), 後主(후주)인 高緯(고위), 幼主(유주) 高恒(고항)의 6帝를 거쳐 577년에 北周(북주)에게 멸망했는데, 27년간 존속했다.

河北(하북)과 淮南(회남)의 동부 지역을 점유했던 北齊(북제)의 국세는 강성했지만, 北齊의 帝王(제왕)은 잔혹하고 昏庸(혼용)한

군주로 그 정세는 불안 혼란했고 국력은 급속도로 쇠퇴하였다.

북제의 後主(후주) 高緯(고위)가 재위 중(565－577년)에 北周(북주)의 3대 武帝(무제, 재위 560년－578)는 강성한 국력으로 북제를 공격했고, 북제를 멸망시켜 화북을 통일했다. 그러나 北齊(북제)의 營州刺史(영주자사)인 高寶寧(고보령)은 高紹義(고소의, 재위 578－580)를 옹립하고 북주에 저항했으나 대세를 돌릴 수 없어 완전 멸망했다. 북제의 전성기에 그 인구는 약 2,200만으로 추산했다.

581년, 北周(북주)의 외척인 楊堅(양견)은 簒位(찬위)하고 국호를 隋(수)라 했고, 583년, 북제의 저항세력인 高寶寧(고보령)을 제거하였고, 이어 남하하여 589년에 南朝(남조)의 陳(진, 557－589 존속)을 멸망시켜 後漢(후한) 멸망 이후 魏晉南北朝(위진남북조)에 이르는 360여 년의 분열에 종지부를 찍고 중국을 통일하였다.

2. 《北齊書(북제서)》

중국 二十四史 중 《北齊書(북제서)》는 唐朝 史學者(당조 사학자)인 李百藥〔이백약, 565－648년, 字 重規(중규)〕이 편찬하였고, 원명은 《齊書(제서)》였는데, 宋朝(송조)에서 蕭子顯(소자현)의 《南齊書(남제서)》 및 南齊의 역사와 구분하기 위해 명칭이 바뀌었다.

《北齊書(북제서)》는 紀傳體(기전체) 斷代史(단대사)로 紀 8권, 列傳(열전) 42권 총 50권이다. 이는 南朝(남조) 宋 范曄(범엽)의 《後漢書

(후한서)》와 같은 체제이다. 《北齊書(북제서)》 내용은 北魏(북위)의 동서 분열〔東魏(동위) 534-550/西魏(서위) 535-556〕 10년 전 무렵부터 시작하여 北魏(북위)의 分裂(분열), 東魏 立國(동위 입국), 北齊(북제)가 東魏(동위)를 대신하여 건국한 뒤로 亡國(망국)까지 전후 약 50여 년의 역사를 기록하였다.

《北齊書》 편찬자인 李百藥(이백약)의 부친 李德林(이덕림)은 北齊(북제)의 史臣(사신)으로 그 《國史(국사)》를 편찬하였고, 뒷날 隋朝(수조)의 名臣(명신)으로 칙명을 받아 《齊史(제사)》를 편찬하였다. 隋 文帝(수 문제) 때, 李百藥(이백약)은 太子舍人(태자사인)이었다. 唐朝(당조)의 中書舍人(중서사인), 禮部侍郎(예부시랑), 散騎常侍(산기상시)를 역임했고, 그 성품이 매우 강직했으며 唐 太宗(당 태종)에게 直諫(직간)을 잘하였다.

《北齊書》는 태종 貞觀(정관) 10년(636)에 완성되었는데, 三朝〔삼조 : 北齊(북제), 隋(수), 唐(당)〕의 60여 년의 세월을 거쳤다.

《北齊書 文苑傳(문원전)》에는 序文(서문)과 함께 祖鴻勳(조홍훈), 樊遜(번손), 顏之推(안지추) 등 총 7명이 입전되었다.

〈顏之推傳(안지추전)〉에는 세찬 격랑과 풍파 속에서도 굳굳하게 살아온 안지추 자신의 일생을 회고한 〈觀我生賦(관아생부)〉의 長文(장문)을 수록했다. 이는 名 文章(명문장) 이전에 그 역사적 소용돌이에 대한 실록과 같은 기록이었다.

3. 〈顔之推傳〉

(卷 四五, 列傳 第三十七, 文苑)

|原文| 顔之推, 字介, 瑯邪臨沂人也. 九世祖含, 從晉元東渡, 官至侍中,右光祿,西平侯. 父勰, 梁湘東王繹鎭西府諮議參軍. 世善《周官》,《左氏》.

|국역| 顔之推(안지추, 531-591?)의 字(자)는 介(개, 끼일 개)인데, 瑯邪郡(낭야군) 臨沂縣〔임기현, 今 山東省(산동성) 남부 臨沂市(임기시)〕 사람이다. 九世祖(9세조)인 顔含(안함)[1682]은 晉 元帝(진 원제)를 따라 동쪽으로 강을 건너 이주했고,[1683] 관직은 侍中(시중)과 右光祿

1682 顔含(안함) - 顔은 얼굴 안. 성씨. 공자의 모친이 顔氏. 제자 顔回가 유명, 含은 머금을 함. 顔含의 字는 宏都(굉도). 東晋의 大司農, 光祿勳 역임. 西平縣侯에 봉해졌다.《晉書 孝友傳》에 입전.

1683 원문 從晉元東渡 - 晉 元帝 司馬睿(사마예, 276-317-323년, 字는 景文)는 東晉 개국 황제, 司馬懿(사마의)의 증손. 사마예는 西晉 왕족의 내분인 八王之亂을 겪으면서 下邳(하비) 後方을 鎭守. 西晉이 망하자 司馬睿는 남하하여(東渡) 建業(건업)에 주둔하며 琅邪(琅은 瑯 同) 王氏 등 士族의 협조를 받아 건국했다.

건국 후 琅邪 王氏 王敦(왕돈)의 세력은 막강했다. 중국에서 江은 長江을 지칭하는 고유명사이다. 장강 하류는 중국의 동쪽이라서 특히 장강 하류 남쪽의 江蘇省, 浙江省(절강성) 지역을 江東으로 통칭한다.

강동을 기반으로 발전했던, 東吳-東晋, 그리고 南朝의 宋, 齊, 梁, 陳 등을 특별히 六朝라 지칭한다. 六朝文化라는 말은, 곧 귀

大夫(우광록대부)에 이르렀고 작위는 西平侯(서평후)이었다. 부친 顔勰(안협)[1684]은 梁朝(양조) 湘東王(상동왕)인 蕭繹(소역)[1685]이 西府(서부)에서 鎭撫(진무)할 때 諮議參軍(자의참군)이었다. (가문) 대대로《周官(주관)》[1686]과《春秋左氏傳(춘추좌씨전)》에 조예가 깊었다.

|原文| 之推早傳家業. 年十二, 値繹自講《莊》,《老》, 便預門徒. 虛談非其所好, 還習《禮》,《傳》, 博覽群書, 無不該

족문화라는 등식이 성립할 정도로 동진 이후 문벌귀족의 정치적 세력과 문화적 영향력은 막강하였다.

1684 顔勰(안협) – 勰은 뜻이 맞을 협. 協과 同. 안지추의 부친. 字는 子和. 많은 책을 博涉(박섭)했고, 초서와 예서에도 뛰어났으며, 湘東王을 섬겼다. 卒年 42세. 顔之儀, 顔之推 二子를 두었다.《梁書 文學傳 下》에 입전.

1685 梁朝 湘東王(상동왕) – 뒷날 梁 元帝 蕭繹(소역, 508 – 552 – 555년, 字는 世誠) – 梁 武帝 蕭衍(소연, 재위 502 – 549)의 第 七子.

1686《周官》–《周官經》, 王莽 時에 劉歆(유흠)은《周官經》의 博士를 설치케 하였다.《周官經》, 곧 지금의《周禮》이다.《周官 / 周官經》은 書名으로 보면 周代 官制를 쓴 책이지만, 周公이 지었다고 하는 이상적 정치제도와 國家 제도의 근본, 衣冠, 官制, 軍制, 田制, 稅制, 禮制 등 國家政治制度 전반을 논한 책이다. 관직을 天官, 地官, 春官, 夏官, 秋官, 冬官의 6권으로 직무를 설명하였다. 이때 周는 國名이 아니라 빠진 것이 없다는 周備(주비)의 뜻이다. 河間獻王 劉德이 이를 조정에 바쳤고, 前漢 말 劉歆(유흠)이《周禮》라 하였다. 後漢에서는 박사를 두고 이를 교육하였는데, 馬融(마융), 鄭玄(정현) 등이 이를 연구하였다.《周禮》와《儀禮》,《禮記》를 '三禮' 라 통칭한다.

洽, 詞情典麗, 甚爲西府所稱. 繹以爲其國左常侍, 加鎭西墨曹參軍. 好飮酒, 多任縱, 不修邊幅, 時論以此少之.

| 국역 | 顔之推(안지추)는 일찍부터 家業〔가업, 家學(가학)〕을 이었다. 나이 12세에 《莊子(장자)》, 《老子(노자)》[1687]를 풀이하고 강론하여 門徒(문도)들이 따랐다. (안지추는) 虛談〔허담, 空論(공론)〕을 좋아하지 않았으며, 여전히 《禮記(예기)》와 《左傳(좌전)》을 전공하며, 많은 책을 두루 閱讀(열독)하여 博通(박통)하지 않은 것이 없었고,[1688] 문장의 정취가 典雅(전아) 美麗(미려)하였기에 〔湘東王(상동왕)의〕 西府〔서부, 西臺(서대), 今(금) 湖北省(호북성) 남부 江陵(강릉) 일대〕에서 칭송이 높았다. 〔湘東王(상동왕)〕 蕭繹(소역)은 〔侯國(후국)의〕 左常侍(좌상시)에 임명하였고, 加官(가관)으로 鎭西墨曹參軍(진서묵조참군)을 겸하게 했다. (안지추는) 飮酒(음주)를 좋아하고 마음대로 행동하며〔多任縱(다임종)〕, 옷차림 등에 마음을 쓰지 않아 당시 평판은 좋지 않았다.[1689]

| 原文 | 繹遣世子方諸出鎭郢州, 以之推掌管記. 値侯景陷

1687 《莊子》, 《老子》 – 여기에 《周易》을 포함하여 《三玄》이라 통칭했다.

1688 원문 無不該洽 – 該洽(해흡)은 아는 것이 많다. 박식하다.

1689 원문 不修邊幅, 時論以此少之. – 邊幅(변폭)의 옷차림이나 儀容(의용). 時論은 當時의 평가. 少之는 낮게 평가하다.

郢州, 頻欲殺之, 賴其行臺郎中王則以獲免. 被囚送建業. 景平, 還江陵. 時繹已自立, 以之推爲散騎侍郎, 奏舍人事.

後爲周軍所破. 大將軍李顯慶重之, 薦往弘農, 令掌其兄陽平公遠書翰.

値河水暴長, 具船將妻子來奔, 經砥柱之險, 時人稱其勇決.

| 국역 | 〔湘東王(상동왕)인〕 蕭繹(소역)은 世子(세자) 方諸(방제)를 보내 郢州(영주)를 진무케 하면서 안지추에게 모든 기록을 관장케 하였다. (뒷날) 侯景(후경, 503－552년)이 반란을 일으켜〔武帝太清(무제 태청) 2年, 548〕[1690] 郢州(영주)를 함락시켰고(太清 3年, 549),[1691] 여러 번 안지추를 죽이려 했으나 行臺郎中(행대랑중)인 王則〔왕칙, 字는 元軌(원궤)〕의 변호로 죽음을 면했다. 안지추는 죄수로 建業〔건업, 建鄴(건업)〕에 보내졌다〔大寶(대보) 2년, 551〕. 후경의 난이 평정되자(552년), 안지추는 江陵(강릉)으로 돌아왔다. 그때 蕭繹(소역)은 이미 自立〔자립, 元帝(원제)로 즉위, 552년〕하였고,[1692] 안지추는 散騎侍郎(산기시랑)으로 近侍(근시)의 업무를 담당케 하였다.[1693]

1690 이 해에 안지추는 18세이었다.

1691 이 太清 3年, 549년에 梁 武帝가 죽었다.

1692 元帝 承聖 원년(552). 원제는 강릉에서 즉위했다. 안지추 22세.

1693 원문 奏舍人事－奏는 아뢸 주. 上奏하다. 舍人(사인)은 近侍, 비서.

뒷날 周軍(주군)에게 〔江陵(강릉)이〕 격파되었다.[1694] 大將軍(대장군) 李穆〔이목, 字는 顯慶(현경)〕이 안지추를 중히 대우하면서,[1695] 弘農郡(홍농군)[1696]에 거주토록 허용하였다. 〔李穆(이목)은 안지추에게〕 그 兄(형)인 陽平公(양평공) 李遠(이원)의 書翰(서한)을 담당케 하였다.

마침 河水(하수)가 크게 불어나자, (안치추)는 배를 준비하여 妻子(처자)를 데리고 奔亡(분망, 달아나다)하면서,[1697] (황하) 砥柱山(지주산)의 險流(험류)[1698]를 지나왔는데, 당시 사람들은 안지추의 용감한 결단을 칭송하였다.

1694 이는 梁 承聖 3년, 554년, 안지추 24세. 西魏(서위)가 군사를 보내 襄陽(양양)에 이어 강릉을 함락시켰고 元帝는 포로가 되었다가(11월) 살해되었다. 12월. – 北周의 군사가 아니다.

1695 원문 大將軍 李顯慶重之 – 西魏의 大將軍이 된 李穆(이목, 字 顯慶)이다. 李穆은 뒷날 拓拔氏(탁발씨)를 하사받았다.

1696 漢代의 弘農郡 관할 지역은, 今 陝西省 동부와 河南省 서부 일원. 黃河 이남 宜陽縣 以西의 洛水, 伊水, 丹水의 上流 지역. 治所는 弘農縣. 안지추가 임시 거주했던 곳이 어디인지 미상이다.

1697 이는 北齊 文宣帝 天保 7년(556년). 안지추 26세이었다.

1698 砥柱山(지주산, 砥는 숫돌 지) – 黃河 중류의 큰 암석 – 황하의 격류 속에서도 의연히 버티고 선 큰 바위. 암석이라 하지 않고 山이라 부른다. 전설에서는 大禹가 치수하며, 이곳에 석주를 세웠다고 한다. 당시 노를 저어가는 배를 몰고 砥柱山(지주산)의 險流(험류)를 지났다는 자체가 경이이었다. 成語 '中流砥柱'가 있다. 위치는, 今 河南省 서부 三門峽市(삼문협시) 황하. 지금은 지주산 상류에 큰 댐이 있다.

| 原文 | 顯祖見而悅之, 卽除奉朝請, 引於內館中, 侍從左右, 頗被顧眄.

天保末, 從至天池, 以爲中書舍人, 令中書郎段孝信將勑書出示之推. 之推營外飮酒, 孝信還以狀言, 顯祖乃曰, "且停." 由是遂寢.

河淸末, 被擧爲趙州功曹參軍, 尋待詔文林館, 除司徒錄事參軍.

| 국역 | 〔北齊(북제)의 開國者(개국자)〕 顯祖(현조)[1699]는 안지추를 만나 기뻐하며 즉시 안지추에게 奉朝請(봉조청)[1700]을 제수하였고, 內館(내관)에 들어올 수 있게 허용하며 측근으로 侍從(시종)하게 하니 자못 주목을 받았다.[1701]

1699 顯祖(현조) – 北齊 文宣帝 高洋(고양, 526 – 550 즉위 – 559년, 字는 子進. 鮮卑名 侯尼干, 勃海郡 출신) – 南北朝 시대 北齊 개국 황제, 在位 10년.

1700 奉朝請 – 제후가 봄에 입조하여 황제를 알현하는 것을 朝, 가을에는 請이라 한다. 三公이나 外戚, 皇室(劉氏)이나 제후로 朝나 請에 참여할 수 있는 사람을 奉朝請이라 한다. 서열은 三公 다음이고, 特進과 제후의 윗자리이다. 官職이 아니라서 정원도 없다.

1701 원문 頗被顧眄 – 頗는 자못 파. 顧는 돌아볼 고. 眄은 한쪽 눈을 감고 소상히 볼 면, 애꾸눈 면. 顧眄(고면)은 사방을 둘러보다. 주목을 받다.

天保(천보) 말년에, 〔顯祖(현조), 文宣帝(문선제)의〕 天池(천지) 행차를 수행하였고,[1702] 中書舍人(중서사인)이 되었는데, 中書郞(중서랑) 段孝信(단효신)을 시켜 칙서를 갖고 가서 안지추에게 전달케 하였다. 그때 안지추는 성 밖에서 飮酒(음주)하고 있었는데, 단효신이 돌아와 이를 황제에게 보고하였다. 이에 顯祖(현조)는 "일단 그만두라〔且停(저정)〕." 고 말하여 이 문제는 종결되었다.[1703]

〔北齊 武成帝(북제 무성제)의〕 河淸(하청, 562－565) 말년에 趙州(조주) 功曹參軍(공조참군)에 천거되었고(안지추 35세),[1704] 곧〔尋(심)〕 文林館(문림관) 待詔(대조)[1705]가 되었다가, (三公의 하나인)

1702 天池－今 山西省 중북부 忻州市(흔주시) 관할 靜樂縣 관내에 소재한 祁連池(기련지). 天保 9년(558) 文宣帝(高洋)는 晉陽(今 山西省 省會인 太原市)에 행차했고, 거기서 북쪽으로 더 순수하여 祁連池(기련지)에 이르렀다. 그쪽 胡人들은 하늘을 祁連이라 한다는 주석이 있다. 안지추 28세.

1703 원문 由是遂寢－由是는 이로써. 遂寢(수침)은 종결되다. 寢은 중지하다.

1704 원문 被擧爲趙州功曹參軍－武成帝 河淸 4년, 곧 後主 天統 元年. 565년 顔之推 35세. 趙州 治所는, 今 河北省 남부 邢台市(형대시) 관할 隆平縣(융평현). 위 〈書徵〉 217. 巏山(권무산) 참고.

1705 待詔(대조)－徵士(징사)의 한 종류이며 漢代부터 특수한 관직명. 詔는 황제의 명령을 기록한 문서. 명망이 있는 人才를 중용하기 전에 우선 待詔(조서를 기다린다는 뜻)라는 직명을 부여한다. 황제의 부름을 받아 대기하다가 조서를 받고 그에 따른 임무를 수행 또는 자문에 응하는 관직. 待詔의 종류로 待詔金馬, 待詔殿中, 待詔保宮, 待詔公車, 待詔黃門, 待詔丞相府 등이 있

司徒府(사도부)의 錄事參軍(녹사참군)을 제수 받았다.

| 原文 | 之推聰穎機悟, 博識有才辯, 工尺牘, 應對閑明, 大爲祖珽所重, 令掌知館事, 判署文書. 尋遷通直散騎常侍, 俄領中書舍人.

帝時有取索, 恒令中使傳旨, 之推稟承宣告, 館中皆受進止. 所進文章, 皆是其封署, 於進賢門奏之, 待報方出. 兼善於文字, 監校繕寫, 處事勤敏, 號爲稱職.

帝甚加恩接, 顧遇逾厚, 爲勳要者所嫉, 常欲害之. 崔季舒等將諫也, 之推取急還宅, 故不連署. 及召集諫人, 之推亦被喚入, 勘無其名, 方得免禍. 尋除黃門侍郎.

| 국역 | 顏之推(안지추)는 뛰어나게 총명하고 기민하였으며 박식하고 말을 잘했으며,[1706] 文書(문서)를 잘 지었고[1707] 應對(응대)가 우아, 명백하여, 〔北齊 重臣(북제 중신)인〕 祖珽(조정)[1708]의 큰 신

다. 특수한 분야의 전문가인 경우 예를 들어 太史, 治曆, 音律, 本草의 경우에는 ○○待詔라고 불렀다.

1706 聰穎機悟, 博識有才辯 - 聰은 聰明(총명). 穎은 이삭 영. 빼어나다. 뛰어나다. 機는 기민. 悟는 깨달을 오. 機悟(기오)는 상황 파악을 잘하다. 눈치가 빠르다. 才辯은 辯才. 말재주. 말을 잘하다.

1707 工尺牘 - 尺牘(척독)은 書信, 여기서는 公文書.

1708 祖珽(조정, 字는 孝徵) - 祖瑩(조영)의 아들. 北齊 初年 中書省에

임을 받으면서 〔文林館(문림관)〕 知館事(지관사)의 업무를 관장하고 문서를 심사 판정하게 하였다. 안지추는 곧〔尋(심)〕 通直散騎常侍(통직산기상시)로 승진했다가〔遷(천)〕, 잠시〔俄(아)〕 中書舍人(중서사인)을 겸직했다〔領(령)〕.

황제는 가끔 관리에게 명령할 때는 늘 中使(중사)를 보내 傳旨(전지)하였는데, 顏之推(안지추)는 황제의 뜻을 받아 宣告(선고)하거나 文林館(문림관) 內(내)의 모두에게 可否(가부)를 지시하였다.[1709]

안지추가 상주하는 문장은 모두 封署(봉서)하였으며 進賢門(진현문)을 통하여 상주하였는데, 결과를 기다려 명을 받고서야 나왔다. 안지추는 문자에도 두루 밝았기에, (서적의) 감수와 교정, 修訂(수정)과 필사를 잘했고, 업무처리에 근면 민첩하여 업무의 적임자라는 칭송을 들었다.

황제도 크게 은총을 베풀었으며, 대우와 하사가 갈수록 두터웠기에 황족이나 고위 要職者(요직자)들은 질투하며 늘 해치려 하였다. 崔季舒(최계서) 등이 황제에게 간언하려 할 때, 안지추는 家內(가내)의 급한 일로 휴가를 신청하고 귀가하였기에[1710] (간언하려

근무, 역임. 知制誥(지제고) 역임. 北齊 後主 高緯(고위) 재위 중 尙書 左僕射 역임. 朝政을 장악했다. 祖珽(조정)의 부친, 祖瑩(조영)은 8세에 《詩》와 《書》를 배워 12세에 《尙書》를 암송했다. 《三字經》에 「瑩八歲, 能詠詩」한 사람이 祖瑩(조영)이다.

1709 원문 中皆受進止 – 進止(진지)는 可否. 공문을 결재받으면서 상관에게 보고 여부를 물어 실행한다는 뜻.

1710 원문 之推取急還宅 – 取急(취급)은 請暇(청가). 휴가를 신청하다.

는 문서에) 連署(연서)하지 않았다. (황제가) 간언을 올린 신하를 소환하였고 안지추도 불려갔으나, 대조 결과 서명이 없었기에 겨우 화를 면하였다.[1711] 얼마 후 안지추는 黃門侍郞(황문시랑)을 제수 받았다.

|原文| 及周兵陷晉陽, 帝輕騎還鄴, 窘急計無所從. 之推因宦者侍中鄧長顒進奔陳之策, 仍勸募吳士千餘人以爲左右, 取青,徐路共投陳國. 帝甚納之, 以告丞相高阿那肱等. 阿那肱不願入陳, 乃云吳士難信, 不須募之. 勸帝送珍寶累重向青州, 且守三齊之地, 若不可保, 徐浮海南渡. 雖不從之推計策, 然猶以爲平原太守, 令守河津.

|국역| 北周〔북주, 556-581 존속, 개국 군주 宇는文覺(문각)〕의 군사 晉陽(진양)을 공격 함락하자(576년 12월, 안지추 46세),[1712] 後主(후주)는 輕騎(경기)로 鄴都(업도)로 돌아왔지만, 막히고 다급하여 어찌 할 계책도 없었다.[1713] 顔之推(안지추)는 환관 侍中(시중)인 鄧

1711 원문 方得免禍 - 이는 北齊 後主 武平(570-576) 4년(573)이고, 안지추는 43세이었다.

1712 원문 及周兵陷晉陽 - 北齊의 後主(名, 高緯, 565-577 재위)가 晉陽에 있을 때 北周의 武帝〔宇文邕(우문옹), 재위 560-578〕가 내침했고 北齊 後主는 패전하여 晉陽의 군사를 버리고 單騎로 鄴都로 돌아왔다(576년 12월, 안지추 46세).

長顒(등장옹)을 통해 (강남의) 陳國〔진, 557-589 존속, 개국군주 陳霸先(진패선)〕으로 달아날 방책을 건의하였고, 이어 吳(오) 지역 출신 군사 1천여 명을 모집하여 호위케 하고, 靑州(청주)와 徐州(서주) 지역을 도로로 함께 陳國(진국)으로 이주할 계획을 수립하였다.

(북제) 後主(후주)는 거의 수용하면서, 이를 丞相(승상) 高阿那肱(고아나굉) 등에게 알렸다. 그러나 고아나굉은 入陳(입진)을 원치 않았기에 모집할 吳(오) 땅의 군사를 믿을 수 없으며 모집할 겨를도 없다고 말하였다. 그러면서 後主(후주)에게 珍寶(진보)를 모아 계속 靑州(청주) 지역으로 송출하며, 三齊(삼제)의 지역을 수비하되 만약 지킬 수가 없다면 기회를 보아 海島(해도)로 들어갔다가 南(남)으로 渡海(도해)해야 한다고 말했다. 비록 안지추의 방책을 따르지는 않았지만,[1714] 안지추를 平原太守(평원태수)로 임명하여[1715] 도강할 나루터를 방어케 하였다.

1713 원문 窘急計無所從 - 窘은 막힐 군. 窘塞(군색)하다. 急은 위급. 多急하다.

1714 北齊 後主는 北周 武帝의 대군이 공격하자, 제위를 아들 高桓(고환, 당시 8세)에게 양위했다. 아들 幼主는 577년 1월에 25일간 재위했다. 後主 父子는 승상 高阿那肱(고아나굉) 등에 배신당해 포로가 되어 장안으로 끌려가 살해되었다. 이때 안지추는 47세이었다.

1715 당시 北齊 平原郡의 치소는, 今 山東省 서북부 聊城市(요성시)이었다. 여기서 방어하며 한편으로는 유사시 피난할 船隻(선척)을 준비케 하였다.

| 原文 | 齊亡入周, 大象末爲御史上士.

隋開皇中 太子召爲學士, 甚見禮重. 尋以疾終. 有文三十卷, 撰《家訓》二十篇, 並行於世. 曾撰〈觀我生賦〉, 文致淸遠, 其詞曰,

| 국역 | 北齊(북제)가 멸망하자 北周(북주)에 입국했고,[1716] 〔북주 靜帝(정제)〕 大象(대상, 579-581) 말년에 안지추는 御史臺(어사대) 上士(상사)가 되었다.(안지추 50세)

隋(수) 〔文帝(문제)〕 開皇(개황) 연간에(581-600), 太子〔태자, 楊勇(양용)〕[1717]는 안지추를 徵召(징소)하여 學士(학사)에 임명하였고 정중하게 예를 갖춰 대우하였다.[1718]

1716 원문 齊亡入周 - 북제 멸망 뒤에 안지추는 陽休之(양휴지) 등 총 18人이 北周의 부름을 받아 北周 武帝의 어가를 隨從(수종)하여 長安에 들어갔다. (577년) 이때 경제적으로 몹시 궁핍했었다. 本 3권 〈勉學〉 099. 자식의 참된 효도는? 참고.

1717 隋 文帝의 太子 楊勇 - 楊勇(562-604년) - 隋 文帝 楊堅의 長子, 母 獨孤皇后, 나중에 서인으로 강등되었다가 양광이 태자가 된 뒤에 賜死되었다. 양용은 용모가 俊美하고 好學하였으며, 詞賦에도 유능하고 寬厚溫和한 사람이었다.

1718 隋가 건국되는 581년, 안지추는 51세이었다. 開皇 2년(582년) 楊勇이 태자가 되었고, 안지추를 불러 學士에 임용했다. 이는 안지추 52세 이후이다. 개황 9년 589년에, 隋는 남조 陳을 병합하니 전 중국을 통일했는데, 이때 안지추는 59세 이었다. 文帝 開皇 10년 庚戌年(경술년) 안지추는 60세이었다. 안지추의 卒年

안지추는 얼마 후 병으로 죽었다. 文集(문집) 30권이 있고,《家訓(가훈)》 20편을 편찬하였는데, 모두 세상에 알려졌다.[1719]

일찍이 〈觀我生賦(관아생부)〉[1720]를 지었는데, 그 文致(문치)가 淸慮深遠(청려심원)하였다. 그 글은 아래와 같다.[1721]

이 언제인지 추정할 수 있는 자료가 없다. 안지추의 형 顔之儀는 開皇 11년(591년) 겨울에, 69세에 죽었다.

1719 지금 그 문집 30권은 전하지 않고, 안지추의《家訓》 20편과《還冤志(환원지)》 3권만 전한다.

1720 〈觀我生賦〉 - 賦(부)는 文體의 하나로 押韻(압운)한 문장이다. 楚辭(초사)에서 변화 발전하였는데 외형상 詩나 散文이라고 한 가지로 단정할 수 없는 詩文의 混成體이다.《詩經》은 內容上 風, 雅, 頌(송)으로, 作法上으로는 賦(부), 比(비), 興(흥)으로 분류한다. 이때 賦는 鋪(펼 포, 늘어놓다)의 뜻이니, 곧 '言志를 鋪陳한 형식' 이며, 거기에는 朗誦(낭송)의 뜻을 포함한다. 不歌하고 誦(송)하는 것이 賦(부)이다. 賦는 漢代에 유행한 文學 형식으로 詩歌와 산문의 특성을 합한 형태라 할 수 있다. 前漢의 賈誼(가의), 枚乘(매승), 司馬相如가 漢代 賦의 代表的 작가이다.

漢賦는 辭藻(사조)가 화려하고 筆勢가 힘차다지만 대개 내용은 공허하고 글자와 뜻이 어려워 읽고 이해하기가 쉽지 않다. 司馬相如 이후에 後漢 班固의 〈兩都賦〉, 張衡의 〈二京賦〉, 曹植의 〈洛神賦〉, 西晉 陸機의 〈文賦〉, 左思의 〈三都賦〉가 유명하고, 또 東晉 陶淵明(도연명)의 〈歸去來辭〉도 賦의 명편이며, 唐 杜牧(두목)의 〈阿房宮賦(아방궁부)〉, 宋 歐陽脩의 〈秋聲賦〉, 소식의 〈赤壁賦〉도 모두 賦의 명작이다.《漢書》〈藝文志〉에는 楚 屈原 이후 漢代의 賦와 詩를 수록했다.

1721 〈觀我生賦〉는 안지추의 학문과 독서, 평생에 걸친 勉學과 思索

| 原文 | 之推在齊有二子, 長曰思魯, 次曰愍楚, 不忘本也. 之推集在, 思魯自爲序錄.

| 국역 | 안지추가 北齊에 있을 때, 아들 둘이 있었다. 長子는 思魯(사로)[1722]이고, 次子는 愍楚(민초)인데, 근본을 잊지 않으려는 뜻이 있다.[1723] 顏之推의 문집에[1724] 顏思魯가 序錄(서록)을 지

의 결정판으로 방대한 분량과 함께 모든 구절에 典故가 있어 역자에게는 難解한 글이다. 역자가 중국의 여러 주석을 참고하여 번역하고서도 뜻이 명쾌하게 통하지 않고, 그런 典故에 대한 설명도 어렵지만, 또 구체적으로 무엇을 의미하는지 역자의 공부로는 명확하지 못했다. 그런 졸문 번역을 독자에게 공개할 수가 없어 여기 수록하지는 못했다.

1722 顏思魯(안사로, 생졸년 미상, 字는 孔歸) - 顏之推의 아들, 안사로는 文字音韻學에 정통. 隋朝에서 東宮學士와 長安王 侍讀(시독)을 역임했다. 高祖 李淵(이연)이 起兵할 때, 顏思魯는 子姪들을 거느리고 歸附했다. 그 이후, 李世民(太宗)의 秦王府 記室參軍이 되었다. 안사로의 아들, 곧 안지추의 손자인 顏師古(안사고)는 저명한 訓詁學者이다.

顏師古(안사고, 581 - 645년)는 唐代 經學者, 歷史學家이며, 음률에 통하여 〈梅花三弄〉의 악곡을 지었다. 朝散大夫, 中書侍郎, 秘書監, 弘文館 學士를 역임했다. 貞觀 4년(630년), 太宗 명을 받아 《五經定本》을 지었다. 또 《漢書》에 주석을 달았다. 645년, 당 태종의 고구려 원정에 종군하다가 病死했다.

1723 안지추는 공자의 수제자 復聖 顏回(顏淵)의 35세손이니, 그 뿌리는 魯에 있다. 그래서 아들을 思魯라고 지었다. 둘째아들 愍

었다.

愍楚(민초)는 '총명할 민' 이나 愍楚〔楚에 대한 憐愍(연민)〕의 뜻이 있다. 곧 안지추가 湘東王의 신하로, 또 상동왕이 즉위한 뒤에도 江陵에서 섬겼으니 이름의 楚는 楚의 땅, 곧 梁朝를 의미한다. 거기서 西魏의 침입으로 梁이 멸망하고 關中으로 강제 이주했으니, 그곳에 대한 연민의 뜻이 있다. 여기에 나타나지 않았지만 三子는 游秦(유진)인데, 이는 나중에 정착한 關中, 곧 長安에서의 고생을 잊지 말라는 뜻도 있다.

1724 隋나 唐代에 이미 망실된 것으로 추정한다는 주석이 있다.

2. 顔之推 年譜(연보)

<table>
<tr><th rowspan="2">서기
나이</th><th>국명 제위</th><th>연호 年</th><th>출처</th></tr>
<tr><th colspan="3">記事</th></tr>
<tr><td rowspan="2">531년
1세</td><td>梁 武帝</td><td>中大通 3년</td><td></td></tr>
<tr><td colspan="3">○부친 顔勰(안협). 모친, 殷氏(은씨)의 3남. 之儀, 之善의 二兄. 荊州 江陵에서 출생</td></tr>
<tr><td rowspan="2">537년
7세</td><td>梁 武帝</td><td>大同 3년</td><td>《家訓 勉學》,《家訓 序致》</td></tr>
<tr><td colspan="3">○〈靈光殿賦〉를 외우다. / ○우리 가정의 家風과 교육은 평소에도 嚴整(엄정)하였다. 옛날 내가 이를 갈 무렵부터 늘 가르침을 받았다. 매번 두 형을 따라 조석으로 부모님께 문안을 여쭙고, 법도〔規矩(규구)〕에 맞게 걷고, 安穩(안온)한 언사와 평온한 표정, 당당하면서도 바른 행동으로 부모님께 문안을 드렸다.</td></tr>
<tr><td rowspan="2">539년
9세</td><td>梁 武帝</td><td>大同 5년</td><td>《梁書 顔勰傳》,《家訓 序致》</td></tr>
<tr><td colspan="3">◇부친 顔勰(안협) 별세(42세) – '旅葬江陵東郭'
○막 아홉 살이 되었을 때, 갑자기 부친상을 당했고, 家道(家塗)가 어려워졌으며 온 식구가 막막하였다. 자애로운 형님이 가족을 부양했지만, 온갖 고생을 해야만 했으며, (형님은) 인자하시고 위엄을 갖추지 않았으며, 가르치고 본보기를 보이며, 간절하지 않은 것이 없었다.</td></tr>
<tr><td rowspan="2">542년
12세</td><td>梁 武帝</td><td>大同 8년</td><td>《北齊書 顔之推傳》</td></tr>
<tr><td colspan="3">○顔之推는 일찍부터 家業(家學)을 이었다. 나이 12세에《莊子》,《老子》를 풀이하고 강론하여 門徒(문도)들이 따랐다. (안지추는) 虛談(허담, 空論)을 좋아하지 않았으며, 여전히《禮記》와《左傳》을 전공하며, 많은 책을 두루 閱讀(열독)하여 博通하지 않은 것이 없었고, 문장의 정취가 典雅(전아) 美麗(미려)하였기에 (湘東王의) 西府(西臺, 今 湖北省 남부 江陵 일대)에서 칭송이 높았다.</td></tr>
</table>

548년 18세	梁 武帝	太淸 2년	《梁書 武帝紀》
	◇10월, 侯景 壽陽에서 반기. 長江을 건너 京師(建業)를 핍박.		
549년 19세	梁 武帝	太淸 3년	《梁書 武帝紀》,《家訓 終制》. 《北齊書 顔之推傳》
	◇후경이 臺城을 함락. 5월 武帝 卒. 簡文帝 즉위. ○ '太淸 3년(549). 내가 19세에, 梁朝는 喪亂(상란)을 당했는데, 그간에 허연 칼날과 함께 했던 일이(죽을 뻔 했던 일이) 여러 번이었다.' '(湘東王) 蕭繹(소역)은 안지추를 侯國의 左常侍(좌상시)에 임명하였고, 加官으로 鎭西墨曹參軍을 겸하게 했다.'		
550년 20세	梁 簡文帝	大寶 원년	《北齊書 顔之推傳》
	○(湘東王인) 蕭繹(소역)은 世子 方諸(방제)를 보내 郢州(영주)를 진무케 하면서 안지추에게 모든 기록을 관장케 하였다.		
551년 21세	梁 簡文帝	大寶 2년	《梁書 簡文帝紀》,《北齊書 顔之推傳》
	◇8월에 후경은 간문제를 폐위한 뒤에 살해했다. 侯景 참칭 황제. ○侯景이 여러 번 안지추를 죽이려 했으나 行臺郎中인 王則(왕칙, 字는 元軌)의 변호로 죽음을 면했다. 안지추는 죄수로 建業(건업, 建鄴)에 보내졌다(大寶 2년, 551).		
552년 22세	梁 元帝	承聖 원년	《梁書 元帝紀》
	◇3월, 湘東王 蕭繹(소역) – 王承辯(왕승변) 등을 보내, 侯景(후경)의 반란을 평정했다. ◇11월, 소역이 江陵에서 즉위하니, 이가 元帝이다. ○후경의 난이 평정되자, 안지추는 江陵으로 돌아왔다. 안지추는 散騎侍郎(산기시랑)으로 近侍(근시)의 업무를 담당케 하였다.		
554년 24세	梁 元帝	承聖 3년	《梁書 元帝紀》,《北齊書 顔之推傳》
	◇10월 西魏의 군사가 襄陽을 공격. 11월 江陵 함락. 元帝 피살. ○江陵이 격파된 뒤에 (西魏의) 大將軍 李穆(이목, 字는 顯慶)이 안지추를 중히 대우하면서, 弘農郡에 거주토록 허용하였다. (李穆은 안지추에게) 그 兄인 陽平公 李遠(이원)의 書翰(서한)을 담당케 하였다.		

555년 25세	梁 敬帝	紹泰 원년	《梁書 敬帝紀》
	◇晉安王 蕭方智(소방지)가 즉위하니, 이가 敬帝이다.		
556년 26세	北齊文宣帝	天保 7년	《北齊書 顏之推傳》
	○마침 河水가 크게 불어나자, 안치추는 배를 준비하여 妻子를 데리고 달아나, (황하) 砥柱山(지주산)의 險流(험류)를 지나 北齊에 귀부하였는데, 당시 사람들은 안지추의 용감한 결단을 칭송하였다.		
557년 27세	北齊文宣帝	天保 8년	《陳書 武帝紀》
	◇陳霸先(진패선)이 景帝를 폐위하고 즉위하니, 이가 陳 武帝이다. - 안지추가 西魏에서 北齊로 탈출했던 것은 남쪽 梁으로 돌아가려는 뜻이었으나, 梁이 멸망하자, 안지추는 돌아갈 나라가 없어졌기에, 北齊에 출사하지 않을 수 없었다.		
558년 28세	北齊文宣帝	天保 9년	《北齊書 文宣帝紀》,《北齊書 顏之推傳》
	◇文宣帝가 晉陽에 巡幸. 祁連池 도착, 진양으로 되돌아오다. ○天保 말년에, (顯祖, 文宣帝의) 天池 행차를 수행하였고, 中書舍人이 되었는데, 中書郎 段孝信을 시켜 칙서를 갖고 가서 안지추에게 전달케 하였다. 그때 안지추는 성 밖에서 飮酒하고 있었는데, 단효신이 돌아와 이를 황제에게 보고하였다. 이에 顯祖는 "일단 그만두라(且停)."고 말하여, 이 문제는 종결되었다.		
559년 29세	北齊文宣帝	天保 10년	《北齊書 文宣帝紀》
	◇文宣帝 卒. 太子 高殷 立, 是爲廢帝.		
560년 30세	北齊孝昭帝	皇建 원년	《家訓 序致》
	○서른 살 이후로, 大過는 적었지만, 말을 함부로 할까 늘 마음으로 걱정하였으며 천성과 心情이 다투고, 밤에 깨닫고도 새벽에 잘못을 저지르고, 어제 失行을 오늘 후회하며, 가르침을 제대로 받지 못해 스스로 연민하면서 지금까지 살아왔다.		
561년 31세	北齊孝昭帝 武成帝	皇建 원년 太寧 원년	《北齊書 武成紀》
	◇11월 孝昭帝 卒. 弟 長廣王 高湛 立. 是爲 武成帝.		

<table>
<tr><td rowspan="2">565년
35세</td><td>北齊武成帝
北齊 後主</td><td>河淸 4년
天統 원년</td><td>《北齊書 武成紀》,《家訓 序致》</td></tr>
<tr><td colspan="3">◇武成帝 禪位. 태자 高緯(고위) 즉위. 是爲後主.
○顏之推 趙州 工曹參軍이 되다.</td></tr>
<tr><td rowspan="2">566년
36세</td><td>北齊 後主</td><td>天統 2년</td><td>《北齊書 文苑傳》,《家訓 文章》</td></tr>
<tr><td colspan="3">◇後主가 文藝에 호학하여 안지추를 도성으로 徵召.
○이때 안지추와 같이 근무했던 사람이 蘭陵(난릉)의 蕭慤(소각)인데, 그는 梁 皇室 上黃侯(상황후)의 아들로 詩歌에 뛰어났었다. 그의 시구 '芙蓉露下落, 楊柳月中疏' 의 한가하고 고요한 정경을 좋아하니 눈에 宛然(완연)하다.</td></tr>
<tr><td rowspan="2">572년
42세</td><td>北齊 後主</td><td>武平 3년</td><td>《北齊書 後主紀》,《北齊書 顏之推傳》</td></tr>
<tr><td colspan="3">◇祖珽(조정)이 안지추의 건의를 수용, 文林館 설치를 상주. 채납.
○곧 文林館 待詔(대조)가 되었다가, (三公의 하나인) 司徒府(사도부)의 錄事參軍(녹사참군)을 제수 받았다.
○祖珽(조정)의 큰 신임을 받으면서 (文林館) 知館事의 업무를 관장하고 문서를 심사 판정하게 하였다. 안지추는, 곧 通直散騎常侍로 승진했다가, 잠시 中書舍人을 겸직했다.</td></tr>
<tr><td rowspan="2">573년
43세</td><td>北齊 後主</td><td>武平 4년</td><td>《北齊書 後主紀》,《北齊書 顏之推傳》</td></tr>
<tr><td colspan="3">◇侍中 崔季舒, 張雕虎 등 여러 사람이 황제의 晉陽 행차를 반대하는 간언을 올렸다가 처형.
○황제도 크게 은총을 베풀었으며 대우와 하사가 갈수록 두터웠기에 황족이나 고위 要職者들은 질투하며 늘 해치려 하였다. 崔季舒(최계서) 등이 황제에게 간언하려 할 때, 안지추는 家內의 급한 일로 휴가를 신청하고 귀가하여 連署하지 않았다. (황제가) 간언을 올린 신하를 소환하였고, 안지추도 불려갔으나, 대조 결과 서명이 없었기에 겨우 화를 면하였다.</td></tr>
<tr><td rowspan="2">575년
45세</td><td>北齊 後主</td><td>武平 6년</td><td>《北齊書 後主紀》</td></tr>
<tr><td colspan="3">◇國用이 부족하자, 안지추는 關市邸店에 賦稅를 건의, 채택, 시행.</td></tr>
</table>

<table>
<tr><td rowspan="2">576년
46세</td><td>北齊 後主</td><td>隆化 원년</td><td>《北齊書 後主紀》</td></tr>
<tr><td colspan="3">◇8월, 後主는 晉陽에 행차. 겨울 北周의 武帝가 北齊의 晉州를 공격, 점령. 後主가 晉州를 포위 공격하자 北周 무제가 원정, 북제군 대패, 後主는 군사를 버리고 晉陽으로 피신했다가 다시 單騎로 鄴都에 돌아왔다. 후주는 진양을 점령. 후주는 태자에게 선위하려 했다.</td></tr>
<tr><td rowspan="2">577년
47세</td><td>北齊 幼主</td><td>承光 원년</td><td>《北齊書 後主紀》,《北齊書 顔之推傳》</td></tr>
<tr><td colspan="3">◇정월 태자가 즉위하니, 이가 北齊의 幼主이다. 後主는 太上皇이 됨.
○顔之推는 환관 侍中인 鄧長顒(등장옹)을 통해 (강남의) 陳國(557−589 존속, 개국군주 陳霸先)으로 달아날 방책을 건의하였고, 이어 吳 지역 출신 군사 1천여 명을 모집하여 호위케 하고, 青州와 徐州 지역을 도로로 함께 陳國으로 이주할 계획을 수립하였다. (북제) 後主는 거의 수용하면서 이를 丞相 高阿那肱(고아나굉) 등에게 알렸다. 그러나 고아나굉은 入陳을 원치 않았기에 모집할 吳 땅의 군사를 믿을 수 없으며 모집할 겨를도 없다고 하였다. 그러면서 後主에게 珍寶를 모아 계속 青州 지역으로 송출하며 三齊의 지역을 수비하되 만약 지킬 수가 없다면 기회를 보아 海島로 들어갔다가 南으로 渡海해야 한다고 말했다. 비록 안지추의 방책을 따르지는 않았지만, 안지추를 平原太守로 임명하여 황하의 도강할 나루터를 방어케 하였다.</td></tr>
<tr><td rowspan="2">577년
47세</td><td>北周 武帝</td><td>建德 6년</td><td>《北齊書 顔之推傳》,《家訓 勉學》~</td></tr>
<tr><td colspan="3">◇北周 武帝가 北齊를 멸망시킨 뒤, 顔之推와 陽休之, 袁聿修 등 18명은 徵召(징소)를 받아 무제를 수종하여 長安에 들어갔다.
○北齊가 망한 뒤, 안지추는 關中(長安)으로 이사를 가야만 했다. 長男인 思魯(사로)가 내게 말했다. "조정의 祿位(녹위)도 없고 집안에 비축한 재물도 없으니, 응당 제 육신으로 일을 하여 부모를 공양해야 합니다. 납세를 독촉 받으면서도 經史의 학문에 노력한다지만 자식으로서 어찌 모셔야 할지 모르겠습니다."</td></tr>
</table>

<table>
<tr><td rowspan="2">578년
48세</td><td>北周 武帝
北周 宣帝</td><td>建德 7년
宣政 원년</td><td>《北周書 宣帝紀》</td></tr>
<tr><td colspan="3">◇6월. 武帝 卒. 太子 宇文贇(우문빈) 즉위, 이가 곧 宣帝이다.</td></tr>
<tr><td rowspan="2">579년
49세</td><td>北周 靜帝</td><td>大象 원년</td><td>《北周書 宣帝紀》</td></tr>
<tr><td colspan="3">◇宣帝는 태자 宇文闡(우문천)에게 전위. 자칭 天元皇帝. 靜帝 즉위.</td></tr>
<tr><td rowspan="2">580년
50세</td><td>北周 靜帝</td><td>大象 2년</td><td>《北齊書 顏之推傳》</td></tr>
<tr><td colspan="3">○大象 末, 안지추는 御史府 上士가 되었다.</td></tr>
<tr><td rowspan="2">581년
51세</td><td>隋 文帝</td><td>開皇 원년</td><td>《隋書 高祖紀》</td></tr>
<tr><td colspan="3">◇2월, 北周 외척인 楊堅(양견)은 靜帝를 폐위. 隋 文帝(581 - 604)
○안지추 長子 顏思魯의 아들 顏師古 출생.</td></tr>
<tr><td rowspan="2">582년
52세</td><td>隋 文帝</td><td>開皇 2년</td><td>《隋書 音樂志》,《家訓 書徵》
《北齊書 顏之推傳》</td></tr>
<tr><td colspan="3">◇안지추가 梁國 故事에 의거 雅樂을 考訂해야 한다고 건의하였으나 文帝는 不從했다.
○長安 백성이 秦代 저울 鐵權을 발굴 - 안지추가 명을 받아 解讀.
◇文帝, 楊勇(양용)을 태자로 책봉 - 안지추는 태자의 學士가 되다.
○開皇 연간에(581 - 600), 太子는 안지추를 徵召(징소)하여 學士에 임명하였고, 정중하게 예를 갖춰 대우하였다.</td></tr>
<tr><td rowspan="2">583년
53세</td><td>隋 文帝</td><td>開皇 3년</td><td>《陳書 文學 阮卓傳》</td></tr>
<tr><td colspan="3">안지추는 명을 받아 陳使를 접대했다.</td></tr>
<tr><td rowspan="2">584년
54세</td><td>隋 文帝</td><td>開皇 4년</td><td>《家訓 省事》</td></tr>
<tr><td colspan="3">◇張賓(장빈)이 奏上新曆하니, 文帝가 下詔 시행케 하였으나 이후 논쟁이 계속되었다. 안지추도 이 토론에 참여했다.
다른 주석에 의하면, 이는 안지추가 修文令曹(수문영조)로 재직할 때, 곧 北齊에서의 일이라는 다른 주석이 있다.</td></tr>
</table>

589년 59세	隋 文帝	開皇 9년	《隋書 高祖紀》, 《家訓 風操》
	◇정월에 南朝의 陳을 멸하다. ○近者에 議曹에서, 여럿이 百官의 秩祿(질록)을 논의하였는데, 當世의 名臣 고관이 논의되는 봉록이 너무 많다고 생각하였다. 그 때 北齊 조정의 士族으로 文學 관련 직분의 한두 사람이 이 고관에게 말했다. "今日에 온 천하는 하나가 되었고, (이 일이) 비록 百代의 典式이 될 것이나, 어찌 아직도 여전히 關中 옛 시절을 생각하십니까? 明公께서는 틀림없이 陶朱公의 큰아들과 같습니다!" 이에 모두가 기뻐 웃었고 혐오하지 않았다.		
590년 60세	隋 文帝	開皇 10년	《家訓 終制》
	안지추의 졸년을 고증할 수 없다. "옛사람은 '나이 50이면 일찍 죽은 것이 아니다.' 라고 말했다. 내가 이미 60여 세이니, 마음은 평온하며 남은 햇수에 마음을 두지 않는다. (古人云, '五十不爲夭.' 吾已六十餘, 故心坦然, 不以殘年爲念.)"		

顔氏家訓(안씨가훈) (下)

초판 인쇄 2022년 3월 4일
초판 발행 2022년 3월 10일

원 저 | 안지추
역 주 | 진기환
발 행 자 | 김동구
디 자 인 | 이명숙 · 양철민
발 행 처 | 명문당(1923. 10. 1 창립)
주 소 | 서울시 종로구 윤보선길 61(안국동)
우체국 010579-01-000682
전 화 | 02)733-3039, 734-4798, 733-4748(영)
팩 스 | 02)734-9209
Homepage | www.myungmundang.net
E-mail | mmdbook1@hanmail.net
등 록 | 1977. 11. 19. 제1~148호

ISBN 979-11-91757-37-8 (04820)
ISBN 979-11-91757-35-4 (세트)
18,000원